这世界，如你所愿的美好

The world
is
as beautiful
as
you wish

沈嘉柯 著

人民东方出版传媒
東方出版社

自　序

我们的人生需要阅读和写作

沈嘉柯

写作是一件很美好，同时又非常有用的事情。

说它美好，是因为它与这个世界上千百年来的文学连接在一起。我们的喜悦和哀伤，我们的趣味与审美，我们的人生故事，都可以通过写作来表达，来分享。

写作同时又是一件非常有用的事情，它的适用性无限广阔。准确清晰，富有逻辑性的书面表达，能够记录下来我们的心得体会，向其他人传达我们想要分享的经验和知识。让别人知道我们想要什么。

一个人的口头表达能力和书面表达能力，拥有其中一项，都足以令我们受益终身。

在我多年的写作生涯当中，尝试了各种各样的类型：诗歌、散文、小说、填词、评论、学术论文、新闻报道等等。常在各大中央级报刊发表。

与此同时，我从编辑，到编辑部主任，再到主编，经手的文章成千上万，有老一辈的名家作品，也有新一代的新人新作。

从指导作者文章选材到立意，从安排故事结构到提炼主旨，有灵感火花的碰撞，也有熟练生巧的技巧。一边写作一边担任编辑，我从中积累了大量的经验，逐渐摸索到，什么样的文章对写作有明显的示范作用。

那就是，讲好故事，讲清楚道理。

人有爱听故事的天性。好的故事，总是源自生活当中的真实细节。用各种生动的细节，讲好一个故事，自然而然就能打动人。这必然要求多阅读，多感受，多观察，才能掌握精彩丰富的细节。

同样一件事情，从不同的角度来理解，就能延伸出不同的文章。

掌握良好的写作能力，一个人的思考水平也会提高。思考问题越深入，知识阅历越丰富全面，写作的本事也会更加厉害。这两者是相辅相成的。

除了这两点，阅读当中感受到情感的共鸣，也有助于一个人情商的提高，心智的成长。

所以，提高写作水平，主要就是学习讲故事，提高思考分析的能力。做到这两点，足以应付日常学习和工作的需求。

比如有一次我经过某个小吃零食店，就用诗歌来描绘吃到那份零食的怀旧心情，句子十分美好动人。让人忍不住想尝一下。

比如成功的商界人士，开发布会，都会从讲故事开始吸引听众。其实，那都是事先写好了精彩的底稿。

如果你能讲出别致新鲜的故事，提炼出别出心裁的道理，那就达到了优秀作家的水平，甚至成为一个杰出的企业家。

这次应东方出版社邀约，我出版了这一套自选集，希望给包括学生在内的广大年轻人做参考。

我挑选文章的时候，选择了那些故事通畅易懂、说理清晰精炼的小品文和美文随笔。

这一套书既可以当成文学散文随笔集来阅读。同时也可以给青少年当作语文写作的参考范文。许多篇章被各类作文报刊，以及各地的语文考试作为阅读素材。

当你阅读这套书的时候，可以观察分析一下，我是如何在讲故事，如何在阐述道理的。

任何一个写作者，都是在不断阅读、不断琢磨、不断修改的过程里，写出好文章，保持良好的写作水平。

我在做杂志主编的时候，选稿要求也是“故事曲折，言之有物，真挚动人”。

就我个人而言，我的阅读倾向于那些舍弃华丽辞藻的好文章。正所谓寻常文字见功夫。对于一个作家来说，写完一样事情，朴素如常，让意义和深情从水底慢慢浮现出来，最多末尾点出一两句。甚至根本就别浮现，让看的人忍不住亲手去打捞。这就是好文章。

愿我的读者们，享受阅读的快乐，写作日益进步，获得更好的人生。

目录

第一章　一蔬一饭忆旧时

木心赞美“从前慢”，其实赞的还是人情味。世上好吃的东西吃多了，不过如此。我们最重视的还是和至亲至爱的人一起吃饭。

第二章 心如月光温柔

如何成为一个真正意义上的人？那就是把自己放的更加低，但做的事情却很高。虽然年岁很大，但内在青春之树不凋零。不因岁月磨砺而固执坚硬。

第三章 猜猜我有多爱你

树叶绿了又黄，花儿谢了又开，四季往复，门前老树，院里枯木，时间都去哪儿了？嗯，时间哪儿都没去，在你心里，在我心里。

第四章 或许只是给爱一个机会

爱要走的时候，我们得学会挽留。而挽留的办法，仍然是蕴藏着美好生活细节的爱。争吵、冷战、敌视、彼此伤害等等的招数是无效的，不仅无法挽留，还会加速爱的离去。

第五章 你若美好，世界便好

我们这个人世间，只要有一份善意，就会有一份冰雪的融化，只要有爱的传递，就会有责怨的消减。

你若美好，世界便会美好一点。

第六章 在星空下

我不必告诉谁，我的心意是什么，也许是亲人也许是成长，也许是四月的雨或正月的融雪，也许是抬头看见北极星，在星空之下心头忽然涌起的忧伤。

第七章 不寄生

那所有的难过，其实不过是因为，我们对于爱是如此的幼稚而生疏。因为有了伤痛，我们才会在暗夜里不断地辗转与反思。而那又算得了什么呢？失去了爱，但我们没有失去爱的能力。

第一章

一蔬一饭忆旧时

木心赞美“从前慢”，其实赞的还是人情味。
世上好吃的东西吃多了，不过如此。
我们最重视的还是和至亲至爱的人一起吃饭。

心被风吹拂的时候

所有幼小的心灵，都如同小帆船。如果你也曾与孩子们相处，或者你现在就在孩子的身边，会为他们吹起什么样的风？

有个很小的新闻故事，我一直记忆犹新。在澳大利亚一个度假村，儿童们上完网球课后，工作人员一时疏忽，将一个小女孩忘在网球场了。

当他们发现人数不对时，赶紧去网球场把小女孩找了回来。小女孩因为一个人留在偏远的网球场，感到很委屈，大哭得很伤心。

这时孩子的妈妈也很生气，但她犹豫了一下，蹲下来，拉着孩子的小手说：“亲爱的，已经没事啦，这个姐姐因为找不到你而非常紧张，非常难过。但她不是故意的，现在你去亲亲那个姐姐，安慰她一下吧。”

结果，这个4岁的小女孩很快止住哭泣，擦擦眼泪，拉着妈妈的手，走过去。小女孩亲了亲工作人员的脸颊，说出了妈妈教给她的话：“不要害怕，已经没事了。”工作人员惊讶极了，也不再哭了。

你看，如果只是一个劲儿安慰孩子，指责工作人员，那么，就等于在给孩子种下戾气恨意，不愉快的事情再度强调，也等于二次伤害。

但面对别人犯的过错，我们还可以选择宽容：“不要害怕，已经没事了。”这虽然是很简单的话，态度就不一样了，你的确做错了，但是，我可以原谅并抚慰你，你一定要注意。

这个 4 岁小女孩的心灵，像一只小小的帆船，还没有定向。她很幸运，被指引向宽阔的海，远离狭隘与偏执的水沟，她就容易成长为一个懂得爱与宽容的人。

事实上，所有幼小的心灵，都如同小帆船。如果你也曾与孩子们相处，或者你现在就在孩子的身边，会为他们吹起什么样的风?

如果你自己此刻还是个孩子，你愿意被什么样的风吹拂?

这般好风景

那个阳光在面孔上跳舞的清晨，弥漫的玫瑰花香，你是不是也可以嗅到？

有个故事，是从朋友那儿听来的。具体发生在哪个城市里，已经不可考证。所以，欢迎提供线索，欢迎对号入座。

有一个年轻的男孩，在一个夏季晴朗的日子去上班，他会经过一所学校。大约是在周末吧，他遇见一个短头发的女孩，就动心了。男孩心想，这就是一见钟情么？

可惜，一时间他们走散了。第二天他继续等待，发现女孩走进了一个小区的17栋楼。他进不去，不知道女孩究竟住在哪一个门牌号码下。

于是，在某个清晨，这个小区的17栋楼下的信报箱，每一户都斜插了一朵玫瑰。一共118家，就插满了118朵。

玫瑰上绑着简短的手书：你是那个短头发，穿点缀有云朵的深蓝色牛仔裤子的女孩吗？我的电话是134……如果你不是，玫瑰也送给你，请你带回家去吧。

人与人生活在一起，有些美好，连带陌生人，也有幸沾染。

这样的故事本来是别人的，与我们没有一点关系，但发生在这世界上，我们会觉得自己也是幸福的。

那个阳光在面孔上跳舞的清晨，弥漫的玫瑰花香，你是不是也可以嗅到？

这般好风景，在世界上存在，胜过无数名胜古迹。那么，现在请你温柔地告诉我，你有没有一点点沉醉？关于这个城市里发生的，我确定这算是最美好的故事之一。

一蔬一饭忆旧时

世上好吃的东西吃多了，不过如此。我们最重视的还是和至亲至爱的人一起吃饭。

父母跟着我搬家到城市已久，我总有时代太快的错觉。匆匆忙忙我就去了很多地方，给很多大学做讲座，出很多书，见很多人，怎么匆匆忙忙又要过年了。好几年懒得折腾，年饭都是自助餐或酒楼解决的。我问父母，今年想吃什么？

这个问题问得意兴阑珊，现在丰衣足食，不缺吃，吃什么都没胃口。鸡鸭鱼肉海鲜洋水果进口零食，平时吃得多，腻味。

我母亲说，今年我们吃自己种的小白菜。我不敢置信，在哪里？

母亲嘿嘿发笑，就在你窗台外面，我看你有时候午睡了，叫你爸锄掉杂草，挪了半米。我不止种了小白菜，还有小葱和两棵茶花。我乐了，真是服了他们。上个月下雪，站在窗前，瞧见一溜青翠雪白的小白菜，十分养眼。

想起从前的一顿年饭，我拿着大人给的钱，一溜小跑去买酒买汽水。这钱大人心里都琢磨好了，总要比买东西多一点，小孩子才腿脚勤快。

我母亲上午砍好莲藕和排骨，砂锅铫子慢慢熬。冬日黄昏时，慢炖出的香味，钻进鼻子，响彻灵魂。藕块粉糯，排骨细嫩，说不出的鲜美。好汤必须慢工夫。这只是其中一道菜。其他原材料，提早去集市趁着新鲜，挑好带回家。这个任务，通常是交给骑着自行车的父亲去办。

既然出门，我就坐在父亲的后座一起出门。父亲一路慢慢骑行，我东瞧瞧西看看。路边遇到了卖油炸米饭团子的，我馋嘴想吃，车子停下来。遇到了熟人同事，父亲车子再停下来，大人们聊天说事，我自个儿边上玩。父亲倒也不厌其烦，买好东西，一整天过去，我也玩得尽兴了。

肉食还要蔬菜来配才好。有什么比自己家种的更靠谱？也不用多。就把二楼那个最大的阳台直接开辟为小菜园。自家种菜自家吃，本来就是我家的旧传统。

城市那么大，父亲现在还是喜欢骑着自行车去附近的批发市场买菜。我已长大，比他高大，不再坐他的后座，慢悠悠出门一整天了。但有这些记忆，我便成了心中怀有珍宝的人。

再说回咱家的小白菜吧，他们种菜，我一颗一颗采摘好，凑个热闹，下锅小炒。自家种植，经冬过雪，这菜格外清甜。

木心赞美“从前慢”，其实赞的还是人情味。世上好吃的东西吃多了，不过如此。我们最重视的还是和至亲至爱的人一起吃饭。

月照九州

人生何处不相逢。只是命运无常，总是分离与再见遥遥无期。幸好，天上还有一轮明亮的月，我们能够共同分享。

八月十五，我在中国南方的一个城市里，稍微一抬头，就是漫天的诗意与思念。

有一年的中秋，江南的三大名楼中秋同庆。烟火如火树银花。在朗朗月下，普天同庆。最后一首压轴的诗词，是短短两阕的《水调歌头》。

宋神宗熙宁九年，即公元1076年。那是一个中秋，苏轼41岁。面对远去的岁月，一个人下放到他乡，喝完一杯清淡的水酒。一低头就念出：明月几时有？把酒问青天。不知天上宫阙，今夕是何年……人有悲欢离合，月有阴晴圆缺，此事古难全。但愿人长久，千里共婵娟。

宋、五代十国以前是唐。诵读着苏轼的词，一个字一个字在唐诗里寻觅。那是最盛大的封建王朝，张九龄低着头，想象着故乡的万物，一个位极高官的人，忽然就情动于海。推开窗户，望见了外面的月光满海，千里万里都是闪烁的光芒。那样盛大的情形，一如我们中秋的情怀。

海上升起了明亮的月亮，整个天涯整个天下，有华语的地方，就有中国人的思念。我们是这样的一个民族，我们有着这样的一种病，叫作“乡愁”。

它无处不在。在我们远离家乡到他乡寻找梦想的时候，当我们流落的时候，当我们在世界的其他地方，告诉其他人：我是一个中国人，就注定了在我们自己的农历八月，在第十五个日子的晚上，一起举头望月。

从海外回来的一个亲人，回来的时候已经是白发苍苍，已经是岁月辗转，挑选的日子经过了许多夜晚的考虑。千里迢迢，中秋，求一个团圆。人生何处不相逢。只是命运无常，总是分离与再见遥遥无期。幸好，天上还有一轮明亮的月，我们能够共同分享。

天涯都与我们共同分享这样的一个时刻。那样一天，整个世界都能够听到。

有一天啊，宝宝

活着，也许，那便是你与你的妈妈没有形体的隔空约定。

那会是爱本身，对爱的最大回音，响彻天堂。

啊，我猜想不出，当你长大以后，会变成什么模样呢？

柔软的指头，渐渐变得有力量。微黄的毛发，渐渐变得坚硬起来。曾经的哑哑无语，终于学会了开口说话。你终会学会走路，你会读书，会上课，会渴望美好的生活，也会有自己热爱的生活方式。

你也会学会认字，学会写字。当你学会写字，你会写些什么呢？

我无法想象出来，你会写下什么。可是，我有那么强烈的一股愿望。

揣摩着，一个多年以后的少年或少女，会如何凝住眼泪，思念她呢？你会用什么样的形式来告慰思念呢？

如果幸运的话，你还能够在新闻资料里，找到她的容貌记录。

如果更幸运一点，能够听闻一点从长辈亲人那里获得的记忆。有关她谈吐的声音、行动的光影、衣服的色彩、温暖的气味，和点点滴滴的故事。

但是，这些只是如果。

那么，不如写一封回信，好么？

你总会长大。也许会有另外一个伟大的“妈妈”。然后，你那么清晰而坚固地接受着一个事实。这个事实不可更改，无比生硬。

你或者永远沉陷思念。也或者，你有了更多来自善良人的爱的弥补。

但，可能你内心仍有一丝缺憾。

你已经活下来了。现在，你对这一切还没法体察。瞪着晶亮眼睛，寻觅再也寻觅不到的妈妈。然后，你会长大。

是的，你会长大，仍然难免有成长的烦恼与痛苦，不知道那时候，谁会用心教你长大？你大约十几岁时候，也会爱慕英俊好看的少年，或者漂亮美丽的女生吧？你会恋爱，会和异性交往，如果顺利，甚至会念完大学，平安度过青春期，和心爱的人结婚，还会有自己的宝宝……生命是顽强的。但是，有一种旷大而久远地悲伤，会从你意识明晰、日益懂事开始缠绕心头。有时潜伏隐藏着，有时候忽然倾斜而出。你会在极幸福、极痛苦，又或者极平静的时刻，忽然想起她来。

因为，她看不见你的这一切了。她不能陪伴你长大了。

越过无尽年月，你都会挂念不息吧！

会否你也想写一封信？焚祭给她？

2008年的5月，中国西南地区大地震，有一个妈妈被埋在废墟之下，她身下的孩子只有几个月大。这位妈妈在等候救援的时光里，艰难地用手机记录下了这一条短信：“宝贝，如果你能活下来，一定要记得我多么爱你！”

这个婴儿在母亲的遮掩之下，毫发未伤，直到有人把他救走。

而妈妈却与他阴阳永隔。

当你已经活下来。

那么，你能够信仰的信念，我想，便是好好地活。

我无法代替你回答。

但我，以及所有如我这般关注着你的大人们（多年后，我们都会很老了哦），会告诉你，轻轻建议你。

你可以这样回复最爱你的妈妈——

“妈妈，我活下来了，我还会好好活着，让自己勇敢、幸福和快乐。因为我也深爱你。”

亲爱的不知名字的宝宝，也许，那便是你与你的妈妈没有形体的隔空约定。

那会是爱本身，对爱的最大回音，响彻天堂。

比我们先睡的人

等待再次相会，以这样的念头安放内心胸口，悲伤潮汐退去，心之海面，广阔而宁静。

最漫长的睡眠是离世。

这个世界上比我们先睡的人，以天文数字存在，浩瀚好比宇宙星系。

但大多数我们无所谓，那些人不曾参与我们的生命进程。父母近亲、用心交往的恋人、挚友、相熟的远亲，这些比我们先睡的人，令我们牵挂哀悼，因为我们亲手握过对方的手，亲身投入对方的怀抱，亲耳倾听对方的心跳，亲自感受对方的体温和体嗅，在朝夕或短暂相伴里，感知对方的存在，我们建立起——关系，那是深入骨髓的依赖和眷念。

但还有的人，我们从来没有真正触碰过，比我们先一步恒久沉睡，我们也会剧烈悲伤。

从来没有交集过，却在想象里很喜欢。

我说的这种类型的人，就是作者们。他们创造音乐、小说、戏剧、电影、漫画、器物等等。我们与他们建立起间接的好感。他们奉献作品，我们享用作品。有朝一日他们死了，我们开始难过。

仿佛心脏切割掉一块。源自我们自身的投射，对他们的喜欢，认同，就此戛然而止。

比如臼井仪人。

叫我们措手不及迎接悲伤。你要先睡了吗？可是，我们没有做好准备啊！

臼井仪人老师坠崖而亡，获知新闻的当天，我发呆半天，于是改掉签名为之哀悼，那个心脏缺口，令人难受。

没多久，就有一个小朋友跳出来在网络上跟我聊天。她说："哈，幸好我的火影忍者已经完结，作者死掉也不要紧了。"

她拯救了我，也均衡了我的悲伤。我不得不认真想一想，啊，我不是在哀悼那个真正的活人，因为从来没有共同生活，友好往来过。我只是在追思那个作品的父亲，小新的爸爸。《蜡笔小新》还没有完结就此中断，那是连接作者与我们的纽带。这根纽带剩余的半截，随风而消逝。因为太喜欢野原新之助，喜欢小白，喜欢美呀，喜欢野原广志，喜欢小葵，喜欢这一家人，还有向日葵幼稚园的全体老师同学，以及发生的所有故事，这些人物角色和故事，就此灵魂中断，一想到这一点，空阔的失落，使我更加难过。

那个漫画家去世了。

那个创作了《蜡笔小新》的漫画家去世了。

那个创作了未完结的《蜡笔小新》的漫画家去世了。

三者不能画等号。

所以，我不得不承认事实，接受事实，升华事实。我反而加倍铭记这未完结。正因为未完结，我们会一直惦记那个漫画，以及惦记和怀念亡故的作者，我们不必为此过度悲伤了。作品生命悠长，作者凝固在作品里的投影，凭借作品也“生命”悠长。

没有完结，所以永不结束。

至于比我们先睡的仪人老师，请在天堂继续创作吧。再过几十年我们前往那个世界拜读后继和完结篇。至于比我们先睡的亲友们，再过几十年，我们再相会。

以这样的念头安放内心胸口，悲伤潮汐退去，心之海面，广阔而宁静。

假装你很爱我

当一个人老了，活在世界上最大的孤独，是仍然渴求爱。

在国外读法律的阿宏同学给我讲了其朋友安娜的一段人生经历，戳中了我的内心。我用第一人称把这个女孩的故事写出来，与读者分享。

认识我很久的人都记得，我最不情愿参加社会活动。尤其对一个年长的邻居很没耐心，我是那种认为所有老年人都很“无聊”的人。祖母警告我：“安娜，有一天你也会老的。”

“那也没关系，最多不过是一个人待着，老死都没关系。我挺宅的，有手机，有电脑，还有比萨就可以了。”我回答祖母。

我的祖母摇摇头。我还年轻，才二十一岁，我的祖母也很年轻，刚刚度过六十岁的生日。

不过当时，我还没碰上莱辛小姐。

莱辛小姐住在本地的安养中心，关于安养中心有一些不太好的传闻，里面住着脾气恶劣，性格糟糕的老头老太婆。我必须承认，我到那里申请工作，纯粹是它距离我家很近。如果我干得不开心，我什么时候都可以辞职。

去申请工作的时候，负责接待的工作人员告诉我，他们需要一个助理护士，并且问我："你有执照吗？"

我如实地说："还没有。"

我不知道怎么样才能够取得执照。这个时候，有人带我到一个充满阳光的房间里，我握着申请表格，在一张桌子前坐下。在我的面前，是二十多个上了年纪的妇女。一个灰色衬衫黑色裤子的女人带着她们做运动。不过我冷眼旁观，那个带领运动的女人看起来毫无热忱。

我想我绝对比这样一个木头人做得好，我懂得微笑，衣柜里还有色彩鲜明的衣服，不至于让人看着压抑。

我填好申请表格，交上去。

接待人员给我打电话通知我说："我们成立了一个新机构，你的工作资历如何？"

我回答说："以前在学校当过老师。"

那边问："你什么时候能够来上班？我们不能正式聘请你，所以你可以以实习身份来，我们会支付酬劳，直到你获得执照。"

我惊讶了，马上答应："一个小时后。"

我得到了一份工作，并且满足我的条件。至于通知我的机构组织，我能够想象他们有多缺人。

从那天起，我的生命改变了。每天一醒来，就会想老人们还好吗？比里、杰克还有珍丽？我发现和他们相处，没有我想象的无聊。他们每个人都有自己的故事呢！

杰克老爹年轻的时候喜欢喝酒，微醺时话特别多，会讲他当年的英雄传奇，据说有十多个南非的妞围绕他打转。珍丽是个老小姐，做的意粉特别棒，虽然她常常忘记自己要做给谁吃，以及把番茄酱煮得有点煳。毕竟，她已经七十一岁了。她的儿子有时候开车带着孩子，一起来探望她。她不断叫错孩子和孙子们的名字，然后陷入发呆。

在这些老人里，莱辛最孤寂。八十六岁的莱辛，还是很清醒，不像很多老人记忆混乱，思考能力消失殆尽。

她的样子也不怎么可爱，手脚很大，身体总是倾倒，总是坐在老人院的蓝色椅子上，流淌着口水，嘴巴松开露出残损的牙齿，触目惊心。她的头发也不怎么梳理，最糟糕的是她从来不开口说话。这让我觉得很挫败。

她只有一个亲戚来看她。

我见过她唯一的亲戚，她的侄女。这个侄女来看望她的时候，情景几乎在重复。在她面前，保养得当、染着褐红色头发的侄女冰冷地说："支票开好了，账单也付了。你还好吧？"

得到敷衍的答复后，她的侄女便离开了。

唯一的亲戚，对待她也只是例行公事一般。莱辛小姐的世界，显然是一贯冷酷无爱的世界。

那么她的沉默无语，多么让人理解。

她在椅子里缩得越来越小。我必须说清楚一点，她的健康已经很糟糕了。来到这里工作之后，我翻读了护理手册，发现大多数人会衰老到被疾病带走。而大多数的疾病，在这个时候，医学治疗已经无效了。人们还能做什么呢？只能给予她们最好的陪伴。世人管这叫临终关怀，但我不是很能理解其意义，尤其是亲人也罕见的时候。

我决定多一点关照给莱辛，给她带一点流质的甜品。她喜欢吃这些小甜食，但无法咀嚼，到了这样的年纪，牙齿纷纷跟她说了再见。

她吃得很少，我只是拿小勺子，给她喂一点，尝一点点味道。

天气好的时候，我和她聊天，说小道故事啊，新闻啊，任何我们想到的事情。偶尔我会推着她晒晒太阳。

我从开始的只想完成我的任务，拿到薪水，到不知不觉和她主动说话，尽管她仍然不说话。我有时候会握着她的手，不断地说着话。也许只要她觉得这个世界不止她一个人，有一点响动就足够了。

直到有一天，她忽然开口说话了。这令我惊讶无比。

她喃喃地说："把腰弯下来……安娜，亲爱的安娜。"

我蹲在她旁边，她太瘦小了。我没想到，她早已经牢记我的名字。

她几乎是在哀切地请求我，说："安娜，抱我！"

我愣了。

"就当是，假装你很爱我。"

我用手抱住她，用尽我所有的爱来拥抱她，我的手臂环绕住她全部的身体，像是天空覆盖地面，没有丝毫的假装。

嗨，请你别笑话我们，那一刻，我努力用一种快乐的语气说："我的确是爱你的，莱辛。"

不过，我们都没能忍住眼泪。

后来，莱辛小姐在两天后的半夜去世了，平静而安详。当天我没有值班，她叮嘱负责人，把她枯瘦手腕上的古旧镯子，转送给我。

我想，我再也不会随随便便说那种话了——哪怕是一个人待着到老，也没关系。

当一个人老了，活在世界上最大的孤独，是仍然渴求爱。

莱辛赠我的手镯，我妥善收好，当作纪念。

回到我家所在的镇子，晚上一家人吃饭，我抱抱母亲和父亲，也抱抱我的祖母。拌嘴仍然会有，吵闹别扭也仍然会有。也许他们没觉察到，对我而言，一切已和从前不同了。

绵绵不尽的思念

能保留在记忆深处的味道，恰恰是因为思念。

你肯定听说过麻油韭菜吧？很多人吃消夜喜欢点的一道烧烤。觉得味道怎么样？对我来说，味道实在很难闻。

那天半夜从冰箱拎出胡萝卜，洗洗啃了一半，肚子开始不舒服。静静地，忽然想起了小时候闹肚子。奶奶找人问了偏方，拿麻油涂满我的肚皮，再用一坨韭菜来回推揉。折腾了一下午，麻油的香味已经开始臭掉，韭菜也变成气味可恶的糊状物。到了黄昏，奶奶才收工。

奶奶已经去世两年了。奶奶的麻油韭菜，不是用来吃的，而是用来治闹肚子的。小时候我没想过，麻油韭菜的气息，就这样跟肚子难受联结在了一起。

你肯定听过很多回的敲门声吧？人生就是这样的，去做客、去探访，都要敲门。不过，有一种敲门声，非常加快人的心跳。在电话还没有普及的年代，长辈们半夜突然听见急促烦人的敲门声，差不多就明白了，多半是要跟某个有亲属关系的人告别了。

小时候只觉得好吵闹，怎么有人半夜还在讲话。哦，告别就这样跟敲门声联结在一起了。到了人手一只智能手机的年代，敲门声就换成半夜的连环呼叫。

你肯定听过很多的老歌吧？虽然你可能是个新生代，年纪轻轻，喜欢的人是时下最流行最新鲜最好看的偶像。他们的歌要么哀婉流畅，要么动感好玩。问题是，你那生于上个世纪的爹妈，做饭的时候，走路的时候，晾衣服的时候，忽然就会来几句，“月亮出来亮汪汪”“青青河边草，悠悠天不老”“风吹稻花香两岸”。真是老土之极。

可是当你长大了，不知不觉忽然看到电视里播出经典曲目，你也跟着唱起来。有一天我赶地铁，莫名其妙哼起“送你一份爱的礼物”，单曲循环了老半天。最有意思的是，那些参加选秀比赛的年轻人，唱起了比他们的年龄大上几倍的老歌。

我曾经觉得，如果没写出来，也没讲成故事通过一代一代人传下去，我们至亲的人留在世界上的痕迹，也就慢慢消失了。

后来认真想一想，记忆庞杂，有完整记录的，也有零碎的。我们失去的人，早就化成了我们身上的言行举止的一部分，再默默扩散开来。不必想起，也早已经记住了。就像背井离乡的上海人去了各地，还是喜欢吃甜；就像我年长的朋友，回忆起半夜烦人的敲门声，四五十岁了，仍然忍不住唏嘘抹泪。

就像我讨厌麻油韭菜的味道，勾起的却是满头满脑难以遏制的哀伤。老歌再唱起，是因为不想忘记。味道保留在记忆深处，恰恰是因为思念。

从拥抱开始

一个人去拥抱另外一个人，让对方第一时间感觉自己的体温，这是一个生命在给予另外一个生命的温暖。

有一次看电视，在本地台一档职场节目瞧见我的一位女同事在当评委。那节目请年轻人来表现自己，聊自己的理想未来和对工作的看法，当场面试。

有个大学男生来参加节目，朗诵自己写的诗，谈及个性，他说就是觉得自己内心很深沉，内向，不擅交际。于是呢，我的同事就说，我怎么看你的样子，其实是很忧郁，个性也压抑呢？那咱们来做个游戏。

这同事号召台下的一众女孩子，也就是女性观众上来，分成两队，左右各一边，拖着那个大学男生的胳膊两边拉。女孩们拔河一样开拉，嘻嘻哈哈都欢乐地笑了，那个男大学生低着头尴尬地笑。

然后，我那位同事问他，你刚才站在中间感觉怎么样呀？男大学生说，我就感觉自己快要被撕裂了，两边都用力拉着我。这下，我彻底相信我这位同事的判断了。果然，同事也有点吃惊地解释：

你看，这么多年轻活泼又可爱的女孩子，跟你一起做游戏，而且她们还跟你有着这样亲密的身体接触，你没有感觉到她们的体温吗？

我让她们用力拉你，你没有感觉到，你站在群体当中，大家都在分享力量吗？对温暖和身体接触存在抗拒的人，几乎可以肯定，在人际交往和爱的能力上都有所欠缺。

婴儿诞生呱呱大哭，主要的原因之一，就是离开了温暖舒服的母体环境。大人抱着婴儿时，婴儿会安静下来，体温带来了充满安全感的呵护。温暖正是生命的要义，我们离开这个世界的最显著标志就是失去温度，寒冷僵硬。

一个人去拥抱另外一个人，让对方第一时间感觉自己的体温，这是一个生命在给予另外一个生命的温暖。所有那些让你感觉舒服的亲密接触，背后都是爱意。

在这样一群青春洋溢的女孩当中，这个大学男生感觉到的是撕裂，是不安。可想而知，他的内心并非他自己所说的什么内向深沉，而是竖立了一道挺高的封闭心墙，隔离开他人与外界，像个孤独的小动物躲在自己的巢穴里。

我还想起我那同事，早年玩过的另外一个有名的游戏，她去一个大学开讲座，让学生们站起来，尝试就近拥抱身边的陌生人。

抱着抱着，最后，有学生感动哭了。可别笑话这感动哭了的同学，因为恰恰是拥有这份敏锐和柔软的人，才能够后天习得，良好地施爱和被爱。

对于人这种高等动物而言，爱是需要教习的。你敢不敢拥抱陌生人，考验你的判断力，也考验你的情感表达。

人无法表达自己没有学习过的情感经验。

讲故事的庞老头

他的生命就像树叶一样，最终都会凋落，一片不剩。但是，有一片叶子却一直顽强挂在枝头。

幼年的暑假热得树叶又绿又亮，我在庞老头家里待着。中学的升学结果已经确定。出去玩吧，顶着炎夏七月凶残的太阳，人都要脱皮。在家待着太无聊，简直像坐牢。我母亲说，得了，要不你去庞老师那上补习班吧。

庞老师当了一辈子中学老师，退休了好多年，在家也闲不住，摆了六七张单人课桌，只收附近的小孩子，提前教点东西。一群小孩子们不喜欢上课，偷偷喊他庞老头。不认识的人听起来，还以为他是个胖胖的老头儿。

问题是，谁想放假了学几何背单词？我们不过是应付家长啊，庞老头看我们无精打采，估计一去不复返，就把小黑板擦干净，一边写上“人猿”“泰山”，一边说：“来来，我给你们讲故事吧。”

那泰山是个孤儿，被遗弃到原始丛林，跟着一群猿猴厮混，上蹿下跳，爬树抓鱼，结果不会讲人的语言，反而身手敏捷，成为森林的居民。

这故事可比教科书好玩。我们问："后来呢？"

庞老头说："后来啊，等下次，再给你们讲。"

我们几个很不高兴，开始起哄，您现在就说啊，快点快点。

庞老头笑眯眯，活像一头世界上最狡猾的狐狸。他宣布下课，踱着步子去院子后吃饭。我们一群猢狲散了，各回各家，各找各妈。第二天，我们当然是急不可耐在家吃了晚饭，就去庞老头家继续听故事。

两天一个故事，故事前学一点东西，写写小作业。庞老头说："听了故事，可以在本子上记下了，再讲给别人听。"

我们兴致勃勃听从他的意见，再献宝似的说给邻居家小孩听，甚至说给大人听。

庞老头讲的最后一个故事是《最后一片叶子》。而这个故事，只有我在听。

因为他的小小补习班已经结束，新学期开学了，我的小伙伴们都去上学了。

至于我，因为我的母亲是个多礼的人，要我拎着一盒皮蛋，送去致谢。其实我们去他家之前，就已经缴了20元补习费的。

那个黄昏变成了我一个人的故事专场。

我用崇拜的目光，看着这个肚子里有无穷故事的老头，央求他再说一个，因为我很喜欢听。他呵呵笑了，我能发现他的汗毛都在震颤，大概是很高兴有学生喜欢听他讲。他收下谢礼，剥了个皮蛋直接给我吃了。

这个故事，庞老头讲得很慢，一个叫乔的年轻女孩生病住院，凄风冷雨中孤独又绝望。于是，年老的画家贝尔曼偷偷在窗外画了几片树叶。乔觉得自己的生命就像树叶一样，最终都会凋落，一片不剩。但是，有一片叶子却一直顽强地挂在枝头。

我听得目瞪口呆，世界上还有这么奇特的故事，让人心里有一些哀伤，但又不会绝望。末尾听到树叶是画的，我呆住了。

离开庞老头家，走的时候，他顺手给了我一盒云片糕。

去了学校之后，我才想起，忘记问他这个故事从哪儿来的。我的胃口一直被吊着，要多念念不忘，就有多念念不忘。我想搞清楚来龙去脉。

我打算等我从寄宿高中放假回家了，去找他问清楚。

也不过是半个学期，活了八十岁的庞老头去世了。我看见他的子女，把一屋子书清理出来，卖了。

1999 年，在大学的电子阅览室，我在搜索框里，输入了那个从庞老头嘴巴里听到的名字——欧亨利。

答案不言而喻。

当了一辈子老师的庞老头，看了很多很多的书，他把他喜欢的故事，说给了我们听。他一定有过一本《欧亨利短篇小说集》，因为我发现，他讲了不止一个欧亨利写的故事。他还提到了梳子和头发交换的故事；提到了为了把鞋子卖给不穿鞋的土著，在地上撒龙牙草种子，以便长出扎脚的草的故事……

那本从来没见到的欧亨利的无形之书，从他手里，转送到我这里。再后来，我也成了一个写故事的人。那个老人家是我最初的文学启蒙之师。而今回忆，原来文学在一老一少之间的流淌过程，本身也是一种文学。

第二章

心如月光温柔

如何成为一个真正意义上的人？

那就是把自己放的更加低，但做的事情却很高。虽然年岁很大，但内在青春之树不凋零。

不因岁月磨砺而固执坚硬。

如果感到幸福你就跺跺脚

不要为了身体的不幸福，而拒绝让自己的心感到幸福，这是最不划算的代价。

那一年，青年德皮勒完成了全部学业从州立大学毕业了，他做了一个教文学的老师。所以，从那时开始，我们应该叫他德皮勒老师。

其实德皮勒非常想做一个优秀的长跑运动员。四年前的他曾是那么单纯而痴迷的一个运动青年。但是他的梦想却在生活中成了幻想。

揣摩着自己从最新的教育学书籍上学来的方法，德皮勒在自己的学生们身上试验着。书是麦尔教授推荐的，应该不会错。麦尔教授是他大学选修心理学的主课教授，是一个有着短短白胡子的小老头。

还是有点紧张，嗯，先平静一下，看了几眼墙上画的彩色人像和明丽风光。好了，开始了。

如果感觉到幸福你就拍拍手。德皮勒大声对所有人说，这种方法要激发他们的想象力和敏感性，让他们学会表达。

孩子们纷纷举手，跟着德皮勒拍。他们的面孔，从僵硬乏味立刻变为鲜活生动。德皮勒更加激情高涨，他的视线如手提摄像机镜头一样摇晃着，从一个学生跳跃到另一个学生，最后定格在一个男孩儿脸上——他是那样的面无表情！

德皮勒又重复了一次，男孩儿依旧没有表情。

你叫什么名字？德皮勒开始冒火。

男孩儿抿紧了嘴唇，一声不吭，表情甚至有些愤怒。德皮勒又问了一句，他还是不说话。不过学生们却显得很奇怪，按照一般的情况，他的举动应该可以勾起大家的好奇。但是，所有的孩子都没有去关注这样一个事件。只有一个学生轻轻地说："老师，他叫詹姆斯。"德皮勒深深倒吸了一口气，终于克制下来，继续上以下的课程。除去过去了的25分钟，下面的20分钟，仿佛几个小时一样漫长。德皮勒的情绪彻底败坏了，慢腾腾地布置了俄文题目：幸福。然后说："请课代表下午收了之后送到我办公室。"

下课之后那个詹姆斯被德皮勒老师叫到了办公室。他亲切地嘱咐："为什么不和大家合拍呢？下次不可以，知道吗？"

男孩手揣在在口袋里，低头，沉默地点头。一直到他晃回教室去了，他的右手始终放在口袋里没拿出来。

德皮勒老师心想，嘿，我遇到了一个脾气倔强的孩子。

詹姆斯又惹事了，他和另外一个男孩打架了。德皮勒老师好奇地赶过去的时候，争执似乎已经结束。詹姆斯全身都是乱糟糟的，唯一不变的是，仍把手揣在口袋里，站着不动，满脸通红。

"你又怎么了，詹姆斯？"

詹姆斯毫不理睬，转身跑掉了。德皮勒老师只好无可奈何地离开现场。

“詹姆斯的右手以前触过电，被切断啦！”有一个女生这么说，德皮勒老师的心猛然一缩。

晚上，德皮勒老师坐在房间里一本一本地看交上来的作文，把封皮上写着詹姆斯的本子，单独抽出来。

第二天，德皮勒老师仿佛什么都没发生过，平静地走上讲台，然后把前一天的作文本子发下去。直到最后的五分钟，他说：“我们重复一下昨天的游戏好不好？”

“好！”

“但是我们要稍微修改一下，如果感到幸福，你就跺跺脚。来，老师先带头！”

真的，德皮勒老师带头跺起来，非常地用力，左右两只脚一起动着，虽然看上去非常滑稽，因为他跺起脚来，像是罗圈腿。

他们都是聪明而细心的孩子。在一分钟后，教室里响起剧烈如暴风雨般的跺脚声。其中，德皮勒老师听到最特别的一个声音，那是詹姆斯发出的。因为詹姆斯那天跺脚的声音是最大的，并且眼睛里含着泪。

德皮勒老师在他的作文上打了有史以来第一个99分，后面还附加上了一段话：“为什么没有给你满分，是因为你为了身体的不幸福，而拒绝了让自己的心感到幸福。如果你注意，会发现你的德皮勒老师其实是一个截去左脚的人，那背后也有老师的不幸故事。但是，他没有拒绝让心去感受不幸之外的幸福。所以，他虽然选择了平凡的文学老师，却仍然认真地、快乐地生活。”

是的，德皮勒老师是幸福的，他曾经治愈了自己心里的伤痕，现在又治愈了一个小小的心灵。

云上的屋子

不管是什么事，吵架了，总有一个人先退步，如果你真正在乎这个人。因为你在乎他，你才会因为他的情绪而放弃自己的愤怒。

你的猫咪已经挂了。小塔站在学校对面的湖岸边大声喊道。那天下午的风很大，小塔不愿看见遗憾的事发生。

小塔和荞麦联手开了一家店，贩卖猫粮狗粮。来光顾的都是附近的学生。直到有一个男孩走进店，跟她们说："这只猫我不要了，给你们吧。反正你们卖动物的口粮，你们可以把猫养大了玩儿，要不卖掉啊！"

荞麦格外生气，你这孩子为什么这么残忍，你凭什么把小动物的生命不当一回事？

小塔阻止了荞麦。她看着那个男孩，忽然张开怀抱说："来，给我吧！"

男孩交出一只天真的白猫，转头就走，那小东西兴高采烈地嗅着小塔的手背，舔起来，浑然不知自己被放弃了。

几个月后，小塔在学校旁边的湖边长椅上吹风，吃着一盒冰淇淋。春日彻底过去，这个火炉之城才入夏季就已经烈日炎炎。荞麦顾店时，她就取下蓝白格子围裙，出来给自己放风。

她和荞麦是一对大学恋人，毕业后决定按自己的意愿做自己喜欢的事情，现在喜欢小动物的人特别多，于是开店专门出售小动物的口粮。事实上，他们自己也喜欢小动物。

远远地，她看见男孩走向她，一脸犹豫。迟疑了半晌，那男孩终于还是背对着小塔，向路边的水果摊走去。

于是小塔冲着男孩喊出来："你的猫被我送人了，又得病，他们不肯花钱治，挂了。"

那个男孩站住，回头跑向小塔，他瞪大了眼睛，浑身发抖，却不知道说什么才好。因为正是他自己那么说过，怪不得别人。男孩不敢相信，但又没有理由不相信。

猫很麻烦，要记得天天喂食，又容易掉毛，毛飘得满屋子都是，要买小动物的是孩子，照顾的通常总是大人。男孩还要上学、打球、玩游戏，所以男孩和他的母亲发生争执了。大人总是比孩子强势，孩子却可以比大人任性，这是年少的特权。不过男孩不傻，气恼时仍然保持一点冷静，灵机一动走进了小塔的店。这是他的直觉，卖宠物口粮的人心地不会太硬。

男孩走后，他的母亲晃进了店里，半个小时后又离开。

"你看到他们的倔强了吗？"小塔问荞麦。荞麦点点头。那个年轻的男孩，一眼看起来也就是中学生模样。

荞麦微笑说："不管是什么事，吵架了，总有一个人先退步，如果你真正在乎这个人。”

男孩的母亲出了猫咪的寄养费，这件事应该算是完结了，做母亲的也不会愧疚了。然而，小塔却觉得，还有更加重要的事情没有完成。

夏季来了，很快就是暑假。在这个暑假，男孩来小塔的店里打工。在口粮店的生意维持下来以后，荞麦和小塔顺利地扩大了店面，租赁下隔壁的铺子。他们去旅行了，店就交给男孩了。

店里除了卖猫猫狗狗口粮，也卖兔子。将来说不定还会卖小龙猫小仓鼠，不过那些和男孩关系不大。

男孩不要了的那只猫咪，的确长大了。

不过没有挂掉，而是吃饱了，和它生的小猫崽，在一团一团打瞌睡。

男孩忽然觉察到一种难以言喻的感动。他只有十几岁，却在一瞬间，体会到了何为失去，灵魂中柔软的心智，一瞬间忽而长大。那正是小塔故意骗他的时候。

那些倔强的气话、抱怨顶撞或逆反，并不是那么重要，过去就过去了。

他的这份暑期工，会有盈余零花钱。还有一个多小时结束当天的营业，他不打算把猫咪的寄养费还给母亲了，因为他决定下班关店后，经过小区的蛋糕店时，给母亲买一份水果蛋糕。

此刻黄昏，男孩打开一瓶柠檬茶，坐在店里，他觉得等待的时间如此寂静悠长，心中不慌不忙。

地上的瓷砖折射着太阳淡淡的亮光，他盯着身边不同颜色的猫，它们如同很多云朵在移动飘浮，令不大的店子像一座云中之屋。

恰到火候的食物

看似复杂，但心灵手巧的家庭主妇，只用了半个小时多一点就端出上了中国百大名菜之一的美食。但是对于小栎来说，重要的是，放学回家，孤单寂寞的童年，这是最温暖的记忆。

多年之后，小栎自己按下计时器，开始在厨房里忙碌。

遥远的童年时代，六岁的小栎穿过古老的巷子，现在变成了小小的桥。石头桥边就是她的家。

每天黄昏的时候，左邻右舍的厨房，传出来诱人的香味。只有自己家寂静得不像话。父亲远在外地工作，母亲常常加班晚归。放学步行回家的小栎就这样坐在门口的台阶上，傻傻等着，饿着肚子，吞着口水。其实家里有泡面，但她厌倦了面条的味道。

那年冬天，某一次提前回家的母亲，看见坐在台阶上的小栎。摸了下她的脑袋，说：“今天咱们做好吃的。”然后母亲快速地走到厨房，从口袋里掏出切好的小块排骨，那是她回家路上，在菜市场精挑细选的，用油纸包包好，外面再套了一个塑料袋带回家的。

然后呢，母亲又把院子里面堆放的一堆乌黑泥物扒开，取出一根长长的东西来。用清水洗干净，那东西就露出雪白的莲藕本色。一半斩掉黑色的藕节，切成大块，再分解为小块的藕丁。

当另外一半的藕还在被切成薄薄藕片的时候，热水已经在蒸汽锅中滚滚沸腾，小栎母亲开始用那些小块的藕，均匀搅拌上蒸菜专用的米粉，加一点盐和香料。对了，还有最重要的秘诀，这要在末尾加上。

青翠碧绿的茼蒿切碎之后，同样拌上米粉。经过冬寒训练过的红皮萝卜，切成细细的丝，也拌上米粉。蒸汽锅的抽屉上，母亲开始铺放这些食物材料，细心得像在处理一件工艺品。

一层萝卜丝，一层茼蒿，一层藕丁，颜色异常养眼，母亲盖上盖子。藕丁之上，另外加上一勺雪白的猪油，稍微搅拌。这个时候加进去的猪油会在热度下，顺着三层食材渗透下去，这样食物容易熟，还会糯滑顺口。

与此同时，那些切得透明晶莹的藕片，两片一夹裹住了切好的葱花肉末，被小栎母亲逐一放进调好的面糊里面。面糊里还加了一点鸡蛋，一点盐，一点胡椒粉。

蒸汽锅冒着白色热气，另外一边油锅已经热了。

那些夹住了肉末的藕片，在油锅里冒着气泡，散发出奇异的香味，炸到金黄色，小栎已经眼馋得不行了。这就是藕夹。

看似复杂，但心灵手巧的家庭主妇，半个小时多一点，就做出上了中国百大名菜之一的蒸菜。但是对于小栎来说，重要的是，放学回家，孤单寂寞的童年，这是最温暖的记忆。

最后，圆桌上摆出了两道菜。红红绿绿粉嫩的蒸菜，三样拼放在一个大盘子里。酥脆的藕夹，咬一口满满的鲜美，小栎根本就等不及拿筷子，直接伸手抓起一个，龇牙咧嘴吹着气，吃掉一个。母亲半是阻拦半是心疼："喂喂，死丫头，你给我慢点吃，别烫着了。"

小时候的小栎，一边看着母亲手脚麻利烹煮食物，一边看着屋子里的墙壁上的壁钟，默默在心里计算着时间什么时候能够吃得到。小栎清晰准确地记住了，灵巧敏捷的母亲那次花了 37 分钟。她吃得很饱，夜里打嗝了好一会。

结婚以后的小栎，提起来家乡的菜色，决定做给家人吃。第一次试着做，失败了。再做，又失败了。做到第三次的时候，不耐烦了。嗨，老公早就等着开饭，看着烧焦的藕夹，寡淡无味的蒸菜，碗筷一推，黑着脸叫："出去吃。"

不吃就不吃呀，这年代谁说女人一定要在家做饭带孩子，还非得做得好吃。小栎一样要出去上班，一样的要辛苦。既然这样那就不如一起出去吃吧！

对了，这个时候，没多少人叫她小栎了。同事朋友和老公都直接叫她的名字，李栎。小孩子永远只会叫妈妈。

有那么一些时候，李栎心中也会有那么一点遗憾：为什么没能继承妈妈的好手艺呢？于是她自我总结和安慰，大概自己真的没有做菜的天分。

小孩子七岁的时候她离婚了。在大学里面当硕士生导师的老公，跟一个年轻的女学生好了。签离婚协议的时候，老公放弃了房子，并且承诺要赡养她的父母，以及养育孩子所需要的费用，一律承担。

一瞬间，好像昨日还坐在家门口的台阶上。转眼之间，长大了，在外地念大学，谈恋爱，大城市结婚生活。眨眼之间有了小孩，眨眼之间，又恢复了自由之身。相爱带来快乐，挫败带来愤怒，告别带来眼泪，成长带来坚强。

父母呢，匆匆忙忙，发生了变故。一个上了天堂，喜欢抽烟的父亲肺癌走了。一个记忆衰减，六十多岁的母亲，有时候会忘记她的名字。五年后，也去世了。

女儿十一岁的这年，她忽然心血来潮，买好了新鲜的蔬菜，新鲜的萝卜和莲藕，还有新鲜的肉，以及各种佐料。

这一次成功了，共计 55 分钟。虽然效率不如母亲，但味道总算赶上了。她尝过以后，还有点不敢相信。

藕片要厚薄适度，切的时候要专心。肉末要均匀沾上淀粉才会充分地舒展柔嫩。茼蒿不能切太细，因为上锅的时候，其实会缩水。至于猪油那一勺是绝对不能少的！现在时间充分准备足够，还加上了磨碎的芝麻粉。

做好了的时候，锅碗瓢盆是热闹的，心里是安静的。只有母女两个人，也不会寂寞。其实吧，现在的孩子人小鬼大，一直嚷嚷着让她再找一个对象。当然了，得是一个看得顺眼的大叔。逗得她哭笑不得。李栎嘿嘿一笑："我要是再找男的，肯定也让你过目把关。不过，还是等你考上大学吧。"

"哼，我看你是想单独享受两人世界，不想旁边存在电灯泡吧。做得这么好吃，以前干吗不做给我吃？"

李栎无言以对，只是微笑。她本来想告诉孩子，是跟着你的外婆学的。但其实，她也没有认真学，只能算是旁观。很多女孩子并不是生来就会做饭，也不是生来就是一个杰出的厨娘。做菜有很多秘诀，但有一个秘诀，是共同的：为了你所爱的人做菜，然后静静地熟能生巧。

餐厅的菜很好吃，真的。但是大家念念不忘的还是妈妈菜，那是另外一种与众不同的好吃。

如果换成了自己的母亲重新来做，也许是另外一种好吃，也许孩子根本就不喜欢从前大人的口味。谁知道呢！其实母亲的拿手菜很多，远不止这两样，但也有的人在长大以后，重新吃到妈妈做的菜，觉得难以下咽，大概这种人已经忘却了本来的初心。世界上有千百种爱，就有千百种口味。

看着孩子吃得格外香，她胸口里涌出喜乐和淡淡的哀伤。这很奇怪，但又合情合理。

人生中那些琐碎寻常的画面，闪着微光。小栎所不能释怀的是，亲人和逝去的青春都无法重来。可是那个脸孔类似幼年自己的女孩子，瞪着天真的眼睛凝望质问："妈，怎么发呆？你也吃啊！"

嗯，她也吃起来。只有红皮萝卜才能这么晶莹甘甜，只有最新鲜的茼蒿才能闻着清香入口柔软，只有火候足够的粉蒸藕才会软糯浓郁。

到如今的岁月，李栎觉得一切饱足，都取决于自己的心，有亲爱的孩子，也爱惜自己。哪怕外面天气寒冷，但家里暖和安逸，还有一盏暖黄色的灯。

冬天的蒸菜，是一个人心中永远需要的，温热的爱。

咫尺天涯都在心间

为了获得被爱的感受，运用在日常生活中。我们的心是最饥渴的动物，执着于寻觅爱意，以爱为食物，甚至主动制造，扩大生产，再吃下去，才能够饱足平静。

我在微博上看见一个网友小杜说：“很多人与同事都是泛泛之交，每天却有三分之二的时间与他们共同度过，而最重要的亲人，每年只有几个节日能与其同聚。为什么生活里的人，往往都不在你心里；在你心里的人，往往都不在生活里。”

恰好我也琢磨过这么个事。我的看法，恰好相反。

有一年秋天我去一个朋友家里玩，进门赫然一张巨大的画，上面云山雾海迎客松傲立，扭头则是书法墨宝，再到坐下，发现桌椅都是厚重的红木家具。当时我就笑得俯身在椅子上，因为眼前的一切太离奇反差了。

我的这个朋友，是一个才二十来岁的女孩，但整个房间的风格气息，跟年轻女生的青春活泼截然相反。她只好无奈耸肩，墨宝和巨幅壁挂画都是父母送的，有着祝福的寓意呢！怎么好拒绝？而且笨重的家具木头的才结实呀。

最让她烦恼的是，她爸妈常常突袭，不告而来。有时候她正在家里看影片，听见敲门，去开门，是她爸妈从几百公里外的小城登门造访了。然后她的妈妈开始一边唠叨一边给她收拾打扫，她爸爸挺认真严肃盘问她工作怎么样，跟同事跟上司的关系相处怎么样，谈恋爱了吗……

她呢，堆起笑脸，敷衍回答：都还好啦。

之后，一家人碰头，当然也要去吃饭聊天。就这样差不多撑到黄昏，因为她的小公寓没有客房，她的爸妈便只能去住酒店。作为女儿，她当然是送双亲抵达下榻的酒店，然后自己回来。她跟我说，再拖延下去她就撑不住了。

没错，但凡和爸妈相处超过了一天，必定开始口角，开始受不了念叨郁闷顶嘴，搞不好就吵起来。吵嘴后，她又会后悔难受。她长长叹气。

对于她的叹气，我回之以：米兔。米兔，也就是英文“me too”的谐音，我们作为同一年代的人，深有同感。

两代人那么多生活习惯差别，价值观不一，对人生的追求，对世界的审美，各有各的时代刻痕。小孩子长大了，成为一个独立的个体，父母却仿佛时光停滞，态度一以贯之。

相反，有一段时间跟爸妈不见面，她会突然很思念，给爸妈打电话，隔着距离，双方的言语亲切平和，都很放松，心中觉得特别温暖。

远了牵挂，近了又怨。我也长长叹气了。

世间所有的爱都是为了在一起，不过，活生生的人真的在一起的时候，反而变得遥远。近在咫尺，但魂儿神游天外去了。心的在一起，跟地理时空上的在一起，根本错开了。

假如，我只是说假如，他们老了，离开了呢？那个时候我们为人子女，又该悲伤大哭，懊恼陪伴在一起的时间太少了吧！这样的情况生活里太多，世世代代，一直发生。

那一天真的到来时，请告诉自己说，好好地领会这悲伤，但不必懊恼。

大人老去，孩子长大，各自为人，不可能总纠缠在一起，这是社会与人的生命规律。

世间的爱，也从来不以物理的尺度衡量，全凭缘分。有生之年，彼此的心有过最亲密的触碰时刻，也就在一起了。你最爱的人，还会存在你深深的脑海里，你的梦里，你的心里。

你所要伸手牢牢抓住的，是那些即便人隔千万里，仍然感觉到温存的刹那，那是真正的“在一起”。

孩子理解父母很不容易，父母要理解孩子，也需要细腻的感受能力。2009 年的诺贝尔文学奖得主赫塔·米勒有一本小说《心兽》，这本小说有一篇很漫长的自序。序言的开头，她写了一个出现在她生命中，让她耿耿于怀的小东西。

幼年的她每次清早出门，总是忘记携带自己的手绢。然后，母亲会喊住她，提醒她：“米勒，你要记得带上手绢了。”然后她才心满意足地去上学。

忘记、提醒，日复一日，周而复始形成某种规律，伴随着她的童年。其实，她是故意忘记带的，因为这样就可以获得一种微妙的证明。妈妈很爱我，妈妈很关心我。

一个真正的母亲，总会细致入微地照顾子女。为了反复体验这种母亲之爱，她才不断“忘记”手绢，唤起母亲的提醒。母亲的关怀，就蕴含在手绢中。

大部分的人恐怕都有过这种行为，尽管自己都不是很明白，自己内心深层次的动机：为了获得被爱的感受，运用在日常生活中。我们的心是最饥渴的动物，执着于寻觅爱意，以爱为食物，甚至主动制造，扩大生产，再吃下去，才能够饱足平静。

渐渐小女孩长大了，总有一天也会成为母亲。我不知道女作家赫塔·米勒是否有女儿，我只能默默地猜想：有一天，她的孩子也透出这样的小心机，她必定万分洞悉这种自己曾有过的想法，温柔地与孩子配合吧！

我甚至还推测下去，这母亲固然洞悉秘密，却一定秘而不宣。无声无息，潜行默动，如同不为人知的天体运行一般。于是，小心机的境界又为之一跃，进入更柔软普遍的庞大境地。

亲情之爱和在一起的陪伴，藏着与我们日常认知截然相反的奥秘，拨开迷雾，才见真实。

藏在时光里的美好

生命中一些细小的恩惠还有很多，因为做的人觉得不值一提，常常缄口而过，以后自己都忘了做过。它们就藏在了时光里面，不为人知，却一点点温暖了这个世界。

假期，我坐车出门买东西，天气很暖和，晃动的公共汽车上，好多乘客都打起瞌睡来，我也不例外，看着坐在前后左右的老人、年轻女孩子，还有几个小朋友，都闭上眼睛歪着头入睡，我靠在车窗上睡着了。

醒来后，检查一下东西，都还在。只是，我发现口袋最外面的书沾染了灰尘，这很奇怪，我才从书店买的，崭新的装在口袋里，怎么会脏了？也许是人多拥挤，擦脏了吧！我拍了拍书，不再想这个事情。

旁边学生模样的小孩子说："刚才你睡着了，书歪出来掉地上，有人帮你捡起来了。"

原来如此。

“帮我捡书的人呢？”我问。

“前站已经下车了。”小孩子回答。

城市那么大，错开了就错开了，我是不可能知道是谁帮我把书拾起，放回袋子。我受了他小小的一点恩惠，无法对他说一句“谢谢”。他甚至没有叫醒我，悄无声息完成了一次小援手。

这样的恩惠，生命当中当然还有很多，因为做的人觉得不值一提，常常缄口而过，以后自己都忘了做过。它们就藏在了时光里面，不为人知。这次碰巧有小朋友告诉了我，我得以知晓。

它们真切发生在我们身边，也许是你不在办公室，你的同事顺手帮你洗干净杯子；也许是你某天回家很晚，你的邻居喂了你的宠物小狗几块饼干，小狗得以暂免挨饿，等等。我们所生活的世界，因此而值得热爱。

十万吨眼泪

——纪念 2008 年四川地震

十万吨眼泪以后，悲伤转变为绵长的思念、力量、勇气，静默与生者彼此的爱的守望——那些孤儿，那些老人，那些失去孩子的父母，以及我们。

你知道么？关于一百天这个时限。

一百天是个什么特殊的日子？一百天，是心理学意义上的创伤缓冲期。受难者，一百日里将承受巨大的心之痛楚。大地裂开，而生命熄灭。一丝一缕半透明灵魂消散。直接的，间接的，所有见证者，都是受难者。我们，都是受难者。当我坐在巴士里扭头看着车载电视里反复播放的新闻的时候，眼泪反复地流淌而不可遏止。我在想，这一百日，会有多少的眼泪诞生？

假如平均一个人在 10 天内流下了 10 毫升的眼泪，那么，100 个人就是 1000 毫升，约莫就是 1 千克。一吨等于 1000 千克。也就是说，十万个人，便有一吨的眼泪。那么，一百天呢，这个国度的10亿人呢？加上遍及海内外的其他同胞呢？总共，是可以有十万吨眼泪的。大约，是可以这样换算的吧！为了那么多转瞬离开我们的人，地球上，曾经在2008年的5月12日之后，出现过这么多的眼泪。

在这里探讨眼泪很重要么？其实，很重要的。重要到谁也无法绕过它。因为，我们表达悲伤最原始本能的形式便是眼泪，这种含有盐分的液体。

有部电影里引述爱斯基摩人的故事，当他们所爱的人死去，他们会聚在一起谈论那个死去的人五天五夜，当他们谈论的时候，他们是在淡忘关于那个人的记忆，从那以后他们就再也不谈那个人，如果他们再谈的话，那个人的灵魂就不能得到安息。

我想，大概我们无法像传说里的爱斯基摩人那样豁达，我们无法做到五天五夜后，不再谈论失去的人。

人类有一种奇妙的心理，目睹亲人同胞受难，会天然产生一种代替受难的意念。这种意念那么强烈，以致我们诞生了哀悼这样的仪式。当那么大的悲伤笼罩，那么多的人惨痛失去生命，我们怎么能够去开心，去幸福呢？所以，我们必须集体默哀。比如三天国家悼念日。

但其实，离开人间的他们，如果来得及对爱着的人说一些话，他们说的多半是，希望我们快乐幸福地活着。

即便他们离开了，也是深深爱着我们的。一如，我们深深爱着他们。请闭上眼睛，想象一下。换作是你，会怎么做？我想应该也是拼命祝福自己的亲人爱人朋友吧！希望被记得，但不希望他们凄苦而生永远哀伤。

就让我们为悲伤设立一个大致的期限。一百天内吧，痛快地哭吧。用眼泪融化悲伤，用十万吨眼泪为他们祭奠。然后，我们要走出漫长的悲伤期，我们还要答应他们，会认真生活下去，让自己幸福，更加幸福。因为，这才是他们想看见的。他们以我们的怀念，而留传存在于世界上的宝贵记忆与痕迹。我们，会永致怀念。

十万吨眼泪以后，悲伤转变为绵长的思念、力量、勇气，静默与生者彼此的爱的守望——那些孤儿，那些老人，那些失去孩子的父母，以及我们。也许我们难免还有零星哭泣时，因为哀思。但我们，所有活着的人，要替去往另外一个世界的人，加倍活下去，活出他们未尝来得及实现的那份美好幸福。

心如月光温柔

如何成为一个真正意义上的人？那就是把自己放的更加低，但做的事情却很高。虽然年岁很大，但内在青春之树不凋零。不因岁月磨砺而固执坚硬。

平时看报纸，也会看见特别的故事，有个小事尤为印象深刻。那是“小谢的故事”。

是在几年前的中秋之前看见的这个小事，在一份很小的地方晚报上。

“临近中秋，老人就集体出来看月亮，边看边说，小谢就要来了。”每到中秋，镇上养老院里的工作人员总这么说。

15 年来的中秋节，小谢一直给养老院中的老人送“节礼”，这在当地被传为佳话。

小谢曾是女村长，一到中秋前夕，就开始盘算要备的礼品了。今年也不例外。谁能喝点酒，哪几个老人喜欢什么口味的月饼，肉要几分瘦几分肥的……这些都是她要细细过问的。

日子久了，小谢就变成了小街上的“头头”，在她的带领下，在这条街上做小买卖的人都会参与到她的“送礼”队伍中来。

跟着她齐心协力，会把善事做得时间长一些、效果好一些。新坝镇上的生意人都乐意跟着小谢做好事。小谢这样的善事一做就是15年。她的名气从新坝传到了海州，海州工商联也为养老院送去了大批的生活用品。

因为小谢，那些失去了子孙辈照顾的老人，在其他人团聚分吃月饼的那天，也能够好好过节日了。

看到这儿，你知道了小谢是一个送人以温暖，洋溢温情的好人。

可是，你知道小谢今年多少岁了吗？

挂在那个养老院的老人们口中的“小谢”，其实已经71岁了。这个年纪，在我所在的本地方言里，已经是地地道道的阿婆了。

她的真名叫谢新兰。

衣着朴素、目光中透着温和的谢新兰说：“养老院里多是孤寡老人，中秋是团圆节，他们会难过，我们送点礼品过去，他们会好受些。”她还说，“其实，他们大多和我年龄差不多，为了让他们感受到子女辈的温暖，我情愿他们叫我‘小谢’。”

如何成为一个真正意义上的人？那就是把自己放的更加低，但做的事情却很高。虽然年岁很大，但内在青春之树不凋零。不因岁月磨砺而固执坚硬。小谢的心灵宛如年轻人一般，焕发光彩，如同她头顶的月光一样温柔。

手捏的饺子

渗透了强大的爱的食物，残留的潜意识温暖一直主宰着我们，会唤醒我们爱和温暖的感知。

回答我一个问题，你最爱吃的东西是什么？不局限在零食范围。

这个问题很好回答。充其量使你小小烦恼的，你的最爱吃里有几项并列。那么我要问第二个问题，为什么那一样食物你最爱吃？

可还记得第一次吃那种食物？何时何地何人何事？请让记忆苏醒，让真相呈现。你看见了什么人？什么地方？什么事情？

咦？比如我，我很爱吃饺子，还有瓜子，还有自助餐。我看见了小时候，我妈亲手包饺子，我帮她塞饺子馅，下锅煮，放调味品，热汤酸酸香香的，我大口吃着。

手捏的饺子，是与妈妈相关的童年温馨记忆。

我还记得第一次带我去吃自助餐的好朋友。我爱自助餐。我们关系很铁，常常厮混在一起，暑假兼职啊什么的，摆摊啊什么的。

我还记得，我爸出差给我带的许多桂林的甘草西瓜子。我对瓜子这种零食的偏执热爱，就是这么建立的。以致我现在上面那排的牙齿队伍里，有几颗磨损出凹痕。瓜子的味道，代表着父爱。

你呢？

为什么多数人一边嚷嚷要减肥，一边疯狂地热爱美食？是因为生命中最爱吃的，脑海第一时间想起的食物，总是跟爱联系在一起。那一定是小时候妈妈做给你吃的，或者爸爸做的，或者爸妈带你去吃的东西。

其次是恋人或朋友带我们去吃的好吃的。渗透了强大的爱的食物，残留的潜意识温暖一直主宰着我们，会唤醒我们爱和温暖的感知。即便我们忘记了当时具体的环境，忘记了人，忘记了事情，但我们会在内心深处，把当时舌头味蕾品到的味道，与心理层面感觉到的幸福感，密切融合，储存起来。

因此，我们贪恋食物，不得不一再发胖，为之烦恼。可是无论如何烦恼，即使我们克制自己少吃，但我们对食物的爱，对特定零食的爱，永远不会磨灭。这就是吃的真相之一。

如果你在吃着饺子、甜汤、炒饭等等任何一种食物的时候，感觉到幸福与美好，那是因为在你的潜意识里，美食带你重温了那份温暖美好。这是生命的真谛，食物的本质。

你最爱吃的食物，永远与你最爱的人的记忆相互牵绊。如果你很爱吃，或许只是因为你渴求爱，这是一个来自潜意识的信号。

赠送我一个小时

我们都乐意成全那些充满爱意的事情，自己也会觉得很快乐。这也是成人之美，最朴素的道理。

那是在一个早晨，某大学的课堂。当时离上课时间还很早，教授还没有来。一个年轻的男生冲上了讲台，手里拎着一个大大的背包。

他跟台下的学长学姐们问好。

然后这个男生介绍了一下自己的情况。他有一个女朋友，是附近的另外一所大学的。女朋友的家里经济条件不是很好，因此在勤工俭学，自己也做一些手工的首饰拿出来卖。

可是呢，因为女朋友忙着做东西，就没有时间和他谈恋爱约会呢！而且她的女朋友很有骨气，不愿意花他的钱。

他决定帮女朋友来卖这些小饰品。但是真的去摆摊了才发现，他在学校马路旁边蹲了好几个晚上，才卖了七八件。女朋友心里也难过。

于是他灵机一动，就跑到教室这边来了。他开始算账给大家听，每卖出去几件，他就能够多出一个小时的约会时间。所以他希望在座的学长学姐们帮帮忙，能够赠送给他一个小时。

把话说完了，他还相当诚恳地鞠了一个大躬。台下顿时哄笑成了一片，在笑过之后，大家纷纷围上来。

结果呢，不到十分钟时间，他背包里的东西都卖光了，足够女朋友两个月的生活费了。

他兴高采烈地跟大家道谢。

其实很多人根本不喜欢戴花花绿绿的小玩意。还有的男生，买了根本就没有什么用，直接就转送给别的女生了。

但是大家还是买下了他的所有小饰品。我们都乐意成全那些充满爱意的事情，自己也会觉得很快乐。这也是成人之美，最朴素的道理。

第三章

猜猜我有多爱你

树叶绿了又黄，花儿谢了又开，四季往复，
门前老树，院里枯木，时间都去哪儿了？
嗯，时间哪儿都没去，在你心里，在我心里。

我们的父亲

这是一种因怀念亲人而生的美好，在无形地散开。一个老人对自己久远离去的父亲，藏着很深很深的怀念。这怀念蔓延开来，一直漫过他的女儿的内心，漫出来，又蔓延到陌生的我这里，蔓延到我的父亲那儿。

多年前的某个春节，我和我的父亲一起回家。

我的行李太多了，要赶到车站而不耽搁时间，只有打的士。而所有的的士都是满的，我急得到处张望拦车。

这个城市每每年夜之前就下雪，下雪是极其冷的时候。这样寒冷的天气，我看见我的父亲的额头冒出腾腾的热气，嘴里还呵着雪白的热气。因为大部分行李，都在他身上。车站人多手杂，父亲把东西基本上都背到了自己身上。

一辆坐了人的的士停到父亲面前。我跑过去，奇怪地问："不是有人吗？"

里面坐了一个女人，二十七八的样子，服饰朴素而整洁。她说："上车吧，我带你们一路。”

“你们也是江城人吧？赶最后一趟回家车吧？”

“你怎么知道的？”

“在这个路口等的士，大半是直接到那个长途车站的。只有那站里的车是开往江城的。”

我和父亲相视一笑，出门遇老乡了，而且是个好心的人。

到了车站，三个人一起动作，行李迅速丢进车后面的载物厢。

在拥挤而狭小的车厢里，那个原本容纳两人的位置，明显变成了小牢笼。动也动不得，出口气都艰难。我的父亲年纪明显大了，比我还艰难地喘气。

但我也无可奈何，我有心不要劳累他，但我们会合之后，他就把行李全部揽到了他的身上，并且紧紧地抓住。那是太习惯也太熟悉的动作。我只好负责起买车票，找位子，买路上食物。幸好，遇到了一个肯帮我的大姐。

车驶出车站，里面的乘客都安定下来。和她攀谈当中，才知道真算是半个老乡。她还在我们下车之后的一个小城市。

我这个时候才来得及道谢。心里的感动让我觉得，出门在外还是好人多。在她可能不过是举手之劳，顺便而已，可却是帮了我的一个大忙。

她呵呵笑：“我哪是在帮你啊，我是在帮你的父亲呢！我看他年纪大了，提着背着那么多东西，看上去快被压弯了似的。”

我不好意思地笑：“这不都一样嘛！”

“是一样的，但也有点不一样。”

“有什么不一样的？”车厢剧烈摇摆当中，人挪动着，我们渐渐又分散开了。她也回到自己的位子。乘客都纷纷合眼休息了，我没能问她。

沿途报站，陆续下了不少人，她坐了过来。我的父亲在一边不停地说谢谢："不赶时间的话，要不就上我家坐坐。"

她笑着推辞："不了，不了，也没帮什么啊，顺手的事。我也赶着回家去，就不去坐了。"

回过头，她似乎洞悉我有疑问。帮我整了整行李，然后轻轻说："是有一点点的不一样。我们都是有父亲的人。记住你的父亲，你会敬爱你的父亲。但记住你是有父亲的人，你会敬爱所有的父亲。这话啊，我家里的老头子从小讲到大。"

我细细想想，忍不住说道："这话说得真好。你的父亲肯定很有学问。"在我以为，能够说出这样的话的老人，真的很叫人感动和尊敬。

她笑道："他啊，做过我们那里一所中学的教师，一做就是十几年，后来做了十几年报社记者，现在退休了。也就是一个很普通的老头子，哪里有什么特别。不过，我的爷爷，也就是父亲的父亲，在他很小的时候就去世了。老头子常常念叨着祖父，叹息他都没来得及孝敬祖父。"

我沉默了。

她叹息："我们家老头子，看见比他还老的老头儿，就特别热情尊敬。"

我想我明白其中的意思了。这是一种因怀念亲人而生的美好，在无形地散开。一个老人对自己久远离去的父亲，藏着很深很深的怀念。这怀念蔓延开来，一直漫过他的女儿的内心，漫出来，又蔓延到陌生的我这里，蔓延到我的父亲那儿。

最后我们先下了车，她的目的地在我们之后的下一个城市。她再次跳下车来，和我一起搬下行李。我嘴巴里呵吐着白气说："真的，到我家里坐上一坐。"

"不了，车啊人啊都等着呢！呵呵，我知道车很多的，不过我也想早点回家。过个开心的节呀！"冷风吹得有些寒凉，她甩了甩头发沾上的雪片，呵吐着白气，边笑边说再见。

其他本地乘客都下完，司机开始催促，她噔噔噔上了车。我大声喊道：“你也节日开心，全家快乐啊！”

隔着车窗，我分明看见她在对我挥手，然后又向我的父亲挥手示意。她也是赶回家，赶着急切的心情，去看她的父亲吧！那位父亲，虽然我从来没有见过面，但我的心底，却有股对他的暖热的敬爱。

我想这就是生活中的“老吾老以及人之老”吧。

一碗热汤的距离

并不是每个人都天生具有充分表达爱的能力，它需要教习，然后在两代人之间，生机勃勃，来回流淌，变成活的流动之河。

我的一个朋友，他是一家之主。每一次回家，他最喜欢说的一句话是：不要烦我了，我已经工作很累。今天也一样。于是妻子安静地做饭去了。几个孩子看见他回来的时候，一个一个轮流叫过一声爸爸，然后纷纷跑开，自顾自地玩耍去了。

他劳苦了一天。他想，自己是一个非常负责任的父亲。他板着脸坐小椅子上，不知道该做什么。他已经忘却如何说一个笑话，他也不会去扮鬼脸。孩子们在一边自己玩得很开心，没有去理睬他。妻子做好饭菜准备好会叫他的。这样一个幸福的家庭，这样一个幸福的画面，还有什么不满足？他应该是非常非常满足了。

可是，一种很空乏很寂寞的感觉升了起来，在他的胸口回荡。在他回到自己的家以后，却发现他用所有的一切，所撑起的一个充满甜美欢笑的家，与他居然如此保持着距离。不，这种距离不是刻意制造的，没有亲人喜欢距离。但确实存在。

我也相信，成年以后，那些小小的孩子懂事了，会理解他们的父亲，理解他的辛劳与付出。

只是现在这一刻，孩子们在母亲那里嬉闹着，在温暖的怀抱里笑着。米饭端了上来，雪白的鲫鱼汤飘着鲜美的气味，小炒菜散发着诱人的光泽。那是一种甜而温暖的氛围，他就站在其中却格格不入。甚至没有人注意到他默默吃完饭，回到卧室的时候，眼角有潮湿的痕迹。是谁的错，应该怪谁？

他什么都没有去追究。只是，只是在下一次回家的时候，他做了一个小小的改变。门打开的时候，他张开怀抱，微笑着，对所有人说："爸爸回来了。大家都过来，让我亲一下。"

孩子亲了他，他反过来再亲孩子。

这样的行为持续了好一段时间。

有一天，他回家才放下包，孩子就跑过来主动亲了他。爱需要教习，然后在两代人之间，生机勃勃，来回流淌，变成活的流动之河。

我终于长到和你谈人生的年纪

生命中值得被书写的，不仅仅是那些所谓的丰功伟绩，也还有那些平凡的、细碎的、带着温度闪着微光的事。

拨一拨时针，1991 年，黄昏时你带着我去买苹果。小摊贩阿姨跟你闲扯砍价，随便从头到脚地仔细打量你。

你付了钱，客客气气地跟小贩阿姨说："水果挺新鲜的，下次再买你的。"

然后你拉着我的手回家，这个小贩扭头就跟旁边卖甘蔗的大叔嘀咕，你说这是谁家的女人，天天路过桥头，我瞧她月月烫头，真有钱。

你乐坏了，摸着自己的卷发，偷笑了老半天。在大波浪头流行的年代，你时髦得太过分了，太让人羡慕嫉妒恨了。

可是我最清楚，美发店连你一分钱的便宜都没占到。我遗传了你从外公那里遗传的卷发。我的三个舅舅，个个爆炸头，卷得像学校墙壁上挂着的马克思和恩格斯。只有你和小姨妈，自来卷得比烫的还有型，顶着女人们喷火的目光，穿过大街小巷。

被叫了多少年卷毛，我就抱怨你多久。度过了为鸡窝头苦恼的小学中学和大学，毕业后我选择彻底板寸。

把时间拨回来一点儿。1996 年，有一天回家，我发现你和我爸都不在家。是奶奶通风报信，你和我爸居然趁我初中才升高一功课不紧，一道去深圳旅游去了。一去就是十来天，可怜的我只有天天吃泡面和蛋炒饭。

等到你和我爸回家，拎回来一大摞照片。我问你们玩了什么，你挑出一张秀给我看。妈呀，你站在一头大象旁边，穿着缅甸国的公主服，笑容比阳光还灿烂。你说你骑了大象，下来后老半天，整个人都还是晕的。你说大象这家伙看着苕（方言：指红薯），其实乖得不得了。你说大象怎么就长那么大呢。你说还喂了大象吃香蕉大象吃得可香了，你说你们还去了中英街，那里有好多怪里怪气的洋人……我打断你的话，你儿子在家吃泡面吃得都面黄肌瘦了，你们居然玩得不亦乐乎。

你尴尬地笑了，半天才挤出一句话，还不是要谢谢你，现在长大了听话了，我才放心。

再拨到 1998 年吧，我爸下海做生意破产，跑到广州给一个公司打工去了。只剩你和我在家里。家里的门总是被敲得砰砰响，登门讨债的，脸色都不怎么好看，你回回支开我，让我温习。

你赔着笑脸，周旋应付。你跟他们说，都是亲戚，宽限半年就还了。但那些昔日沾过我家光的亲戚，翻脸比翻书更加快。他们把话越说越难听，你还是隐忍不发。我在卧室里都听见了，也听不下去了。我冲出来嚷嚷，算什么的亲戚啊，欠一点钱，赶着要。当时还是您先拉着我爸做这个生意那个买卖。

打发走了亲戚，你脸上还残留着笑容，叹了一口气，看着我，你这孩子说话婉转点呀。

我说好，下回我婉转点。你去做饭，我整理书本资料。

直到我大学毕业，开始工作，你都没在我面前为这哭过。

不过呢，不管把时间拨到哪一年，你看那些国产剧，《上海一家人》《外来妹》什么的，随随便便就看哭了。

你看了撒贝宁主持的《今日说法》，逮着我了就跟我分析剧情法律，谈人生说心得，比主持人还主持人。等到中央十台的《走进科学》，又迷得不行，继续逮着我推断那些乱七八糟的古怪现象到底是怎么回事。

只要开个头，你能絮叨三个小时不在话下。你儿子虽然大学学了法律，毕业却改行了，对这种节目没啥兴趣，而且肯定一定确定，总是在赶稿，只好逃之夭夭，恕不奉陪。

你闷闷不乐独自坐在那看电视，默默把频道换到本地台，看一个叫阿星的活宝主持人用方言讲段子。你又被逗乐了，笑得前俯后仰，几乎喘不过气。

你渴望我的陪伴，又知道我有我的辛苦，于是你选择自己陪自己。

这个时候，最艰难的日子，已经过去了。

你说，一家人在一起，租房都行。

曾经卖掉了房子，后来我们又买了房子，还不止一套。你终于松了半口气。我劝你说，我养个老妈，完全冒得（“没得”的方言发音）任何问题，何况你省吃俭用得不像话，你还有退休金，你还是不用再上班了。

结果你还是自己找份工，闲不下来。

有一回，你眼中带着愧疚，突然跟我说：“是我们耽误你了。”我困惑不解。

隔了两天，我才搞明白。这要怪我那来借宿的同学。他们说，以我的一支笔，大学里风头出尽，写遍中央大报，教授们都吃惊，怎么后来去了个二流杂志，尽写些浪费才华的东西呢。

你真是……我该怎么说呢，你真是想多了。我承认，那时候在象牙塔里，写的那些看似高大上的玩意，带给我满满的虚荣心，拿遍了学生时代能拿的奖。但你不知道，那些文字回头看有多么无聊。

当我真正出第一本书的时候，发现还值得被记录的，其实还是后来所写的。就像你那次骑上大象，当时觉得稀罕头晕，之后不觉得有什么了。生命中值得被写下的，反而是那些细碎的，带着温度闪着微光的事。

对了，你怎么可能放得下牵挂。半生就那么一次长途旅行，念兹在兹，千里迢迢让我爸的同事带回来两篓荔枝。从南国的树上直接采摘，搭着我爸单位同事的车，送到江汉平原的那个小城。

对于母亲来说，男孩儿没法像女孩儿那样，是贴心小棉袄，可以彻夜枕边谈心，有说不完的话。

不过，我在你身上得到特别重要的一样东西，那就是勇气。在父亲被生活打垮，又来不及恢复时，你兼顾了父亲的职责。纵有疾风起，人生不言弃。

2006 年，你五十岁还不到，头发已经白了一大半。不过一辈子爱美的你，不许人间见白头。

你一年一年勤快地染黑它们，让我爸给你买染发剂。我反对你染，我拿出科学依据，说染发剂会致癌，不能用。你嘟囔，一头卷发，白了比别人更难看。

我说我还没好好尽孝呢，你这是给我找堵。我说还没带你去香港玩呢，当年你在深圳一条马路之隔，政府管得紧，没法去玩，遗憾到现在。我说，我给你买的房子还出租着，你都还没住……

我说了一卡车话，你却近乎哀求，少活几年都行，就是要染，不然没法见人。

我无可奈何。一年最多染两次，我去给你买最好的染发剂。你同意了，我们终于达成一致。

我的小半生，拿过无数笔稿费，只有大一拿到的第一笔稿费最开心。因为我告诉你的时候，你惊讶了。你的儿子，17岁就在赚钱了。你很骄傲，于艰难中第一次开怀笑出来。

看到你发自真心的笑，我很快乐，真正的快乐。

你一直虚伪地假笑，敷衍人情炎凉的各路亲戚、单位同事和邻居。你要扮演坚强，我知道，你太辛苦了。因为你知道这世界就是这样，一旦被命运打败，服输放弃，心志就垮了。锦上添花和雪中送炭，向来前者多后者少。

后来，我终于明白，对于你来说，做人就要认真地活。你认真了大半辈子，平时柔软妥帖，吃苦时却比我爸硬气，再难熬都撑下去。你不离不弃，守着我爸和我。

你对待头发的态度，就是你对自己人生的态度。

直到我如逆水行舟，还尽我爸的欠债。你总在跟我说谢谢，说拖累，说不能给我更多。

扶你去医院做检查测血压，你甚至不敢一个人去，害怕这城市太大会迷路。当你老了，我真正长大了。

树叶绿了又黄，花儿谢了又开，四季往复，门前老树，院里枯木，时间都去哪儿了？嗯，时间哪儿都没去，在你心里，在我心里。

从前你说，我只是听着，或者不耐烦地走开。如今，我终于长到了可以跟你谈人生的年纪。

去年的某一天，我们坐在沙发上聊天。你被某个话头触动心肠，忍不住滔滔不绝诉说起来。你倾尽大半生的苦水和哀伤，走过的路经过的事，多少绝望和无助，好似长江的流水。我给你递面巾纸擦泪，整整用掉了一大盒。

直到你回去睡了，坐在深夜的黑暗里，我很久都无法平复心绪。我理解你所有的付出，就如同你理解我所有的努力。

一切归结下来，不过是一个“爱”字。我从来没有当面对你说过这个字。

对于中国人来说，尤其是一个过了三十岁的男人来说，真的挺不好意思的。

我们之间，根本就没有什么谢谢不谢谢，拖累不拖累。这辈子，我们母子一场，下辈子谁知道呢？我编了那么多故事，从来没想过这个问题。也许因为，没有什么下辈子，我们能好好过下去的，只有这一次的一生。

我想，当着你的面，我大概今生都说不出口来。

好在，我可以写下来。就让我在纸上认认真真对你说一次吧：“我爱你，深深地。”

更加深邃的爱

建立在帮助被爱的人获得独立成长的基础上。所以如此悠远绵长，延续数年，这种爱，更为深邃，越过岁月呈现出黄金一般的珍贵厚重。

有个真实故事，我一直记忆深刻，来自《人民日报海外版》。2005年8月22日上午，正在上班的李思俭接到传达室电话，说有一封“陕西来的信”。

李思俭疑惑了，她在那里没有一个亲友啊？她赶紧过去拿了那封挂号信，打开一看，娟秀的字体映入眼帘：“李阿姨，您还记得9年前你捐出去的一件小棉袄吗？我就是穿那件棉袄的小孩王翠……”

李思俭想起来了。

那还是1996年，单位为贫困老区儿童捐助冬衣，她就拿出了儿子的那件豆绿色灯芯绒棉衣。想到棉衣要穿到一个贫穷孩子身上，李思俭沉思了：“这些孩子连棉衣都买不起，哪里会有钱上学呢？”

于是她在小棉袄口袋里塞进一张小纸条。“孩子……”她这么称呼，“当你穿上这件棉衣，我们就相识了。如果你上学遇到了困难，请与我联系。”她写下了自己的地址和电话。

光阴流转，10年过去。当年的小女孩长大了。李思俭也几乎忘记，自己曾经捐出过这么一件小棉袄。

2005年王翠考上东北农业大学，学费让这个贫困家庭被阴影笼罩……王翠想起了那张纸条，事隔多年，虽不抱太大希望，她还是写出求助信。

10年里，李思俭换了6个单位，经济状况也不太好，丈夫几年前下岗，儿子正在读大二。她把刚刚得到的2000元奖金汇给了王翠。在汇款单附言上，她写道：“我会帮助你的，记住，永远不要对社会失去信心。”

“我的想法很简单——不管是9年、10年还是20年，做出的承诺一定要兑现。”李思俭说。一个月后，王翠含泪走进了大学校园，还多了一个关心她的“妈妈”李思俭。

经过新闻报道，李思俭的事传开，感动了大家。更多人表示要增添一点爱的温暖。

故事到这里，已经感人肺腑。

但是，李思俭又做出了一个特别的举动。她反对大家负担起王翠念大学的全部费用：学费可以资助，但“生活费用应当由‘女儿’勤工俭学来解决”。

“翠翠终归还是个孩子，更需要的是长辈们的指导，帮助她走好人生的每一步。”

我为之耸然动容。

爱是人类最伟大的一种情感，但我也一直认为，爱分为两种。

一种是难以持续发展的。比如父母对孩子非理性的溺爱，甜如蜜，但爱你变成了害你；比如一时热情而献爱心，不管对方是否需要，是否受益……

一种是可持续发展的。比如李思俭的爱——建立在帮助被爱的人获得独立成长的基础上。所以如此悠远绵长，延续十年，并且不被外界赞誉吹昏头脑，理性地帮助王翠学会自立，走好人生。这种爱，更为深邃，越过岁月呈现出黄金一般的珍贵厚重。

拿什么记住你

那些说过的话、做过的梦、许过的愿、发过的誓、爱过的人，天真地以为永远不会忘记的事，都在漫漫岁月不需再提。也许遗忘才是最美好的。

有一天看一个人的游记。说的是作者拜会印度的一位诗人达斯库普塔。诗人被作为活的泰戈尔而拜会。诗人做了小甜点招待，还略微谈论了下诗歌，一切显得趣味盎然又温情。很快，到了分别的时候，诗人很温柔地说："好的，好的。为了让您记住我，请收下这些吧。"

诗人弯腰从花园里捡起三颗硕大的松塔。松塔嘛，在德国的树林里到处都是，但这三颗是特别的。

啊——请收下三颗硕大的松塔。

为了让别人记得我。

我做过——

在大学毕业的时候，我把新闻系的某某想要的纪念版《中国青年报》50周年卡片送给了他，还特意签上了我的名字。在大学毕业的时候，我跟许多人合影，然后保存进中国同学录网站。

在高中毕业的时候，我给那个和我同桌但后来忽然消失的女生，写了很长很长的信。我从家里带了饭菜，和另外的同学在学校的桃树林里分享晚餐，说要记得那一幕。在初中时候，我和别人交换照片……

我做过了许多许多的事情，为了让别人记住我。

为了让别人忘记我，我做过——我拒绝任何的回音。换手机号码，换掉小企鹅号码，拒绝被知道新的住址，假装糊涂。故意惹对方生气厌恶和反感。让自己表现得糟糕，扩大自己的缺点，放大性格的恶劣……

他们到底忘记了我没有？这也是个问题。

最后我就想提醒一句，松塔是要腐烂掉的哦，除非做特别好的防止腐化的化学处理。但那样的松塔，还是天然本来面目吗？照我说，不如在快要烂掉的时候丢掉吧！它本就应该有诞生、青春、衰老、掉落、化为灰烬的过程。打扰它已经很不应该了。

至于上面的两个问题，其实是一个问题。不想忘记的，总会忘得差不多。

想要对方忘记的，对方好像真的忘记了，也在继续生活下去。

地球不改旋转，世界不改昼夜更替。

就这样长大了。

而如今，那些说过的话、做过的梦、许过的愿、发过的誓、爱过的人，天真地以为永远不会忘记的事，都在漫漫岁月不需再提。也许遗忘才是最美好的。

平安夜里吻过你

当妈妈第一次抱住自己的孩子的那一刻，就会开始懂得，总有一天孩子会长大，会学会如何爱自己所爱的人。而妈妈要做的，就是学着怎么去爱——这一个开始爱着别人的孩子。

学校最后一个圣诞节，按照惯例，戏剧节目预先开始选人，大约15天排练时间。在挑选主角时，玩了一个神秘的游戏。请每个人在纸条上写下你觉得最适合的主角名字。如果你是女生，就写一个男生，男生相反。当然还要签下你自己的名字。

也许有女生很看好帅气的男生，但是，那个男生的纸条上却写着别人的名字。只有苏江的纸条上写着邱橡。邱橡的纸条上写着苏江。主持人走到他们的身边说，现在我宣布，主角是邱橡和苏江，果然是一对。

冬天的雪开始下了，今年是提前下的。苏江的脸红红的，回到家，苏江没有像往常一样，陪着妈妈看一会儿电视，而是躺在自己的卧室里，直到她的妈妈主动敲门进来。苏江才说："妈妈，我要出演学校的节目。"

妈妈说："好啊，很好的事情。是什么样的剧目，到时候妈妈也去看。"苏江说："不了，不了，妈妈你那么忙，不要辛苦跑一趟。我们是利用放学后晚上的时候排练。"

连续排练了四天，欢乐而热闹。

第五天的彩排室。邱橡闭上眼睛，却没有吻下去。他们只是虚拟地稚气地模仿，向上然后向下，呼吸交错……还有身体紧密地贴近，仿佛要把最后一点空隙赶跑。在戏剧里，他们是一对情侣。

这个时候苏江似乎想起一些什么。突兀地问道："我们会一直在一起吗？"邱橡停了下来，睁开眼睛："你是说，在大学里相见吗？"苏江点点头。

"那看你是不是跟我去一所大学。"

苏江推开了邱橡，站立半晌，说："我要回家了。"

苏江看到妈妈仍然躺在沙发里看着电视。妈妈说，饭菜热在厨房，端出来就可以吃了。苏江就慢慢吃了起来，喝汤、夹菜。妈妈似乎有点焦虑，电视的画面不断更换，频道一个一个地轮流。苏江端饭的时候她躺在沙发的左边，吃完时换到右边。收拾好碗筷出来，又换到了左边。跟苏江说晚安的时候，眼光凝视了好几分钟。似乎担心着什么，却又藏着一点喜悦，却始终什么话都没有说。

第八天。妈妈对打算出门的苏江说："今天晚上你陪我坐一下吧。"苏江愣了一下。妈妈问："好吗？"妈妈曾经看不起另外的一些妈妈，她甚至发过誓绝不做那种妈妈。可是现在，她想把女儿挽留下去，不要参加任何演出，也不要课后去和同学见面。电话响了，妈妈去接。苏江在一边说："妈妈，一定是邱橡，你和他说今晚我休息一次，不去了。"

那个男生的讲话声音，斯文温和而且礼貌，她不止一次在电话里听见。作为妈妈的她，忽然改变主意了：“苏江你去吧，不过要早点回来，路上一定要小心。”

她看着苏江的脸绽开笑容走出去。她知道，苏江记挂着自己一起排练的朋友们，苏江更愿意跟邱橡在一起，而不是和她闷闷地看八点的肥皂剧。苏江的笑容使她喜悦，而喜悦之后，沉沉的失落涌来，她其实想做一个不讲理的妈妈，有一千个理由留下苏江，但她一个也没用。她靠在沙发上，睡着了。

彩排的第十天。其他同学问：“你们还回不回去了，太晚了，我们走了。”邱橡站在门口说：“你们去吧，我们多练习一下，晚点就回去。”人走空了，排练教室安静下来，门也关上了。暖气从角落更加旺盛地弥漫出来。

两个人各自舞蹈起来，旋转，然后接近，又分开，最后拥抱在一起。外面冰雪寒冷，而窗帘拉下的房间里空气是热乎乎的，苏江的眼神是热的，邱橡的眼神也是热的。

九点钟，整个学校灯光渐渐暗下去。噼啪的声音响起，两个人瞬间分开。苏江跑到窗户边，拉开窗帘，她看见几米远的地方，彩色的焰火冲上半空，是谁提前在放烟火啊？苏江忽然想起她和妈妈约定的时间，回头说：“我该回去了。”邱橡眼睛里，有难以觉察的东西，最后他说：“我送你回去吧。”

终于到了平安夜，剧目是《罗密欧与朱丽叶》。剧情里罗密欧与朱丽叶有一吻，很轻很柔和的一个吻。演出是一定要吻下去的，他的吻细致而迅速，温热里一点凉。然后大礼堂响起笑和鼓掌的声音，演出时雪又下起来。

散场时候，第一次，邱橡没有送她到路口。他把伞递给了苏江，挥着手说：“我走了。”

苏江是温顺听话的好孩子，一直都是，她不可能违背妈妈的话去选择大学。

而妈妈是世界上最好的妈妈。当她听到邱橡说的大学名字，和她心里的不同。苏江知道，自己的初恋已经完结。苏江就冒出一个念头来。

苏江把伞收起来夹在胳膊间，雪落在头发上，站在路口许久。她是愿意的，如果不是那场意外的烟火惊醒了。现在所有人都知道，那个吻，是苏江愿意给邱橡的。苏江觉得自己一点也没有遗憾，那么容易就结束的爱。以一个亲吻结束，一个就足够。

妈妈这一次坐在饭桌前等着，没有看电视。她什么都没说，她知晓一切，小小的女儿已经长大了。苏江对妈妈说：很成功，我们演出的《王子复仇记》好极了。妈妈只是将苏江揽到怀里，拍去苏江头上的一点雪花，抚摸着苏江的头发，吻了吻苏江的额头。在妈妈的后脑勺，也有一点雪花渐渐融化，消散无形。

从妈妈抱着那个婴儿开始，就知道，总有一天苏江要长大，要去学会如何爱自己所爱的人。而她自己也要学会的，是如何爱苏江。

总在夏天想起她

人生，总有一些回忆，在那些承受困苦的时候，回想起来会令你渐渐心平气和。那是生命最初的珍藏，轻易不会动用。

今年初夏时分，去乡下探望了外婆。

八十岁的外婆，仍然坚持要去田地里种菜，她养的一只鸡和一只鸭扑哧闹着，穿过篱笆往池塘边跑过去，大概池塘那边有新鲜的昆虫或小螺蛳。

乡村的生活条件其实很恶劣，但是小时候我却特别喜欢去外婆家玩。每每都是在放暑假的时候，也就必然是夏季。

现在算一算时间，我的童年时代，外婆大概五十来岁。村子里有很多池塘，外婆家的门后池塘清澈干净，小小的鱼儿游来游去，我就蹲在池边，看得入迷。外婆教我，用一点点碎米，撒进一只盆子里，再把盆子拿布盖住一半，手脚很轻很轻地将盆子放进池水中。

黄昏时候，我简直万分欣喜，只要动作飞快，稳稳地拿起盆子，不花什么力气，就收获了很多小鱼小虾。别人家的炊烟升起时，外婆也开始做晚饭，她把小鱼虾们裹上面浆，拌一点盐和胡椒粉，细心地一枚一枚油炸好，这一碗鲜香的菜，就是特别用来招待我的。再加上两样新鲜摘的菜炒好，新煮的米饭清香甘甜，我的筷子赶不上我的馋嘴了。那时候，外婆乐呵呵看着我大口吃，她自己不吃。

也有时候她会自己酿米酒，酵母和蒸熟的糯米搅拌均匀，盖上一块布，等着里面自然发酵，溢出酒汁，甜酸当中带点辛辣。多喝几口，我的脸孔会泛红，想起背诵过的诗“共君一醉一陶然”。外婆姓陶，这个姓氏挺诗意的。

而今相隔远了，一年大概去看望一趟。因为她的生日，也是在夏季时分。这次见到外婆，她一口气煮了十几枚鸡蛋给我吃。走地鸡生的蛋，水煮了加点白糖，其实特别鲜美。我却只吃了一个，其他的推给外公外婆，劝他们多吃点。

如今的我，看着外公外婆吃，反倒更加开心。我也慢慢地体会到，幼年时，外婆看着我吃得开心她也开心的心情了。

我买了很多吃的带给外婆，专门挑那些软绵绵的绿豆糕、面包、果汁、酥饼，还有软嫩容易咀嚼的卤鸡。

少年时代天真烂漫，心中无知无畏，容易快乐，开心这种东西，得来全不费工夫。

长大后，在办公室昏昏沉沉加班时，在漆黑深夜里独自值班时，在拥挤公交车里憋闷难受时，在梦破碎的时分，在沉痛之极大哭之时，在疲乏厌倦工作时刻，脾气暴躁不堪，觉得人生太难熬。忽而想起八十岁的外婆，记忆纷至沓来，心中觉得安定。

人生，总有一些回忆，在那些承受困苦的时候，回想起来会令你渐渐心平气和。那是生命最初的珍藏，轻易不会动用。

我的外婆，她白发苍苍，照常劳作农活，照常吃饭睡觉，照常抹泪，也照常大笑，走起路已经摇摇晃晃，视力不行了，虽有病痛，但她并不当一回事，说起生死，坦然无比。手上沾满田地里的泥土，但我觉得她心如琉璃，洁净明白。

我渐渐明白“家有一老，如有一宝”的意思了。那是心念的依托，仅仅是看着老人不慌不忙，见惯了世事光阴经历过大喜大悲的淡定，自己也会淡然安定下来。

她人生中活动的范围至今没超过方圆一百公里，却能平复安抚走遍大江南北、跨越千万里路的我。

第四章

或许只是给爱一个机会

爱要走的时候，我们得学会挽留。

而挽留的办法，仍然是蕴藏着美好生活细节的爱。

争吵、冷战、敌视、彼此伤害等等的招数是无效的，不仅无法挽留，还会加速爱的离去。

耳畔的呼唤

他拥有健康的充满阳光的彩色童年，远离了充满歧视与难过的糟糕命运，而这一切都是源自于妈妈最深沉的奉献。

星期五的一大早，教室里其他人都没有到，只有米勒和雷洛两个人。米勒就拍了拍雷洛的肩膀，说："你的生日宴会准备得怎么样了啊？"雷洛摇摇头，说道："还没有，我爸爸说他的礼物还没有准备好。"回想起爸爸说这话的时候神秘的笑容，雷洛就充满了期待。

还有5天，也就是下个星期四，就是雷洛的16岁生日。包括米勒在内，雷洛最好的几个朋友，就会参加那天的聚会，并且他们都神秘地微笑着告诉雷洛："我们会给你带一份惊喜的礼物哦！"

你看，生日的美好，就是可以收到朋友们的礼物。

还有就是来自爸爸和妈妈的礼物。还处于15岁的雷洛，心里全是期待。

就如同天气预报所说的，星期四的那天清晨，太阳从东边升起，蔚蓝的天空里飘浮着大朵的白云。雷洛背起书包，出门前他对妈妈说，“妈妈，我今天应该几点回来呢？”

他亲爱的妈妈如同往常一样，“哦？”然后走近雷洛，亲了亲他的额头：“亲爱的雷洛，你可以重复一遍吗？”

雷洛有点不耐烦了，只好重复一次，这次妈妈听见了，她面带笑容说：“当然，今天你应该晚点到家，就比平时晚1个小时吧！”

得到了满意的答复，雷洛的嘴巴弯弯地笑起来，幸福洋溢在他的胸口。他知道，晚点的意思是，让爸爸妈妈好布置他的生日派对。

雷洛记得不大清楚了。总之，大约从5岁以后，他每次向妈妈要东西，常常得重复两次，如：“妈妈我的足球你收到哪里去了？”“那件白色的衬衣呢？”

母亲永远是稍微愣一下，听不大清楚的样子，望向雷洛。如果不巧此时的母亲正戴着围裙在厨房里做甜饼，那么雷洛只好走过去，到母亲身边，然后再说一次。这一次距离近了，母亲就听得明白。雷洛问过母亲原因，母亲解释，随着年纪大了，人的听力就会不如从前，并且，她还会摸摸雷洛的头说：“相信我亲爱的宝贝，不会介意的。”

当然，那是最最亲爱的妈妈，雷洛怎么会介意呢？只是在10岁前，雷洛才1米高的时候，有些不习惯而已，那时候他需要等妈妈蹲下来，才能够对着她的耳朵重复。现在，已经不需要这样了，他已经长成1.7米高的小男子汉了。

雷洛以妈妈为骄傲，因为她有着一头金色蓬松的卷发，十多年不变。任何需要家长出席的场合，妈妈的甜饼总是最受大家欢迎的。

那一时刻终于要到来。雷洛特意在下课放学后，在附近的公园逗留了半个小时，然后还逗一条出来散步的小狗玩。估摸着时间差不多了，开始走向回家的方向。

在他家的门口小院子里，还是黑漆漆的。但是，当他的脚步踏进来，哗啦一下，灯光全部闪亮，一片彩色的海洋。他最好的朋友和同学，唱起生日歌，而他的爸爸则推着蛋糕出来，母亲的头上戴着可爱的小帽子。

在左边，堆满了礼物，雷洛一样一样地拆开。

欢乐的聚会结束后，只有一家三口了。父亲说："现在，请你听我来说一个故事，这是我要送给你的礼物。"

好吧，雷洛心里稍微有些失望。他本以为会是一辆漂亮的单车，或者是他梦想很久的全套海军舰艇模型。

父亲伸出手，摸了摸雷洛的耳朵，说道："你先要把镜子拿来，要两面，好么？"雷洛觉得很奇怪，但他还是按照父亲的吩咐做了。

雷洛听见，父亲深情地呼唤着妈妈的名字："亲爱的安妮，站到我们的儿子旁边来吧。"母亲安妮却有一点羞涩，她慢慢走过来。他们两个人分别站在雷洛的前后。当他们举起镜子，雷洛看见在自己的脑袋后边，贴着右边耳朵的地方，有一条比周围皮肤颜色要深的细痕。

哦，这是为什么？雷洛困惑了。

就是在16年前，一个母亲生下了一个男孩。因为生产，她筋疲力尽地昏睡了。当她醒来，要求看看自己的孩子，医生和丈夫都迟疑了。她不明白出了什么问题，用困惑的眼神看着丈夫。最终他们在她的强烈要求下，抱来孩子。

她这才发现，孩子的右边耳朵发育不齐全，只有豌豆那么大的一团肉。这可怎么办？

这个年轻的母亲难过地哭了。后来，她就不断地哀求医生，有什么办法吗？医生打电话给父亲说，现在的技术已经比较成熟，如果有人愿意捐献，我自信可以成功地为他移植一对耳郭。当然，这还需要等到他再大一些，比如3岁左右。因为，母亲的耳朵比较小，轮廓上比较适合小孩子。

雷洛隐约察觉，这个故事与他有关，与他后脑勺的那条痕迹有关。他急切地问："那后来呢？"

爸爸继续讲述着："这个年轻的母亲急得哭了，如果没有耳朵，以后长大了，同学们嘲笑他怎么办？甚至到了恋爱的季节，没有女孩子喜欢他怎么办？"

后来，那个母亲就把自己的耳朵移植给了孩子。这个母亲的名字，就叫作安妮。雷洛惊呆了。

这时，父亲轻轻拨开母亲安妮的头发，在漂亮的金色蓬松卷发下，赫然是光秃秃的耳洞。雷洛全明白了，他想起，长这么大，从来没有看见母亲露出右边的耳朵，原因是那只耳朵在他的身上。一直没有改变过发型，只是为了掩盖空荡荡的耳洞。

雷洛抱住了母亲安妮，他已经说不出任何话。他拥有健康的充满阳光的彩色童年，远离了充满歧视与难过的糟糕命运，皆是母亲的恩赐。

雷洛补充说，"妈妈，我永远爱你。"这应该是世界上最美丽的呼唤吧！雷洛看见母亲的眼睛里流淌出泪水。

第二天，雷洛骑着一辆崭新的单车去上学。那正是爸爸和妈妈一起送他的礼物。但是，他知道，他已经收到了一样最宝贝的礼物，那就是，他知道了自己的妈妈有多么爱自己。

多谢莉莉丝太太

也许对于陷入生活困境的人们来说，最大的善意不是来自于同情，而是来自于认同和鼓励。

春天的时候，在密歇根州一所高中留学的孔恩，来到了当地的一个公寓楼入住。左右两位邻居，友好地向孔恩打招呼。

她分别很礼貌地回答：“你们好，叫我小恩就好。”

孔恩仔细观察，这两位都是有家有孩子的太太。左手边的邻居翠珊太太打扮很精致，脸上充满了友好的微笑，正在做大扫除。右边的邻居是人高马大的莉莉丝太太，看起来很家庭主妇的样子，她习惯在每天的中午，给自己阳台里的一大丛蔷薇浇水，看见孔恩了，一边热情招手，一边给她几颗糖果。

孔恩只有 17 岁，却要漂洋过海，在异国他乡求学。不过，孔恩庆幸邻居都非常友善，在这里住下来应该很不错。

一个星期三的晚上，在图书馆做小论文太久，孔恩回来的时候，感觉肚子有一点点饿了。这个时候，做饭太麻烦，出去吃，估计小便利店都关门了。冰箱里只有泡面，但实在吃厌了，有点吃不下。孔恩准备煮牛奶麦片，一翻厨房抽屉，糟糕，忘记储备牛奶了。

孔恩先去敲了右边的邻居太太的门。结果莉莉丝太太不在，孔恩只好敲开左边翠珊太太的门："您好，我能借一点食物吗？不知道您可有牛奶，明天我会还给您钱的，可以吗？"

"OK，没问题的！不用给我钱的。"翠珊太太露出和蔼的笑容。

"谢谢，谢谢。"当孔恩转身，还听见翠珊太太对着门后的家人感叹："隔壁的一个中国小姑娘，很小，看起来一个人很可怜，没有家人的照顾，太可怜了。"

其实孔恩也不算小了，只不过在外国人看来，亚洲女孩子都显得很年幼。

吃着牛奶面包，孔恩心情开始黯淡了。一个人坐在房间里，甚至觉得，如此冷清寂寞。就连电视也不敢开大声，怕吵到邻居。

可是，就在昨天孔恩还是顶快乐的。去同学的家里做客，去动物园看了表演，分别的时候相互温暖地拥抱了一下，挥手拜拜。但现在孔恩坐着看了好久的电视，觉得很孤独，比往常迟了一个多小时才睡着觉。

因为思乡病，孔恩对路上的中餐馆快餐看一眼就倒了胃口。它们总是味道特别重，放很多的味精、盐和油，少有新鲜蔬菜。

一天孔恩闷闷地掏出钥匙开门，听见有人招呼她。她转身看过去，是莉莉丝太太。她问孔恩："吃过了饭没？据说，中国人，都是这样问候的呢。"

孔恩被逗乐了，一边摇头一边回答："还没有呢，谢谢您。您吃过了吗？"

"那么，我们一起吃顿饭吧。"

孔恩有点不好意思："这个……"

“今天刚刚还做了芝士蛋糕，原本要和我的丈夫、女儿一起吃饭的。不过女儿牙痛，我丈夫就带孩子去看医生了，不回来吃了。”

孔恩无法拒绝这么热情的邀请。

在莉莉丝太太家里的客厅旁边，一张木桌上摆着用肉类、马铃薯和奶油做出的食物。滋味其实比较清淡，但孔恩却吃得很香。聊天中孔恩还了解到，莉莉丝太太一家人都是从波兰移民过来的。

孔恩觉得应该做点什么感谢莉莉丝太太的款待，两天后路过花店，她忽然想到，买一束鲜花表示谢意，再合适不过。孔恩捧着鲜花站到莉莉丝太太家门口。她的女儿放下手里正在练习的小提琴，走过来乖巧地接过花，甜甜地冲着孔恩笑。

坐下时，孔恩羡慕地说：“一家人在一起，多么幸福。”

莉莉丝太太笑了：“前天我还跟丈夫抱怨，你看，我的腰又粗了。看看隔壁的中国女孩子，多么青春和年轻。”

“是这样的吗？”孔恩吃惊了。

莉莉丝太太又说：“噢，是的，我很羡慕你呢，可以穿着裙子披着头发，阳光下面皮肤格外洁白。曾经，我也有过你这样自由快活的单身日子。我还听见你放的活泼的音乐，欢笑着接电话，答应和朋友们一起出游，结伴去玩。多年前，我也很爱这样玩呢！”

没错，当地最近的气温回升。同孔恩一般大的女孩都穿起裙子了。她说的快乐，孔恩都有。可是，是什么时候，孔恩开始只是不断回味叫她沮丧的事情？独自留学的苦闷，刚刚开始语言不够畅通，和不同国家来的同学们，文化背景不同，无法聊天，被孤立，功课也赶不上，食物也吃不惯，害怕和人说话……

哦，孔恩还记得，她每次和翠珊太太闲聊，都会从她那里得到同情。孔恩就会忍不住在夜晚沉甸甸地难过。

孔恩起身说再见，离开了莉莉丝太太的家，仍然若有所思。

此后，孔恩在清晨刷牙洗脸完毕去学校，出门遇到送女儿麦克斯上学回来的莉莉丝太太，她说："又是自由快活的一天，年轻的女孩不要浪费呀。"孔恩回答："又是充实幸福的一天，您也好好享受美好的时光呀。"

她们相视而笑。

日子这样过着，翠珊太太问候孔恩时，孔恩还是照旧冲她微笑，当翠珊太太开始旧调重弹，感叹孔恩多么可怜的时候，孔恩就说道："啊，我的米饭要煮煳了。不好意思，我们待会再聊。"

而当孔恩周末出去玩，穿上自己最爱的衣服，遇到早起的莉莉丝太太，孔恩会微笑地问："今天您陪同麦克斯去学琴吗？"

果然，不出意料，她听到莉莉丝太太说："是的啊，另外，你今天穿得真是美丽。"

孔恩点头："谢谢您的赞美，您今天也很美丽啊。"

"你可以和我的女儿麦克斯多多聊天呢，她对中文很有兴趣呢，很想去中国旅行。"

"我很乐意教麦克斯中文呢。"

相比之下，孔恩更加喜欢右边的莉莉丝太太，她享受自己的幸福生活。并且常常提醒孔恩，她有属于自己这个年纪的美好，来到新环境求学，更多时候是一件很快乐的事，可以认识新的朋友，开阔视野。

孔恩的老师有一天突然问她："亲爱的孩子，你好像已经融入了新的学习环境了哦，你的功课也进步飞快。"

“是吗？”

“是的。你的神态和举止，都证明了这一点。也许我会在你的大学申请推荐里，给一个很好的评价，继续加油吧。”

孔恩很开心：“谢谢您。”

和孔恩要好的华人同学询问孔恩：“是有什么特别的事情，改变了你吗？”

孔恩神秘地说：“哦，因为我的隔壁住着一个人，我要多谢她，莉莉丝太太。”

给了我们机会来爱你

这是一种对爱的尊重，因为尊重，所以他们不会居高临下地施舍爱，而是获得爱别人的机会，并对此充满了感恩。

十年前，南方的一份报纸刊登了这样一则新闻：美国明尼苏达州的拉萝·里希克女士发现中国有一些女婴被遗弃。里希克的亲生父母离婚后，母亲再婚，幸运的是，她的继父对她很好。这种经历让她萌生了收养孩子的念头。

于是拉萝·里希克夫妇通过复杂而严格的收养手续，向美国收养机构支付了1.5万美元，从中国带回一个小女孩。他们给女孩子取名玛雅。

里希克本以写作为生，自从收养女儿后，她就不再工作了，所有的时间都用来照顾女儿。他们视玛雅为掌上明珠，还把收养那天定为"获得你"纪念日。每年的这一天，一家人都要到餐厅庆祝，玛雅有权选择自己喜欢的餐厅并点菜。

玛雅的人生就此改变。

此后一天，里希克的丈夫迈克在家里看着入睡的玛雅发呆。他忽然想到：如果我们没有收养她，她的命运会怎样？如果我们自己生一个孩子，就会有一个孩子失去被收养的机会。

于是，这对夫妇私下商量，决定放弃自己生育孩子的念头，再收养一个女孩。2003年11月，里希克夫妇带着4岁的女儿玛雅再次来到中国广州，收养了被遗弃在一家超市门口的女婴——八个半月的爱芮亚。

这个故事如此美好，我本以为到此为止，但是没有。

对收养的孩子，要不要告诉她们真相呢？

里希克夫妇没有回避这个事实，他们对玛雅解释："你的父母不是不爱你，只是当时无法给你足够的爱，而恰好我们能够。所以，他们就给了我们这个宝贵的机会来爱你。"

里希克夫妇的意思是，他们不是居高临下地施舍爱，而是获得爱两个小女孩的机会，并对此充满了感恩。他们把这种感恩表达出来，让小玛雅懂得拥有爱是最重要的。

我相信他们的两个宝贝女儿，在温暖的爱中，可以放下对亲生父母的怨恨，少了被遗弃的自卑与挫折感。有了爱和谅解，她们将会心灵健康地成长，拥有更光明的人生。

妈妈走开一会儿

当你的爱对他来说已经是一种习惯，那么这种习惯就会变得理所当然。这时候不如走开一会儿，或许失去才能让人懂得珍惜，才能体会到弥足珍贵。

妈妈简直拿自己的儿子、女儿没有任何办法。

他们永远对她的劳动不屑一顾，这表现在行动上，妈妈总是要跟在儿子的屁股后面，不停地收拾。这个时候女儿则会不停叫着：妈妈，我的辫子散了，给我把它绑起来吧！妈妈，我想吃你烤的巧克力蛋糕……

当妈妈给儿子送雨伞的时候，儿子正在足球场上玩得疯狂。他才不在乎这点雨，因此他不耐烦地说：妈妈你回去吧！真是一个啰唆的妈妈。这让妈妈难过了，她如此爱他们，却一点不被珍惜。妈妈终于想出一个方法。

那个周末，妈妈只留下了一张字条就离开了。字条上说，外公病了，需要她去照顾。所以，也许三天，也许一个星期，希望两位宝贝儿能够好好照料自己，并且过得快乐。

第一天，兄妹两人尽情地打闹，把房间搞得天翻地覆。没错，什么都不用担心。零食准备很丰富，冰箱也是满满的。可以自由地看电视打游戏，并且出去玩耍，没人管着。直到臭袜子爬满了窗台，洗衣机则被脏衣服塞得张大了口，盛过食物的餐具，在水池里泡得变色，床单不再给他们温暖洁白的怀抱。儿子开始恐惧了。女儿已经看见她最爱的零食，像是看见魔鬼。而且赶着上课的时候，她得自己绑好辫子，因此她迟到了三次，被老师批评了一顿。小脸上全是沮丧的表情。

不到一个星期，门铃就响起。妈妈已经站在门口，被两个小家伙紧紧抱住，亲爱的妈妈终于回来了。妈妈的形象，从啰唆的妈妈，转变为伟大的妈妈。两个小家伙在妈妈为他们做了以前同样的照顾时，不再抱怨，而是多了几个字：谢谢你，妈妈。

答案就是这样的简单。长久地宠爱一个人，他就会忘却你的宠爱是那样的珍贵，即使你是他们最为亲爱的人。那么，暂时出走一会儿，再回来，一切都会不同。短暂的离开，让人体会一下失去，会更懂得珍惜。

全世界最熟悉的号码

全世界最安心的地方，恰恰是那个总是被我忽视，被我认为是牢笼的地方。当我冲破牢笼才发现，原来渐行渐远的只是距离，而这种安心感一直长长久久地在我的身边，保护着我。

这里讲述一个少女的故事，同样来自我曾经值班过的心理热线。

1

我叫安心。每天早上，从我走出家的那一步开始计算，我就是另外一个女孩了。背后的父亲和母亲，仍然一如往常的，在说着一天要做的要解决的事情。比如母亲要卖多少钱的菜，父亲的单位要评职称了。

七点半，我安静地起床，刷牙、漱口、叠好衣服，收拾整齐我的房间。最后检查了一遍，清洁、干净，在空气清新剂的作用下，有着一种好闻的芬芳。我打扮好自己，和他们说，我去学校了。我低着头，默然地离开，习惯性地轻轻地带上房门。这是他们多年对我的礼仪教养的结果。他们，对此一直相当地满意。感觉在车上的时间很漫长。

2

我回到了学校。爬上四楼，回到我的420寝室。同一个寝室的女孩们聚集在另外一边，远远地。我开着电脑，玩着CS，大着嗓子说粗话。还没有抽完的烟头，在易拉罐做的简易烟灰缸子里，冒着刺鼻的烟。烟头很快熄灭了，空气里弥漫着混乱的味道。

电话响了。“啊，是程伟。怎么样啊！在哪里见面？今天打算带我上哪爽？”我大咧咧地问。程伟今天满嚣张，搞到了本地最豪华的娱乐场所的两张票。我刺激得全身颤动，也哈哈得意地笑：“妈的，你小子行啊！我没找错男人。”我感觉骨子里有一种不可遏止的兴奋。“什么时候，几点？”

“晚上八点，玩到明天早上都行。”程伟说。晚上八点出门，我在面前的一本书里撕了一页纸，狠狠地划上一笔，我瞟了一眼。好像是我的教材书。笔迹龙飞凤舞。

3

父亲是大学的教师，母亲也是。他们在同一所大学的不同院系。一个是教授，一个副教授。我在另外一所附近的名牌大学。这个城市有许多的大学。

我每个周末，星期六和星期天必然要老实地回家。接受他们和风细雨的熏陶和教育。他们都是好老师，学生和其他老师都承认的好老师。温和、认真，有时候有些固执，异常地严肃。来了客人，我积极端茶递水，乖巧可爱。他们非常满意。我觉得自己很像一个小说里的主角，内心无比腻烦，却偏偏做出好模样来。

在他们的清高之下，内心充满了对更加上层次的生活的渴望。我叫安心。“安心读书、安心学习，先不要交男朋友，你还小。父亲母亲是要严格把关的。但我们绝对不反对你的自由恋爱。”上个星期，在我 20 岁生日的小宴会上，他这样对我说。“我们给你取的名字，就是这个意思。”生日蛋糕上的 20 根蜡烛燃烧着。

我点头，努力微笑。

4

上午是两节政治经济学的课。第一节我和几个女孩懒洋洋地走到教室，她们忙着准备笔记，用工整清秀的字迹，写下“第十一章，第三小节”。我内心暗笑，她们这样迂腐。其实考试不过就那么一回事情。复印一下她们的笔记，猛背背也就过了，我对自己的聪明有信心。台上的教师中途老样子点名了，我答到完了后，趴在倒数第四排，谁也看不清楚的地方，睡了下半节。第二节课，我拖着书包溜出去。之间的几分钟时间，我涂了一下口红，打点了脸蛋。我知道，我算美女。美女是大学里的稀有动物，而有性格的美女，在一所大学，更加少。

在学校图书馆后门，他等着我。刚才已经发了几条短信了。“高小亮，你妈的可别带少了钱！”高小亮邪气地笑。

“够着呢！”他拍拍阿迪达斯的包包的口袋。高小亮是本地的高干，家里确实有钱。但我从来没喜欢过他。除了程伟不在的时候，我会想起他。

我们上了 76 路公共汽车，我习惯地在他兜里掏烟。他把我的手打下去，自己点了一根熊猫骄子，吞了两口，再递到我嘴上。我贪婪地吸一大口，闭上眼睛，缓慢地吐出来。高小亮搂着我的肩膀，很是亲热。我们打算去逛一家新专卖店。

我看看表，赶得及晚上见程伟。第二天是星期二，上午没课。我玩累了，程伟打了个电话过来，“明天干啥？”“明天的事明天再说。”我啪地挂了电话。也不洗澡，就在寝室倒床大睡。

星期三，我去了一所理工大学。那里，有我喜欢的男孩。对他，我才确实用了喜欢。

5

星期五下午没课。我认真地洗澡，干干净净。刷牙，嚼上一片绿箭口香糖，把有些长的头发认真地盘好。裙子很整齐，照了照镜子，里面是一个清秀而雅洁的女孩，只是眼神倦怠。

家门口，我按了门铃。忘记带钥匙了？女孩子应该细心些。母亲口气温和。“嗯”，我答应着。从小到大，我知道他们很相信我，从来没到我寝室。我成绩总是系里面前五名。把其他荣誉、奖学金获得情况，一一汇报。看上去一切都好。

幼儿园时，“安心，把裙子拉好，女孩子怎么能够裙子乱七八糟。”我嬉皮笑脸，纠缠不休。

小学，“安心，作业做完了没。作业本边角要弄好，字要写好，那是一个人的门面。吃饭记得不要张嘴，闭着嘴巴咀嚼，慢慢吃不出声，要斯文。衣服穿整齐没有？”我置之不理。

中学，“安心，牛奶喝了吗？在家听听音乐也好。少和那些男孩子出门疯了。”

高中，“报考大学，安心读什么专业好？”他们商议了许久。最后我学了新闻，而不是法律。大学，我终于烦了。我说了，学校要求家住五十公里以外的学生都到学校住读。我们家距离比较远。大学，我自由了一半。

6

两年过去了，我大学毕业。我最想的，是到外地城市工作。

今天是2003年的8月10号。父亲今天破天荒，没给我上“政治课”。母亲说：“今天和我睡觉吧。有几句母女的私房话要说说。你愿意吗？”她眼神当中是期待和爱怜。

“是关于工作吗？我要去南方，你们让我自己去找。我想自力更生，行不行，你们别什么都包办。”

“你这孩子……”母亲叹了口气。忽然眼睛潮湿了。我感觉一阵莫名其妙的难受。

我低着头，含着泪，转身回到自己的房间。

7

上了去深圳的火车，我彻底自由了吗？我在我的口袋里找一支笔，翻出了一封长信。

安心：

这是你第一次出远门。本来有许多话要说。但是想到你听了那么多年，想必也不想再听了。你爸爸是男人，很多事情不好说。妈是女人，也许更加适合跟你说一些事情。这封信，就由妈妈来执笔了。

小的时候，你那么皮，就是一个野蛮的小子。我们希望你像个真正的淑女。虽然我们也知道，女孩子坚强泼辣，也不是不好。但是你性格里，那种无所畏惧自由散漫，我们一点点看着。

我们担心你。一个女孩子，有她的生活轨道。我们希望你按部就班一切都好。虽然事情不会完美的按我们的想法发展。但是，这个社会总是倾向，不适宜你那样的性格。没有哪个家长希望孩子受苦。你知道吗？一个女儿，远比男孩更让我们担心。

一个母亲是怎样担心，你应该无法太多了解，也许以后你会明白。一直到大学，你才装出乖女孩的样子。每个人都有一个叛逆的时期。你却天性倔强，外柔内刚。我想，我们都是非常了解你的性格。

你聪明，但是不够稳重。你抽烟、喝酒，甚至交了不止一个男朋友。其实我们都看在眼里。却无奈，我们知道，你内心其实不安心。小时候，你因为一个玩具，和你爸爸冷战了一个月。越是要求和训斥，可能走得越远。

至此，你学得有点应付爸爸和妈妈了。但因此，我们也知道，你心里还是顾及我和你爸爸的感受。

我们始终坚持，应该平心静气地教育你。但也许，这也是你觉得没意思的方式。男孩子打电话到家里找你，我们接到了，假装说打错了。我们就当是打错了，不在你面前提。但是一个女孩子，爱情是这样的重要和影响巨大，妈妈有经验。珍惜爱护自己，对于一个女孩子，应该是非常重要的，你说呢？男孩子能够容忍和喜欢一个浮躁的女孩，一个真正的男人呢？

我们知道你的想法，你喜欢自由，不喜欢拘束。我和你爸爸商量了，替你联系了深圳的一个工作。你是否愿意过去，由你自己决定。如果你实在找不到合心的，我们有几个可靠的老朋友，你可以去找那些叔叔阿姨。在这封信的后面，我和你爸把具体地址都写了。

另外，注意安全。到了南方，记得打电话回来。

你已经真正长大了，我们再不可能像以前那样管着你了。再不说什么了，最后就只有一句话，你自己开心就好。

就此搁笔。

爸爸和妈妈

8

下午上的车，晚上 9 点，我终于看完了信。

我慢慢地、仔细地将信折叠好，放到衣服夹层的口袋里。手指有点发抖，掏出手机。一种液体掉下来，在手机屏幕上，化出模糊的颜色。我按下数字键……它对应着一串号码，全世界我记得最熟悉的号码。

抱着孩子上学堂

如果有人问我，母亲的爱有多重？这一刻，我能够给出一个小小的答案：请用十七年乘以三百六十五天，再乘以不断增加的体重。

是很偶然的一次，看见电视里的某新闻节目。镜头当中，一个大男孩，由他的母亲背着。那母亲在楼梯的拐弯口，蹒跚前行，往一个教室的方向。看着看着，不由得十分恼火。莫非现在还有这样的纨绔子弟？莫非是批判现实的新闻？仔细看下去。不是的，我看错了。

在十七年前，那个男孩，出生没多久，就被确诊患有先天性腰椎畸形，此后他的腰部以下毫无知觉，大小便失禁。

患病的孩子，对于一个并不富裕的家庭来说，无疑是晴天的霹雳。可他的母亲并没有被击垮，对孩子的爱支撑着她一路走来。在男孩 9 岁那年，母亲准备让他和普通孩子一样去学校读书。为了照顾孩子，早已下岗在家的母亲，每天到学校陪着他上学。

孩子在课堂内听讲，她的母亲就找来一张小凳子，坐在教室门外静静地守候。为了让儿子能方便如厕，在教室门口，特意为儿子准备了一个痰盂。趁着学生们都在上课的时候，她就会抱起孩子在楼道里“方便”。

八年如一日，母亲抱着自己的儿子上学堂。

日复一日，母亲抱着他从家到学校，从学校到家。八年里，男孩一年年长大，她也感觉自己怀中的孩子越来越重了。现在为了省点力，母亲会让他坐在自行车上，慢慢将他推回家。

这样的母爱，伟大又沉重。累积起来，是那母亲瘦小身体的多少倍？再不需要问，她的孩子心里是什么样的想法了。那亲情必定已经在孩子的心中，从一颗极小的种子，成长为坚固如磐石的大树。

一百多斤重的小大人了，每天这样抱上抱下不累吗？去采访的记者忍不住向那个母亲提问，母亲就笑：我抱的可是自己的孩子呀，怎么会觉得累呢？

在节目的最后，电视里的两个主人公，微笑着对话，充满家常的感觉，平静得如一湖碧绿的水，而我已经泪流满面。也不必去问那个男孩，你会怎么报答你的母亲，他的心里，那个信念一定重复了千万次，他也一定有他自己的盘算。

但我记住了那个平凡而充满力量的名字，爱，给了一个母亲力量，也给了她的孩子继续读书上学的力量。

如果有人问我，母亲的爱有多重？这一刻，我能够给出一个小小的答案：请用十七年乘以三百六十五天，再乘以不断增加的体重。

她只是一个最普通的中国母亲。但这个母亲，却用时间与行动，酝酿出最不普通的动人亲情。

榛子的壳

当我们用各种的理由借口遮掩着我们的爱时，你是否知道，你可能会被误解你不是在爱?

所以，请一定要让人明白你的爱，把里面的真心拿出来。不管你的爱被什么样的壳包裹着。

有一个小男孩，总是很难过。因为一回家啊，他的自由散漫，常常把家里弄得乱七八糟。母亲总是不断地批评。

他的成绩总是阴晴不定，有的时候非常好，有的时候又非常差。最要命的是，不管是好还是坏，他都没表现出积极的样子，这样，他也总是被妈妈批评。

好的时候，母亲就要求他再接再厉，别那么容易就满足，不要做一只井底之蛙。差的时候就不多说了，自然是更加严厉的批评和要求。

从小学一直到初中，他一直在几公里外的学校读书。母亲也就“啰唆”了他这么多年。后来到了高中，他开始了借宿的读书岁月。

周末回家的训话，成为必修的功课。小大人一样的他，再也不像小时候表现出满心委屈，只是变得默然了，你说吧，随便你怎么说。

但是，一个星期天他回家，母亲和一个朋友在聊天，谈到了他。他路过客厅的时候悄悄躲起来。他想知道他们在说什么。这一听使他大吃一惊，那整整一个小时的聊天，说的都是表扬他的话。

母亲从没对他说过的赞美，在一个小时却重复了十几遍——我的小孩从小纯良温和，大人放在桌子上的钱，一般的小孩早拿去买零食了，他却是瞧也不瞧上一眼；小小年纪就特别懂事，6 岁那年，我不开心时，他居然会安慰我；每次考试成绩不好我们骂他之后，他毫无怨言地回到房间认真学习……

男孩的眼泪就那么掉下来了。那些话，母亲从来没当着他的面讲。那一刹那他仿佛真正长大了。第一次听见母亲由衷的表扬，他的心里升起腾腾的喜悦和自豪。

只是他始终在心里有小小的遗憾。如果我早一点明白，不更好吗？为什么你如此地爱我，却不让我知道呢？

当我们用各种的理由借口遮掩着我们的爱时，你是否知道，你可能会被误解你不是在爱？

就像榛子的壳，隐藏着无比美味的果仁。去掉壳，才能让人品尝到香甜滋味。

所以，请一定要让人明白你的爱，把里面的真心拿出来。不管你的爱被什么样的壳包裹着。

十二岁的生日礼物

爱要走的时候，我们得学会挽留。而挽留的办法，仍然应该是蕴藏着美好回忆细节的爱。

仲夏来临，天气变得炎热，11 岁的米勒有一点点的忧伤。夏天夜晚，院子里的萤火虫飘过米勒的窗外，他的桌子上堆满了水彩颜料，还有许多裁剪得整整齐齐的纸。最近一段时间，妈妈妮娜没有来管他睡觉的时间了，爸爸乔安也没有过问他的行为。所以他能够在半夜，偷偷打开台灯，温柔的米黄灯光下，他握着画笔，陷入了回忆。

画着画着，米勒就趴着睡了。他要把这个属于他的重要工程，在 7 月 30 日之前完成，那天是他生日。然后，亲自送给他的绘画女教师加莉。距离生日那天，只有 1 个星期了。

第二天，女教师加莉在家里喝着玫瑰花茶，读着一本小说。忽然接到了一个电话，是学生米勒打来的。现在已经是暑假了，她有点意外。

“加莉老师，我是你班上的米勒，我可以到你家里拜访吗？我想把我的一本画册送给你。”

“好的啊，欢迎你。”

在她印象当中，米勒是个喜欢低头微笑的男孩子。平时米勒在她的绘画班上，表现并不出色，也不算特别活泼积极。为什么要送一本画册给她看呢？加莉困惑了。

没有过多久，加莉听见了敲门声。她打开门，米勒有点羞涩地向她问好。加莉带着米勒坐到客厅里，她已经准备好了一杯红茶，从冰箱里拿出一份巧克力蛋糕。

米勒却没有去碰蛋糕和红茶，只是恭敬地把画册放下。然后就提出要离开，还跟加莉致谢，说再见。加莉只好把他送出门，叮嘱他回家路上要小心。

她不得不承认，那是一本绘得很稚气的画册。可是，一幅一幅场景，都弥漫出美好家庭生活的愉悦气息。每个画页右边最下角，都标记上了时间，表示那个画面发生在哪年哪月。

第一页，是一个皮肤粉红的婴儿躺在摇篮里，旁边是两张喜悦的笑脸。那应该是代表着他和爸爸妈妈。

翻过来，是一个学走路的小孩子，旁边蹲着的，是穿裙子的女人，以及穿衬衣的男人。册子中间，还有许多动人的画面。7 岁的时候女人陪伴着他坐旋转木马，9 岁时，全家在海边沙滩晒太阳……

画册的全部内容，不正是米勒从小到大的生活吗？只是在最后几页，是一些大大小小的，零碎裂痕的心型。

加莉陷入了沉思。刚才她还观察到，这个小男孩的眼神里有一些忧郁。

两天后，终于想明白了的加莉，亲自打电话给米勒的父亲乔安，说是想要拜访一下他和他的妻子。乔安感觉很意外，不过出于礼貌，他还是表示欢迎。

他告诉妻子妮娜，明天米勒的老师要登门做客，希望她给予配合，那一天不要僵硬着面孔，也不要与他吵架。

第二天的黄昏，加莉老师按时上门。她说：“其实，我今天来，是有一件礼物要转送给你们，请你们一定不要拒绝。”

愕然的乔安夫妇，接过礼物盒子。他们还挽留加莉老师吃过晚餐再走，可是加莉只是微笑着摇头说：“米勒最近似乎不大快乐，我不知道是不是和你们有关系呢？这个礼物其实是米勒交给我的。我猜测，他是希望我做一个使者转交给你们。这样也许会引起你们的重视。”

加莉离开后，礼物盒子被打开，房间里，乔安惊呆了，妮娜也惊呆了。里面是一本画册，做得就像一本真正的图书一样。封面书名：“我有一个幸福的家”。他们一起翻开册子……过去的美丽记忆，被唤醒。外面的天空黑下来，他们忘记了吃晚餐。这样的夏天夜晚，萤火虫又飞出来。风轻微地吹着窗帘，妮娜流泪了，她偷偷看一眼丈夫，发现他眼睛里也有泪光。

是的，不知道什么时候开始，他们的婚姻出现了许多的小裂痕。像是乔安被指责不应该换工作，导致收入降低。像是妮娜被认定不是一个称职的母亲，儿子米勒关在房间里不出来，总是沉默，不和自己的妈妈好好说话了。他们不知道，这一切深深伤了米勒的心。

虽然他们以为已经把米勒“骗”进了卧室，也关上了门。可是，他们没有想到，孩子的心是无比敏感的，早就觉察到过去温暖快乐的家里，出现了眼泪和争吵。

当他们在自己卧室里摔破结婚相框时候，躲避在房间外面的米勒，把耳朵紧紧地贴在门上，全部听见了。

他们不知道，男孩米勒有多伤心。他曾经拥有最幸福的家，拥有温柔爱笑会每天给他做小甜饼的妈妈，拥有一个每年暑假都会带他去海边冲浪的爸爸。现在，这两个天使一样的人不见了。

他们只顾冲着对方发脾气，指责对方的不对，他们脑袋里只想着对方已经不爱自己了，不如离婚。早已经忘记了，7 月 30 日那一天，是儿子的生日。

接下来的两天，夫妇两人一起去看家庭婚姻方面的心理医生，他们不想离婚了。心理医生听完他们的故事，惊讶了。男孩米勒也许不懂心理学家的大道理，可是他的行为却完全符合心理专家的专业做法。

爱要走的时候，我们得学会挽留。而挽留的办法，仍然应该是蕴藏着美好回忆细节的爱。争吵、冷战、敌视、彼此伤害和报复都是没有效果的，不仅无法挽留，而且还会加速爱的离开。

心理医生的惊叹，使妮娜和乔安的面孔上，都浮现出一丝羞愧的神情。孩子都比他们更加懂得爱。

当妮娜和亲爱的丈夫回到家里，一起走进卧室，他们看见 12 岁的米勒已经安静地睡着了。在他的小脸上，还有着笑容。因为今天加莉老师登门，他也看见了。

妮娜半边身子靠在丈夫怀抱里，她轻轻地把一本画册放在米勒的桌子上。还是那本笔调幼稚，几乎没有技巧的手工水彩画册。只不过，在扉页上他们加了一句话：爸爸和妈妈永远爱你，我们一家人会幸福快乐地在一起，不会分开。

这，是米勒今年生日最渴望的礼物。

亲爱的小孩

有一种母爱，是为了她的孩子能够翅膀更加硬朗，能够飞得更远更高而选择放手。那是一种更加悠远而深沉的母爱。

还记得当年毕业后，第一次回家的时候，大家一起围着大桌子坐下，我积蓄了许久的问题全部冒出来。问题是对老妈问的。

老妈，大学一年级开学的时候，都是你帮我买齐全部的日常生活用品，让我打包带上，现在怎么这么懒惰了？都不帮我买了。

老妈，我以前过节不回来，你总是要给我邮寄饺子啊、月饼啊、衣服啊什么的，为什么现在却没有了？为什么连电话都少了，从以前的一周一次，到每月一次，最后是一学期才打两次电话，一个是我刚到学校的，一个是回家前的。

…………

我一句一句地质问，理直气壮，还带着抱怨。

老妈抬头一笑，问道：那，离开了老妈，一个人生活，过得下去么？过得还好么？

我一下子又得意了起来：当然过得下去，而且过得还很不错。

我现在所有的事情都自己做，不再遇到事情就急，一出问题就找人帮忙了。我的文章发表很多，拿了许多稿费当零用钱，再不用向家里要钱了。我胆子现在特大，找工作的时候一个人找到用人单位，一个人出来闯荡呀！对，就跟电视里一样，独闯江湖……越说越得意。

老妈看着我笑，一句话也不说。笑完了，又怔怔地看着我，无比怜爱。

我的话戛然而止，我忽然说不下去了，我感觉自己心里一酸。

想了许久都没有答案的问题，我在一刹那明白了。

无数个为什么，原来都只有一个答案。

这是一个母亲对自己孩子的一份真正的爱。

她要用多少个日夜，才能够收藏起自己的思念，才能够锻炼出自己的淡然，才能够不去天天打电话给孩子，也才能够让儿子独立，从而不让孩子仍然依赖着她，仍然长不大，才能够让自己，不再用母爱去束缚住孩子的翅膀。

那么多年，在她的膝下的那个乖顺的小孩子，是怎样长大的？又是怎样学会坚强与自立？并且学会一个人去走人生的路，再也无所畏惧？而她自己，是怎么习惯小孩离开自己四年的不适应，以及从此以后孩子志在四方、一去更加遥远的离别？在很多父亲母亲是相反做法的时候——把孩子圈在身边，隔着千万里仍然像孩子没长大一样照顾着，让孩子日渐失去活泼的成长机会。那种带着些微自私的亲情，让多少的孩子虽然有翅膀，却总是无法去海阔天空地飞。

我爱我的母亲，感谢她为我所做的伟大的放手。而这一切，只是为了她的孩子，能够翅膀更加硬朗，能够飞得更远更高。那是一种更加悠远而深沉的母爱。

一个城市的温度

谁的老爸没有一双世界上最敏锐的耳朵。自己的孩子在什么地方，那个地方的温度，他们必定是最精确掌握的人。就算他看不见，他也可以听得出来。

老爸从广州打电话来。天气预报，你这边的天气要降到多少度，某某寒流马上要到了。

他问："衣服穿够了没有？"

太习惯他的斩钉截铁的问题，当然也就习惯地，用老套路来敷衍掉。

"够了，我穿了好多的衣服。"

"这就好，一有大的温差变化，就多穿点衣服。是你妈妈要我叮嘱你的。"

我有点烦了，唠叨的老妈，连带老爸也唠叨了。就抗拒地回答："有，当然有。我又不是小孩了。当然记得要多穿衣服。"把手机放在口袋里，去赶公交车。

事实上，我确实是没有穿够衣服，丢三落四马虎惯了。

我在公交车上，风一吹立刻有点头晕，涨涨的，鼻子开始堵塞。手机再次响了，“喂”，讲话的时候，我鼻子的声音立刻传了过去。那么的细微，还是被察觉了。

“你看，不听话，没加够衣服。还跟小时候一样，听不进去。”

我还在狡辩：“鼻炎又犯了！所以鼻子有鼻音，不是感冒！”

“晚上给我回个电话，做好保暖，不要偷工减料。”

我忍不住笑了，老爸说话，活活就是当年做小领导的口气，命令似的，不容违抗。

我无奈地答应着。

关上手机的时候，确实有点着凉，我忍不住打了个哆嗦，一个喷嚏。

老爸啊，谁的老爸没有一双世界上最敏锐的耳朵。自己的孩子在什么地方，那个地方的温度，他们必定是最精确掌握的人。就算他看不见，他也可以听得出来。

两手准备

母爱，不仅仅来自于对失败的包容，更多的是她能接受每一种模样的孩子，无论是成功的喜悦，还是失败的颓丧，她总有办法让孩子的心变得温暖而坚定，这就是母爱的力量。

13岁那一年，我要去参加学校的朗诵比赛。其他的选手都很优秀，这次比赛非常重要，因为在本学校最后的胜利者——前三名，将有机会参加市里的学生比赛。

我做了最多的准备。因为我比所有的选手提前一个月开始准备，那个时候他们才刚刚听到消息。我是在报纸上看见了比赛细则的。我亲爱的母亲，当然，百分之百地支持我。

为了配合我的练习，她专门买了一对小耳塞，因为只有在早晨的时候大声背诵出那些语句，才最有感觉。这样她就不至于被吵到了。遗憾的是，她只用上少数的几次。多数时候，当我站在窗前，看着外面的阳光灿烂地映红其他孩子的面庞，也看见阳光温暖地照红了母亲的面孔。她已经早早等在那里，仿佛在欣赏着最优秀的朗诵家。我的排练“功课”完毕，就可以立刻吃她提前准备好的早餐。

比赛那天终于临近了，我开始烦躁和紧张。是啊，我太渴望去参加市里的大比赛了。也渴望着站在台上，对着评委和观众微笑。也许我就是有那么一点旺盛的虚荣心吧。

吃完夹着蔬菜煎鸡蛋的面包，以及一点葡萄。我照了照镜子，出门了。母亲帮我整理了一下衣服，然后说：记得晚上回来，妈妈最拿手的板栗烧仔鸡，香喷喷的等着你凯旋哦！

她的话，让我精神抖擞。我充满信心地点头，冲她挥手再见，出门了。我一定要胜利啊，我不能够让爱我的妈妈失望。

一天的时间飞快地过去。

黄昏的时候，我步子有点蹒跚地走到家门口，眼眶里含着一点潮湿。妈妈开门看见我的时候愣了一下。然后她让我等一下，她迅速地去厨房把菜都端出来。过了一会儿，她将我轻轻推到餐桌前，呵，是再丰盛不过的晚餐了。妈妈说，你先开动吧，我去厨房盛饭。

我看见在我的位子上，放着一枚精致的巧克力糖果。那是当时很昂贵的牌子。巧克力糖果的下面躺着一张字条：别难过，明年你一定会成功的。

当我拿开糖果，纸滑落地上了，打了几个转。我拾起来，惊讶了。我发现背面也有一句话：妈妈知道你一定会赢得比赛。让我们开开心心地庆祝吧！

其实我赢得了第三名，有机会参加后面的比赛。我只是在回家路上，因为太高兴不小心被撞到了手臂。所以我看上去有点难过的样子，只是破了点皮，不严重。可是，妈妈的心意我全明白了。

无论我赢得了比赛还是失败了，妈妈永远是最爱我的人，最支持我和鼓励我的人。

妈妈将白米饭盛出来，我解释给她事情的真实情况。她有点不好意思地笑了。我笑了，使劲吃着米饭，看见自己有眼泪掉进碗里。

晚风吹起蒲公英

作为一个孩子，此生他唯一能够给母亲的最大的报答：就是不要再让她牵肠挂肚了。就像蒲公英被晚风轻轻地吹起，每一株蒲公英都希望飘落天涯的种子，过得都好！

二十多年前的一个小城，他出生，团团可爱。所有人祝贺。第三天，母亲爱怜地抱着他，从头看到脚，无限疼爱。但是，当她看见他的右脚时，额头开始冒出冷汗。婴儿的脚掌居然彻底地像上弯曲着。母亲又急又痛。怎么办？问医生，医生束手无策。

她一个念头冒出来，坚定地再也无法更改。刚刚出世的小孩子骨头还没有定型，一定可以恢复正常。

他出生的时间是盛夏，中国中部地区的温度始终在38度以上。人不动就那么坐着都大汗淋漓。卧床休养的每一天里，她顺着小孩的脚背，一下又一下抚摩。不能够太轻，太轻就没有作用；不能够太重，太重会弄疼，甚至弄伤婴儿。闷热难以忍受，婴儿不停哭，她不得安息。连休息都是半睡半醒。而生产后的母亲是那样的虚弱，父亲在外地工作，请的假期一完就要回岗。想象不出，她带着多么大的心痛和焦虑，多么漫长的折磨和耐心。一个多月后，居然有了效果，原本完全贴着小腿的脚背，逐渐脱离开，她欣喜若狂，却哭了。又一个月后，婴孩的脚掌正常得谁也看不出，曾经的畸形。没有人数得清楚，她用了多少次的抚摩，才让一个本是蹒跚一辈子的孩子，今天能够一步一步，安稳如磐石地走。那，恐怕是一个天文数字。

这个故事从木讷老实的父亲口中讲出来，比什么都精确。他听了久久无语，心下暗暗发誓。

中学时候，大雨下得最厉害的时候，天是黑的，雷声轰隆吓人，忽明忽暗的。他在放学的第一时间，抬头看见母亲带着伞站在教室外面。雨是那样的大，温度那样低，他们深一脚浅一脚地往家赶。到家的时候，收起伞，他分明看到，母亲的肩膀半边全打湿了。而他却仅仅湿了双脚而已。

大学的一个冬天，他偶然拿到一笔稿费。于是在寒假回家前，提前买了一件白毛衣送给母亲，到邮局打包寄回去。等到他回家，母亲毛衣已经穿上，但似乎单薄了，晚上就感冒了。那毛衣太小，其实塞不下微胖的母亲，穿了毛衣便穿不了别的。那外面为什么不穿点别的？他很是不理解了。母亲稍微惊讶了，然后些微尴尬地脸红了。

清理杂物的时候，发现保存得好好的包裹盒子，那里面分明是他写的家书，仔细看下来，其中一句说：妈，你穿着这个显得年轻，可别再套上别的衣服了。回来我要看看怎么样。

他难过了，“我没买好，你换以前的那件厚的吧！”他给母亲的，原来恰如糖精，即使不是存心地偷工减料，也有点贪图方便，并非自以为的那么体贴孝顺。但就那么一点带苦的甜，她却也能够回味无数时间。

毕业不久，在外地城市工作以后，他便常常和朋友出去玩。节目的内容无非是吃饭、K歌、喝酒，然后在摇晃着和迷糊中，打的士回来，那时候，已经是凌晨。

那一次习惯的，他仍然凌晨回到小窝。才靠近门口，就听到电话剧烈地响着，他仍然迷糊着拿起听筒："喂，谁啊，这么晚还……哦，是妈啊！什么事情？"

但电话那边，起初的呼吸极其急促，万分惶恐的样子，"才回来吗？""是啊！"……渐渐，呼吸平顺了，"没事，就是问问你最近情况。好久没打电话回来了，记挂着。"

睡意蒙眬之中，迷糊地一问一答，他说："哦，我知道了。我很好，不要担心。"他太疲倦了，很快说了晚安，挂了电话入睡了。只是记得最后一句，是"记得关好窗户盖好被子"。

第二天一大早，房东问他，昨天你家里是不是有什么急事找你？十点钟响了几遍电话，没人接。从十一点一直到凌晨一点半，一直就响个不停。一点半过后，才不响了。

早上的阳光温煦和缓，一点也不刺眼。阳光打在他的脸上，他的眼泪却忍不住掉下来。在凌晨一点半过后，恰是他挂了电话的时间。在没有接到电话的时间里，他的母亲，心都提到了嗓子眼，那份忐忑不安，他完全能够想象到。即使隔着千里和万里，母亲打来的电话铃声，也响彻他灵魂的上空。那么多年前的往事，母亲照顾他的，一件一件清晰出现在眼前。

从此，他要么再不超过12点回家，要么超过了，长途电话打回去，预先报告一下。他明白的是，作为一个孩子，此生他唯一能够给母亲的最大的报答：就是不要再让她牵肠挂肚了。就像蒲公英被晚风轻轻地吹起，每一株蒲公英都希望飘落天涯的种子，过得都好！

第五章

你若美好，世界便好

我们这个人世间，只要有一份善意，就会有一份冰雪的融化，
只要有爱的传递，就会有责怨的消减。
你若美好，世界便会美好一点。

温暖永远在背后

父爱，或许是这样一种爱。

它很温暖，但不喜欢显山露水，永远在你的背后弥漫开来。

父爱，是这样一种爱。它很温暖，永远在你的背后弥漫开来。

那是很小的时候，冬天，肠炎来犯。一晚上煎熬，严重脱水。

第二天早上，天蒙蒙亮，老爸骑着那辆单车，我在后座上，裹得严实，慢慢悠悠到中心医院。母亲怀我的时候营养不良，于是我落下体弱的毛病。我自己都厌烦了自己三天两头犯病。

食物不干净的缘故，医生冰冷地说。

于是安排好，消炎的、补充能量的、补充水分的，整整两大瓶点滴。看见就叫人发冷。精神很差，也懒得说话，药水一点一滴经过手背的血脉，走遍全身，手都冻肿了，全身被一股子寒气罩着。

在医院的病床上昏沉沉地睡觉。

老爸出去买盒饭了，一刹那我有点恐慌。

老爸带回来的食物很香，但我只吃了几口，真的是没胃口。还是睡觉养神吧！下午，又是两瓶子。

换药什么的，都有老爸照顾着。我安心地昏昏迷糊着，意识也模糊了。

似乎做梦了。觉得身体渐渐温暖，就好像抱着热水袋，在被窝里，很惬意地等待入睡。

可是，我是在冰冷的医院。医院浸过消毒药水的棉被，散发着刺鼻的味道。我半盖着被子，脑袋里意识却很是繁多，我会不会又感冒？现在我是在冰冷的医院，输着冰冷的药水，怎么会感觉身体在发热。

醒来的时候，一个护士来换药水。可以确定，我是精神在复苏，发热也不像是感冒的发热。而是很舒服，恢复正常的感觉。

一大瓶子点滴，老爸在输液之前，把药水在热水里温热。一向木讷的老爸居然如此细心！

冬天，冰冷的药水平白进入身体，本来病着就虚弱，怎么受得了。换成温热的药水就没那么难过了。

两瓶子消炎水混合着葡萄糖，带着温暖，流遍全身。

晚上恢复得差不多，老爸奔波在医院的各个部门，开了药丸带回去巩固效果。

路灯亮起的时候，还是那辆老单车，确实很老，但保养得不错。人群来往迅疾，但老爸的骑车姿势，永是稳妥。拐弯，穿过巷子，长长的街道路上，我分明听见老爸在一边嘀咕：那护士怎么下午才说，早先要是知道有这法子就好了，就不用受罪了。

他以为我在车上睡着了，他从来不在我面前嘀咕。他刚才是自言自语。但我闭着眼睛，听得一清二楚。他那件大衣照旧把我裹地严实。

长长的街道走完，再拐弯，到家。母亲已经做好饭菜等待许久，一见面就手忙脚乱的。父亲照旧沉默地坐到饭桌前，这时候用不上他了。他已经安心倒他的小酒去了。

我忽然对父亲有了别样的，切身刻骨的感受。

父爱，或许是这样一种爱。

它很温暖，但不喜欢显山露水，永远在你的背后弥漫开来。

至亲的牵绊

有人相逢一笑泯恩仇，也有人怀着不愿意谅解的心，继续生活下去。我们必须完整接受这个真实的世界。

1

我的朋友黎，妈妈患了阿茨海默病，也就是俗话说的老年痴呆。症状是渐进式的，一点一滴遗失记忆，分不清事物和亲人。

黎去照看妈妈，看见妈妈冲护士在发脾气，指责护士为什么要把坏了的水果给她吃。其实，护士根本就没有这么做，觉得很委屈。护士找她解释，顺便又抱怨。

黎安慰妈妈，说水果是好的，你记错了。回头再安慰护士，没事，没事，反正回头她也忘了，麻烦你帮我好好照顾。

真的，没多久，黎的妈妈就不记得子虚乌有的坏水果，以及自己骂过护士了。

黎年过四十，人到中年。妈妈年近七十。她仍然是妈妈的孩子，可她的妈妈，已经身不由己，变成了不可逆转蛮横不讲理的“老孩子”了。

黎叹口气说，也只能接受自己的妈妈就是这样了。

2

另外一个看起来悲惨的故事。

起因是，我问我的读者粉丝们：“你能不能用一句话形容自己的妈妈？”

很多人说“善良”“柔软而坚强”“永远有温暖的微笑”“小身体蕴藏大能量！”这些词语，和我平时对母亲的印象是一致的。

突然中间有一条新的留言，风格骤变：“生下我半个月就抛弃我的人，把所有爱都给了另外一个孩子的人，不承认我是她女儿的人，曾经逼我跳楼的人，拿爸爸来威胁我的人。”

说这句话的，是一个很喜欢青春偶像鹿晗的女孩子。

我想安慰她，却不知道说什么好了。我给她发了鼓励的表情符号，我记得当时我回复的话大致是说：“只要你自己长大。”

这个女孩回复我：“沈叔别大惊小怪的啦，我早就习惯了。”

哦？习惯了……

我说：“强大起来，要过得好好的。”

女孩回答：“嗯，现在的我，经济独立，也努力学习，比很多同龄人都早熟。”

童年很糟糕，但是当事人顽强长大了。我的直觉很敏感，觉得一定是有故事的。

于是我说，那你跟我具体说说你的故事吧。也许我可以把你的故事，写给其他人，让读者从中习得一点东西。这个女孩告诉我：

“我是加拿大华裔，出生在多伦多。她生下我以后就把我带到了温哥华我奶奶那里，然后只身去了香港。在香港，她有了她新的丈夫和孩子。但是我们每年都会见一次面，就是外婆生日的时候。

“在我 6 岁时，我因为看了恐怖片而不敢一个人睡，一定要和外婆一起睡，她不允许，外婆和她争辩了几句，她就拉着我要跳楼。她跟我说过很多次，我不是她想要的孩子。

“但是我还是要感激她，因为无论如何，她还是把我生下来，哪怕她一直在折磨我和我爸爸。温哥华现在倾盆大雨呢，就像我的心情一样，不过，我还是祝她母亲节快乐。”

3

还有一个故事，是电视节目上的。一个被淘汰的选手说自己其实有个妹妹，只不过，从小被送人了。今天是母亲的生日，想打电话给她，让她说一声妈生日快乐，电话打过去，妹妹说我只能叫一声阿姨。

这个节目的主持人很有名，他对妹妹说：“你就不能满足母亲这个心愿吗，你知道吗，我很羡慕你，你有两个妈。”

这个妹妹，从小就被母亲送人了。养父母对她很好，他们一家人相亲相爱生活着。

这个世界有很多人拥有母亲的疼爱。我也是幸运者之一。

但也有不少人，享受不到母爱，甚至只有憎恨。

4

最后我要说的第四个故事，是我堂妹的遭遇。

我堂妹还是没有去看望她得了脑癌的亲妈。因为那个女人在堂妹小的时候私奔了，不要堂妹了。

走前，她还想掐死堂妹，她不想留下牵挂，干脆杀死自己的孩子，一了百了。幸好，堂妹命大。家里人赶到，那个女人跑路了。

堂妹长大后，就一直恨她，不打算原谅，不打算团圆。哪怕，她的生母说，还给她准备了嫁妆的钱，想亲自给堂妹。堂妹也拒绝。

我们劝她："还是去看一眼吧，以免后悔。"

堂妹说："也许她根本没有癌症，是骗我去看她的。"

我们无言以对。

堂妹说："就算她没有骗我，那又怎么样。总之，我就是不会去见她。我一直记得她当时掐我的样子，我不想看见她。"

我不会再去劝堂妹了。她已经是个二十多岁的成年人。她有自己的选择，我们只能尊重。

血缘亲情，至为慈悲，又至为残酷。谁也没法逼着别人去接受自己恨的人，谁也没办法。

我不了解鹿晗，只知道那是个对于少女来说，很迷人的偶像男孩。心里有倾慕的明星，那就是心里有对美好的幻想和爱。

喜欢鹿晗又早熟的女孩子，最后还是祝她的母亲，节日快乐了。

5

这就是我想讲的四个故事，跟大家日常的温暖母亲相反的故事。一个听起来是无奈的，一个听起来是沉痛的，还有一个听起来是尴尬的，最后一个我身边亲人的，则令人深思。

生活有很多侧面，但我们不能像电视节目里那样强人所难。不一样的孩子，有不一样的母亲节。

我们喜欢看到和解，看到原谅，看到宽恕。但这其实必须建立在当事人自己愿意的基础上。

我祝所有的孩子，能顺从自己的心，选择以自己的方式过母亲节！

有人相逢一笑泯恩仇，也有人怀着不愿意谅解的心，继续生活下去。我们必须完整接受这个真实的世界。

你若美好，世界便好

负面和正面的情绪、事情，都是日常生活难免的。好在，我们可以用主动的态度来对冲。就像一部风靡万千观众的经典电视剧里的经典台词：化戾气为蜂蜜。

你若美好，世界便会美好一点。

我有个同事叫大淮，发生在他身上的事，挺有意思的。

那天大淮很有点倒霉，原因是他在上班的时候搞错了一个广告的排期，我们部门发现时，已经迟了，造成了几千的损失。老总就把大淮恶狠狠批了一顿，那个严厉啊，简直是漫天风雨。

大淮本来是个工作有几年的老员工，还犯这样的低级错误，实在是说不过去。他当然只有忍气吞声的份。造成的经济损失，也要从他未来的薪水里扣除。

结果，他出门的时候，又忘记了拿钥匙，等到他重新回公司，又遇电梯例行检修，封了。

往常坐 3 分钟的电梯就可以到达公司高楼，现在他爬了十几分钟，满头大汗淋漓而下。这让他更加心焦，火冒三丈。

再次出门来等车，但是天气慢慢地阴沉了。是这个城市里夏天的暴雨来临的前奏。终于等到最后一趟班车，雨已经下来，把他淋了个透湿。

这个时候，大淮的太太打他的电话，说他们的儿子——那个小家伙非常不听话，前天做了坏事，和同学闹脾气，把同学的背包剪烂了。原来，太太是找他打小报告兼抱怨。

结果，老师找到了家长，也就是他的太太，要求家长出面，到学校去调解道歉。太太希望他去学校解决事情，并且好好训斥管教他们那个调皮捣蛋的儿子。火气腾上他的心间，他发狠了，一定要好好教训儿子。

大淮上了车，没有想到遇到更加郁闷的问题。

他的钱包又忘记带了。拿钥匙的时候东翻西找，肯定是随手放到抽屉里了。这个时候他才想起来，已经太晚了。他摸了摸口袋，只有一块钱的硬币。车票是两块钱。再下车？就回不了家了，而且外面的雨不小。

他请求司机："您看能不能通融一下，我确实是忘记带钱包了！不是故意不给的。而且下这么大雨……"

偏偏他遇到的是个一丝不苟的司机："坐车就准备好零钱，要不办个公交卡啊。"

"真的忘记带钱包，卡也在里面，不好意思。"

司机最后勉强同意，一路嘀咕："又是想占小便宜的。"

这真是冤枉，他这个人吧，坐车出行，从来是遵纪守法的好市民，绝对不会为了一点钱逃票。就这样一次的无意，就背负上了恶名。

他也火了："您把地址给我，我要是回头不补上钱，我就不是人。"

眼看一股火药味四处弥漫开来，司机不再说话了。

他却爆发了，他把今天所有导致他倒霉的人，全部骂了一通。

还有，他咬牙切齿地决定：回家了一定要好好惩罚儿子，胖揍一顿。他工作这样艰辛，生活这样卑微，为什么还让他如此操心？

车厢内有窃窃私语偷笑的，有若无其事旁观的，也有议论闲话的。

这个时候，一声响亮的"叮当"，发生在自动投币机里。一个大学生模样的女孩微笑着说："师傅，我帮他出这一块钱。大家都不要吵了，好吗？"

于是，大家都安静了。司机似乎有点愧疚，一连说："可以，我也不是非要计较这点钱。"

然后，司机专心开车。我那个同事也冷静下去，他有点羞愧，自己怎么忽然表现得这样失控。他对着女孩说："谢谢"，还感激地冲女孩一笑。路途上，车厢里只有外面雨水敲打窗户的声音。

暴雨拖延了行程，中间有点堵车，大约多花了十几分钟才到站。这一次，却一反常态，没有人抱怨。

下车的时候，雨小了。

他心平气和地回家，敲门说道："我回来了。"

他的儿子已经胆怯地等在客厅里，像一头小动物一样，乖乖等着意料之中的责骂和教训。但是他胖揍儿子一顿的想法，已经烟消云散了。

他微笑着，拍拍儿子的头，说："还不去洗洗手，准备开饭了。爸爸都饿坏了，你听，肚子一直在叫呢。"

大淮家的小男孩欢呼雀跃，主动去收拾饭桌，还跟大淮道歉："爸爸，我错了，我以后再也不跟同学打架了。”

这个小孩子不会知道，他的爸爸今天没有暴躁地发脾气，也没有揍他，是因为他在路上受惠于别人的一点点小帮助。

是的，那是一份陌生人的善意，为他解围了。

虽然只有小小的一元硬币。这使他原本干涩的内心忽然变得柔软晶莹。他不认识那个人，而且城市那么大，他很可能再不会见到那个陌生人。

他的太太那天也很纳闷，后来知道了这件事后，带着全家人出去吃了一顿自助餐。然后陪着大淮和孩子，一起去了学校。其实，给别的家长道个歉，也不是什么很没有面子的事情。

他把这个事，当笑料讲给我们同事听。我听了以后，又想笑，又觉得很感动。细细深思，我们这人世间，只要有一份善意，就会有一份冰雪的融化，只要有爱的传递，就会有责怨的消减。

于是，奇妙的化学反应继续发酵了，这个故事，我们的老总也听到了。减免了一部分大淮要承担的罚款。

负面和正面的情绪、事情，都是日常生活难免的。好在，我们可以用主动的态度来对冲。就像一部风靡万千观众的经典电视剧里的经典台词：化戾气为蜂蜜。

你若美好，世界便会美好一点。

有爱存在的地方

这种爱，最原始最粗糙，却也是最纯净，在这个世界上，任何人都没有资格嘲笑它。

而有爱存在的地方，就是天堂吧。

那是发生在十年前的事，2003 年 11 月 6 日，在北京南三环万柳桥附近，一只小狗遭遇不幸。它在三环主路上，被来来往往的车轧死了。但是谁也没有想到，它旁边的三个同伴，居然不顾正是高峰期的滚滚车流，忠实地守护着死去的小狗，舍不得将它丢弃。

过往的司机都惊呆了，本来匆忙赶路的车，开过三只小狗身边时都纷纷绕行，或者干脆停车。交通为之阻塞，还有两辆车，因为躲避小狗而追尾。

平时啊，在路上遇到堵车，所有的人都心急，谁都想快点走，互相挤来挤去，要是剐着一点蹭着一点，吵架是不可避免的。但是，那一天，所有人都不再抱怨，也没有彼此责难。大家看着那三只围在自己死去伙伴身边的小脏狗，心里有的只是感动。

还有另外一个故事很相似。那是在1928年3月，纽约繁忙的百老汇和沃尔克大街上。一只名叫“小黑人”的母猫阻塞了交通，因为它有5只小猫需要救护。警察詹姆斯·卡德莫尔拦住了过往汽车和行人，让“小黑人”把5只小猫一一地叼过了马路。有人拍下了这一动人情景，题名为“为小猫让路”。

很多时候，我们这些情感复杂的人类，常常喜欢把爱藏在自己内心最深处，因为害怕把它拿出来，会被嘲讽，会被伤害，会不被接受。但是，三只小狗和母猫“小黑人”不懂这些，它们只知道自由地表达自己的悲伤，或者对同类的爱。

这种爱，最原始最粗糙，却也是最纯净，在这个世界上，任何人都没有资格嘲笑它。

而有爱存在的地方，就是天堂吧。

一百多次举手

有爱心的，并且把爱心均匀分给每个学生的，都是最好的老师。

毕业、工作，然后是一些年的分别，再就是同学会。饭桌上，我们高谈阔论。话题跑个不停，一不小心，跑到当年的数学老师身上。那一年我们是文科班，数学课换了老师，个头极其矮。我则是最平凡无奇的一个学生。大家说他是特派的秘密武器。文科班全是数学瞎子。而这老师，有数学疯子的称号，历史记录上成功无数，把数学瞎子变成优秀学子。他什么话都不喜欢多说，全部时间都是讲解。

于是我和坐在我旁边的同学嘀咕："多好的老师啊！"

同学却奇怪地问："那你怎么还老是戏弄他啊！"

我大吃一惊："我没有啊！"

同学言之凿凿："你怎么老是举手，举了手又不问问题，搞什么啊！老师总是兴冲冲急忙跑到你旁边，尴尬得不得了。前两天我还听见他嘀咕，说怎么老是被你调戏。奇了怪了。"

哦，是了，我总是习惯性地挠头，那手势，就很像是举手。我忽然明白了，为什么每次我的数学老师，都匆忙走过来，又表情有点古怪地从我旁边走过去。因为他以为我在提问呢！哈哈，我乐了，又有些羞愧，太不好意思了。

我又问我的同学：“那，我这样，有多少回？”

“谁记得，大半年时间，一直到毕业，大约是一百多次吧！”同学摇头，然后被其他人拉去灌酒了。我坐在位子上细细回味着，这个老师的容貌和样子，仿佛又在面前出现。

我蓦然想起在毕业留念册上，他写道：“同学，要敢于发问啊！我看你举手一百多次，却总是不好意思提问。”

现在，我才明白其中的含义。心里一阵一阵难受。还有这样的事情，为什么我从来都不知道，怎么没人告诉我啊？可是，谁会说呢！真的，我知道我不是所谓的拔尖儿的学生，但是，我遇到了一个最好的老师。

因为他对一个最普通的学生，带着不分优劣的爱心：“同学，要敢于发问啊！”

这话，我会记得一辈子的。

有爱心的，并且把爱心均匀分给每个学生的，都是最好的老师。

阿仪达的骄傲

最伟大的爱心，除了让自己的母亲骄傲，也让别的母亲获得骄傲。

最伟大的爱心，除了让自己的母亲骄傲，也让别的母亲获得骄傲。

阿仪达在学校里，一直是功课最棒的孩子。所以，每一次接到邮寄回家的A字成绩单，母亲都会摸着他的小脑袋表扬他。不仅仅是口头表扬，还奖励他美味的食物，以及带他去阳光灿烂的郊外游玩。这个学期结束的时候，很奇怪，阿仪达居然没考好，他的母亲对此很生气，也感到非常奇怪。

“去年，我很为你感到骄做，因为你是班里最好的学生。”

“是的，妈妈。”

“但是，今年为什么你没有考好呢？而且，最奇怪的是，你和去年一样，那么努力啊！妈妈也没有看到你松懈，你能告诉我这是为什么吗？是做试题的时候，不认真了吗？”

“不是的！”

“那是为什么，妈妈觉得很失望。”

阿仪达听了觉得很难过，但他想了一会儿，便对母亲说：“妈妈，我知道你为我而骄傲。我就在想，那么别的孩子的妈妈，应该也想为孩子而感到骄傲。但是，如果我总是第一的话，这对他们来说，不就失去骄傲的机会了吗？”

母亲笑了，她抱住小阿仪达。阿仪达还在嘀咕：“虽然我很舍不得你做的好吃零食，还有郊游！”然后，母亲亲了亲阿仪达的面颊，对他说：“你说得太对了，虽然你这次没有考上第一名，但妈妈更加为你骄傲。”

吃完了一顿作为奖励的丰盛晚餐后，母亲就给阿仪达的老师打了电话。第二天，老师在课堂上这样对阿仪达说：“你应该感到骄傲，你是一个真正懂得爱心的孩子。老师还对其他同学说，我希望你们没有阿仪达，也能让自己的妈妈骄傲。”

可不是，最伟大的爱心，除了让自己的母亲骄傲，也让别的母亲获得骄傲。

同桌的她

我总记得那一年，那两个可怜的孩子，在遥远的青春岁月里，温暖而清晰的同病相怜。

每逢冬天，就是我最难受遭罪的时候。

我老是抱怨我爸，怎么会有这样的遗传。从小看的医生都一口咬定：你这是遗传性慢性鼻炎。真的假的？我怀疑归怀疑，痛苦照样痛苦。追溯家族病史，我、我父亲、我爷爷和我的叔叔，都有这毛病。

每天晚上我的鼻子塞得天昏地暗。恨不得把能够看见的东西都砸了，因为鼻子塞了透不过气，呼吸困难，神志都有些不清晰。只好张大嘴巴呼吸，很快嘴巴干得火烧一样，自杀的心都有。

白天好一些。但是我常常要用极其大的力气，冲开闭塞，呼吸到救命的空气。于是我的鼻子老是发出巨大的声音，在安静的自习氛围你平地炸雷。所有人都愤愤不满得瞪我，想杀人的表情。反正不是还要顾及面子的女生，我就当不存在。

总不能让我憋死。

下午，班主任要求按老样子四个星期自由交换一次座位。我是没人想坐到一起了。也心安理得的一个人守着一张桌子。

“我坐你旁边吧！”一个女生眼神带笑。我条件反射地点头，我一向是学习标兵和听话的好孩子。

我瞥了她一眼：“你别打扰我，我不干涉你。”我对她直接说。

我看见她和班上另外一个眉目清秀的男生短信频繁来往。那时候的短信当然不是手机制造，是手写的。肯定又是个早恋的女生，这样的女生一般是不会花心思好好学习的。在我的观念里也就不是好学生。

她居然咧着嘴笑：“真的，那就好了。我还担心呢！”我莫名其妙，“你担心什么？”中午的教室一个人都没有。黑板上遗留的粉笔字迹，我走过长长的廊道的时候，阳光稀疏而寒冷。我脸色不好地坐下，翻抽屉找书。有一颗感冒胶囊，还有一杯温暖的水。我愣了。“吃了就会好的”，还附加一句说明，“不感冒，鼻炎就容易控制。”字迹我认识，是已经做了一个星期的同桌的她。

破天荒的，晚上自习的时候，我开始感觉良好。呼吸一点点舒畅，到了下晚自习，我已经有预感，我可能会找回丢失多年的安稳睡眠。果然，那天晚上，我的脑袋一沾枕头，药物的嗜睡作用，加上鼻炎的缓解，我睡得前所未有地香。那种幸福，不是可以言说的。除了亲人，第一次有人在我感冒的时候，喂我吃药。我有一种温暖在身体里流动，冬天很冷，但是我反常地微笑，我向来是孤僻而冷漠的。戒备灰飞烟灭。

我开始叮嘱她，要好好学习考大学。早恋，多没意思。但是她说考不上了。“为什么？”我反问。

“我有病。你看我都久病成良医了。”她说的时候眼睛又在笑。我忽然明白，难怪她对我的鼻炎小问题手到擒来。我明白感觉奇怪的那点东西是什么了。是无奈和一些难过。“怎么不去看医生？”

“看了，没用。我是遗传的，总是头痛。”她嘿嘿地笑。“我也有过啊，没什么的。我们这种破学校，都靠拼时间学习，神经衰弱的太多了。”我也体验过头痛的滋味，不以为然。我并不知道，她那是没办法治疗的，很厉害的头痛。我发觉她在哭，没有任何声音。其他的人已经午睡了，四周安静得很。

我坐在她旁边的时间，她似乎没有犯过病啊。我忽然就有些明白了什么。难怪没有人和你坐一起呢？

她一看就穿，“那你还会陪我坐吗？”

“肯定啊！”我说。

很快她就让我真正见识了。座上所有的书乱七八糟飞出去了，头发乱成疯子一样，发出一些难受的声音，哭泣、抽打着自己的手，咬着牙齿。我从来没有见过，我吓住了。原来我坐在她旁边，她是那么地感觉难得。其实是我太过孤僻地投入学习，居然就不知道，在同样一个教室里，有这样的事情 。

我突然抓住她的手，紧而又紧地抓着。她也用力地抓着我的手，抓住救命的稻草一样。所有的人都走了，一直到所有的灯都熄灭了。她才头发凌乱地坐起来，用手慢慢地梳理着头发。这一次的阵发性的头痛，终于结束了。

我拉着她，一直慢慢地走到女生楼下面。然后扭头就奔回自己的宿舍。我忽然想起，好多人的闲言碎语：“她是个喜欢撒泼的女生”“她是个乱七八糟的女生”“她是个喜欢在教室里发脾气的女生”……我觉得心脏无比疼痛。幸福的人，怎么会知道不幸的人的不幸有多么深重，怎么会知道他们的伤害，有多么的无耻与悲哀。

她就回家了。她以前说过她常常回家的，不知道这是第几次。我的旁边于是空了，我想，那就等她回来吧。好几天我发呆，神色恍惚。我感觉很难受，却说不出的。我把我一向做过就丢的政治卷子保存了，以前我总是骄傲的，丢掉打着红的耀眼高分的试卷。她的政治功课非常差。

过几天就会回来的，都快要考试了。那年冬天的黄昏特别地血红色。整个世界都仿佛带着血色。我从教室出去时，大家从外面的小摊贩买回热面在教室里吃，心理安慰似的，觉得能够增加温度。我也带回一大杯，放在她的抽屉里。觉得她可能哪天早上忽然就来了。我忽然就体会到，她给我带开水和感冒胶囊的心境。

考试快来了。我重复着，考试快要来了。

有一天另外一个人告诉我，估计你到毕业都会是一个人坐了。她不会再回来上课了。

那天晚上我鼻子又一次往死里塞。一直都是她准备着一颗感冒胶囊，和她打的开水，我才摆脱鼻炎折磨。第二天我自己去买了感冒胶囊。一颗颗颜色淡青纯白，眼泪似的。

考试来了，她没回来。我的旁边一直空着，最后到高考，我听说她参加了考试。再就没有见过面了。她脸上的雀斑在记忆里似乎模糊了许多。但她的一头短发一直很精神。我会在每个冬天想起她，然后提醒自己，记得准备感冒胶囊。她是不是也找到了更好的医院，不再那么痛苦？她是不是也去了一个美丽的大学呢？不过我却怎么都联系不到她。在分离之后，想找到一个人，其实是很难的。我这一生全部的读书生涯，在身边同一位子坐过的人不计其数，她是唯一这样关心过我的人。她或者就是因为自己曾经受到过病痛的折磨，才会很关心别人。

那是两个可怜的孩子，在遥远的青春岁月里，温暖而清晰的同病相怜。

陌生人的问候

生命是如此的寂寞，我似乎能够看到过往的岁月脚步是那么地匆忙。连一些抚慰都没有，白头发就繁盛了。

当微博微信繁荣之后，我很久没有收到陌生人的信笺。在以前那些青春意气的日子里，我写着自己的心情，叹息着自己的悲伤，然后让它们在某些报纸或者杂志的角落里等待些什么。比如你现在看到的。

我在之前写下了一篇很短的《城市地下铁》。然后文章出来了，在本市的一份百万大报副刊上，配着的是几米作品的一幅图。

于是我收到了陌生人的信笺。那是这个城市三十三中的一个小女孩。没有真实的名字，只有简简单单的几个英文字母。这是谁啊？她有多大？为什么她不写下真实的名字？

她喜欢我那篇短文，所以写信来，问候我。

大学的岁月快走到尽头，我在许多地方发表文章，没有任何人给我回音，然而我在这里的小小文章，却带来了一份关心。

我忽然就感动了。天气阴沉，生命是如此的寂寞，我似乎能够看到过往的岁月脚步是那么地匆忙。连一些抚慰都没有，白头发就繁盛了。

只是我读着短信，感觉陌生的城市里陌生的人，好像也有一丝隐藏的呼应。就如同我问自己：你过得好吗？居然有一个声音从不知道的方向传来，问着同样的问题。

我想纠缠我很久的失眠也许会好。在读着这些陌生的信笺时，我得到熟悉的安宁，安心地睡去。

整个城市转过身

每一个生命都是值得帮助的。

也许，某一天，那个得到帮助的人是你。在这个世界上，如果没有这种彼此出于生命本身同情的爱，我想，悲剧一定会多了许多。

“我是乔原，我打算明天离开这个世界。你不要再劝我了，再见，希望你过得好，比我要好。”

那个下午的三点，我被熟悉的手机震动声叫醒，看见这条短信的时候，吓了一大跳。好半天我才醒过神。看着天蓝色的屏幕画面上三行字，我的大脑以极快的速度搜索。

乔原？他是谁，是我的哪个朋友，还是什么远房亲戚？怎么我完全没有印象啊？

当时正是九月的夏天，这个长江之畔的火炉城市的气温，最令人烦躁，难以忍受。我把空调一直开着，可是我额头上仍然冒着冷汗。

最后我平静了，因为我把所有的记忆都搜索了一遍，生活圈里熟悉的和略微熟悉的人，他们的言行举止，可以确定都没有一个叫乔原的人。就算是加上网络上的朋友，也没有这样一个人。说不定是诈骗短信，利用人们的善良之心。

不过我还是没法放下，还是问问吧，如果有什么值得怀疑的蛛丝马迹，大不了报警。

我发去短信："心情不好？人生有什么难过的关？"

"活得没意思，我就是个废材，没人在乎我。"那边回答。

"那你可以拨打一些心理救助热线。我可以找给你。"

"不，我不需要。没有用。"

"要不要出来聊聊？"

"你还愿意陪伴我吗？你不是说，再不愿意见我？"

"告诉我，你现在在什么地方？"我不想继续绕弯子了，我感觉对方处于混乱思绪的旋涡里。

"那，我还是在那家广场旁边的肯德基等你。"

"好。"

我之所以答应得干脆，也是因为他选择在公共场所，这样说明还是有理智的，也不会有什么危险性。

夏季的天，说变就变，才结束短信沟通乌云就盖住了整个城市。我站在门口犹豫了一会，还是转过身，拿着伞出门了。

我冒着倾盆大雨，从这个超级大城市的南岸，坐的士到了江北。他说的那家广场在北岸。虽然是打的，仍然把我身上搞得湿淋淋的。

短信又来了："我，我就坐在门口那里。"我看见了，一个满身湿淋淋的男孩。

大约十五六岁的样子。

他很是惊讶："你是谁？"我什么话也没有说，把手机打开，将那条短信给他看。

他无比尴尬，打开自己的手机，搞明白了是怎么回事情。低下头不说话了，脸上水滴滴的，分不清楚是泪水还是雨水。我提议换个地方，换到暖气风口处，他看了我一眼，点了点头。他的衣服渐渐干了。

"你不妨把不开心的事情说给我听。"我把自己的一张名片递给他。没错，我做过期刊社心理热线的主持人……他似乎放心了，不再用警惕的眼光看着我。

他慢慢地讲，他和她的故事。打着哆嗦。本来是在热恋，可是最近小女朋友突然说不爱他了，他在学校里天天跟着她。知道她有了新男朋友。小女朋友当众打了他一耳光，还说："你怎么不去死？你这样的男生，哼！"

他又羞愧又愤怒，回家闭门好几天，觉得无比绝望。今天打定主意，他要她一辈子都不幸福，永远陷入她害死他的噩梦。"可是，你死了，她即使痛苦后悔，你也无法知道，说不定，她会活更加好。"

他不说话了。我问："你是否觉得这样太自私了，你的父亲母亲怎么办？没有你，他们就等于失掉全世界。"他开口了："我，我，是太自私……"

我微笑地听着，注意看他的表情，他的情绪，在讲述当中渐渐平稳了。我掌握的心理知识，这次倒是面对面地实际演习了，以往都是隔着电话进行的。我叫了两份薯条，两杯热可可。驱赶掉身体的寒气，这有助心情的平和。

首先肯定是要平复他不稳定，间或又攀高的情绪。到最后，确认他真的没事了。我说："不早了，你看你也累了，回去睡个好觉。明天起来，说不定就又有个漂亮妹子找上门来。"

他咧嘴笑了，被逗乐了。我们道别说再见。“心情不好时，不妨再打电话过来。”我意味深长地跟他说。他笑了：“我不会再犯傻了。”

我相信他。聪明的孩子，找到了自己的灯笼，人生的路就可以继续好好走下来。回家，我收到很简短的消息。

“谢谢你。若不是你，我现在也许已经沉在长江冰冷的水里，永远无法醒过来。”

他已经在长江大桥的边上，站了两个小时，终于忍不住还是发了短信给女友，他因为分手，把女友的号码删除了。情绪激动下，按错了最后两位数字的号码。结果，短信就发到了我那里。

如果当时我没有回复，他就已经跳下长江大桥。从此，在世界消失。连同他的家人，他已经分手的女友，都会有无尽的伤心。

雨终于停了。这个故事，他不会对人讲。而我也不会讲出他的真实名字。

他已经在这样一次的生死关头，打转了一回。

又一条短信发来：“下次回请你！”

雨后，整个城市呈现出清新的绿意。

我仍然依稀记得，在我成长的岁月里，曾经有一个朋友，虽然平时没有什么交往，但是一天忽然打过来电话，说想找我出来坐坐。当我问有什么事情的时候，他回答没有什么事情，就是想找个人陪伴着，只想陪伴一点点的时间。我很忙，我那时很忙，真的，于是我礼貌地说：“后天，或者明天吧！”那边的电话轻轻的挂下。

后面，我得到消息，他给所有熟悉和不熟悉的朋友，都打过电话，但没有人陪他。他当时遭遇了很大不幸。但是大家都很忙很累，各自有各自的烦恼和理由。

于是，他一个人，在早上第一缕阳光射出来的时候，掐灭了生命的火焰。所有人在流泪的时候万分后悔，为什么，为什么当时不抽那么一点时间去陪他？

从此，再不敢懈怠，任何一个卑微的请求，任何一个有不良念头的电话。

这就是，我会为这样一个莫名其妙的陌生短信，不顾疲惫，大老远去见一个陌生人的原因。这也是我常常去做一做心理热线主持人的原因。

每一个生命都是值得帮助的。

也许，某一天，那个得到帮助的人是你。在这个世界上，如果没有这种彼此出于生命本身同情的爱，我想，悲剧一定会多了许多。

但悲剧，我们完全可以付出并不太大的代价，转折为一个美好的故事。

我和这个小孩子，做了朋友。那一刻我就是他的那根陌生，却又最为温暖的稻草。我却应该感谢他，我姑且就叫他阿乔吧！他让我也解开了那个心结。

整个城市，会因为一点点转身的温暖而美好。

大诗人的小童心

琴与指头相遇，有了琴声。

恰似男女之相遇，有了爱情。

恰似水与酒精的结合，才有酒。

苏轼有一首《琴诗》：“若言琴上有琴声，放在匣中何不鸣？若言声在指头上，何不于君指上听？”

这事读起来，仿佛他是在严肃做研究，煞有其事，分外认真。其实，这不过是大诗人的小童心，玩耍游戏笔墨。

能做到大政治家，写出多少人心中悲欢离合的人，必然拥有七窍玲珑心，哪会不知道事物的道理。

琴与指头相遇，有了琴声。

恰似男女之相遇，有了爱情。

恰似水与酒精的结合，才有酒。

如果把一首让人会心一笑的诗作，故作高深去解读什么哲学道理，还当成格物致知的典型，就会特别无趣，如同牛嚼牡丹。

没有人知道苏轼在什么事情的触动下想写这么一首诗。但我可以模拟推测一下。如果苏轼有个好朋友，很会弹琴，苏轼很欣赏他的音乐，一次约会，酒也喝了，琴也听了，漂亮的侍妾也在旁边含笑不语。

乐观豁达心甜意洽的苏大学士忍不住调侃起来，这琴声到底从哪里来呢？如果是琴上有琴声，放盒子里不响，如果在你的指头上，为什么不直接听你的手指头。

我简直能够想象到，被开玩笑调侃的人，忍不住瞧着自己的手指头发出“哈哈”大笑。

我更加愿意把这事往童心雅趣上去联想。

古人写诗，固然言志，郑重其事。但也玩诗，就像我们现在说段子开玩笑一样。苏学士这样的人，玩起文艺来，知情识趣，绝不迂腐呆板。亲朋好友，宴席琴会，家常便饭，写两句逗人一乐，也自乐。

第六章

在星空下

我不必告诉谁，我的心意是什么，
也许是亲人也许是成长，也许是四月的雨或正月的融雪，
也许是抬头看见北极星，在星空之下心头忽然涌起的忧伤。

聪明的插画家

自己的人生要什么，可要搞清楚。要找对象，要结婚，要生孩子，要快活幸福，要过小日子，那就别绕弯子，直奔目的地吧。

从女同事的嘴巴里听到阿令的故事，当时我就震惊了。

具体情况是这么回事，阿令到外地工作，奔赴一家搞动漫产品的公司，除了一批工作人员，还有少数的青年杰出漫画家在跟公司合作。问题是这些青年漫画家们都相当散漫，人生啊工作啊，都不怎么有规划。于是就有了这样的一种搞法。这家公司开了底薪邀请漫画家们入驻，总之就是给了基本收入养着，平时漫画家就好好待在公司里画漫画。有一个环境氛围，画画工作也专心，完成任务了，爱怎么过怎么玩都不管。

阿令就是这种被养起来的漫画家之一。从外地老家来到这个公司，过上了这种半上班的生活。

原本这种漫画家都是一年两年的合作期，反正自由不受限制，作品又有固定东家收获，算是不错的生活方式。

结果不到半年，阿令提出离职。公司方面相当困惑，当然还是要问问原因，是怎么了，有哪方面不满意？还是在本地生活有问题。阿令报出一个非常正常又非常令人惊讶的结果。

他结婚了，要回老家办婚礼，以及回老家过日子去。

什么？一直都只看见他独来独往出入公司啊？

真相紧接着水落石出，公司另外一个年轻的妹妹，并且还长得有点漂亮的女孩也请辞了。原来他们两个已经偷偷摸摸交往了两个来月。其他同事纷纷表示惊叹。

有人问阿令什么时候开始勾搭上那位美眉的，阿令很客气地回答，就是慢慢地，有时候聊漫画认识的嘛！

这样的人生好事，当然是成全加祝福，公司同意更改合约，放他走人。阿令携着他的老婆，夫妻双双把家还。

约莫一两周后，负责阿令交稿沟通的同事才爆出猛料。这小子啊，很早就听说这家公司年轻女孩多，并且多数是真正的美眉，单身宅编无对象。所以他才毫不犹豫答应了过来这边成为签约漫画家。

所以，他最大的目的，就是为了找个老婆，“拐”个妹子回家去。从头到尾，这就是一个有预谋的跨省工作。锁定了猎捕对象的范围，又有共同话题可以搭讪，成功几率大大提高，同时早就探听清楚了公司女孩子的综合水准，水到渠成搞定老婆。

没有稳定工作的，奔过三十大关，原本被认定还要继续孤家寡人的阿令，就这么解决了问题。达到目的后，他就立刻闪人了，轻重缓急分得很清楚。

就因为阿令目标坚定单一，就是以结婚为目的的，所以人家女孩子也掂量掂量人生，当然还是嫁人重要，工作什么的，再找啊！跟他一道撤退了。这种花花心肠小算盘，算计人生幸福的私人阴谋，别人又怎么猜得懂呢！

唯有他自己心里最明白。

这个速战速决的故事，体现的唯一主题，就是直奔目的。自己的人生要什么，可要搞清楚。要找对象，要结婚，要生孩子，要快活幸福，要过小日子，那就别绕弯子，像插画家那样直奔目的地。

一念

一个人的意念，身在其中如坠迷雾，自己都不明白自己。但是时光会为我们澄清答案。

我去一家新开的概念小火锅店，店主是今年秋天认识的新朋友，邀请我试吃品鉴。

在火锅店，又跟小航碰头。她是个性格特别好的女孩，我在当音乐比赛评委的时候，认识她的。她是活动方工作人员之一，留着短头发，爽朗热情有礼，做事情亲切自然，印象挺好。

各种食物被摆着可爱的造型端上来，大家就热火朝天地吃起来。我们惊奇的是，第一次看见小航身边带着一个男人，很为她高兴。这么好的女孩终于有归属了。

小航第一次看见那个年轻男孩的时候是在六年前。她当时是去他的录音室，跟那个男孩谈一个小小的项目合作。

如果说一般年轻男孩的家是狗窝的话，那么这个男孩家就是超级狗窝。他就住在自己的录音工作室，吃完的泡面盒子，脱掉的袜子，衬衫裤子，再加上桌子上的烟灰缸，共同构成了四个字，惨不忍睹。

随便走两步，还会撞到喝过的啤酒罐子。

小航心里当时只有一个声音，这么邋遢这么脏兮兮的男人，哪有女孩愿意跟他在一起。

六年时间过去了，小航非常细心地给身边的男朋友煮虾滑。

小航还解释道，她的男朋友有点怪，是学法律的，一起去看房子，跟开发商交材料的时候，工作人员说要审核一下文件的真实性。她的男友一脸严肃地质问，你们又不是公安司法机关，哪有资格审核文件？还有你们也没有联网的信息库，你们有什么能力审核？工作人员就一脸尴尬地退还了资料。

小航把这件事儿完全当笑话来说的，满脸都是宠着男友的表情。他们之所以一起去看房子，因为他们准备结婚了。

我想这大概就是爱情最玄妙的地方。它有各种曲曲折折，弯弯绕绕的形式。有的人是看见了对方最美好的时候一见钟情，心中充满了害羞的悸动。

还有人第一眼就觉得对方特别讨厌，越是讨厌，心里面就越想着这个人。

也有人是看见了对方最像个孩子，需要照顾的一面。

一个人的意念，身在其中如坠迷雾，自己都不明白自己。但是时光会为我们澄清答案。

小航自己都不知道！她的那个念头冒出来，就足够意味深长。

我对小航说，那就难怪了，六年前那一天你会这么想，就说明你动心啦。

毫无感觉的女孩，只会满心嫌弃，赶紧完成任务了闪人。才不会去想，这个人的未来，谁会跟他在一起？

古时候有一个诗人感慨过一句话，“情不知所起，一往而深。”其实情之所起，就在两个人的相逢一念之间。

这一念，飘飘荡荡，就像天上飞的风筝。落回地面的时候，捡到风筝才明白。

不爱你的人，你过得好不好，以后会怎么样，跟他毫无关系。而且还会觉得你是有本事的，自己总会都搞定，哪怕你搞不定，也会有别人来帮你的，不需要他来操心。

而爱你的人，就是会牵挂着你，觉得你需要她的照顾，为你忧心。

我在给小航分析她的心路历程，她若有所思，拿起一个黄椒芝士焗烤南瓜泥，挑走芝士。她男友不爱吃芝士，吃不了辣，把煮好的食物捞给小航。我和在场的其他朋友看到这一幕，相视一笑。

哪怕你真的非常勇敢强大，你也能感觉到这种珍贵的心，愿意在这个人面前露出你最柔软的一面。

勇者物语

勇敢的人，不管多大年纪，一样可以改变自己的命运。勇敢当然高风险，但是收获的却是另外一种精彩丰富的人生。

大学毕业那年聚餐，我们宿舍的一个男生终于跟桌子对面的女孩说，某某，其实我喜欢你。某某的脸一红，说祝你以后找到更好的。我们挺为他可惜的。因为事后那个女孩的闺蜜说，其实女孩也有点好感，不过呢，班长更加积极主动，军训的时候就穷追不舍，已先下手为强了。

如果当初勇敢地说出来，结局也许就不一样了。

再说几个小故事吧，都是真事。当然了，我得改头换面一下。

我有个同学，是女生，长相很像美国电视节目脱口秀的女王奥普拉。嗯，奥普拉长什么样的自己去搜索。整个大学生涯都是特别普通的女生，大三那年，忽然有人看见她跟我们的英语老师手牵手地在逛街。

补充一下，那老师真的挺矮，男女身高居然刚好相等。注意，是这个女生主动追求的老师。而且这个老师也只是很普通的教职工，不存在什么手上有特权的情况。

多年后，我在公交车上遇到这个英语老师，问他近况，他笑容满面地说女生一毕业他们就结婚了，买房了，生娃了。

我还有个同学，也是女生。这个女生精瘦干练，常年短发，跟另外一个女生形影不离，非常亲密。你懂的，她成为闲话的主角也是理所当然的。

有一天我忘记是上什么课了，反正不是刑法民法主修课就是别的选修课，需要有学生上台演讲。讲到最后，她突然大声嚷嚷："谁规定女生不能打扮成这样？谁规定女生不能跟女生一起玩？"这孩子，也很勇敢。

还有个女同事，离婚多年，四十多岁，英文不通，基本是零，而且她的儿子已经很大了。她就担忧地问孩子，自己很渴望新的生活和家庭。结果，她的儿子说，我都快大学毕业了，你也该找人了。以前我不好提，也是怕你不好意思。她特别开心，终于放下心里的压力，到处找朋友们帮忙介绍对象。

有一天她在交友网站上认识了一个美国人，然后他们开始交往、恋爱。于是没多久，老外邀请她去美国玩，她去了。

很快，他们结婚了，她嫁到美国去了。那个老外是个医生，条件不错。去年回家办手续准备投资房子的时候，我们一连串地问了她好些问题，在网上认识的你不怕吗？你们的语言不通，你又不会英语，怎么沟通啊？难道不怕人生地不熟，吵架了你就走投无路？

这个女同事说，英语不好慢慢学啊。平时吵架生气了，她就一个劲地说"sorry""honey，I love you"，对方就笑了。我们实在是太佩服她的勇敢无畏，把复杂的事简单化。结果就是这样，我们白操心担忧了，她过得挺有滋有味的。

勇敢的人，不管多大年纪，一样可以改变自己的命运。勇敢当然高风险，但是收获的却是另外一种精彩丰富的人生。

最后还要提一个女生，这个女生是班花，据说其他女生都不喜欢她这个人。男生们呢，也没有人追到她，得不到的当然也容易遭受非议。我曾经约过她一次，那次我们一起吃了火锅。她说她挺努力地去跟同学们，尤其是跟女生们改善关系的。但她既然习惯作为一个高调的人，没法让所有人喜欢，那就没办法了。

没多久，她做了一件豪迈无比而又温柔动人的事。在那年的圣诞节，全班男生都收到一份意外的惊喜：一张她手写的贺卡。

这导致男生们那天的心情统统美得不行，浮想联翩。这件事至今留存在我的脑海里，深刻鲜明。她这算是彻底得罪了全班其他女生，衬托得其他女生更加清静无为，黯淡无光。

这世界向来如此，循规蹈矩者也没什么不好，只是永远没有勇者那样容易成就一段物语。物语也就是故事的意思。这些勇者，都是有故事的人。

被讥讽的师生恋又如何，修成正果了他们去过自己的日子。百合恋又如何，闪瞎群众的眼大家最后也不过是闭嘴。当众大吵大打出手丢脸露丑又如何，回忆起来我们只记得他们的故事，谁又记得我们的故事？

我们吹净人生表面的浮尘，总会发现生活本身显现的真相。勇敢活着的人，也不一定比循规蹈矩的人活得更好。他们只是非常率性和自我，在自己的物语里，成为勇者。

那就从现在开始，成为勇者，去爱和被爱。

手心里的线

有生之年，我们懂事，然后动情，开始各自画着一根线条，很多人画到一半就断了，于是再起一头，再换一根线，不幸者乱如掌心的纹路，幸运者抽丝剥茧顺利接下去。

我的中学时代过于遥远，那年那月还没有普及手机，这事说起来挺暴露年纪。那时候男生想要追求女孩，只能写纸条。小纸条等同于现在的短信。当时坐在我后面三排的那男生根本就是一个纸条工厂，以每小时超过 20 多条的信息量，高密度传向我前两排的女孩手里。有同学嘀咕抱怨，他是有多喜欢那个女孩啊，这么疯狂。

纸条穿梭太频繁，男女生的这事又不是什么大事，开始我们还有兴趣保持人品，原封不动前后交付，后来嫌烦了，中间人纷纷直接掰开偷看又揉上，我们这些旁观者们偷窥得不亦乐乎。

“中午想吃啥？”“晚自习下了别急着走，一起去操场转转。”“帮我写作业啊！”“自己写，成绩不好考不上就完了。”“野草那么多，蚊子那么大，谁要去操场。”“下了晚自习我们去吃炒面吧！”

一览无遗全是废话，后来他们正式交往了，调整座位的时候故意坐到一起了，再也不传纸条了。没有戏码可看了，青春真是寂寞啊！

许多年后，同学小聚会上，喂喂，听说他们大学毕业后结婚了呢，有了小孩子呢，一起过着寻常日子呢！

啊啊啊，结婚了吗？一瞬间，十五年过去了。喧哗热闹海阔天空的同学们，开始追忆那些年，我们传过的纸条了。

青春除了寂寞，还很仓促。到了如今的岁月，我起初喜欢的人早不知去向，也许永不再联系。我中间喜欢的人来来去去，可以扳起手指计算了。我未来寻找的人，也只能继续寻找，摊开白纸，取出圆珠笔。

有生之年，我们懂事，然后动情，开始各自画着一根线条，很多人画到一半就断了，于是再起一头，再换一根线，不幸者乱如掌心的纹路，幸运者抽丝剥茧顺利接下去。四季轮换，一代又一代人重复生命轨迹，这世界上有70多亿人，加起来恐怕有几万亿的忧伤故事。

然而，总有人把那一根线，即便曲曲折折，也从头到尾画了出来。以至于我不得不在无限忧伤中，静静地沉默了许久。

我承认，我被感动了，如同闪电一般的刹那，一击即中。他们的线索是另外一种存在，那么温柔，坚定不移，维持着天空中、大地上所有事物运行的平衡。

请你温柔地拒绝

时光凝聚又散开，我们相逢又遗忘，多年以后，经过你人生的人，善待相处过的人，被再度想起时，那种感觉微妙奇异，会令你含着眼泪微笑，既美好又忧伤。

不久前，有一个学生读者写私信给我求解，这是个可爱的南方女生。

她这样问我：我好朋友和我告白，我拒绝了，他是不会和我做朋友了，我觉得很难受，以前不止一次发生这样的事，所以上了大学我从不和男生深交，我没什么男生朋友，可是现在还是搞砸了，我应该怎么做才对啊，为什么不可以只做朋友？

为什么呢？

如果失去的朋友，像失物一样单方面去招领，那就轻松了。很遗憾，失友难再招领，尤其是在拒绝告白之后。

我想吃鸡翅，而身边的其他朋友想吃汉堡，还有的同伴呢，只是想吃苹果派或麦旋风冰淇淋。然而，我们都走进了一个麦当劳，围绕或并列坐到了一起。

麦当劳不止卖一样食物，很奇怪吗？不奇怪。因为人的需求本就多样不一。

我们明明各自需要的东西不一样，可是我们机缘巧合走到了一起，相聚一刻。我们的人生就有了这样一段交汇。

在我们幼年的时候，父母待我们之好，犹如世界为我们旋转。不，说得更加夸张一点，犹如我们就是世界。所以，我们的眼睛只看得见自己的需要。但是我们会慢慢长大，会慢慢发现，世界无限大，大世界里还有小世界。地球那么大，中国那么大，那么多的人，人海之中，我们只是一粟。

人海之中，我们各自的兴趣爱好都不一样，可是呢，也能够做朋友，甚至交往做恋人。可是终归，我们必须学会发现我们走到了一起，却可能各有心思，可能导致关系决裂，可能彼此怨恨，两败俱伤。

怀着对异性的好感，对爱情的憧憬，而接近女生，而告白的男生，脑子里想着的，是一段恋慕的成败。成功了可喜可贺，失败了改弦更张再接再厉。

怀着对异性的好感，对友爱的憧憬，而接近男生，而拒绝对自己动心告白的男生，脑子里想着的，是一段朋友关系的延续。界线清晰，立场黑白分明。

成千上万的人各个不同，却诞生在一个地球上。何况是，两个年轻的人，意图各异误解了对方，但走到了一起做过短暂的朋友。

伤害了对方吗？伤害了自己吗？很没有面子吗？

又有什么关系呢？爱从来不是一成不变天生就会的。爱是我们后天习得，领悟的。是伤害警醒我们，使我们懂得，我们要为自己做选择。

我能告诉南方女生的是，因为那个男孩找的是恋人，而不是朋友，所以告别你，寻找下一个。如果难受，就好好体会这难受，难受见证了一段青春当中彼此陪伴关系的温暖、贴切。失去，总是叫人难受。你会铭记，下一次你继续寻找朋友，你要令对方获悉你的真实意图，保证对方的知情权。要找一个男生做纯粹的朋友吗？那要宣告明示，我们以友谊为目的才一起逛街吃饭温书听歌的。

至于那男孩，同理可得，他也要学到经验，什么样的女孩，才是可能实现交往的，什么样的女孩，其实只需要男生好友。后果自负。

如果我们经历得足够丰富，也将学会祝福对方；学会更好地去爱他人，与之相处；学会说出自己的本来想法，决定彼此关系的走向，但表达方式从未成年的生涩锋利，到成年后的温柔而坚定。

时光凝聚又散开，我们相逢又遗忘，多年以后，经过你人生的人，善待相处过的人，被再度想起时，那种感觉微妙奇异，会令你含着眼泪微笑，既美好又忧伤。

在星空下

我不必告诉谁，我的心意是什么，也许是亲人也许是成长，也许是四月的雨或正月的融雪，也许是抬头看见北极星，在星空之下心头忽然涌起的忧伤。

当时的校服为了套得上去，所有的尺码都做得超级大，我们穿着宽大的校服，挪到不同的班级归队，变成文科生或者理科生。风从寒冷吹到温暖，梧桐又长出青色嫩叶，黑板上的数字继续残酷无情地倒数，我却常常怀着羡慕，眺望几百米远的实验楼。

实验楼的顶楼是一个巨大的教室，隔墙被打通，里面没有紧凑的课桌，也没有堆积如山的课本，只有颜料和画板。因为他们是美术班，全部也才二十几个人。我也想念美术，在我看来，这是个神秘而美的专业。美术班就连时间也比较松散，因为他们的文化课分数要求比文科理科都低多了，大部分时间要用在练画上，在家也能练习。

那天别的同学到点就回家，地上还有几张随手丢的水果素描，只有一个女孩不紧不慢还在教室里画陶罐和石膏人像。突然她大声发问：“你这人怎么老跑来偷看我们画画啊。”

我吓一跳，只好现身，走进教室里回答说：“我喜欢画画，就来瞧瞧。我是文科班的。”

“那你干吗不选报美术班啊？”

“我自己也练了个把月，指导老师考察我了，说我根本没这个天赋。”我摇摇头很沮丧。

“所以你不死心，老跑过来看看对吧！”

我一边承认“是”，一边钦佩地夸奖她：“你画得真好，太有天赋了。”

“那当然，我是复读的啊！文化科目分数不够，得补习，我晚点回去就是等家教呢。不过你说天赋，我不同意，你没看见我还在加强啊。就算有一点天赋，还是要勤加练习的。你看。”

她把手指凑近给我看，我大吃一惊，她的手指绑着创可贴。

“受伤了还画？”

“练得手指关节疼，所以绑点东西缓解炎症。”

“我知道了，你这么拼命，不只想读省美院，你肯定是想上中央美院吧！”我猜测。

女孩摇头：“不是，因为我想着有一天，可以借着画完完整整表达我的心意。我现在还只能画好静物，画个大致的人像，美术考试再好也还不能真正画出我想画的。从小外婆最疼我了，有照片，有记忆，我总是画不好她。她已经去了上面。”

她指指头顶。我“啊”了一声，若有所思。

后来我没再去实验楼。二月过去，六月到来。有一天，仿佛福至心灵，我在试卷背面，写了一首小诗，邮寄给市里的报纸。等到家里收到报纸，我才知道发表了。

当高考结束，蝉再次鸣叫，我带着录取通知书前往大学。坐在大学图书馆里，我已不再彷徨，学不成美术，没关系。我练笔写满了几十个笔记本，我四处发表文章，遍及各大报刊，博得师长同学的称赞，某某，你越写越好了。

“不，还不够好。”我实话实说。

“还要多好才好？”同学问。

我深呼吸一口气，又不打算说实话了，我和他们开起玩笑：“没有句号，只有逗号。给我加油，我多拿稿费请你们吃鸡腿。”

宿舍的同学听到有鸡腿吃，纷纷乐开怀，不再追问。我不必告诉谁，我的心意是什么，也许是亲人也许是成长，也许是四月的雨或正月的融雪，也许是抬头看见北极星，在星空之下心头忽然涌起的忧伤。

我会一直写下去，直到有一天，我可以真正写出我的心意。不一定是写，也可以换成唱歌跳舞摄影跑步游泳天文地理化学……我们每个人，在这个世界上只用对自己的心负责。

给自己的情书

也许青春时候，最容易发生的，就是一场轰轰烈烈的暗恋。每个细节都那样逼真，难过、流泪、欢喜，一个都没有少。真是一出很好的恋爱演习。

1

米其林当然不是真名。米其林其实叫米琪琳，三个字串联起来，嗯，你一定知道这是个女孩。是的啊，还是一个可爱的初二女孩。米其林，常常不爱说话，却自己一个人抬起头发笑。没办法，电视上有段时间天天做一家世界著名轮胎的广告，从初一收作业的小组长开始，特爱大声叫，米其林，轮胎，无障碍。

那个广告里的米其林人，胖乎乎的。米琪琳，也有那么一些胖乎乎。

然后周围大声哄笑。这个时候她就把头鸵鸟一样埋进胳膊里。遇到这么难听的绰号，哭鼻子是每个女生的天然反应。谁都以为她是趴在课桌上气哭了。连肩膀都在颤抖着，还不是哭得抽噎了。其实米其林是偷笑得不行了，真的没什么了不得的啊。不就是一个绰号么？

我真是一个奇怪的女孩，米其林想。

十五岁了，隔壁家的蔷薇都开了好几次。米其林的心中也有蔷薇开了，这种花开放的时候有神奇的力量，天蓝云白，一切美好。花开也有原因，三个字：叶一企。

2

米其林开始写第一封情书。地球人都不知道，那是写给男生叶一企的。

“企，我今天从篮球场走过去，那群使劲蹦跳的男生真搞笑，跟猴儿似的，上蹿下跳。你就坐在旁边观看，微微笑着，鼻子皱着，上面有点汗水，黄昏的太阳光照着闪闪发光。我知道，你是因为脚扭了，绑着白色的布，你就是他们的精神队长，你必须在场，他们才打得好。我就是喜欢这样的你，安静的时候是洁白的，最帅了。”

很快收到“回信”了。

“我以后很少打球了。避免伤口复发，而且，进入三年级，要学习第一。我想要去北方读那所最好的大学。”看着字就好像看见叶一企热情阳光的样子。

米其林看着看着，就笑了。就把手掌，盖在那些文字上，闭上眼睛，心脏跳动得像一支蓝色的圆舞曲。因为在回信的最后部分，是“其实我也喜欢你，但是我一直没注意到你，你总是那么沉默，教室里没有人，我从外面经过的时候，看见你一个人坐在窗下，托着下巴微微笑着。你的头发真长，真好看。”

第三天再回复过去的时候，米其林说：“是吗，谢谢你！……”

3

天气、学习，学校外面第五家烧饼最好吃，还有文具店的白兔橡皮比较好用，还有，春天过后，小橘林开花了，有细细的香。这些主题，分别占据了米其林和叶一企“情书往来”的版面，当然，是偷偷地。

时间就像是灰色的小老鼠，等到米其林发现的时候，已经跑过去46天了。关系发展得真快呵！她现在管他叫企鹅，尽管他又高又不胖，谁要他名字里有个“企”呢？

“企鹅，你看见我今天穿的裙子了么，是一条米白色的，带有蓝色花纹，是我爸爸从外地带回来的。我今天特别想穿，因为我们今天集体去野炊，你也会来。这个学期的这次野炊，是初中最后一次了。以后就要全心全意为升学考试学习了。”

“哼，我警告你，小心我叫你轮胎哦！好了，对不起，我才不敢这样叫。企鹅也不错，胖乎乎多可爱。就跟你一样可爱。”

“好啊，那我现在警告回去，不许这样比喻我。我以后会瘦，等着吧，我妈说，她以前十几岁时候也特胖，一到高中，就变苗条了。我也会这样。可是，你还是喜欢我，对吗？”

“当然，我喜欢的是你的人啊！胖一点有什么关系？不过，从现在开始，一点也不能够放松了。因为我想考取东城区的重点高中。你也一样，要考上，对不对？所以你也要开始努力。”

“我会努力的。所以我们约好，三个多月后，就不再写信了。”

4

“一转眼就是升初三的第一场考试了。我的数学还是没把握，心里好紧张。

企，你能够帮我么？我知道，全班你的数学最好了。你在傍晚其他人都走了后，来后面的小橘林给我讲讲模拟试卷的题目吧！”

“企鹅，我的成绩总是不上不下，唉，你的就那么棒，难道像我妈妈说的那样，女孩子就是学不过男生吗？”

“瞎说，没有的事情。我有个姐姐，就考上了名牌大学，很棒很棒的成绩。你忘记了么，我们不是约定好，要读东城高中么？嗯，你应该好好地找找原因，问题是出在什么地方。时间来得及，距离升学考试还有时间准备啊！”

“我听你的话，昨天回去，好好想了原因。我好像真的找出好多来……”

“恭喜你啊，找出来了，就好解决了。”

可是几天后，情况反复了，“企鹅，我真的看见那些方程式就想打瞌睡，我就是学不好数学，呜呜……”在后面，米其林还写了好多“55555”，画上好多的哭脸符号。

很反常，这一次中间隔了一天，才看到回信。

叶小企这次写过来的话，语气格外重，尤其是最后一句，“米其林，我想，被一个不求上进的女孩子喜欢，我要感到羞愧了。”

米其林就大滴大滴地掉眼泪。毕竟他们年纪不大，不管以后会不会在一起，现在，她只想好好努力，能够在东城高中遇到。最起码，她不会难过死了，被叶一企“哀其不争”的冷冷眼光瞪着。

今天被米其林牢固记下，是写到第 97 天了。

5

这已经是米其林的情书写到第 100 天了。

以往生活里的内容，越来越多被学习这个主题代替。不再商量什么好吃好用，连圣诞节那天的晚会上，各自的用心穿扮好的样子，都不再提及。只是在刹那走神的时候，米其林会想起他脖子围绕的红色围巾，偏分的头发和眼睛，都在灯光下亮亮的。

第 126 天。米其林去老师那里看保送学生的名单，其实肯定没有她的。但仍然想去看一看。果然没有。

第 136 天。按照约定，不妨碍各自的学习，升学考试的倒数 3 个月那天，要中断了“书信往来”。

明天，该和他说些什么呢？米其林忽然觉得，心中充满了雾气一样的惆怅。米其林的功课，开始转为第一重要的事情。连喜欢叶一企，都要放第二位置了。

这些天来，每当觉得煎熬，试题们面目可恶的时候，米其林会找出那句话。

然后对空气里出现的叶一企说，你不会因为被我喜欢，而觉得羞愧的。那个阳光般男生的模样又消失后，米其林心就宁静下来，她渐渐感觉，功课已经不再像以前的那么难了。

甚至，米其林觉得自己心里，有些东西仿佛清晰起来。比如以前从来没去想的一些东西，将来，将来她想做什么呢？

似乎每个人，都有一点变化了。

他有他的理想，我自己呢？

第 137 天的晚上。米其林写下最后的一封情书。但她心里很明白，不会再有“回信”了。米其林自己的心里，某些东西开始坚定。

“即使你不再喜欢我，我也要好好地努力了。”

6

升学考试后的3个月。

东城中学新学期，前来报到的新生，在教学楼前热情汹涌。真如妈妈所说，米其林开始苗条了。一苗条，人就显得漂亮了。

她就在高1（5）班门口看见了叶一企。他冲她笑笑，说："你也考上了这所高中啊！以后又是同学了。"然后进去布置桌子，放下卡其色的书包，摆上新书。

米其林也笑一笑。然后，她回到高1（2）班教室。

从开始到现在，这是叶一企对米其林说过的第一句话，也是最后一句和唯一的一句。

不会有人知道，写过的字数超过几万的日记，米其林已经埋好在学校小橘林的地下，在初三接到通知书的那天。地球人都不会知道。

叶小企，只是写在米其林青春里的一个名字。出现过的地方，不曾是她的嘴巴里，也不曾是情书里，只在米其林那本散发着橘子清香的日记本里。

也许青春时候，最容易发生的，就是一场轰轰烈烈的暗恋。每个细节都那样逼真，难过、流泪、欢喜，一个都没有少。真是一出很好的恋爱演习。

也许，就如那句话说的，谁也不愿意让自己在最美好的青春，被一个不优秀，甚至平凡到糟糕的人喜欢。那真是一件叫人羞愧的事。

她还有足够长的岁月，去爱别人。从把握倾慕，到把握自己的感情。将来的事情，将来再说。

碘酒

有些伤，看上去很可怕，不去治疗或许会蔓延成无法愈合的伤痕，可是如果治疗却又如此简单，仅仅几滴碘酒的短暂刺痛就能痊愈。

对一个失恋的好朋友，很不放心，周末，决定还是会合了其他几个朋友一起去看望。因为失恋，她连工作也辞了，我们的集体娱乐也不参加了。

她懒懒地招待大伙，怠慢得不行："你们自己倒水，冰箱里有点零食，我回房间先休息了。"

等她关上门后，我们都苦笑了一下。饮水机也早就空了，都看见细微的发霉绿色，冰箱空荡荡的，一股怪味。

"哎哟"一声，有个朋友阿溪不小心划破手背。她的沙发上不知道散落了什么小东西没清理。我们把她叫了出来，问："你这里有没有碘酒？"

看见阿溪的手指被划伤了，她一怔："哦，我去找找。"

东翻翻西翻翻，没找到，久未收拾的房间，自己的主人也没了头绪。阿溪皱着眉吸着气摆手："算了，算了，伤口不大，自己会好的。"

她一听，接口道："这怎么行，不行啊，你是一定要擦碘酒的。坐等伤口痊愈很慢的，不小心还会感染发炎，搞严重了就很难收拾。"

大家都笑了，我对着她说："是啊，谁不会受伤，受伤了自己就得去找碘酒。身体受伤，和心受伤是差不多的，都需要好好处理。有的人说别人很厉害，自己怎么就忘了呢？"

她低头不说话了。

大家告辞的时候，她居然打起精神送到了门口。在门口犹豫了一下，说道："大家有什么活动记得叫我，我也要去的！"

大伙儿发动起来，组织了几次小型出游活动，把一些有利她的消息发到她电子邮箱去。小型出游活动，她的身影出现。第一次还很迟钝，一个月后第五次时，讲起了笑话，逗得大家哈哈大笑。发给她的工作资料，她挑了一个。忽然连人都消失了。

稍后一天，大家统统接到电话，她已经到了阿姆斯特丹，给一个时尚杂志拍摄插图。那是她一直的梦想，她说她忽然很有动力去实现了。

我接到电话的时候问："还好吗？"

她说："很好。"

我问："真的很好么？"

她那边传来笑声："是啦，我的那个伤口，擦了碘酒，好得差不多了。"

每个人都有一枝花

爱情就像是套餐，买了牛排就难免也附赠了罗宋汤。爱上一个能赠你华服美钻的人，就难免要拿出心思，去承受那人的风月挥霍，或者欢情无度。黄昏时候，在家里做好了最为美味的烛光大餐，也许吃的人只有自己一个。

她有过两次恋爱。

第一次站在大厦的22层，那个所有员工对他点头哈腰的人，对着她点头哈腰了。这样的男人，恐怕也只有爱，能够令他折腰。

第一次的故事很美好，男人送她大号钻石。旁观的人像是在读一本浓情的小说。可惜结局不是小说，没有那么圆满完美。那个时候，她主动提出了分手，但分手依然温文尔雅。他们都是文雅的人，没有像一般的分手那样争吵不休，丑态全出，以及觉得吃亏。男人没有索取回以往送出的礼物，她也没说要什么青春损失费。

事实上，她是主动去退还，那颗暗地里赏玩无数次的钻石戒指。结果那男人挥挥手，说，请留作纪念吧！

这个有钱男人其实不在乎送出的一颗钻石戒指，曾经在某个女人眼中如何美妙。她也没说什么，笑着说别了。

现在她的无名指上，是一粒小小的水晶戒指。第二次的爱情只送得起它。钻石被她封锁深藏，水晶的日日在手指之间缠绵。她的职业也换了，毗邻现在的爱人。

爱情就像是套餐，买了牛排就难免也附赠了罗宋汤。爱上一个能赠你华服美钻的人，就难免要拿出心思，去承受那人的风月挥霍，或者欢情无度。黄昏时候，在家里做好了最为美味的烛光大餐，也许吃的人只有自己一个。

而爱上一个平凡老实的男子，连带得到的除了素衣棉布，还有平常茶饭里的温暖呵护，那茶饭，大半辈子都是可以两个人在一起吃的。不曾后悔过往，也不抱怨而今。一个人的烛光晚餐，两个人的家常便饭。每个人都有一枝花，选择不同，但各花入了各眼。

年少的预习

爱情本没有错，爱情本是一个人成长的必修课，错的是我们爱过却对爱的真谛一无所获。爱要来和走，谁都无法挽留和强求。但是每一段爱情，都应该是下一段的预习。有所思有所成长。

他和她相爱的时候年纪很小。

他是一个小小的男生，她喜欢上了他。她是个跟他差不多大的女生。从中学的时候，他们就开始了。大家都说，你们谈爱情，还早。也许一切等到上了大学就好了，那个时候你们的年纪足够为自己的爱情承担。但是他和她哪里能够听得进去。从左边耳朵进去的话，右边耳朵出来，风吹一吹就散了。他照样是拉着她的手，走过长长的街道，觉得快乐得很。

就跟三毛的诗歌一样。“记得当时年纪小，你爱谈天我爱笑，有一回并肩坐在桃树下，风在林梢鸟在叫，我们不知怎样睡着了……”

后来，站在教室外，两个人的家长都是怒气冲冲的：“你们的爱是错的。”错了？爱也有错不成？当然，他们还不过是两个学生而已。

两个小小的孩子仍然一味去爱，把其他的事情都抛到脑后去。爱，就要奋不顾身。这句话是他在什么地方看见的，或者听过的。他没有想过那是什么人说的话。他忘记了自己的理想，她也忘记了自己的将来。原本成绩不错的两个人，双双就落榜了。他们爱是爱了，只是没有一起进步，而是一起退步。别的同学喜悦地走过他们身边。

爱情本是美好的，为什么这样痛苦？两个人迷惑不解了。最初是相互抱怨，他当然强含着眼泪忍耐。她哭着哭着，难过得一发不可收拾。懂事之前，情动以后，这中间有一段时间的落差。落差里，他们根本就不懂得什么是爱，也不知道爱了以后出了问题，应该去收拾其中的失误。

漫长的夜晚，还有辗转的反省。在其他人离开教室后，他们两个人留下来。相互确认着一个感受：爱，不仅仅是一起开心就好。

下一年的开始，他再约她出来，他牵着她的手，非常用力，他说："我们一起复习再读一年，好吗？"她点头。

他们用另外一种方式修复爱情和人生，用两个人彼此之间的支持。

他们一起进了大学。很幸运的是，还是一个大学。后来，他们喜欢相互拿一首歌曲取笑："记得当时年纪小……"不过这个时候已经不小了，经过一些事情后，彼此懂得了爱的意义。

这段过程，也就是爱情预习。

在许多其他的人，带着幼稚园小朋友的水平去爱的时候，就是恋爱一场乱爱一场，难免有各自痛苦的事情和时候。

他们却因为那一次预习，明白了应该不断地在爱当中学习。他们，相互是这样的承诺：“即使有一天分手，我们也要笑着说再见。虽然难过，也不要用仇恨去伤害对方。”

爱情本没有错，爱情本是一个人成长的必修课，错的是我们爱过却对爱的真谛一无所获。爱要来和走，谁都无法挽留和强求。但是每一段爱情，都应该是下一段的预习。有所思有所成长。

那么你才会听见风在林梢，鸟在叫，沉入真爱的幸福怀抱。

彼此欢喜

有时候，相反的方式，却达到了自己的目的，这样得到了许多，渐渐习以为常，渐渐以为是理所当然。但是，爱情不是亲情。亲情可以无限包容一边倾斜。爱情是对等的，相互付出的。你得到的爱，在最后，永远等于你付出的爱。

很小的时候，她有一个亲密的姐姐，这样告诉她：对男生啊，女生最好要多考验。考验他的真心，考验他们的爱情。如果，一个男人为女人落泪，那就是爱你的最大证明。你看《红楼梦》里，林黛玉也是给贾宝玉还泪的。

大姐说话的时候带着怨恨，那本是她自己的经历。她相信自己经过的事情。

别人的故事，总是对小孩子，特别有效。

她记得很牢固，总有一天，会要到属于自己的眼泪。

许多年后，她在大学遇见了她的他。他性子温和，但有胃病。一起牵着手去吃东西，去打发最闲散而美好的日子。她撒娇加闹脾气，他口味清淡，她便故意点上四川麻辣。然后他会气得胃疼。那是她在考验他。那时候，他和她，都不过十八九岁。爱情很好，甜美无比。

他容纳忍耐了她很长的时间。其他的问题慢慢显露出来。 他不过无意看了别的女孩一眼，她脾气就上来。于是好好的约会天翻地覆。你不爱我？你不爱我！她看着他气鼓鼓，眼泪直掉。他开始胃疼，一边安慰她一边抚着自己的心口，但没有眼泪的痕迹。

终于一次，因为她生病，他们去了医院。还是同样的烦恼。她一气之下折磨自己，病得很重。他也不好过，在病床边守着她。他则是骤然地情绪激动，胃病又犯了。急痛攻心，眼泪居然冒出来。

她终于看见他的眼泪，她很欢喜，高兴得不得了，她终于肯定了他的爱，她觉得自己在这件事情上，做对了。

后来，她故伎重施，目睹了男孩很多的眼泪。男孩每哭一次，她就在心里记一笔账，以示收集成功。

那之后，他开始疏远她。她开始惶惶不安了。谁能够告诉我，到底怎么了，他不是爱我么？她问着自己。她没有其他人可以去问。其他人，就算有答案，也不过是套话。因此她找不到答案。

她于是亲自问他。他说，他爱上了另外一个女孩。她一个宿舍的最一般的女孩。她觉得石破天惊，无论如何，那个女孩都不如她。除了会安静地抚慰一个可怜的男孩的心。

“我们分手，好吗？”他神情酸痛无比疲倦。

不是不曾爱过，只是性格不合！她在失去他以后，一再地怀念，那天他流着眼泪说的话。一点点，回忆自己的性子。还是小孩时，说着不，来要求爱。

哭，大人会来逗你笑；吵，大人才会买糖果给你；生病，大人会对你很好。

只是，现在才明白，原来真正会得到欢喜的，是会笑的人，是不会彼此折磨的人。爱，要彼此的呵护，才能够成长并且延续。

收集眼泪证明爱的游戏，该停了。太折腾，就换自己流泪了。爱，应该是彼此欢喜。

这个女孩流过了泪，然后心平气和地看着头顶的蓝天，微微地笑了。

有时候，相反的方式，却达到了自己的目的，这样得到了许多，渐渐习以为常，渐渐以为是理所当然。但是，爱情不是亲情。亲情可以无限包容一边倾斜。爱情是对等的，相互付出的。你得到的爱，在最后，永远等于你付出的爱。

蝉的留白

写作是大地之间最普通的事，很多事物用它们本身的生命，写下了特别的故事，等待着人们在岁月漫长后读懂。

我常常遇到死掉的蝉。它们出现的地点，很随机。我回家路上，去杂货铺买瓶水，店门口赫然躺着一只僵硬的蝉。

想起几年前，我去一间寺院讲课，经过一片棉花地，也撞见这样死在路上的蝉。当时我捡起来，摊在手心，看了好半天，叹息良久。蝉啊，请问你一生的滋味如何？

蝉的一生之中，大部分时间活在地底，然后飞上枝头，高亢嘹亮，那巨大的声响，在夏天格外吵闹。雄蝉振动腹部的鼓膜，发出响亮高歌，其实是为了吸引雌蝉来交配。 它们只能这样活几个月。每当我想到这一点，就稍微原谅了蝉鸣的恼人。

自然界的生物里，人类的寿命，比上不足，比下有余。如果你有心，其实能够看到很多生命完完整整的一生。

我把每一次的遇见，都当成蝉留下的启示。它在地底待着时，忍耐憋闷湿热，痛苦吗？它在树梢上吸食树木的汁液时，顺便看过高处的风景吗？比如晨光中将干涸的风露，夜里落下的尘埃，城市摇晃的车马光影，乡野空旷的蔚蓝天。可还有什么遗憾？

无论它经历了什么，见识过什么，有何功业，有何失败，它都已经完成了自己。并且，它不会告诉任何人，也没法告诉任何人。

有人说作家是“手写我心”。其实，作家只是代替那些不擅长使用文字的人，写出本就共有的哀乐，写出那些被日常繁忙遮蔽的心。

写作是大地之间最普通的事，很多事物用它们本身的生命，写下了特别的故事，等待着人们在岁月漫长后读懂。

蝉用它自己的生命，也写下了文章，只不过它仅仅拟了一个标题，然后留白了。

在这留白之中，我把生命想了又想，渐渐理解，到了某种年纪，可能人会突然对很多事情失去兴趣，对另外一些平凡的事物，重新觉得重要起来。

细细琢磨起来，离开了热闹人群以后，我们所拥有的，不过是这寻常的人生，家常至亲，粗茶淡饭，陋室笨猫，几个老友。

第七章

不寄生

那所有的难过，其实不过是因为，我们对于爱是如此的幼稚而生疏。
因为有了伤痛，我们才会在暗夜里不断地辗转与反思。而那又算得了什么呢?
失去了爱，但我们没有失去爱的能力。

素描

人生如此寂寥，我们无论如何都无法忍受故事里只有一个人，

总要找一个人来分担我们的喜悦悲伤，笑和眼泪，痛苦欢乐。

有段时间我把我家最近的那家麦当劳当成书房，因为光线特别明亮，暖气也足，于是常常晚上八九点跑去吃东西，带上几本杂志或者小说什么的。那次进了餐厅，看见一个男生趴在斜对面的座位上画素描，铅笔和背包丢在旁边，拿着铅笔默默地涂擦修改。隔着一条走道，我看不清他究竟画的什么。这男生没什么表情，有时候拿起眼镜戴上，仔仔细细检查画作，又开始修改。

约莫两个多星期，我差不多平均两天就看见他一次。有一次我按捺不住好奇心，经过他桌边的时候，瞥了一眼，哦，都是不同漫画里的人物角色。我还认出来，是《火影忍者》里面的，我猜他大概是隔壁的服装纺织大学的学生。

人的好奇心一旦满足，也就释然。我心想，这孩子啊，就是一个狂热的动漫粉丝吧。最后一次遇到那男孩，是在晚上十点。没过多久，一个女孩走进餐厅，

走到他面前，笑着坐下去，没说几句话，那男孩也笑着站起身，跟女孩一起走掉了。后来，我没有再遇到过他们。

当时，我靠在快餐厅的墙壁上，琢磨了半天，灵光一闪的瞬息之间，才明白过来。回想起来，我能觉察画素描的男孩，曾有过多么漫长的烦躁等待，必须不停地画，浪费了许多铅笔许多橡皮许多惆怅，在得到恋人之前，他先得到了恋爱的过程。

某天夜里，下大雨，我从附近的超市出来，沿着一条马路往回走，遥遥地看见有人反方向走过来，看人影感觉怪怪的。凑近了一看，原来是一对情侣。那么稚嫩的面孔，一眼就可以分辨出是学生恋人。那女孩趴在男生背上，拎着球鞋，给自己和男生打着雨伞。其实他们大半个身体都打湿了，嘻嘻哈哈不以为冷，不知道在聊着些什么。

去年的某一天，我的一个友人 S 打电话求救，说是摔伤了胳膊，我问怎么了，严重不。对方回答说，自己还好，很幸运只是轻伤，是跟恋人一起骑摩托出事的，一起摔了。恋人比他还惨，断了腿骨，打石膏住院了，S 于是去医院陪护，带食物去。我开玩笑兼鼓励说，你们两个非常有传统美德，患难与共呀！

过了半年，也就是今年春天，我跟沿海城市的小医生 F 同学聊天，F 居然曾经从摩托车上摔下来过，情况同上，一模一样。我忍不住哈哈大笑。

关于那对雨中的情侣，我还没说完，他们经过我，继续向前时，摔了个狗爬式。稀里哗啦的，然后又爬起来，相互抱怨。我站在原地，饶有兴趣地观察他们。那场大雨里的男生，还是再次继续背起了女孩。

不过，后来找我求助的友人，还是跟恋人在一起，每周去医院探望直到恋人伤愈。沿海城市的那个摔伤额头，缝了十来针的 F 同学告诉我，如果还能两个人一起骑在摩托车上，还是要去兜风。我说，你不是医生吗？你不怕死啊！有过一次，还敢冒险啊！F只是简单回答一句，我愿意啊！

隔着电话，我也能看见F同学说他还是要跟恋人去兜风时，眼睛里的亮光，语气里的义无反顾。我真想在他受伤的脑门上，书写四个大字：勇者物语。他的那些年少时，罔顾生死，可怕到令人惊骇的勇气，使我震惊了。尽管后来他们分手了。

透过雨水，我也能想象出，浑身湿漉漉的女孩跟男生，重新凝聚身体的温度。冷下去，再热起来。他们的未来如何，已不是重点。

至于患难与共的那一对，受伤了总会好起来，既然有人陪在身边，已经是莫大的福祉。

《圣经》里说，爱是恒久忍耐，又有恩慈。重要的是，人生如此寂寥，我们无论如何都无法忍受故事里只有一个人，总要找一个人来分担我们的喜悦悲伤，笑和眼泪，痛苦欢乐。

慢跑鞋

那年的恋情，无比美好。像所有的初恋一样，十六七岁的初恋，只开花，不结果。

16岁的时候，小野躺着看天花板。她渴望，世界上有一种鞋子，能够让那个与她同路的男孩，不要跑那么快。

她和他走同一条路去上学。那些清晨，他总是要快跑上学，当做锻炼。小野骑着单车，想喊住他，但是，小野只是张了张口，身边吹过一阵风，那男孩就跑了过去。他的头发上下飘动，只剩一个背影。

后来，她下定决心，她要步行，提前在路口截住他。小野就真的截住了他。他咧开嘴巴，很夸张地笑，对小野说，你好啊！小野说，你好。多余的却开不了口，他问有什么事情吗？有的。但是小野就是没说出来，才第一次说话，她太害羞了，压根不知道说什么。

于是他就说我先走了。照例，迅速地跑开了，小野也开始跑步，她想跟上他，心里想着，那样，总有机会，可以表白她对他的好感。两边的树木倒流过去，她怎么也赶不上他。在学校，小野打听到，他是学校运动比赛的快跑冠军。他的名字叫做齐榄。

绝望的感觉，藤蔓一样爬上小野的心头。也许她一辈子，都没办法赶上他。

粗心的父亲母亲，没有发现小小女孩的秘密烦恼。只有姐姐，大她 4 岁的姐姐，看在眼里。

姐姐说：把你的储蓄罐打烂，我帮你。

姐姐的笑容很神秘。小野将信将疑：你不是想骗我的零用钱？

怎么会？

那你有什么好主意？

自有妙计。姐姐走掉，带着三百块钱，三百个硬币。

齐榄慢跑着，路显得那么长。熟悉的路上，慢跑过来，跟上他的速度。小野和他并肩跑着，有一搭没一搭地聊天。

姐姐是懂什么咒语吗？耳朵边全是齐榄活泼的大笑，整个天空的阳光，都显得耀眼。小野就有眩晕的感觉，已经顾不上研究神奇的咒语问题。幸福的感觉淹没了小野，一直漫过了头顶。第一次一起抵达校门。他们之间，爱情悄悄萌芽了。

那年的恋情，无比美好。像所有的初恋一样，十六七岁的初恋，只开花，不结果。升学，彼此分开了。然后是读大学，有一天，小野忽然想起这个谜。当她再次遇到了一个令她心跳的男孩。

齐榄，已经从小情人，成为了好朋友。都长大了，爱着别人。小野有了新的烦恼。她拨通姐姐的电话，问道：那年，姐姐用什么办法使齐榄等着我一起跑步？

哪里有什么奇妙的鞋子？那就是一双真正的慢跑鞋。姐姐笑不可遏。

小野也笑了。她再打了个电话给齐榄。电话那边说：我都不知道是谁送的。那么好看，当然要穿着，当然就慢慢跑了，享受新鞋子啊！没想到居然就和你聊上了……

20 岁的时候，小野看着楼下，经过的又一个令她脸红的男孩，轻轻拿起手边的橘子，看准了，砸了下去。

旋转木马

世界上怎么会有坐上去就能看见未来的旋转木马？一切只是美好的想象，想象着自己会成功，想象着成功后的美好结局。所以，就给了爱情一点点勇气。

在一些年前，他去过城市中央的月亮广场。那里是游乐场所，有旋转木马。记得自己那时候玩得很开心。和一群朋友一起回味着童年。

童年是多么好，无忧无虑，而且那个时候的自己，非常大胆。说什么就做什么，脸皮似乎特别厚，说追班上的班花就追了。可是越长大，自己却越变得腼腆了，一说话就脸红。看见女孩连话都说不出来。他多想找回童年的肆无忌惮，想爱就说出自己的爱。这样想着，不知不觉居然坐车到了广场。下了车，他直接跑到旋转木马的位置。

悦耳的音乐响起来，彩色的灯光闪亮闪亮的，晚上一切都是绚烂的。他坐上了木马，脑袋里却想着一个女孩。

他偷偷喜欢上了每天从他桌子边路过的一个女孩。但他不敢告白，他只是小职员一个，女孩却是经理助理。并且他老实得几棍子也打不出一句话。女孩那样漂亮而光芒四射，所有人的焦点。路过他也从来没有看他一眼。

木马旋转起来，越转越快，忽然似乎进入了流光一样的世界，眼前变得模糊，然后清晰起来。像是放电影一样。他看见自己追着那个女孩，打闹着，嬉笑着。还看见她偎依进自己的怀抱，一块一块喂他吃巧克力。

控制员关了电闸，木马不再旋转，渐渐停下来。眼前的一切都消失了。他却兴奋得不行。一定是自己运气好，遇到了特异的事情了。坐到那只木马上面，他可以看见未来发生的事情。

为了确认一下，他再买了一次票。再次发动起来的时候，他坐到木马上，速度越来越快，在眼前旋转的东西迷糊起来的时候，好像飞翔起来，穿过了岁月。他又清晰看见了先前的一幕一幕。

是了，女孩一定会接受他的爱了。他不必害怕被拒绝。他在那匹木马背上悄悄画了一个记号。

于是他在接下来的时间里，勇气倍增，信心十足。在下班后，所有人都离开后，他走到女孩的格子间里，把情书透过抽屉的缝隙，塞进去。出了公司门，在下楼的时候，电梯里只有他一个人。他压抑不住欢喜，乐得手舞足蹈。

一切如他所看见的。顺利得不能再顺利了，女孩看到了情书主动联系他。一起甜蜜蜜吃巧克力，追打着。其实女孩也留意过他啊，沉默安静的正是她心中喜欢的一类。

几个月后，他一个人再去游乐广场，想要去感谢那只神奇的木马。还想再看看她会不会嫁给他。但是变了，管理员告诉他：我们已经更换了崭新的木马，以前的已经太旧，油漆都脱落了。

以前的呢？他问。

处理了，应该是当废弃的木头烧掉了吧！管理员漫不经心地说。

他忽然豁然开朗，只是一只普通的木马而已。世界上怎么会有坐上去，就看见未来的旋转木马？只是他脑袋里的想象而已。想象着，自己会成功，想象着成功后的美好结局。

有时候爱情只差一点点勇气。如果没有理由去大胆说出来，那就给自己想象一个。

宫崎骏的梦

我确信在我的人生的某个年纪，那段记忆也等着我去开启，经过漫长沉淀后的神话，会在小小的竹筒子里，爆出无比阔大的彩色焰火。

小千寻从那个迷幻的城堡建筑里出来，是遥远无边的海面。水在地上，她赤着脚踩过去。天空无比蔚蓝，干净得像是婴孩蓝色的眼睛。

我很喜欢小女孩慢慢在水里行走的段落，水很透明，看得见脚趾。手里提着脱掉的鞋子，遥遥挥着手和鞋子，向着喊话的女子致意。蚊子提着小胖老鼠飞着，时不时歇息在小千寻的肩膀上。无面人半透明的淡黑色，跟在后面。有四张车票，他们一起上了水中的列车。

宫崎骏说他是为了朋友的五个小孩子做的，为了那些十岁左右的小女孩。但我觉得，那里面总归渗透着一个满脸胡须的老头，心里住着的童话与幻想。虽然荻野千寻只是一个平凡的女孩。

其实这部电影的故事，我们可以忘记掉。然后把你自己的眼睛遮蔽上，好好想，好好想呀，你一定曾经在内心听到过什么声音。你一定去过某个世界。那个世界是无法用逻辑搭建的世界，那是一个梦境，没有什么比梦境更加绚烂神奇。

在我们的小时候，一定不仅仅想过爱情和零食，考试多少分，以及老师那张可恶的脸。不管是男孩还是女孩，一定曾经有过一些时间。比如在山顶上吹着风看着云，在树林里数着蚂蚁，在晴天的时候，跟踪过一只兔子。

这就是秘密所在。

荻野千寻遇到的世界，不过是宫崎骏笔下的一场大梦，漂亮的大梦。那些记忆构成一个属于自己的世界，他在他的童年，想着神仙也会到浴场泡泡温泉，会有专门为他们服务打点赚钱的浴场。这些细节，就如同片尾曲唱的，“在破碎的镜子上，反照出新景象”。

在我们为他的梦中世界和童年的影子，透过打碎的玻璃镜子，折射的奇妙世界而惊叹时，我们应该停一下。停下来做什么？停下来问一问自己。

我们也有自己曾经的梦境和记忆。虽然在人间一路走，却不该一路忘记。遗忘的是能够找回来的，只要你记得自己的名字。那是你用你的眼睛，看到的花、风与城市，乡村、海面与童年的赤脚。也许包裹了好多层布，混杂了泥土与砂石，还有破旧的单车轮胎，潮湿发软的纸飞机，残缺的风车，但是，在晴空的蔚蓝下，听着悲伤的歌曲，我们总是会想起来的。

这不止是一个关于一点爱情一些成长的电影。我们不会仅仅在别人的故事里流自己的泪。还要找回自己失落的记忆。就好像小千寻记起了曾经跌落到一条叫作琥珀川的河流，并且被人救起一样。我确信在我的人生的某个年纪，那段记忆也等着我去开启，经过漫长沉淀后的神话，会在小小的竹筒子里，爆出无比阔大的彩色焰火。

那种想象的世界，你一定也是曾经有一个的。你的也许比宫崎骏那老头儿的更加丰美盛大，奇妙瑰丽。

不寄生

那所有的难过，其实不过是因为，我们对于爱是如此的幼稚而生疏。因为有了伤痛，我们才会在暗夜里不断地辗转与反思。而那又算得了什么呢？失去了爱，但我们没有失去爱的能力。

一本好书，能够让我们学会许多。用岁月的沉思所写下的真理，往往使我们把情感和自己看得更加清楚。那年夏天，我看了好几本谈论爱与心理的书，有荣格的，也有黑塞的，还有美国心理学家派克的和旅美学者徐浩渊的书。

一本著名的心理之书《无路之行》给爱下的定义，让人看见后愣住了。定义是这样的：爱，是一种为了哺育自身或他人的精神成长而延伸自我的意愿。

美国的家庭心理治疗家保罗博士夫妇，在《假如你真的爱我》一书中，将这个精辟的定义，用更加明晰、易懂的两句话来展开：

真爱的行为，是一种抚育自身和他人情感与精神成长的行为。

其中一本书讲了一个小故事：丈夫离开人世以后，妻子觉得世界都不存在了，她是如此爱他。空荡荡没有依靠，孤独而悲伤。她去拜访一名出色的心理医生，寻找帮助。因为她痛苦得想要自杀。

“我实在太爱他了，没有了他，我不能再活下去。”

“你知道不知道，你根本不是爱他！”心理医生回答。

“你这是什么话？没有他我不能活下去。我可以为他去死。”她愤怒了。

心理医生问：“你知道什么是寄生吗？”她愣住了。

“当你需要靠着另一个人而活下去，你便是一个寄生者。在你们的关系里，没有选择，没有自由。爱应该是自由的选择。两个人相爱，意味着其中的每一个人，完全有能力独立生存，但是选择了与对方在一起。”

一连许多的漫长而辗转的夜，她陷入沉思。后来，她不再找心理医生。因为依靠医生，也是一种寄生。她只带上医生的那句话，真正地像一个成熟的人，去学习生活。慢慢地，她学会为自己寻找生命中的快乐。当时的伤痛，渐渐地愈合，丈夫逝世的阴影，也在慢慢褪去。

她明白了，一个真正成熟的人，在情感上不需要依靠任何人，能够独自地站立起来。一年来，她的父亲和母亲相继离开人世，她安静地承受着失去亲人的悲伤，却再也没有绝望与自杀的念头。她已经学会了情感的独立。

是的，一个人一辈子多多少少，都会遇到一些黯然神伤的事情。那些事情，对于我们来说都是漫长的辗转而沉默的夜。在少年时期无所畏惧地去爱，然后被伤害之后，我们退回去，一直退到内心最狭窄的地方，封闭自己，并且贴上标签，说，我不想再被伤害了。也许因此，好多日子我们不想说话，不想去爱，不想好好生活，也不想去寻找快乐。

但是我们可能从来没有想到，那所有的难过，其实不过是因为，我们对于爱是如此的幼稚而生疏。因为有了伤痛，我们才会在暗夜里不断地辗转与反思。而那又算得了什么呢？失去了爱，但我们没有失去爱的能力。当我说，我爱你，那意味着我并不是必须爱你，而是我选择了爱你。“我爱你”，不是其他任何什么，而是我自由的选择。

它只是被你锁了起来，像一个孩子一样害怕成长。而我们彼此都需要学习爱的成长。没有成长的爱，又怎么能够拥有幸福？现在彻底明白了。爱不是纯粹的占有，不光是身体的愉悦，孤寂时候的陪伴，也不是相互的饭票和归宿。

爱是一种行为，它能够让我们彼此成长。让我们彼此摆脱了拿别人当拐杖，寄生在爱人身体上的幼稚病，真正独立成长起来，懂得爱、享受爱和承担爱。

听安徒生的话

爱是恒久忍耐又有恩慈。但这句话，是走到一起的两个人，各自用来要求自己的。佳偶本质上，也有着内在一致的做法和价值观。怨偶手指对方，佳偶则摸着自己的胸口。

当爱情跑步进入了教堂，有了婚姻，故事翻开新的篇章。李安凭借《少年派的奇幻漂流》再次拿到奥斯卡金像奖的最佳导演奖，他和太太的多年相守，也惹人议论纷纷。

有人说："很多女人都说找老公要找李安这样的。可是你知道吗？好老公不是找的，是女人培养出来的。当年李安刚毕业时，待在家里写剧本，他妻子养了他7年多，不仅没有抛弃他，还一直鼓励他坚持下去。试问现在的女人能做到吗？"

还有人说："现今好多男人唏嘘李安有这么好的太太，然后百般嫌弃曾经的和现今的身边人，好似他们今天的不成功是因为没找到个李安太太，却也不曾想自己是不是李安，有没有那样坚持理想。""李安只是个孤独的例子，哪有那么多李安。”

这就是最深的真相和最后的答案，不管是第一种说法，还是第二种说法，这两种人，不管是男人女人，凭空想象都可以看见嘴角扯动的讽嘲和尖酸刻薄。因为有那两种说法的人，其实是一种人，秉持的其实是一种价值观和态度：有问题，就是其中一方面的问题，不关自己的事情，永远冷嘲热讽，永远打击报复。世间的怨偶都一样，佳偶的确只是难得的孤例。

真实的情况是，李安的太太林惠嘉说过：“安，记得你心里的梦。”也曾经打越洋电话向母亲哭诉想离婚，“我怎么可以变成这样的女人”。李安那么低落不得志时，自暴自弃打算去找别的工作，也万念俱灰过。林惠嘉绝望的时候，也想过离婚。

李安拍的电影基本上全是内心纠结、矛盾、狂暴的，最后选择表面上的温和与妥协，直到《少年派》都是如此。得奖的快乐，只是对漫长苦闷的短暂奖赏，所以笑得格外畅快开心。

温暖携手只属于走到最后仍然彼此扶持，不属于相互胁持折磨的人。任何一个人单方面都做不成佳偶。佳偶这种状态，也不全是贯穿整个阶段，往往多是出现在中老年。拿着再大的放大镜去检点他们的人生，其实还是老话，他们也不过是恒久忍耐和心有恩慈。忍不下去，又做不到有恩慈的，那就只能尽量放下吧。

李安和林惠嘉这两个人，只不过勉力做到了自己的名字，一个安忍了，一个苦守贤惠，嘉许先生去为梦想坚持。

安徒生写过一个故事，“老头子永远是对的”，不过那是童话。《圣经》说：爱是恒久忍耐又有恩慈。但这句话，是走到一起的两个人，各自用来要求自己的。佳偶本质上，也有着内在一致的做法和价值观。怨偶手指对方，佳偶则摸着自己的胸口。

上个世纪的爱

他们什么都不曾多说，终于决定，一只手握住另外一只手，并且不再放开。他们走进婚姻的殿堂。他们之间确实存在了爱，那些便是证据。对他们来说，爱是为你穿上一件光滑的毛衣。

听一个朋友讲他父母的故事。

两位老人家在刚刚开始认识的时候，两个人晚上一起去游玩，把当地的中山公园逛了一大圈，走得累了，在小城市的一家大排档坐了下来。

他们都是工厂的职工，工资微薄，被人介绍后见面的。女方要求男方顾家，怎么才算顾家呢？介绍人说，男方会修修补补呢！

那个年代，物质贫瘠，不像现在衣服东西随便买随便丢，都是靠手工修修补补。男方呢，只要求女方贴心，疼人。

夏天的天气很炎热，一起要了一盘切好的西瓜片。吃第一片西瓜的时候，她用牙签串起，却不是给自己的，而是送到了他的嘴巴边。

他有点羞涩，把西瓜片含进嘴巴里。他忽然回忆起第一次吃这种水果的滋味。夏天的太阳当头照下来，就如同现在，那种感觉浮现上来。很甜，很甜。他一刹那，觉得自己很快乐。现在，就好像是第一次感觉到甜的味道。

他能够感觉到全部的爱的味道。

后来，她一次在路上买回来的衣服，不小心粘了碎小棉花，滚上毛球。可是她很爱那件衣服。她还打算明天穿出去。不过算了，还有别的衣服可以穿的，于是她先睡觉了，把衣服放到了一边。

他没有睡。月光从黯淡到灿烂，再到隐去。

第二天，她看到衣服上，细小的毛球，已经所余不多。他在早上的光线里，拿针为她细致地挑去最后的一些。

早上的一切都是沉静的。他把衣服给她，她轻轻地穿上去，她去参加了别人的婚礼，回来的时候，带给他一只小小领带夹。他也乐得直接夹起来，很好，很合适。

他们什么都不曾多说，终于决定，一只手握住另外一只手，并且不再放开。他们走进婚姻的殿堂。他们之间确实存在了爱，那些便是证据。对他们来说，爱是为你穿上一件光滑的毛衣。

那些淡淡小小的细节，演绎的是一段上个世纪的美好，令我动容。

你内心的怪物

接受自身的复杂。别用好人坏人去简单区分判断自己，也别用好人坏人去简单区分判断亲人，以及陌生人。

也许很多人不愿意承认，所有的电影、绘画、音乐和故事，其实本质上都是心理治疗。当然了，这只是一个平淡无奇的真相。

我们总以为面对生离死别的时候，孩子比大人更加难以承受。其实任何人都难以承受这生命中不堪承受之重。

所以，《当怪物来敲门》这部电影极其简单，又极其重要。

简单到，就是讲小男孩康纳面对妈妈重病将逝去，种种心理创伤，种种恐惧，种种愤怒，种种悲伤，以噩梦出现。他召唤出了一个巨大的怪物，一颗千年紫杉树化身的大怪物。

而重要到，要用 100 多分钟来好好谈一谈，我们如何去告别。

谁也无法否认，至亲患上重病，是一件多么痛苦的事情。最大的痛苦是，明知道治疗其实没什么效果了，亲人总要死去，但我们还必须等待着最后一刻到来。

那个过程，是一段无比漫长的痛苦时间，把我们平常容易度过的时间，拖长到难以忍受的程度。

当我们需要怪物的时候，怪物就来了。怪物不是凭空出现的，其实是我们自己变化出来的。我们就是怪物。

怪物给小男孩康纳讲了三个故事，再让他自己讲出第四个故事，讲出他心中的真相。

失去妈妈的痛苦太庞大了，以至于，康纳希望这一切都结束掉。人就是如此的复杂。最爱的人，你当然希望她活下去。但是人的感性，掩盖不了理性。

理性之中藏着真相，真相是妈妈的化疗失败了，各种治疗方案都用遍了，只能试试副作用巨大的紫杉醇了。使用紫杉醇，只不过是癌症患者的辅助方案，也可以理解为，勉为其难的心理安慰的治疗。

康纳希望妈妈好起来，但他知道妈妈不会好了，他希望妈妈活下去，但他又渴望这一切都赶紧结束吧，他受不了觉察真相的折磨。

他暴躁摔东西，他毁掉外婆的家具物品，他总是挑衅望着同学，是因为他希望有人来惩罚他自己。他享受着同学的殴打，他一再提出要求，希望接受惩罚。

他无法忍受，自己内心深处，居然希望妈妈快一点离开人世，这样一切痛苦就结束了。他和妈妈都会解脱了。

而这种想法，太罪恶了。

康纳就是怪物，怪物就是康纳。所有的故事，都是康纳自己讲给他自己听的。

第一个故事，国王有三个优秀的儿子，征战沙场，保卫国民，牺牲在战场上。王后因为丧子之痛而逝去。国王娶了新的年轻女子。人们揣度猜测新王后是个巫婆，毒死了国王，想要谋权篡位。

而国王唯一的孙子，有一个年轻可爱的恋人，是个农家女子。在躲避女巫的追杀过程里，年轻的王子发现女巫杀死了自己的恋人，于是他发动愤怒的民众，烧死了女巫。成为了一个受人尊敬爱戴的新国王。

这原本是一个多么正义打败邪恶的童话。可是怪物知道真相。

真相是，那一天夜晚，王子彻夜未眠，看着身边心爱的女子，举起匕首，杀死了恋人。借着恋人的鲜血，王子成功点燃了民众的怒火，借着愤怒的力量，他处死了继祖母，登上权力宝座。

这对应的，是康纳对外婆的仇恨，对父亲的仇恨。

外婆跟小外孙之所以合不来，是因为讨厌始乱终弃的女婿，也就是康纳的父亲。康纳的父亲，并不一定是一个坏人。

我们的生活，并不像童话那样，男女相爱结婚，有了孩子，就过上幸福的生活。我们总有各式各样的艰难，有每个人自己的苦衷。光有爱，是不够的，不足以支撑我们彼此陪伴度过一生。

第二个故事，药剂师和牧师的故事。药剂师抵触现代医疗手段，用树皮、草药、浆果来制药看病，生意很好。而牧师坚信自己的信仰，反对药剂师的炼药和治疗，布道的时候，拼命否定药剂师。令药剂师生意失败，赚不到钱。

直到牧师自己的两个女儿患病，各种现代医疗方法都无效，牧师又去哀求药剂师，为此，他愿意放弃自己的信仰。只要能够治好女儿。

然而，牧师最心爱的两个女儿病死了。

怪物说："药剂师虽然贪婪无礼，但至少救死扶伤。而牧师，放弃了自己的信仰，必须接受惩罚。"

这部电影，把隐喻用故事讲出来，讲得极其直白，足以逐一对照。

康纳的妈妈，采用现代医疗，都失败了。于是医生们和她自己都放弃了这样的治疗，开始使用替代疗法，不断试用别的治疗方案，甚至草药提取的化学药品。

这对应的，是康纳的愤怒和绝望。

康纳不再相信医生。医生们出于人道主义，出于对一个幼小男孩的照顾，总是说一些善意的谎言，告诉康纳什么治疗有效。但是最终医生们自己也放弃了，开始死马当活马医，什么方式都用来试一试了。

就像，康纳和妈妈相互欺骗对方，一个告诉孩子自己会好起来的。一个告诉妈妈，我相信你会好起来的。

他们把悲伤和恐惧强行压住，假装镇定地生活。但悲伤和恐惧是压不住的。会在梦中，以更加强烈狂暴的方式，爆发出来。

第三个故事，讲述的是透明人。人群中，被人忽视的人。为了博取关注，只得挑衅别人。哪怕是被揍。康纳一直盯着他的同学，为了被关注，借着别人来惩罚自己。

第四个藏在康纳心底故事，就是现实中，康纳与妈妈告别的故事。正是康纳自己的噩梦。他总是梦见妈妈站在家门口，忽然天崩地裂，妈妈即将掉下深渊，他抓住妈妈的手，想要救她。

在第四个故事的结尾，康纳终于在妈妈临终前，抱住了妈妈。

在医院的病房里，康纳看着怪物，就是看着自己的内心，看着那一部分自我的化身。他问自己，怎么办?

怪物告诉康纳，说出真相。仅此而已。

真相是，康纳抓紧妈妈的手，流泪说，“我不想让你走。”

当男孩说出这句话的时候，他接受了妈妈的必然死去。他不再和妈妈相互欺骗，他们都接受了真相，哪怕万般不舍万般哀痛，他们终会被疾病分离。

康纳的妈妈，一手抱住康纳，另外一只手握住自己的母亲，平静地死去。

妈妈告别了孩子，孩子，也跟妈妈完成了告别。

最后的最后，如果你还记得电影开始的时候，康纳靠在妈妈的怀抱里，和妈妈一起看金刚的故事，你会明白，有着艺术家理想和渴求的妈妈，隐隐约约希望留给康纳一点东西。

妈妈告诉康纳，金刚其实并不想伤害人类，但人们畏惧金刚，出动飞机围攻金刚，杀死了金刚。金刚从帝国大厦掉下来。

这是一场迂回曲折，深沉隐晦的心理治疗的开始。

有了这样的暗示，康纳的心中，才会幻化出一个怪物来。

而那个怪物，那个千年紫杉树，从小就出现在妈妈的绘画里。所有的故事素材，妈妈都曾经讲给康纳听过，在他很小的时候，并且画出来，画成水彩画，画在一个册子上。

那个温柔深沉的怪物形象，妈妈早已经创造出来，留给了康纳。这是文学艺术的意义，或许也是唯一的意义。

接受自身的复杂。别用好人坏人去简单区分判断自己，也别用好人坏人去简单区分判断亲人，以及陌生人。

接受信仰的放弃。为了所爱的人，人们脆弱崩溃，放弃信仰，跪下臣服于恐惧，是可以理解的。

以及，接受失去。

当康纳长大了，变成一个少年，面临妈妈患病将逝的恐惧，这些心理暗示，生根发芽，帮助康纳自己，度过了最幽暗痛苦的时期。

这也许是活在现代社会的人，难以回避的终极问题。

医疗科学进步了，人却必须接受不断治疗，家人无法忍受失去的痛苦，也无法忍受目睹亲人被太多的过度治疗所带来的折磨，更加难以忍受长年累月的心理负荷压力。

家中有一个久病的至亲，你也将不得不学习什么是临终关怀，什么是拒绝插管过度治疗，以及如何去告别，如何说再见。

告别没有来临之前，那么可怕，那么恐怖，那么漫长折磨，那么内心矛盾，那么艰难痛苦。

告别真正到来的时候，也只是需要彼此深爱的人，陪在身旁，度过短暂的时刻。

我们大多数人，也终将直面自己内心的那个怪物。

琼瑶的生死观

先得接受自己的死亡，接着才谈得上考虑尊严体面地离开人间。

作家琼瑶公开发文章，提到这是她人生最重要的一封信，将迈入80岁的她，认为自己没因战乱、意外、病痛等原因离开，一切都是上苍给的恩宠，“所以，从此以后，我会笑看死亡”。

并特别发出5点声明叮咛儿子，表示无论生什么重病，她都不动大手术、不送加护病房、绝不能插鼻胃管，最后再次强调各种急救措施也不需要，只要让她没痛苦地死去就好。

看完上面的文字，想起以前看三毛的书，三毛总是嚷嚷着要自杀，很多次，关键时刻都是琼瑶拦截三毛，苦口婆心劝住了三毛。三毛在自己的文章里，直接感谢琼瑶的这份深爱。

虽然三毛最终还是自杀了，但是琼瑶至少把三毛的自杀推迟了好多年。

琼瑶女士的事业极为成功，影响了几代人的琼瑶剧，捧出了好多男女明星。

林青霞、刘雪华、岳翎、陈德容，后来的赵薇、范冰冰、林心如。简直垄断了大半个华语娱乐圈，完全是个女神制造机。

这可能是我个人的一种观察经验，越是具有世俗意义上的成功，越是对生死的态度比较豁达。

先得接受自己的死亡，接着才谈得上考虑尊严体面地离开人间。

说回老百姓的生死。小老百姓还真的扛不住不孝的闲言碎语。因为大多数人生活的周边，都是没有自己的脑子的人。这些人的观点、看法、态度，都是被别人灌输进去彻底封装好的。不抢救自己的亲爹亲妈，那就是不孝。

琼瑶的儿子要是放弃治疗母亲，同样会被骂的。所以，归根结底还是需要当事人自己提前作出决定。

琼瑶害怕死前那一刻儿子媳妇畏惧世俗眼光抢救她，插各种管子，动各种刀子延续机械似的生命，干脆自己公开发遗嘱，实在是干得漂亮。

有些观念的打破，真的只有靠名人带头。有了琼瑶公开示范，更多名人跟上，等到大多数人老了的时候，就足够形成风气了。当然了，医院可能不是很高兴，进重症监护室费用巨贵的，是庞大的收入。其实很多医生反倒支持临终少折腾。

琼瑶说："去求神问卜，不如去充实自己！我一生未见过鬼神，对我来说，鬼神只是小说戏剧里的元素。但是，我发现宗教会安慰很多痛苦的人，所以，我尊重每种宗教，却害怕别人对我传教，因为我早就信了无神论教。"

作家本人跟她的电影电视剧真不一样。她的剧里，为了爱情呼天抢地，女主角美丽漂亮娇滴滴的，但是她自己却是大智慧，内心透彻，非常大女人，独立自强。感谢琼瑶，年老了贡献了文明的生死观。

杂货铺的赠品

落雪的天气，下雨的天气，烈日暴晒的天气，我都能去杂货铺随便买点什么。

我总会去买点什么。

因为无论我买点什么，他都会附赠一份平静。

我几乎是忽然之间，发现小区里面有一个杂货铺。里面的东西摆放得杂乱不堪，货品也跟外面的便利店超市大不一样。

起初我发现了卤肉。那个时候老爷爷和老婆婆还在一起看店。卤肉是老婆婆自己做的，按照她家乡的风味制作的，跟我在餐厅饭店里面吃的有差别，有种醇厚的香味。后来我让我妈妈去买，她们交流过，只是多了一道传统程序，稍微熏过。

可惜，好吃的卤肉只比昙花一现多了两三次。我也不知道为什么。

后来又冒出菜包子，说来很逗。我从杂货铺的冰柜里拿鸡胸肉，看见包子就顺便拿了几个，打算自己做水煎包。

老爷爷笑起来，说这是他家自己做来吃的，你要买就五角钱一个吧！

有天晚上，便利店都关门了，超市也关门了，还下着雨，只有这家杂货铺的灯光还亮着。我家的冰箱空了，谈了一天的工作，五六件事搅和在一起，不知不觉半夜了，整个人还陷在忙碌后的焦灼当中。

饥肠辘辘的我，打着雨伞去买零食。在他的店里面安营扎寨的两只流浪大白猫，主动朝我叫唤了两声。老爷爷用他颤巍巍的温和声音冲我打招呼：“你好啊！”

我就没那么焦躁了，买好了食物，慢慢走回家。我拎着一大包东西，听着雨滴在树叶上平缓敲打，如同无数支舒曼的曲子。

其实，这个杂货铺，就是他家的客厅改造的。我去一趟杂货铺，只不过是从我家的楼栋，走到附近的楼栋。

我不知道是他的年纪的确非常老了，进入了生命当中最温和的阶段，还是他本性就是一个这样和蔼的人，从年轻时候开始就这样。我所在的这个城市武汉，以个性火爆出名。很多七八十岁的老婆婆仍然格外大大咧咧。

杂货铺的老爷爷只是守着他的店，度过他的晚年。没有什么工作压力，也没有什么盈利目标，更没有利润增长的业绩要求。他就在店里坐着，有时候抽根烟，有时候弓腰驼背，在货架之间徘徊。

他的妻子，那个很擅长做卤肉和菜包子的老婆婆，去另外一个城市帮忙带孙子去了。于是一年多了，店子里都只有这个老爷爷。后来我才搞明白，为什么卤肉和菜包子消失。

我一度觉得，他太寂寞了。每次去店里，他都要跟我打招呼，买东西从来都不会跟顾客锱铢必较。我有时候忘记带零钱了，就隔天再给他送过去。有一回，他还额外给了我的家人一盒饺子，那是他自己包的。

除了问候一声，稍微聊上几句，他的话并不多。不攀谈问东问西，也从来不会粗声高音。最多，偶尔提示一下我，有几种蔬果是新鲜送到的，如果我需要添加点葱蒜，就自己拿。

就连流浪猫，他也是有空就喂一下，不逗弄，也不打扰。人和猫，互不黏腻。

我知道，总有一天，这个店铺会变样的，或者是不在了。这是我性格当中悲观的理性。他的子孙没有兴趣看守这么一个杂货铺。这个小小的店，更像是为了有点事情做而开的。

我心中的疑问，也有了答案。他青春时代时候当过兵，还曾经年轻气盛提过意见，最终遭受报复，失去了职业。几十年过去，他仍然成为了一个善良的人，没有被戾气仇恨所控制。

所有的东西我都可以从网络上买，如今的快递外卖已经方便到了，懒成猪都不愁没吃的。买单付账就行了。

然而有些东西是标准化的便利店，永远不会具有的。连锁便利店整洁干净，雇佣着长相好看的年轻男孩和女孩，他们是在为老板打工，所以无论如何亲切微笑，都带着一股疲倦。这是无可奈何的事。

我希望杂货铺一直都在，就像是一种有默契的陪伴。老爷爷在，这个杂货铺就会在，两只流浪的大白猫也会在。落雪的天气，下雨的天气，烈日暴晒的天气，我都能去杂货铺随便买点什么。

我总会去买点什么。

因为无论我买点什么，他都会附赠一份平静。

岁月很长，不必慌张

May
you have
a
peaceful
time

沈嘉柯 著

人民东方出版传媒
東方出版社

自　序

岁月很长，不必慌张

沈嘉柯

我家门口有一间很小很小的宠物店。十年前，我养过小狗，带着小狗去打疫苗的时候，跟开门诊的那对夫妻闲聊。原来他们都是云南的一家兽医专科学校毕业的，这对小情侣恋爱结婚，然后在城市一角开店，做动物门诊的业务，给小动物看病，也卖宠物食粮和杂七杂八的用品。

来到大城市的最初几年，特别辛苦，因为当时没多少顾客上门，房租水电费用交完，只能存一两千块钱。房价很贵，看中的房子，买不起。不过，总要坚持下去。

有时候，我晚归，路过他们的店，看见他们忙碌到深夜，笼子里寄放的猫猫狗狗还在闹腾。

再后来，我开始养猫，贪吃的猫吃肉的时候连塑料袋一起吞下去。我带着猫去看病，发现顾客陆陆续续变多了。城市里的居民，生活条件不断变好，养宠物的人多起来。

于是，那对年轻夫妻的小门诊改名了，叫作宠物医院，他们的生意终于好起来了。那一次又聊起了近况，小夫妻开心地说，就在对面的小区买了一套两居室，终于扎根了。我祝贺他们。

这个时候，旁边新开了一家皇家宠物医院。出于好奇心，我去这家新店参观了一下。坐诊的动物医生更加厉害，我看见墙壁上写着简介，中国农业大学的相关专业硕士生。隐隐约约，我开始为那对夫妻的店忧心。

不过，时间证明，我多虑了。

新店的工作时间，从上午十点到下午六点。远远没有那对夫妻守着自己的宠物医院勤勉。

有时候，夜里小动物出了意外，宠物主人匆匆忙忙只能去老的宠物医院。哪怕，那对夫妻的宠物医院没有新开的皇家宠物医院装修漂亮。

就在三年前，皇家宠物医院关门大吉。

小区附近一带，就属那对夫妻的宠物医院最大。开始招聘了员工，翻新装修，变成特别高大上的宠物医院。他家保持着稳定的服务水准，老顾客们也习惯的去他家买东西，给宠物看病了。

我认识的一位设计师，从前在本城的昙华林开一间小小的店，卖很多精致的小玩意，和他自己做的器物。一年又一年过去，再见面的时候，他说在给一个老板设计私人艺术馆，他特别重视这个项目，因为等待了很久，做了很多基础装修的活儿，终于接到了可以发挥艺术特色的单子。

他毕业于美术学院，为了养活自己，先求生存，开店赚钱，接门面商铺的装修。其实，大多数顾客的要求都很俗气，很标准的流水线作业。他的梦想，是能够做体现美学风格的作品。

隔了两年后，他开始设计一整个别墅项目。准备在一大片碧绿树木风景绝佳的好地方，做出很漂亮的房子。他的兴奋溢于言表。

他的小店仍然开着，不论那条街道上换过多少店面。不管他现在接了多大的生意，设计多么知名的项目。

我的一个很熟的朋友，他的母亲年过六十了，从前一直自娱自乐，画着花鸟鱼虫。我去他家做客吃饭，看着一卷一卷画轴，堆满书房。不知不觉，有一天老太太开始开班，教授其他人绘画。慕名而来的人多起来，老太太上了新闻报道，画作送到日本的艺术协会参与交流活动。

但是老太太仍然亲力亲为地教授学员，有一次我在聚会上遇到，她带着咳嗽，耐心跟学画的人讲着笔法和用色。弟子们也越来越多。

我在和朋友，以及他的母亲一起吃饭的时候，听着她母亲的谈吐，和从前退休老太太的状态，完全不一样了。

他的母亲说，真的没有想到，自己会成为今天的样子。虽然忙碌，虽然辛苦，她还是很快乐的。因为，最初她只是出于爱好，拜师学习，慢慢地画了二三十年。她变成了一个真正的画家。

这些在我的生活中真实的人，他们生平的际遇，特别令我感慨，岁月很长，不必慌张。

仅仅是时间本身，就会把那些凑热闹的人淘洗而去。

急功近利的，会飞快消逝。留下来的，总是那些守到最后的。开宠物医院的小夫妻，等待了十几年的设计师，晚年发光的画家老太太，他们的人生，越来越走向丰富繁盛。岁月也教会了我们，懂得了欣赏那些久久用功和水到渠成。

目录

第一章 笑是最大的力量

恐惧是我们内心最大的幻象，令我们交出自己的人性和尊严，任由摆布。而幽默和搞笑，是恐惧最大的天敌。

第二章 拥抱比说话更温暖

舌头与喉咙的信息是我们魂灵的翅膀，也是我们心智的牢笼。人类痛苦至极时，言语会失效，拥抱亲吻，依靠在肩头流泪，却可

第四章 心是立体的房子

人的心是立体的房子，你如果没有足够的时间瞧遍每一个角落：有光的窗户、无光的暗角、那些心烦的灰尘、那些动人的温情，你就无法学会立体地对待一个人，拂去尘埃，擦亮心灵。

第五章 越过人生的无知热血

成了有知者，绕不开痛苦。这正是真正的人生。越过这种唯一一次的无知热血，成为大人。

请你，再勇敢一点点。

第六章 地球只有一个我

即便地球在宇宙里只是恒河一沙，但地球只有一个我，宇宙也只有一个我，必须爱护这唯一的有时限的存在。

第七章 生命应该浪费在美好的事物上

我们生来，首先就要确保自己独一无二的生命价值。我们的生命应该"浪费"在美好的事物上，更应该"浪费"在有意义的人身上。

第八章 快乐是自找的

大快乐、小快乐，理论上都不要放过。尤其是，我们的人生确实更多拥有的、更该得到的是绵密的小快乐。

第九章 当梦想照进现实

世间的人总是认为能够瞬间实现的才叫梦想，但那些东西其实什么都不是。只有每日每日的积累才是促进梦想实现的源泉。

第一章

笑是最大的力量

恐惧是我们内心最大的幻象，
令我们交出自己的人性和尊严，任由摆布。
而幽默和搞笑，是恐惧最大的天敌。

阳光照进回忆里

别等，自己想要的东西，自己去追求得到。很多年后阳光照进回忆里，这种靠自己换来自己想要的东西的感觉，特别好。

小时候我想买的是一个俄罗斯方块游戏机。这东西现在仍然有，是古董级电子产品。当时一个要一百多块钱，我一个月零花钱也不过三十多。怎么办？我家附近开中药铺子的老头问我，反正你暑假那么长，放假了没事做，帮我收蝉壳怎么样？

夏天日光最明亮的时候，有些蝉就脱壳了。我逛遍了十几公里范围内大大小小的树林，举着竹竿粘那些棕黄色的透明蝉壳，脖子都酸了。收集了一口袋，小心翼翼拿去换钱。加上攒了好久的零花钱，总算去商场买到游戏机。我没玩多久就开学了，因为攒蝉壳，花了我一个多月时间。

我另外一个玩伴就比较惨了。他想要一套十二生肖童话书。他家附近有个汽车配件工厂，于是他拎着塑料袋，戴着遮阳帽，冲到工厂倒出的炼铁废渣堆，又刨又捡。等到加起来卖了七八十公斤的废铁以后，他走进了新华书店的专柜。我去他家借书看时，他已经变成了小包拯，皮肤乌漆墨黑，并且严肃警告我，弄脏了童话书得赔偿新的给他。

还有一个玩伴就比较逗了，这个女孩子，路过商店，看中了一条红裙子。有点贵，家里不答应买。

她家开早点店，别的事情一时半会儿她也干不来，于是她学着包饺子，然后家里给她对应的零花钱。到最后我们去她家吃早点，点一盘煎饺，目睹她在旁边的桌子双手翻飞，俨然绝顶高手，快如闪电。

后来我们约着一起去荷塘摘莲蓬时，她穿着凉鞋和一条嫩红的裙子。我必须承认，那天她是一个满脸骄傲又美丽的女孩。

在我们的少年时代，想要的是游戏机、童话书和漂亮裙子，达成理想的办法是攒蝉壳、拾废铁、包饺子。

可是我此时此刻，凭借文字记录当年，另有感受。

小时候的那些暑假，我们费尽心思得到的东西有什么用？其实没什么用。我的游戏机被全家人抢着玩，太过辛苦报废了，后来还被我拆开研究了一番内部构造。玩伴的童话书被很多人借去看，终于还是散失了。不过他很享受那段时间在同学当中格外受欢迎、格外吃香的感觉。

而女孩的裙子，年深月久褪色了，下落不明，说不定被她妈妈拿去做拖把、抹布了。不过长大后工作了赚到钱，她可以给自己买很多别的漂亮衣服。

这些小事情，我讲不出什么大道理，只有一点点小道理。世界上有些东西一路奔跑，超越了文字，超越了道理，超越了时间。

当我们完成了童年理想，童年又成了我们的理想。很多年后阳光照进回忆里，这种靠自己换来自己想要的东西的感觉，特别好。别等，自己想要的东西，自己去追求得到，大概会成为一生的信念。

傅园慧教我们的事

最搞笑的人，恰恰是最深沉的人。这是人生中最大的真相。就像一个人之所以会逃避，是因为她根本不想放弃。

央视的主持人张斌采访了傅园慧。我看了这段访谈，被她的故事感动了。

在她红遍全中国的表情包里，藏着她的另外一面。

她说她在国外，跟外籍教练沟通不大顺畅。教练的训练要求，她就是完成不了。

教练让傅园慧滚。傅园慧也希望练好，但在不断的训练里，她一再对自己绝望、崩溃。她差一点就把自己练废了。

所有人都在给她算日子，离奥运会还有多少日子。她努力训练，每天拼命游，游到想吐，头晕目眩，吃不下饭，累到极限了。还是不能达到教练的要求。

傅园慧晚上睡觉一翻身，腰背就抽筋，第二天还是强度训练。这样的生活，日复一日。

她觉得自己真的受不了，决定给自己一个机会走走。有一天教练把她赶走，要她滚。她就真的滚了——偷偷“出逃”。

她身上都没带钱，走着走着迷路了。当时很冷，还下着雨，她从中午走到晚上，走了五六个小时。

她不记得自己走了多远，感觉小腿都抽筋了。她边哭边走，淋着雨，当时澳大利亚是冬天。她不知道人生接着怎么走。

她问自己，到底什么让自己这么痛苦？

一个女孩，冬天深夜淋着寒雨，街头徘徊。她想清楚了一件最重要的事情，原来自己痛苦的根源是在挣扎，放弃就不会痛苦了。自己这么痛苦，就是因为不想放弃。

傅园慧明白了自己的内心，她是想坚持的。她把拉断的弦，重新连了另外一根弦。

所以，才有她后来的狂喜表情。她心态变了，竭尽全力去做，心态也不会狂躁失控。

她并不想当网红，还是想当一个运动员。因为她觉得这一切网上的热闹都会过去的。原来，她是个大智若愚的女孩。

有的人在江湖上飘零很久，甚至花了一生的时间，到老了才悟到这一点。有的人年少就具备天分，刹那洞明，顿悟了。傅园慧就是后面那种人，年纪虽然小，却对人生有了深刻的感受。

运动员的职业生涯，历经的是身体的极限挑战，承受巨大的压力，也逼近心灵的极限挑战。所以他们比常人更加容易受伤，也更可能想清楚自己的人生。

你所看见的她，还有她好玩的话，滑稽的表情，都是因为，她曾经在深夜里，想明白了人生当中的选择。

一个女生，大大咧咧，很多年被人笑话不像女孩。傅园慧曾经想过迎合世人，改变自己，终归改不了。既然如此，不像就不像，有什么了不起？不如做自己。

她玩直播的时候，完全不在乎什么支持、什么送礼物，一个劲要大家别送了。

来了“大姨妈”，发挥失常，那就直接说出真实情况。没游好，就直接承认，对不起，是我的错。

她最后居然引用了唐伯虎的“别人笑我太疯癫，我笑他人看不穿”。

我猜，她应该是看了周星驰的《唐伯虎点秋香》，记住了这两句诗。最搞笑的人，恰恰是最深沉的人。那个无比搞笑的周星驰，内心其实极其严肃。

这是人生中最大的真相。就像是刻意冷淡的人，内心很深情，因为很怕自己一旦爱上一个人，就倾尽所有。就像一个人之所以会逃避，是因为她根本不想放弃。

所以傅园慧的表情包，让你笑到肚子疼，到处转发。因为她骨子里很真很深刻，才会打动你。

如果你遇到绝望崩溃的时刻，就看看傅园慧的表情吧！她也曾经跟你一样，被痛苦压倒、跪地了、逃跑了、无比纠结，但最后想明白了原因。

她，傅园慧，仍然是一个选择继续游下去，约定了“东京见”的运动员。别管外面的世界怎么样，自己的路自己走。

你，吃瓜群众，还是要去做你自己要做的事情，想明白自己的痛苦是为什么。也许很多事你也不想放弃。

我们从年轻的傅园慧身上学到了东西。在这世上，想有所成长，都要经过这一关。

笑是最大的力量

恐惧就是我们内心最大的幻象，最严重的程度，会令我们交出自己的人性和尊严，臣服于兽性，任由摆布。而幽默和搞笑，是恐惧最大的天敌。

村上春树短篇小说集《列克星敦的幽灵》里，有个故事《第七位男士》。讲述的内容为，“我”是在S县海边一个镇上长大的，幼年有个特别要好的伙伴，名叫K。K就住在主人公家附近，比他低一年级。他们一块儿上学，放学回来也总是两人一块儿玩，可以说亲如兄弟。

但是，那年九月，他们住的地方来了一场强台风。当他们一起去海边游泳时，好友K被巨浪卷走了。主人公目睹到这一幕，吓得动弹不得，即便时隔多年，仍然时常会陷入深深的恐惧中，总是想起死去的好友出现在海水中，回忆起他隐约的、透明冰冷的脸。他本来特喜欢游泳也不去了，深水河也好湖也好都半步不去，乘船也免了，坐飞机出国也不曾有过。

五十多岁的主人公，仍然无法把自己即将在那里淹死的场景从脑海中抹除。那种黯然神伤的预感，仿佛梦中K的手一样抓着自己的意识不放。他还会一直做噩梦，永远不敢靠近海，也不接受与海相关的事物。

直到一个春天，主人公重回K被卷走的海岸。他把所有少年时代的记忆都找回来，看着早逝的好友曾经的绘画，还有故乡的风景，强忍着恐惧，去靠近海边，去观看海浪，有一种什么静静地渗入他的身心。他不再畏惧海浪了。

最后主人公说："我在想，我们的人生中真正可怕的不是恐惧本身，恐惧的确在那里……它以各种各样的形式出现，有时将我们压倒。但比什么都恐惧的，则是在恐惧面前背过身去、闭上眼睛。这样，我们势必把自己心中最为贵重的东西转让给什么。"

这个故事类似电影《哈利·波特与阿兹卡班的囚徒》的一个细节。在魔法学校里，狼人教授和孩子们在课堂上讨论恐惧。狼人教授准备了一个木头箱子，从木头箱子里会出现你所害怕的东西。怎么克服恐惧呢？

其实，你只要把它们想象成搞笑的样子，你就不会害怕了。第一个男孩面对的是一只超级大的黑蜘蛛，当他想象好笑的画面时，就出现了一个每只脚都穿上溜冰鞋打滑的蜘蛛。然后是其他女孩、男孩，纷纷克服了恐惧。

电影表面上说的是关于魔法的故事，但事实上说的关于如何克服恐惧。比如对记忆和情感当中的东西的恐惧。哈利·波特为什么害怕摄魂怪？因为他无法直面自己内心的恐惧，他总是转过身逃避。直到他终于学习到克服恐惧的绝招，就是快乐和坚强的回忆。

从村上春树到J.K.罗琳，写的是同一件事，关于人们如何面对内心的恐惧，以及关于恐惧本身是什么。不过，J.K.罗琳写的是披着童话外衣的寓言故事，可以更加轻松地运用比喻来搞笑，比村上春树更进一步。

一个人，一个事物，如果你觉得很畏惧，有距离感，或者很高大上，有严肃压迫感。那么，你就看看这个人年轻的时候。你会发现，原来野兽的小时候也是很萌很柔软的。原来大坏蛋也是从天真白痴的状态过来的。

恐惧就是我们内心最大的幻象，最严重的程度，会令我们交出自己的人性和尊严，臣服于兽性，任由摆布，甚至患上斯德哥尔摩综合征——站在了伤害你的人那一边。而幽默和搞笑，是恐惧最大的天敌。

世界上的桥

每个人都有属于自己的青春和故事，能够抵达你想去的地方，做你喜欢的事，是最大的幸福。

在我的中学时代发生了一件轰动全校的事。从那天开始，女生们走起路来更加羞涩，男生们有事没事就捋下头发，拉整齐衣服，时不时照照镜子，凝视自己的鼻子、眉毛、嘴巴，潇洒地转个身。还有的男生比较夸张，随身带一瓶摩丝，定出一个拉风的发型。对了，那个时候还不流行啫喱水。要是连摩丝都没有，干脆用水抓两把。

这一切都是因为大雄。大雄刚好是我们班的男生，数学很好，长相憨厚，而且脸上还有一个恰到好处的痣。这颗痣如果低到嘴巴下，就比较像管账先生，如果再靠近眼睛，就比较像奸诈反面。大雄的痣停留在脸颊与鼻子旁边，带着一点俏皮滑稽和醒目。

我们男生一度怀疑，大雄的幸运就是来自那颗痣。赐给大雄幸运的，是湖北电影制片厂。二十世纪九十年代看电影已经稀松平常，可是拍电影，在我们那个小镇中学，那简直是天大的事。

我们的高中建在古城，所以古风犹存，后来迁移到新址重建新城，古城冷落。电影制片厂采风取景，顺便就在我们高中选男主角。导演要拍的是一个关于早恋的校园故事，演员想选原生态，没有表演经验的。女生们比较失望，因为女主角已经选好了，打扮洋气，是个大城市的中学生，请了假跟着剧组到处跑。

男生们排起了长队，面带兴奋，在学校里的革命旧址小红楼里试镜。他们鱼贯而入，出来的时候，个个垂头丧气。我呢，压根没勇气去面试，干脆彻底旁观。选了三天，只有大雄露出了充满神秘的笑容。没多久，剧组宣布男主角就是他。老师们事不关己高高挂起，只当是课余闲聊的有趣话题。对于男生来说，就受刺激了，尤其是平时热衷要帅扮酷，跟女孩子聊天，讨厌学习的那几位。穿西装白衬衫皮鞋的甲，头发整得连大风吹过也纹丝不动的乙，高个白净有几分英俊少年气质的丙，统统被大雄打败。

看起来毫不出奇的大雄，凭什么获得导演的青睐？导演的眼睛是瞎了吗？他们气愤了。确定主角之后，电影迅速开拍，在一条夹在花园中间的走道上，大雄来来回回地走。女主角靠在栏杆旁边，低头若有所思。大雄每经过一次，就要回头一下，以表达少年骚动而羞涩的心。大雄估计第一次拍戏，太紧张，一直NG，有次跑过女孩的身边太快，啪，他的旧皮鞋踢飞，落在两米之外，所有人哄然大笑。

就这么拍了好几天，他们连手都没拉到。多年后，读着塞林格的那句“我觉得爱是想触碰又收回手”，我自己也写过各种小说故事了，倒是挺理解导演的心思了。

接下来的一个月，大雄消失在学校。据说被剧组带到省内某个山里拍其他镜头。回来时，问起大雄将来是不是要退学去省城当明星，他支支吾吾不肯细说，忙着补他落下的功课。

隔年在校门口遇到大雄，问出了答案，导演只打算让大雄拍一部片子，告诉大雄好好学习。片子放映后，也没了下文。

不过，那天下午，大雄说，他在山里看见老鹰了，天好蓝，云也白，鹰飞得好高啊！

我依稀觉察，大雄的话别有深意。我们这些生长在平原的孩子，从来没见过鹰飞。看他那悠然回忆的神往表情，我说："不管怎么样，我以后还是可以跟别人讲，我的同学拍过电影哦！"他被逗乐了。大雄后来考了一所不错的大学，在公司上班，小日子过得挺好。

再说说少伟吧。他是那种成绩垫底，完全没希望考上大学的人，但也没坏到变成混混上街打架闹事。少伟上课常常睡觉，到点了飞快跑去食堂打饭吃，晚自习溜达出去吃消夜，瞎晃悠。

那天上完晚自习回宿舍，我看见少伟在操场一个人发呆，不知道在自言自语些什么。走近了，我发现他捏着一个啤酒罐，叹一口气，喝一口啤酒。中学生不许抽烟喝酒，但这只能管住好学生。我从少伟旁边绕过去，他突然叫住我。

我吓一跳，以为他想打架。说真的，我了解，不爱搞学习的学生，向来看不惯爱搞学习的，心头总有揍我们一顿发泄的冲动。平时大家装得鸡犬相闻，老死不相往来，也是看在考试时有可能抄一把的情分上，不然早出手了。

我心想，这家伙看着老实，喝醉了就难说了。结果少伟拽住我，带着醉意迷茫嘟囔："考得上考不上，你们反正有个目标，我，我都不知道以后能干吗！我家又没什么钱。”

原来，他是在烦恼未来人生。我说：“你可以考体院，那次体育会考，你不是跑了前几名吗？”

他想了一想，眼睛居然亮了，放开我，认真和我聊起来。十几分钟后，他才走掉。谢天谢地，我顺利脱身。

当然，少伟最后没能考上体育学院。因为部队来学校招飞，各种体能测试，他都通过了。就这样，少伟去开飞机了，听着都很牛。

后来重逢，他给我讲，那些飞行员特别逗，因为与社会接触少，三四十岁的人，还很单纯，打个扑克也像小孩子一样吵嘴。我们哈哈大笑。少伟是来感谢我，特意请我吃饭。不过，他要谢的其实是他自己。那场夜空下的对话之后，少伟的确开始练体能，天天跑步玩倒立。命运垂青有准备的人。

即便是在“千军万马过独木桥”的青春，也有一些旁逸斜出。人生永远不像看起来那么整齐划一。世界上还是有不同的桥，不同的人去走。唯有文学是我一生的行李，随身携带，走到哪写到哪。而且后来我终于搞明白，我耿耿于怀未能入读的中文系，并不培养作家。

每个人都有属于自己的青春和故事，能够抵达你想去的地方，做你喜欢的事，还能挣钱，是最大的幸福。

属于自己的人生

这世界需要丰富多样的人。对于我们单独的个体来说，你就应该尊重你自己的性格，专心做好一件事。

我从小是个怪癖分子。

不擅长跟人说话，不喜欢走亲戚，不热衷交朋友，不习惯打电话。我的父母一直担心：这样性格孤僻的小孩，长大后可怎么谋生？

我运动也差，至今害怕学开车、考驾照。我常常沉浸在孤独中，被邻居取笑：大门不出，二门不迈。

我每次旅行都很快就想家，想躺在沙发上。我不喜欢社交网络，就连玩微博、微信，也是被出版社编辑要求做宣传才玩起来的。我最喜欢的事情，是和猫静静地睡在一起。有时候感叹，人生如此废柴，都快奔向中年了，也只出了三十几本书。

这让我想清楚了人生的两个基本原则。

第一，把一样东西做到特别厉害，别人追赶不上的时候，足以改变人生。

我的时间，都用来认真埋头写作。我发表了上百万字数的作品。中国最大牌的报纸《人民日报》《光明日报》《中国青年报》，还有中国最畅销的杂志《读者》《青年文摘》等等都有我发表的文章。

我出了很多书，登上了中国影响力作家榜单。

有一次我晒新书，有个粉丝注意到照片角落一点点模糊的虚化轮廓，认出那是某大牌名表。她惊呼作家原来没那么清贫。

其实，认真写作，心态平和，赢得读者认可，自然会有不错的回报啊！

我的骄傲在于，我成为真正靠文字吃饭的作家。而不是那种靠着写歌功颂德的文章混文坛的货色，那种人跟豢养在猪圈的猪没有区别。

我和家人开玩笑，我很可能35岁前，出过的书，就超过了我的身高，简称“著作等身”。我的家人也跟我开玩笑，如果你身高一米四几，现在就实现了。

第二，内向是很大的优点。顺着自己的个性去选择职业。

生活中，人们常常赞颂外向的人，适合公关交际，拉拢关系，好处多多。

其实，外向内向，只不过是个民间分类，并不是专业靠谱的心理学判断。

顺着自己的性格去发展人生，就是好的。外向的人去做需要外向的工作，内向的人去做需要内向的事情，都会拥有美好的人生。

内向适合专心创作，比如作家。蓬勃的表达欲望，浓缩到文学里，更加精彩深刻。

不擅长跟人打交道，还可以跟小动物打交道，比如宠物医院的医生……

以前的社会太落后、太粗放，不像现在进步了，大家分工合作，自食其力。至少超过一百种职业适合内向的人。

如今，不喜欢出门、不喜欢说话的我，有无数的企业、公司、大学邀请我去演讲。

有一次，我在一家画廊书店开发布会，负责人说：“沈老师，真羡慕你，做着讲座，还有费用拿，还能兼顾旅行。”

人生就是这么奇妙。我因为讲座才出门，旅行是轻松顺带的，出门奔波这事就没那么讨厌了。

我旅行宣传自己的书，顺带去聊个天。跟人说话这件事，也不会令我压力巨大了。

我自身的局限，得到了某种舒服的克服，我保守的心，在不痛苦的情况下，拓展了疆域，变得开放一点，又不违背本性。温柔地克服局限，平静地拓展疆域。

温柔平静，是很强大的生活方式，也是很棒的做事能力。

这世界需要丰富多样的人。对于我们单独的个体来说，你就应该尊重你自己的性格，专心做好一件事。

如果你想拥有属于自己的人生，这两个原则缺一不可。

别追不累的羊

原来所谓坚持，是一种最符合实际的成本考虑。别追不累的羊，心无旁骛，抓住被你追得筋疲力尽的那只羊。

看动物题材的电视片，有一幕别有意味。

是在遥远的非洲马拉河，河谷两岸青草肥嫩，草丛中一群群羚羊在美美地觅食。一只非洲猎豹隐藏在远处的草丛中，竖起耳朵四面转悠。它觉察到了羚羊群的存在，然后悄悄地慢慢接近羊群。越来越近了，突然羚羊有所察觉，开始四散逃跑。非洲豹像百米运动员那样，瞬时爆发，箭一般地冲向羚羊群。

它的眼睛死死地盯住一只未成年的羚羊，直向它追去。羚羊跑得飞快，非洲豹更快。在追与逃的过程中，非洲豹超过了一头又一头站在旁边观望的羚羊，但它没有掉头改追这些离它更近的猎物，只是一个劲地朝着那头未成年的羚羊疯狂地追去。

那只羚羊已经跑累了，非洲豹也累了，在累与累的较量中，比的就是最后的速度和耐力。终于，非洲豹的前爪搭上了羚羊的屁股，羚羊倒下了，豹牙直朝羚羊的脖颈咬了下去。

我有点奇怪，非洲豹干吗在中间不去咬距离更近的羚羊呢？何必还要使劲去追当初那只？那么近，应该很容易得手啊！

就在我困惑的时候，电视里出现了旁白：为了生存的需要，一切肉食动物都知道在出击之前要隐藏自己，而在选择追击目标时，总是选那些未成年的、或老弱的、或落了单的猎物。可为什么非洲豹在追击过程中，不改追其他离得更近的羚羊呢？

答案是，因为它已经很累了，而别的羊还不累。其他羊一旦起跑，也有百米冲刺的爆发力，一瞬间就会把已经跑了百米的豹子甩在后边，拉开距离。如果丢下那只跑累了的羊，改追一头不累的羊，最后肯定是一只也追不着。

我因此也联想起来，人呢，也是一样的。抱定最初的目标不松手，一直追求下去，但中间也会有不少诱惑。为什么是诱惑呢？因为那些东西看起来很近，似乎一抓就到手，可事实上，那些诱惑就像是不累的羊，只看见诱惑的近，却忘记了自己的力气已经消耗在最初的目标上。付出的精力是有限的，起码，不是一下子就能够恢复的。

原来所谓坚持，是一种最符合实际的成本考虑。别追不累的羊，心无旁骛，抓住被你追得筋疲力尽的那只羊。

最好的你，最坏的你

重要的不是我是什么构成，重要的不是“你要”。

重要的是，你选择了做什么样的自己。

几乎任何一个人都是这样的吧。生命之初，每个孩子都是橡皮泥，被这个捏一下，那个捏一下，最后灵魂成型，奇形怪状。

我小时候听过一个民间传说，有的孩子从小被遗弃了，丢在原野和森林里，被狼收养了，结果变成了狼孩。虽然是人类的孩子，但却有狼的习性。后来回到人类世界，就被当成了怪物。我就忍不住想，这个狼孩，面临自我认知判断时，心底该有多么困惑。我是谁？我从何来？到何去？

据说这个问题很终极，无数聪明人脑袋都倒霉，想来想去神经兮兮了。

可是呢，一个人一生中，如果从来没有想过这些问题，那怎么算人生呢！

2010年美国奥斯卡金像奖，有个人的发言很有意思。桑德拉·布拉克，得到了奥斯卡最佳女主角，也得到了金酸莓奖，一个搞笑的评选最烂的奖。她说经过了大喜大悲，想起妈妈曾经告诉她，别听他们的，做你自己就好。

你看，成为影后之前，她也获得了这样的结论。有人说你最烂，也有人说你最佳。

最烂与最佳，居然都集中在一个人身上。你不会怀疑吗？

这个世界上，太多东西真伪不定，取决于外界的游戏规则。

人只能认可自己。

最差最烂，如果喜欢成为一个演员，还是要演，并且把最烂奖杯摆在架子上，不必逃避。最佳，更要好好演。

我有时候会想象，如果我是那个传说中的狼孩，心路会有什么历程——有一天我明白了，我来自我自己的命运，与其他人不同，不会拿餐具进食，不懂天文地理，那么，我必定会惶恐。

这份惶恐，只因为你不是别人认为的那个你。

你要听话，你要顺从，你要老实，你要勇敢，你要自信，你要强大，你要成功，你要门门一百分，你要吃得苦中苦，你要做得人上人，你要精明，你要会做人，你要杰出，你要……

你是好的，你是坏的，你是笨的，你是傻的，你很自卑，你好弱，你太失败了，你……

这些“你要”，这些“你是”，会一直存在，永远存在，就像这个世界上永不磨灭的噪声。

重要的不是我是什么构成，重要的不是“你要”。

重要的是，你选择了做什么样的自己。

而这，需要你一点点剔除，剔除这个人施加给你的偏见，剔除那个人施加给你的强迫。尽管这些施加的人当中，包括我们所爱的人和爱我们的人。他们自己也并不高明。

尽管我们要经历过痛苦和怀疑。

但最终，我们会遇到只拥有我们自己的时候，也会遇到一些只有自己独自面对一切的时候。

我用了十年时间，完成了成为一个作家的自己。这当中我仍然被劝告，要上班，要有社会保障，要有人际关系网，要……我也会恐惧，一个脱离体制的人，老了怎么办呢?

然而，发现自己的灵魂最初是被捏造的我，不再是从前的我了。自己赚钱给自己买保险吧!

我们不应该为了背负起别人的期望和意识而选择做什么，也不应该被过去的自己束缚住。我们是为了成为什么样的自己，而去背负起我们要付出的代价。

没有什么最好，也没有什么最坏。

只有你自己。

第二章

拥抱比说话更温暖

舌头与喉咙的信息是我们魂灵的翅膀，也是我们心智的牢笼。
人类痛苦至极时，言语会失效，拥抱亲吻，
依靠在肩头流泪，却可安抚备受折磨的心。

自己的事情做得最好

不管是你交给别人的事情，还是别人交给你的事情，属于自己的事情，最能够被关心，并且做得最好。

看了很多年的《快乐大本营》，湖南卫视的这个节目真的很长寿。我记得，他们还搞了一个主持人淘汰赛。当时的现场，淘汰就淘汰吧，他们还多了一个花样，鼓励 3 个主持人拉票，并且在节目上有专门的拉票会。

而这些拉票会，还对应着一个短信投票。观众的一票，有可能决定一个主持人的去留。一下子引起观众的热烈关注，参与的人数特别多，短信投票方式使主办者赚到了不少利润。

曾经的超级女声节目，也是鼓舞了无数年轻人投票，在中国电视历史上，轰动一时。

这种办法很久以前，美国长岛铁路公司也非常成功地使用过。长岛铁路是全美最忙碌的通勤铁路，每年载客量为八千一百万人次。这个公司原来的知名度并不高，他们想找机会宣传一下自己。

一般说来，做广告是首选。但硬广告花了钱，往往也没什么效果。他们开始动脑筋，能不能想办法利用一下新闻媒介，搞一次传播营销呢？他们想到了好主意。

长岛铁路公司沿线的车站显得有些陈旧了，很多乘客都抱怨反映过问题。公司决定对所有车站进行一次修缮，刷油漆。这是个平淡无奇的做法，出钱找专业的油漆工来干就行了。

但是，他们提出一个想法：面向大众的交通工具，为大家服务的车站，刷成什么颜色，应该交给公众来决定呀。

于是，公司放出消息，通过媒体邀请沿线的居民来投票，决定车站最理想的颜色。我当时在一本杂志上看到这个经济学故事，拍案叫绝。

果然，看到消息的民众都来了热情，积极出谋划策，纷纷对车站的颜色发表了自己的意见。长岛铁路公司的这一做法，很快引起了新闻界的注意，各新闻媒体纷纷采访并报道。

长岛铁路公司特意办了一个“开漆大典”，举办大典的地址，选在了中心车站。这里是人群最集中的地方，众目睽睽，什么都看得到。政府要员和地方名流也应邀到场，向出席盛会的嘉宾和大众宣布了投票的结果，揭晓选好的颜色。

长岛铁路公司当着大家的面刷了第一道油漆，人们激动不已，都有一种共襄盛举的欢乐。这一经典案例，让长岛铁路公司获得了《公共关系新闻》杂志颁发的“年度成就奖”，从此成了公关处理的佳话，被很多后来的企业借鉴。

看起来，他们都是把自己的“主动权”交出来了。但结果呢，却赢得了很好的效果。只有当观众觉得是在做自己的事情，才会高度热情参与。这其实是人的天性，我们对于跟自己无关的东西，提不起兴趣。

到了电子阅读时代，到了网络发达的年代，仍然可以看到，微博上常常跟粉丝互动的人，更加热门。大明星纷纷跟观众套近乎，发福利，让观众来决定很多活动行程的安排。

其实任何事情都是这样，不管是你交给别人的事情，还是别人交给你的事情，属于自己的事情，最能够被关心，并且做得最好。

把缺点亮出来

完美的人才，在这个世界上总归是不存在的。只要你的优点大于缺点，就表示你还有价值。

深圳有一家很大的公司，面向社会招聘一位业务主管，由于应聘的人太多了，经过残酷而严格的淘汰，最后剩余的3个入围者，就需要再来一次新的较量，看看谁能够获得最后的胜利。

但是，论才干，他们都是如此优秀；论经验，他们都是经过了数年打拼的老手；论心态，他们都有虚心学习、团结配合的打算；论社会人脉，他们都并非刚刚出来的毕业学生，有着广泛的关系群。3个人都有很多成功的业绩与事例。口才、文字表达、判断，都是在前面的多次过关斩将里，脱颖而出的佼佼者。

公司会选择谁？谁会被选中呢？

公司主管其实也犯难了，确实是难以选择啊！竞争者也挖空心思，看看自己还有什么优势没有表现出来，希望能够找出来，技压他人。当其他两位始终还在寻找自己的亮点的时候，其中一个人，改变了思路。他放弃了挖空心思找优点，反而坦白地说起自己的缺点来：说了那么多好，其实也有一些缺点，我并非是天生的那种敏捷之人，但我在后天勤奋当中，逐渐弥补起来。所以，我在工作当中，常常以勤补拙……

他赢得了最后的胜利。

那些被隐藏起来的缺点，在日后的工作肯定多多少少会表现出来。等到日后发现和遭受损失再后悔，为什么不在现在就说清楚？彼此都有了真正的、全面的认识，公司才会有合理而妥善的安排。让进来的人才发挥其长处，避免其短处，人尽其才。这，本身就是一个职员对公司的最大诚心。

完美的人才，在这个世界上总归是不存在的。所以，我们信任一个本色的、真实的不完美者。他的亮点与暗点，将使公司全面认识他，也好合理地使用人才。公司信任这样的人才。

事实上，工作之处，尤其是大学生毕业刚刚进公司，做人力资源的和做老总的，心里是预留了犯错机会的。不超过底线原则，就还是会给你机会。

有些小的错误，新人多多少少都会犯。要新人进去，是因为成本低，有热情，肯卖力，好使用。新人的毛病是缺乏经验，一般会找个老手带着。如果新人犯的错，在预料之内的程度，就不必太提心吊胆。

你的优点大于缺点，就表示你还有价值。下次千万别再犯就可以了。

微博戒除记

人，不能光是去洞明别人的事，练达别人的情，还得进一步深入了解自己。

那天去看电影，买好了票还有半个小时开场，百无聊赖怎么办？拿出手机刷刷。当我在电影院大厅里走来走去一边刷微博一边打哈欠的时候，突然听见轰然一声，那一刻天旋地转，倒在旁边的沙发上。我光顾着玩手机，一头撞到电影院的柱子上了。这一撞非同小可，脑门立刻肿了一个包，痛彻心扉，差一点在现场潸然泪下。

回家之后养了几天伤，我在微博上咬牙切齿赌咒发誓，我怎么就变成如此悲剧的微博控了呢！再玩手机再刷微博我就是猪。发完这条没多久，浑身烦躁坐立不安，一边煮面当作消夜，一边按开手机，哎呀，一不小心又发了一条，好吧，我是猪，再发我就是小狗。

毅然决然去麦当劳买个菠菜鸡肉卷吃一吃，用食物抵抗来自微博的勾引。结果没撑过三个小时，我就成小狗了。

亏我自诩半个心理专家，深刻洞悉“刷微博”之狐媚迷惑，就在于未知信息永远在吊胃口，对好奇心的刺激最大化。知己知彼，还是没法打败心魔。再这样下去，我就猪狗不如了。无奈之下，我只好继续发微博，向粉丝和好友们求治疗、求偏方，这些好心人热烈跟评为我献计：拔网线、断电、注销账号、扔掉智能手机换原始直板机、去山里住几天、刻肘求戒、剁手。

看到最后那两个字，我哆嗦了。这招也未免太重口味、太狠了，我哪里干得出来。况且我是个作家，靠写字吃饭的人，怎么能剁手呢！

可这毛病如果不好好改过来，生活写作皆受影响。就在我几乎要绝望的时候，友人约我去吃饭。饭局虽小，人还不少。最妙的是，落座之后，某位朋友立刻起身招呼大家，来来来，手机交出来。我抗拒，我排斥，我敌视，干吗？为什么要我交出手机？

朋友笑眯眯解释说，我们来玩一个游戏，手机就在这桌子上叠罗汉，谁要是先动手，今天谁买单。

这叫一个釜底抽薪、背水一战。大家顿时进入战备状态，一个个豁出去了，打起精神运功抵抗，好似唐僧进了女儿国。任凭你那微博世界精彩纷呈，我自岿然不动。东扯西拉、海阔天空，茶饭剿灭、甜品下肚，八卦收尾、饭局终了，胜负最后才揭晓，万幸不是我买单。据本人冷眼旁观，那位钱包大出血的同学再拿起 iPhone 的时候，眼神之迷离，爱恨之交错，内心戏之丰富，大拇指之颤抖，完全可以拿奥斯卡影帝了。

经此一役，真是踏破铁鞋无觅处，得来全不费工夫，我给自己做心理分析，要想根治微博控，就得心疼钞票往外送。由此可见，关键还是要找到生命中比刷微博重要的事。

那条刻在阿波罗神庙的著名箴言说人要“认识你自己”，中国话叫“世事洞明”和“人情练达”，正确的解读是：不能光是去洞明别人的事，练达别人的情，还得进一步深入了解自己。对我来说，就是凭什么被叫出来吃饭，还得当冤大头啊。

冷静是最优雅的态度

保持冷静，是多么可贵的一种品质。它直接影响到生命，无数次在你面临危难的时候，它能够使你从容地过关。

有一个去外国旅游的游客，在经过隧道入口的时候，以为这个地方的交通警察管不到，于是大着胆子穿过去。这个时候他发现一个警察在不远处缓慢地跟随着。但是却没有上前来制止他。他心想：嘿，那说明他不在意，于是自在而悠闲地走了过去。结果当他走到对面时，警察迅速上前道：先生，对不起，你违反了交通规则，请接受处罚。

他很是奇怪，这是为什么？

警察温和地说：那是因为，我怕一声大喝制止了你，你会惊慌失措。而你正在穿行隧道，列车随时会开过来，那是非常危险的，更加容易出事。所以，以后请你一定要小心啊！

游客吓出了一身的冷汗，却对警察万分感激。从此他再也不违反规则，走路一定走在斑马线上。

忽然我就想起非常小的时候，在乡下的水井边玩，那是一个非常深的井，有十多米深，掉下去，是很难救起的。

遥遥远远地，我的母亲看见了，她万分惊恐，但是，一刹那却无比冷静。她一点声音也没发出，慢慢地，偷偷地靠近，在距离非常近的时候，一把把我抱下来。然后才出一口大气，大声地叮嘱我以后不可再犯。

在我成年之后，母亲提及这个故事，仅仅是用一句话来概括：关键时候，一定要保持冷静。以至我偶然看到第一故事的时候，马上回想起第二个关于自己性命的故事。

这让我一辈子刻骨铭心。保持冷静，是多么可贵的一种品质。它直接影响到生命，无数次在你面临危难的时候，它能够使你从容地过关。

快乐是一种花粉

快乐就像花粉一样，可不会从天上掉下来。我们得自己去采来，然后还要用点心经营和酝酿，才能够享受到甜蜜的芬芳。坐在那里干巴巴地等，是等不来的。

那是个热线值班的晚上，一个三十岁的朋友打来长途电话："我不快乐，真的觉得人生好没有意思，别人好像总是有很多话题说，有很多乐子，我总是被大家遗忘，回家也是这样。"

我于是问："您是不是遇到什么不开心的事情，您说说看看！"

她说："没有啊！我们家一切都是按部就班，什么事情都没有。生活条件不错，经济状况也行，小孩也在读书，成绩不错。"

我很是好奇，那为什么不快乐？她说："不知道啊，我也不知道啊！我每天上班，同事不理睬我。记得刚刚工作的时候还说上几句话，可是，现在都不和我说话了。回家，老公孩子各人做自己的事情。电视在那里放着，我却像木头一样无所适从，不知道该怎么过才好。真苦闷！你说，我是不是有抑郁症啊！”

“那么……你平时看什么书？看什么电视剧？看电影吗？逛街吗？看笑话幽默吗？跟亲人常常谈心吗？有其他爱好吗？平时和哪些朋友出去玩？”我像是在逼供“犯人”。

电话那边闷闷了半天，才开口。“我啊，不看书，也不大看电视、电影，更加不大去逛街，没有读过笑话，更加没有其他爱好，每天上班下班，回家做饭，安静吃完，各自做自己的事情。基本上，不大找朋友去玩吧。”

“可我看您跟我聊天挺溜的啊！比我还能够说。跟我聊的也蛮开心的啊！”

“大概是因为有话题说吧！”那边的她笑了。

我恍然大悟，我说：“那我明白您为什么不快乐了。为什么别人不爱搭理您了。压根就没有什么抑郁症。您看，就针对这个不快乐的话题，您跟我就聊得蛮开心的，现在还不快乐吗？”她在电话那边呵呵笑起来。

“现在我给您一个绝对有效的药方，请拿出纸和笔，每天晚上给自己安排十件有趣的事情，第二天记得去做，能做多少就做多少，至少一次三件。保证有效。然后，从现在就可以开始了，今天晚上十点有赵本山的小品，请一定一定要拉上老公和小孩一起看，好不好？不行你再来找我。”我把多数人喜欢的娱乐方式一一报上。

“好。记下了。”她认真地答应。那次以后，我还惦记着这位朋友。不过电话再也没打来，看来我的药方生效了。

快乐就像花粉一样，可不会从天上掉下来。我们得自己去采来，然后还要用点心经营和酝酿，才能够享受到甜蜜的芬芳。坐在那里干巴巴地等，是等不来的。

拥抱比说话更温暖

舌头与喉咙的信息是我们魂灵的翅膀，也是我们心智的牢笼。耽于它们，反倒忽略了更加纯粹的“身体语言”。

美国作家卡佛写过一篇叫《大教堂》的短篇，主人公家来了一个盲人朋友，盲人丧妻，远道而来探访死去妻子的亲属，顺便在小说里的“我”家借宿过夜。主客三人闲聊打发时间。

事实上，他对这个盲人曾有怀疑，因为他的妻子曾经跟一个军官有过一段无结果的恋情。他的妻子自杀没成功，后来将苦衷都倾诉给了这个盲人。当往事因为盲人的出现，被翻出来重提，他感到不快。

后来，他们聊到了大教堂。盲人看不见这个世界，又怎么知道大教堂的真实模样呢？

这个盲人提出由男主人来给他描述。可是无论男主人怎么形容比喻，都无法让大教堂的样子，真正出现在盲人的脑海里。

最后盲人提出了一个建议，不如来画吧。

盲人的手指搭在男主人的手背上，要求男主人去画。盲人跟随着他的动作，在纸上一起勾勒着大教堂的形状。

渐渐的，盲人感觉到了大教堂的轮廓。而男主人，心中也有一种奇妙的感觉，他摆脱了口头描绘的艰难束缚，回到了事物本身的共同体察。

前段时间看法国电影《不可触碰》，在一次跳伞运动事故后，菲利普，一位富有的贵族头部以下都瘫痪了，就像一块冰冻的牛排，只能坐在轮椅上，生活无法自理，因此他找了黑人青年德瑞斯来家里帮佣。

德瑞斯是一个郊区的年轻人，刚从监狱出来。简单来说，他是最不适合这份工作的人选。

但是有钱人雇佣了德瑞斯，因为德瑞斯的言行举止大大咧咧、嘻嘻哈哈，根本不把菲利普的疾病当回事，这让菲利普不必总是活在同情怜悯中，被护理人士提醒自己已经废了。这部电影在幽默笑闹中深情，在哀伤绝望中温暖，有很多动人的亮点细节。

然而我印象最深刻的一段却是雪夜里，菲利普犯病痉挛，是长年吃药抗肌肉萎缩的后遗症。他呼吸艰难，满头是汗，痛苦得好似一个无助的幼儿。这时正在抽着烟的德瑞斯，飞快丢了烟头，来到菲利普的房间。

他其实也不知道怎么办，但是他尽量安抚菲利普，抱住菲利普的头，像一个父亲对待孩子那样。就这样，菲利普终于在比他年纪小很多的德瑞斯怀里平静下来。

这一段静静的画面，让我想起我曾读过的一个护士的故事，真的是太像了。那个护士的工作是照顾那些需要临终关怀的患者。

她陪伴的病人一般都是绝症病人，到了死亡的末期，痛苦不堪，无可救药也无可宽慰。

有一个病人，到了尽头前的最无可奈何时，职业手册上的指南和那些关爱手段都失效了。

那一次，她护理的病人痛苦地在床上哆嗦，她只能束手无策，语言已经无用。她也不知道如何是好，看着蜷曲可怜的病人，无限悲悯的她做了一个职业手册之外的行为：她爬上床，紧紧地抱住病人。

很久之后，病人在她怀抱中，安静下来。连她自己都想不到，会有这个举动，也想不到这样做会有效。

李商隐写“深知身在情常在”，我们的肉身，恰是最珍贵的存在，情感意识的传递送出，一颦一笑，一个手势，一个动作，其实更加吻合我们的天性本能。身在，情在。

岁月渐长，我们在后天教化里，得到了口头语言和文字，有时候会忘记了身体的本能表达。舌头与喉咙的信息是我们魂灵的翅膀，也是我们心智的牢笼。耽于它们，反倒忽略了更加纯粹的“身体语言”。

尤其是人类痛苦到极时，言语会失效，拥抱亲吻，依靠在肩头流泪，却可安抚备受折磨的心。

电影名为“不可触碰”，实则在大雪的夜里，两个人物的身体触碰了。由此他们彼此信任，产生一种介乎父子之情的依赖。

护士发自内在的悲悯，与病人身体接触了，给予了病人珍贵的临终关怀。

小说里的男主人受困于言辞描述的无能，也借助于身体接触了。

安抚身体和安抚心魂，本就是一体的。

改变不了世界，改变自己也很好

其实能改变世界那就去改变，改变不了世界，改变自己也是好的。

人生的真相就是如此。

我去哈尔滨的一所著名大学讲座，台下的学生提问，老师，我不喜欢我的专业，怎么办?

我当时的回答是：你只有两种办法，第一就是赶紧换一个专业。

我还没来得及说第二个办法，学生们就无奈得在下面嚷嚷，换不了啊！不同专业对分数和成绩的要求不一样。本来就是不喜欢的专业，更加不想去学，成绩怎么会好呢?

这么一听，倒是进入死胡同了。

不过我还是先把我的第二个办法说完。如果你换不了专业，就得想办法在本专业里挖掘乐趣。

怎么挖掘乐趣?

再说说我自己的故事吧。我当年一心想学文学专业，因为我父亲的建议，改成了法律。可我真心不喜欢法律，枯燥乏味。但是没办法，学费是爸妈出的，我也不了解专业未来的就业情况，只听父亲说，法律热门，就服从了。

在大一的时候，我在省里和全国知名的文学大刊发表了作品，顿时成了院系老师同学眼里的才子。说真的，非常满足一个人的虚荣心。毕竟没几个学生做到这一点。但问题是，我读的是法律专业，文学毕竟不是本专业。很快，有个同班同学，在《中国青年报》发表了法学方面的文章。把我的风头抢走了。

那时候年轻气盛，咽不下这口气。为了虚荣心，拼了，我也去认真阅读法学著作，浏览专业文章。半年后，我也在《中国青年报》发表了法律评论，不止如此，还更上一层楼，在《光明日报》也发表了法学方面的文章。

就这样，轰动了法律系，因为我是第一个在这份大报发表文章的本科生。没有硝烟的虚荣心之战，我终于赢了，风头抢回来了。可是，出风头这个事情，很快就过去了，当时兴奋，过后平静。而我在这个过程里，读了非常多的本专业的东西，发觉法律其实很有趣。有各种各样的人生故事，活生生的真实案子引发的思索。结果，我渐渐有点喜欢上我的专业了。再后来，我文学与法律都学的还不错，兼顾了。

很多大学生觉得自己不喜欢自己的专业，其实，并没有认真了解那个专业的全部。大多数人年纪太小的时候，因为逆反心理，个性很顽固，不喜欢就极其厌恶。因为偏见，忽略了这个专业的背后也会很有趣。

其实，大学里的每一个专业，之所以能够存在，就已经经过了千锤百炼的淘汰和争论。有很多聪明的大脑，为之付出过心力，设计安排。我们也不像自己以为的那样，喜欢或者不喜欢一个专业一开始就定型了。只要你能挖出乐趣。

就算挖不出乐趣，哪怕是迂回战术，你也可以保证本专业不挂科顺利毕业，再学个有兴趣的第二专业呀！

讲座之后，有一位男生要我写给他的寄语是：“某某，去改变世界。”时间匆忙我没来得及说完整。

其实能改变世界那就去改变，改变不了世界，改变自己也是好的。

人生的真相就是如此。

第三章

如果时光能倒流

时间呀，就像白色的骏马跑过缝隙，你只来得及看见一道影子。

那些当初写在纸上的理想，渐渐地，真的都忘记了。

谁不想做自己喜欢的事

谁不想做自己喜欢的事？当你从低头忍耐里强大了，你可以获得越来越多的能力和自由，去做你喜欢的。

大学里的专业问题，延伸开来，也涉及到毕业后的工作问题。你如果恐惧找不到工作，暂时先做了一份不喜欢的工作，做的是自己不喜欢的事情呢？

幸好，工作不会强迫你，你是可以自己决定去留的，只要你自己承担后果就可以了。

我因此想起我以前写过的一个小短文。

有个外国孩子叫艾伦，他9岁的时候，在南达科他州祖父的农场里，开始他的第一份工作——赤手去捡牧场上的牛粪饼！一般的孩子都不愿意做，艾伦做得好极了，即使这看上去实在不算好工作，但他很认真地在做。

一段时间后，艾伦的祖母开着一辆福特车，来学校接他。祖母告诉他："艾伦啊，祖父就要把你想要的新工作给你了。你将拥有自己的马匹去放牧，因为去年夏天你捡牛粪时表现得极其出色。”这样，他在工作岗位上得到第一次提升，他很开心。一个小小的信念也在他脑袋中生根发芽。

后来，艾伦成为南达科他州一名每星期挣 1 个美元的肉铺帮工，这份工作仍然恶心，但是他的原则很简单：先做好，肯定会得到提升的，然后就能够摆脱掉这工作了。

果然，一切按照他想到的发展着。他赚了一笔小钱，摆脱了体力活儿。然后，他去了美国的著名通讯社——美联社，成了每星期挣 50 美元的美联社记者，那信条他一直坚持。

很多年过去，努力，获得提升，摆脱低级工作。最后，他成了年薪 150 多万美元的首席执行官。

艾伦·纽哈斯后来是全美国受人模仿最多、阅读面最广的报纸《今日美国》的头儿。回想起自己童年的生涯，他只是感叹了一句：如果你干的是一件恶心的活儿，如果认真干下去，而且尽量干好，你八成会得到提升，再也不用干那样的活儿了，这比当个无用的人胡混下去强多了。

发展心理学研究中有一个经典的实验，称为“迟延满足”实验。实验过程大致如下：实验者发给 4 岁被试儿童每人一颗好吃的软糖，同时告诉孩子们，如果马上吃，只能吃一颗；如果等 20 分钟后再吃，就给吃两颗。有的孩子急不可待，把糖马上吃掉了；而另一些孩子则耐住性子、闭上眼睛或头枕双臂做睡觉状，也有的孩子用自言自语或唱歌来转移注意、消磨时光以克制自己的欲望，从而获得了更丰厚的报酬。在美味的软糖面前，任何孩子都将经受考验。

这个实验用于分析孩子承受延迟满足的能力，所谓的延迟满足，就是能够等待自己需要的东西的到来，而不是想到什么就要什么，这是一个很通俗的解释。

研究人员在十几年以后再考察当年那些孩子现在的表现，研究发现，那些能够为获得更多的软糖而等待得更久的孩子要比那些缺乏耐心的孩子更容易获得成功，他们的学习成绩要相对好一些。

在后来的几十年的跟踪观察中，发现有耐心的孩子在事业上的表现也较为出色。也就是说延迟满足能力越强，更容易取得成功。

也就是说，即便是你不爱的工作，只要你坚持到可以超越这工作，就可以摆脱低级工作了。你的起点和低级工作阶段，成为你的积累阶段。对于大多数人来说，不可能一开始就拥有那么多自由选择的资格和余地。

谁不想做自己喜欢的事？当你从低头忍耐里强大了，你可以获得越来越多的能力和自由，去做你喜欢的。先忍耐，攒够资本再出头。

你看起来那么努力

理想不需要一双高蹈而不切实际的翅膀。只需要一双结实的、理性的，以及心态安稳的脚底板，一步步踩着地面走。

大学时，我有个最为欣赏的学长。心比天高，文笔洋溢，辩才无碍。毕业前夕，他怀揣着理想上路，去了一家省级青年报做编辑。当时的他，已经是校园名人，拿过全校最佳辩手，风华正茂的时刻，赶上那家报社创业初期，信心饱满，信誓旦旦。

那份报纸的大幅广告贴满城市的角落，一切都让人激情澎湃。他学习多年的法律知识，积累长久的新闻敏感，还有那一笔好文章，一口好辩才，就等待着东风吹起。

不料，报纸没办出生路之前，就抛弃了他们。中间辛苦几个月，做版、坐班、采访、写稿、编辑，全部成为了“实习”。

没有签订正式的协议，也没有正式的洽谈福利待遇。当时唯一的解释是，为理想和事业开始，那么，必定要做出牺牲。报纸等待资本注入，等待咸鱼翻身。最后，刊号变成另外一家传媒集团所有，这些年轻人，梦想破灭。

于是他在毕业时候，回了家乡，一个位置在中部却算西部的山区自治州。混迹一年，困顿万分，怎么也想不到会有这样的生活状态。

对于还没毕业的我，他是我的师兄，也是一个参考个案。我第一次近距离看见一个人的挫败和失意潦倒。哦，原来那些跟你猛谈理想和未来，看起来很牛的单位，说垮就垮啊，什么正规的保障待遇都没有，堪称社会第一课。

没有什么比这种打击，更加让年轻人压抑和痛苦。功成名就成为泡影。

该怎么办？这个学长经过一整年的沉淀与反思，重新开始寻找理想的时候，给自己重新规划了人生。

他言之凿凿，跟我说，他要选择自己可以读的专业，选择自己学得好的学科，上北京，拜会导师。他情绪高涨，表示要回来和师弟们在一所普通大学上晚自习，读书。他想选的专业是国际航空法方面，国内研究不成熟，尚在起步，导师是这个领域的权威。若能够读上，跟对方向，大有可为。

但是，他半途放弃了考研，又去了某个热门大型网站。我很不明白，他为什么会这样。他说是因为那网站许诺高管位置，还有不菲薪水。

去了之后，他发现好多红红火火的事件都是策划炒作，很低级庸俗。他又觉得跟自己的理想差距太多。于是他又回家乡的法院，做了两年，觉得气闷，跟周围格格不入，放眼望去都是混日子的庸俗。

他辞职，去了响当当的某个大电视台，在外包机构做片子。他常常深更半夜打电话给我，给我们当年玩得好的其他同学，倾诉，又倾诉。

眨眼，十年过去。

他混不下去，辞掉工作，离开北京，想在我们母校所在的城市重新开始。但是这个城市已经日新月异，没有他的位置了。去高校，他学历不够；去媒体，他嫌弃省市媒体低就；重新考研，他已经没有耐心。

他在北京混过。帝都这样的地方，掉一片树叶，都能砸中一批大官和顶级名人。他出入结交的是哈佛学者，采访的是北大清华最牛的学者，目睹的是身价亿万的国际企业家。

可是，这跟我们自身有什么关系呢?

刚好我在职业生涯的中途，兼职做过一份中央级报纸的通讯员。他所能看见的赫赫人物，我也见识过。今天飞北京采访部长，明天飞南方参加商业会议，但我很明白，这些经历，只是因为背后的平台是金字招牌。离开了平台，你自身有多少价值才显现出来。

很多人就迷失在了这样的浪潮中——依靠大平台，左右逢源；离开平台，什么都不是了。

一个清醒的人，应该在平台里学习到的，不是谈资吹牛，我跟谁一起吃饭一起聊天，而应该提高自己的本事，打出自己的名号，拿出自己真正的作品。

人生不该只有世俗评判的标准，金钱权势和成功不是单一的。然而，一个人十年过去仍然不知道自己要什么，也没有为自己积累起应该有的职业江湖地位，那么，我们只会觉得，他的心太浮躁。

仔细交流后，我发现他没有一件事认真做满三年。不管是编辑记者，还是纪录片导演，不管是法院书记员，还是网站公司部门总监。眼界开阔得不能再开阔了，人却再也无法静下心来，像古人说的那样“三省吾身”，觉察真正想要什么，能做什么。

这中间，他还像个真正的文青那样，云南丽江、厦门、西藏等等，独自去旅行。然而，旅行就是旅行，并不会一下子就让人脱胎换骨，该面对的，不会少。他没有长期稳定的工作，没有准备结婚的固定女朋友，当然也就没有考虑买房，没有考虑买房，就没有积蓄，没有积蓄……离开电视台回到家乡，他想做生意，他让母亲失望了。毕业这么久，工作一换再换，还要家里资助做生意？

他来找我，住了半个月，白天深夜都在谈人生。

我劝他，到了选定自己的职业，沉下心做好的阶段。他却问我，有没有兴趣一起做生意，开一家图书公司？我哑然。

扪心自问，我怎么敢跟这样不定性又天真的人一起开公司？

我们一心为理想寻找一双可以飞登天空的翅膀。却不知道，理想需要的，只是一双踏实的脚板。如果你真的去看看身边的这个世界，也许你会发现，你的判断，也许真的太固执、太稚气。

后来，我所经过的道路，我和我的同学们所经过的道路，虽然细节不一，却大致差不多。

我们在大学可以激情，可以指点江山，却没有意识到，你能够指点江山、挥斥天下，口头盘点历史人物、现世高手，恰恰是因为，那是一群孩子待的地方。

人们对于没有真正长大的孩子，总是宽容的。因此我们自信膨胀，以为自己就是济世之才，就是国家栋梁，顶不济，也能够混个人模人样。

有时候，放弃错误的理想，比坚持正确的理想，难上一百倍。但是，在无数不确定的命运，最后被事实证明过后，我们还能够那么坚定地，认为自己是理想主义最后的拥趸？

真的，那是一种遗憾。在我们成长当中，居然没有人告诉我们，你在追求理想之前，多半要经过沉默无闻的那种生活，你要生活的如同水浒李逵说的：嘴巴里淡出个鸟味。

你要自己坐热板凳，成为不可取代的职员，才能不断进步。

你在炼成火眼金睛之前，可能被很多老板拿理想、情怀这些大词忽悠欺骗，之后才会沉淀出坚韧的心志，才能够培养出洞悉本质的眼光。

你既要赚钱谋生，独立自主养活自己，也要不断充电，不断学习，更上一层楼。你越是积累，就越多财富，越多能力。

你要埋头苦学，把同事和朋友的优点经验，一一吸收，琢磨消化，才能够将你所得到的间接的经验，转化为实实在在的自己的本事。

你要搞清楚自己的条件，自己的个性，自己的能力，你才会真正知道，你自己，究竟在这个世界上，站在什么样的位置上，你究竟，是一个什么样的人，你以后，会抵达什么样的成就。

我们的成长，就是在一滴一滴的失败中总结和矫正的。我们仰仗的评价标准，曾经是那样脆弱。你能把每一张试卷做到拿一等奖学金，仅仅会因为不会用打印机，被大老板视为笨蛋。

运气也很重要，但谁也不知道是否属于你。你得时刻准备好，等风来。风不来，你还得换一个有风的地方。

20 岁到 30 多岁的十年，是一个人积累和定型的时期。十年里，你做了什么，就会把你塑造成什么人。

十年时间，把我塑造成了一个去过自己想要的生活的作家。我不比商人有钱，我也不比大学教授更加有学问，我没有官员的权势，但我知道自己要什么，我为之努力，并且得到它。

十年时间，在法院的同学已经走上中层岗位，在大学的同学准备评副教授，在媒体的同学基本都是副主编，甚至公司安心做上班族的同学，也买好房子车子跟老婆孩子过自己的小日子。

人各有志，没错。但你真的喜欢你的志向吗？还是说，只是因为它满足你的短暂虚荣。

理想不需要一双高蹈而不切实际的翅膀。只需要一双结实的、理性的，以及心态安稳的脚底板，一步步踩着地面走。但愿我的学长，从此把握好自己，开始新的生活，不要再看起来那么努力、那么折腾、那么富有才华，其实荒废了十年珍贵的光阴。

人生的斗志不灭，爱惜自己的健康，积累能力，你还有下一个十年，千万别再荒废。

学会婉转

人的一生就是在不断追求认同的过程里，获得成就感的。

先说一个故事吧！这是来找我咨询的一个年轻人的经历。

电话约好了韩海，叫他出来，我请吃粤菜。他的胃口不错，光顾着吃。我冲他大倒苦水说：“我们上个星期换了个头儿，他以为他是谁，这不，差点出了个大洋相。”

“出什么洋相？”韩海抬起头，好奇地问我。

我喝了口水，说：“你不知道，我们这个新来的头儿原来在上海一家大公司，所以把那家公司做事的那套搬过来。尤其恐怖的是，他很喜欢找他的上司要事做。你想，大老板自然喜欢他，可是苦了我们啊，做牛做马为他争光。不过辛苦是辛苦，责任啊、构思啊他也全部包揽了。我们乐得放松。就是有时候开会迟到，他会叫你站着，直到会议结束。”

韩海说：“遇到这样的头儿你算走运了，还抱怨啊！”

当然啊，我恨恨地说："前不久，产品要换新包装，重新制作广告，这活应该由别的部门做，但他一积极争取，事情就砸到我们头上了。在开会讨论时，他提出了一个古怪的创意。我们大眼瞪小眼。我忍不住说，创意是好，可未必做得出来……我话还没讲完，就被他打断了，你还没去找广告公司，怎么就知道做不出来？如果这家做不了，我们就换一家；如果成都做不了，我们就到上海去做。"

他这样，我们没脾气了。最后他又说，这是谁谁交代的事情，一定要全力以赴做好。

我没法，只好把他的怪想法对广告公司说了，那边一听，马上叫起来："你们头儿脑袋有毛病啊，这种东西也叫我们做啊？我们干不了，另请高明！"

我只好直接找广告公司老总，她也无奈地说："你们是客户，本来应该满足你们的要求，但做出来会影响我们声誉的。"

回头我把广告公司的意思转告头儿，他一听大怒，说要送到上海去做。我心想，你这么个方案，送到火星去也没办法。

我叹气，不过，实事求是地说，这个创意也有不错的地方，只要变个方式是可以实施的，而且效果还不错。

"那你提出来了没有？"韩海问我。

"没有。"

"为什么不提？"

我说："这本来就不是我们的事，他既然要越俎代庖，让他去弄，搞砸了跟我没关系。我还真希望他弄砸，即使大老板不炒他鱿鱼，也让他知道收敛一点，别以为我们都是草包。"

没错，是有可取之处，但主动提，那不是自找麻烦吗？我们本来就等着看笑话的。过了一会，我反问韩海："我这么做是不是有些过分？"

"当然不好。"

"问题是他这种工作作风，会喜欢别人对他的主意说三道四吗？"

"呵呵，那看你怎么提啊！你要是真愿意听，我才说。"

我想了想说："我们这个头儿为人虽然狠，但实事求是地说，人品还不错，没有坏心眼。所以，有时我也想帮帮他，尽快打开局面，但你也知道，从小到大，我都比较傲，我实在不习惯主动和领导套近乎，可能是得了领导沟通障碍症。"

韩海摇摇头："别说得那么邪乎，我觉得你不是性格问题，而是习惯问题。"

我委屈地说："我哪儿会拍马屁啊，你教我吧？"

韩海想了想，指着桌上的汉堡包说："你知道吗？多数上司没有时间的时候，喜欢吃个汉堡包解决。"我茫然不解，没发现我的上司有这个爱好啊？

韩海给我解释："你呀，每次给上司提意见前，就先来几句好听的话，表示自己的诚意和礼貌，营造出愉快轻松的氛围。先对他的广告创意中确实不错的地方美言几句，反正送好话不花钱。夸完了再回到正题。你要委婉又坚定地提出自己的想法，比如对方的不足之处，以及你自己的设想。最后又是客气话，什么这只是一些初步的想法，也有不成熟的地方等，表示自己的谦虚，并不是蔑视对方的权威。"

"真是个马屁精。"我笑了，"但这跟吃的有什么关系？"

韩海微笑着说："你看，上下两层面包夹着肉，就像提意见，开头结尾都是客气话，中间就是意见。间或还要有点闲谈，就像生菜一样，平衡口感。整体来说，可不就是一只汉堡包？"

我这才开窍了，忽然明白，我到底是为什么烦恼了：原来是心里有提意见的渴望却不会提，憋在里面才郁闷。不然怎么会那么斤斤计较头儿的小毛病？

我想我也明白了接下来该怎么做了。表达意见和情绪没错，但要使表达被接受，就得用谦虚客气与赞扬，夹住你的意见。我似乎已经看到，下次，我的那个脾气古怪的上司，在微笑当中，接纳了我的意见。

工作的人，都有一个误区，那就是“人性失望论”。老板都是忠言逆耳的，老板都是爱听好的。老板为什么做不到“闻过则喜”？

从心理学角度看，人都不喜欢被否定，尤其是直接否定。因为否定直接刺激到一个人潜意识里最深刻的地方——自卑。人的一生就是在不断追求认同的过程里，获得成就感的。否定，就意味着你不行，你差劲。任何一个上司都很难做到闻过则喜，历史上只有大圣人，超级贤者或权谋家做得到。世界上多数人是做不到的。

这是人的感性与理性的分离。理性告诉对方，你提的意见是对的、有效的、合理的，但感性上，却觉得被嘲讽了，会难受。

汉堡包法则就是在感性与理性之间的平衡。道理其实很简单，良药苦口，裹了糖衣就行。刺激一个人的自卑，令他人自卑，还会牵引出嫉恨。我不行，就你行，那么上司很容易就容不下你。

核心意义其实在于，我在这件事情上高明，并不等于你无能。我的意见是提供给你参考的，而不是用来批判否定你的。甚至于，有时候就把功劳推给上司也不妨，因为你的价值已经体现，上司只会更加依赖你，这个时候你所提出的要求，更加容易实现。

十年前扇过的翅膀

我们在这世上，选择什么就成为什么。你是什么，你便选择什么。人被塑造，也自己塑造自己。做过的事情、涌出的念头，构成了此时此刻的我们，再走向下一步。

人生有巨大的不确定性。

我从小就挺宅，不爱跟其他孩子玩。17 岁那年开始，我在法律系的教室，听到各种故事，很多让我瞠目结舌。大学时写作很顺利，也只是笔头功夫。

然后毕业去了一家心理学杂志。我纯属好奇。

我并不知道，我打开了人间的潘多拉盒子，见到深深海底才有的奇异斑斓。

当时，我的单位硬性规定必须值夜班、接咨询热线电话。当然了，夜晚回家不方便，会给 50 块钱的车费补助。

我们好几个同事不乐意，说：“为什么不邀请社会义工参与呢？”

领导回答：“社会义工根本没有知识背景，有的自己都有问题，不像你们天天熏陶，有基础。”

但是当时的我们，写一篇文章几百块，谁也不乐意浪费时间在这件事上。

不过，我又有一点好奇心。我之所以选择这家杂志工作，就因为怀着对他人的好奇心。说得俗一点，其实是一种写作偷窥欲。

说不定有精彩故事呢?

就这样，我怀着不满，讨价还价协商后，愿意一周接听三次，并且增加我的编辑版面，相当于间接提高补助。

在深夜，我开始跟全国各地无数千奇百怪的人谈心、谈人生，各种你能够想象到的奇葩人士、边缘故事，时间久了，便司空见惯。用术语来说，叫脱敏。

比如动不动就有人打过来，哭着嚷嚷要自杀，准备放弃一切。至于失恋的、被父母抛弃的、说自己破产的，层出不穷。

有的故事，让你难过落泪，有的故事，让你愤怒。但这些情绪都得控制好。一般我会接到了问题，按照电话咨询手册的标准回答来应付。应付不了，请他们接着明天打电话。

也有纯粹是无聊搞笑的人，电话一打过来，就唱歌，问我唱的好听吗?说自己有个梦想，成为歌星。我只能忍住笑，闲聊几句，建议他不要耽误他人宝贵的求助时间。

当然了，我会把搞不懂的问题，隔天询问那些知道有经验的同事。

后来我又玩票性质当了半年记者，一会儿飞去北京采访高级官员，一会儿去小城市参与医学会议，一会儿去山村了解最底层人的生活。

最终，我变成了一个见多识广的人。

后来，我去很多的大学和知名企业做讲座。登台讲座浑然忘我，从不紧张，效果奇佳。我自己都想不到，我当年接热线电话，会锻炼出表达能力。

那些我不喜欢的、我厌烦的、我抗拒的人生阅历，一点点构成了我。不知不觉，居然功夫就上了身，一出手，还很吓人。

十来年以后回顾，我发现我做过很多事情，有过很多积累。

不管是压力之下被迫去做的工作，还是我自己兴趣爱好去客串的事情，我都去做了。

十年前我扇动翅膀，构成了当下的我。

我有个老友，现在做编剧，跟我聊天，说起一件事情十分感慨。2008 年的时候，他在一本给年轻人看的杂志写东西。当时有个模特歌手在那本杂志上面开专栏，他的名字叫作李易峰。到了 2014 年，这个歌手靠演戏开始走红，而且红得一塌糊涂。未来确实让人难以预料。

如果李易峰当时熬不住，转行了呢？如果李易峰太迟钝，一直唱歌、一直跑龙套，没有学习也没有进步呢？

他的颜值一直都很高，为什么必须等到一场受欢迎的电视剧，才红起来？还有的人演了很受欢迎的影视剧，人却依然不红。

这大概说明，颜值只是个基本条件。必须拿出作品来。

有了作品，也只是一个契机，还必须融合时机运气。这个时候，他的颜值获得了最大化的发挥。

我最近还常常看《金星秀》。金星的生命太过传奇，她跳了半生舞蹈，年轻时候恐怕也没有想过自己会开脱口秀，还那么红，国内电视节目同时段收视率第一。但是，她出国的经历、跳舞的经历、打工的经历、遭遇飞机上歧视中国人的空姐的经历，最后都变成了她脱口秀的重要内容。

没有这些多年积累的东西，她拿什么来秀？

有一部电影叫《蝴蝶效应》。我当时看的时候，当科幻片看的。但多年以后，我却另外有看法。男主角伊万总希望能通过改变自己的过去，来造就满意的当下。但事实上，过去就是过去，牵一发而动全身。

男主角每次回到过去修改，都会导致一连串的时空扭曲，事情的发展跟着改变，失去控制。

蝴蝶效应的故事源头是气象学家说，南美洲的蝴蝶扇一下翅膀，通过种种因素，就可能引起亚洲地区的一阵台风。

这个故事本身在气候学科研究里，是不大被承认的。蝴蝶扇动翅膀引发台风的概率极小，受很多因素影响。

但对于人生来说，正是被一个一个的转折所造就的。人跟昆虫不能机械类比，人的力量和未来，一旦开窍上道，汲取知识和智慧，勇猛精进，不可思议，超过想象。就像普通的师范大学毕业的马云，奔波推销网络黄页的时候，不可能预估到今天自己的中国互联网企业老大的位置。

我们在这世上，选择什么就成为什么。你是什么，你便选择什么。人被塑造，也自己塑造自己。做过的事情、涌出的念头，构成了此时此刻的我们，再走向下一步。

十年前，我是一个怀有好奇心的人，我也是一个想要摆脱既定生活的人。

我放弃父亲本来找过的关系，没有去枯燥的单位上班，我放弃了一个网站大佬的邀请，去了心理学杂志，想搞清楚心中的各种困惑。我很早就买房，然后又放弃工作，选择自由职业。

就这样，我一步一步变成了现在的我。

如果当初我完全拒绝了深夜值班电话，我或许就一直埋头编辑稿子、沉浸写作，不怎么跟外界进行语言沟通。

而现在，很可能，我会在一场又一场的讲座之后，成为一个演讲达人。

深宅写作带给我宁静，跟自我的对话与沉思。而讲座，我在很多次现场面对面的交流中，遇到很多有趣的细节，很有特别的现象，甚至碰撞出很多奇妙精彩的火花。我得以验证思索结果、修正观点、继续累积阅历。

人本身，才是最大的资源宝库。人生可以规划，并且要努力，但不该死板僵硬去执行，也不要拒绝尝试改变。遭遇失败，要能反思，然后站起来。

最终，我们都会完成自己的一生。如今我很清晰明确自己要什么，并且朝着既定的方向走下去。如果沿途还有惊喜和改变，我也会凝视它，思考它，审视它，选择它。

荣耀声名、经济回报，都是附属而来的，辅助我们获得更多的人生自由和内心满足。

我一直怀着这种笃定。

像猪仔一样认真

如果你做了自己喜欢的职业，一定要付出足够的热忱和干劲，才不愧对自己。

我在南方的一个城市工作的时候，曾经有一位同事，就叫她猪仔吧。她还挺喜欢猪的，尤其是王小波笔下那头自由自在的猪。

她会为了一篇稿子，跟主编大吵大闹起来。

猪仔觉得那篇文章非常棒，应该签发。主编却觉得那篇文章还有不完美的地方。我看着她们两个在办公室里面，面红耳赤地争辩。僵持许久，我们这些旁观的人劝不住，只有瞠目结舌。最后编辑猪仔就哭了。

主编也泪光闪闪了，只好退一步，让她再修改下就发出来。后来我们开玩笑，猪仔同学，你这是用眼泪在上稿。

我想她应该是对自己所从事的工作，发自内心的热爱。她对自己的判断、审美也很坚持。否则干吗要为了一篇稿子，弄到这个地步。

一篇稿子的编辑版面费，充其量一百块，还不如自己写个文章拿到的稿费的十分之一呢！

这是现实版的“编辑部的故事”。如果你做了自己喜欢的职业，一定要付出足够的热忱和干劲，才不愧对自己。

那篇文章，最后发表出来，被著名的畅销杂志转载了。

你看，她的判断也挺准确专业的。

哪怕一个主编，也会对受欢迎的好文章看走眼。

再说点题外话，很多人其实只是爱好文学，并没有打算认真从事文学。哪怕你是一个很有天赋的作者，写成一本书的容量至少也要一二十万字。很多人连趴在桌子前面安静地完成一千字都叫苦连天，更加别说让他阅读很多的书，写很多的笔记，整理自己人生所经历的过往。

不止写作，画画、弹琴、打球、运动什么的，其实也是这样吧。你要很爱这件事，并且认真做上很多次，做出水平来，对自己完全有信心。否则，那只能叫业余爱好，而不是专业。

青春里漏掉的一课

半青春时候的初恋，清淡得像抽过的香烟，对着灰烬什么都忘记了。

这是我在接听热线时，聊到的一个少年的故事。这个少年连续打了三次电话，想把心中压抑许久的感受讲出来。后来，得到他的容许，我把他的故事整理发表在《青年心理》杂志上，用了第一人称记录的方式。

高二的最后一场考试格外重要，要分重点班。我读的学校是寄宿的，我一再打电话给父亲，我厌恶那些不求上进、乌烟瘴气的同学，没法子在不干净、不清静的环境里继续我的学业。

父亲自有办法，他送了点小礼就买通了门卫。你可以想象到，每个学校的门卫有着单独一间空房子，而他们基本上用不着。

自然，父亲不知道我心底藏着的另外一个秘密。那时候宿舍统一管理，如果不能够按时回去，那你只有乖乖被抛弃在外，被班主任发现了，那是天大的事。

现在兼顾了复习不说，最重要的是，我可以自由地约会朱小齐。没错，我就是早恋了。这有什么呢？我的成绩照样是班上数一数二。朱小齐真的很漂亮，唯一的缺点是太小巧玲珑。她家就在学校附近，异常方便。天时地利都有了，我们晚上在学校教学楼后面的桃树林子里见面。

之前我和朱小齐仅限于牵个手，抱一抱。那天晚上我感觉自己真的冲动了。两个人走啊走，我下意识在雕塑水塔下停住。幽暗的光线当中，我只看见朱小齐的嘴巴，像是我过生日时吃的水果蛋糕上的樱桃。我贴了上去，那是一种柔软的像是棉花糖一样的感觉，有点甜丝丝的。我胆子如此大，其实心脏在疯狂地跳，我甚至可以听到朱小齐的心也在跳动的声音。

突然传来一声大喝。一个人影站在几米开外。手电筒的光先是照上朱小齐的脸，骤然强光刺激，她捂住眼睛。我慌忙一推她叫道：“快跑。你回家，我回去。”

狼狈不堪地奔出几米外，手电筒的光还乱照一气，身后的声音说：“我看清楚你们了，我知道你们哪年级哪班的，跑了也没用……”只是在喊，却没追上来。

我上气不接下气地逃回去。镇定下来，拿出钥匙开了小门，将门关好。我脑袋里忽然想起课本上的一句，累累如丧家之犬。会是哪个老师？他究竟会不会告发我和朱小齐？理所当然地，我辗转反侧，一晚上失眠。

第二天没课，我继续在小房间复习。捧着模拟试卷，我不住地发呆。我很想去教导处门口看看张贴栏，但害怕真的贴了出来。

连续几天，我远远看见朱小齐，赶紧就各自走开。

这真是意外。第四天我躲在小房间里，听见外面有人聊天。我听见门卫大叔在讲话：“是赵老师啊！坐坐喝口水，歇一下。”门卫大叔其实是个好心人，遇到老师，招呼坐坐休息休息。

那个赵老师回答“是啊”，接着说，“我跟你说件笑话，嘿嘿，昨晚巡夜，遇到两个小屁孩在那亲嘴，就是学校水塔雕塑的后面。小小年纪不好好学习，学大人谈恋爱……”

门卫大叔附和：“是啊，是啊，现在的高中生，不像话。”

那个声音，不就是昨天晚上那个人？

他说到这里，我只觉得羞愧，但接下来的话，叫我生出恨意：“都没发育好，懂什么爱情。可惜没看清楚哪班的，不然还不找他们家长。我喊了几句看清楚他们了，让他们紧张紧张。”

我恶狠狠抓起一支铅笔，一折为二，这算什么老师？

自然我继续大着胆子找朱小齐，把偷听到的如数转告。朱小齐一听，说：“这个赵老师我知道，哼，他就是那个刚刚从大学中文系毕业，分配到我们学校的。还和我们班的林芳艳走得特别近。”

“那不是师生恋，难道你嫉妒不成？”我忽然笑了。

朱小齐嘀咕：“其实就是因为你和赵老师长得有点像，我才喜欢你的。”醋意泛滥了我的胸口。朱小齐看了我一眼，有点害怕：“陈柯你干吗笑得这样阴险？”

我说我有事，先走了，回头再见。“赵老师，有你好看的。要你恐吓我，破坏我的好事。”

没什么比谣言最好制造了。高二（六）班的赵老师，跟学生谈恋爱。我见到他们偷偷在学校角落亲嘴呢！沸沸扬扬传开的时候，许多家长也知道了，家长们给学校施加压力，要求惩罚这个老师。学生则把目标对准林芳艳，真是早熟，都跟老师谈恋爱了。

我毕业那年，赵老师从市八中下放到县城了。

我很顺利地考上心仪许久的大学。当然，也和朱小齐分手了。

半青春时候的初恋，清淡得像抽过的香烟，对着灰烬什么都忘记了。

我只在MSN上和朱小齐偶尔聊几句。她上了青岛的一所专科学校，这对她来说很值得骄傲了。

大三的时候，高中同学集体聚会。议论往事，都陷入怀旧。有个女生发言："当年高中那个年轻的赵老师，长得很帅，师范大学中文系毕业的才子。上课常常开玩笑，也不过才毕业，就有点贫嘴滑舌，但他特别照顾贫困生的学习，农村来的林芳艳就是其中一个。林芳艳特别努力学习，常常拿着题目问上半天，我们其他的女生，看他们靠得近，特别特别嫉妒。后来不知道谁造谣说他们师生恋，其实根本没那回事。"

我心里咯噔了一下。

"他走的时候我们送别，他苦笑，不知道得罪了谁，非要冤枉他。这么大一顶帽子，简直毁了他的前途。"

那居然是一个好老师？

我对着电脑茫然了。我一直觉得我的青春岁月没什么后悔，学业、爱情都不赖，但我却做了那么愚蠢的一件事情。阴差阳错的恶气与报复，轻易就扭转了两个人的命运。我感觉胸口抽痛起来。

"那林芳艳呢？"我问。

"她是当年班上的尖子生，是标兵，但最终没有考取理想的大学。后来去广州，成了打工妹，她跟所有的同学都没有联系了。一直到毕业，她每天晚上都要哭，因为她放暑假回家，农村观念传统的父母毒打她，骂她不要脸。我始终忘不了毕业的时候，她满脸的绝望表情。”

我哭了。我相信，自己绝对不是一个残忍的人。但我却做出了残忍的事。

我忽然觉得，懵懂的少年时，我缺了很重要的一课。如果时光能够倒流，有很多事情我不会那么冲动，我应该不会做出来。那一课应该就叫“做人”。

大学第一年

时间呀，就像白色的骏马跑过间隙，你只来得及看见一道影子。

那些当初写在纸上的理想，渐渐地，真的都忘记了。

成为大学新生的第一个学年，辅导老师把我们班上的人召集到系会议室，刷刷刷，每个人发了一张空白的试卷纸。

他说："来，每个人写写你对大学四年的安排，想要达到什么目标，完成什么理想。"

我转着圆珠笔，开始在那张白纸上写：我要过英语四六级，过计算机二级，我要拿奖学金，我还要评校三好。我得多参加社团活动锻炼自己，我还得和同学搞好关系。

写得差不多了，我扭头看看左边的女生，右边的男生，大致差不多，无非就是多写上了"辅修第二学位""考上研究生"，诸如此类。

等到学生们踌躇满志都写完了，辅导老师收上去，锁进柜子，冲我们笑道：

“等你们毕业的时候，咱们再对照着看看，实现了多少。”大家答应着：“好啊。”

很快，我们从搞不清楚东南西北，到摸清楚了大学的里里外外。图书馆里增加了电脑可以去上网，大学生活动中心每个周末办舞会，新建的食堂比老食堂菜要打得多，期末考试可千万别挂科。圣诞节满大街卖玫瑰，愚人节骗来骗去太好玩了。那个北大毕业的副教授讲课方言太重让人昏昏欲睡，世界杯开始了系主任的课也敢逃得只有一半的人。

拿奖学金的要请宿舍的兄弟大吃一顿，上课被点名的时候才有人帮忙代喊到。网游开始普及的时候，寝室里白天基本上没什么人。

不过，也总有同学崭露头角，和其他人拉开了距离，功课很好，能力也强，素质更佳，演讲、辩论、歌唱、舞蹈、踢球、写诗等等，各领风骚。

渐渐地，真的都忘记了，那些纸上写过的东西。

毕业终于临近了。时间呀，就像白色的骏马跑过间隙，你只来得及看见一道影子。

整个年级分为两个大班，负责我们那个大班的辅导老师，在毕业开了一个会。那些白纸发下来的时候，有人难过得想哭，有人默然，也有人无愧于心、面带微笑，估计是当年列出的都圆满完成。至于我，我大概完成了七成，有点唏嘘，有些遗憾，也有些伤感。

那一刻，大家似乎忽然意识到，什么叫长大，长大原来是从前的自己和当下的自己，一起摆在眼前。

这时辅导老师忽然冷不丁开起玩笑来：“你们这些猴子，四年读下来，自己大概看不到，我是一点一滴看得很清楚呀，一个个终于变成人。”

这话真奇怪，怎么理解？

“有的女生啊，大一的时候，吃完饭嘴都不擦，嘴角还带着油光，就到办公室来找我问事情。男生呢，胡子也不刮，邋里邋遢。现在呢，女生基本上学会打扮，有了看相，男生也知道穿西装、衬衫，皮鞋擦亮，胡子刮干净，头发做个造型。大家进化了，都有了人样。”

那一刻，我们都笑了。

毕业多年后，当我回望新生第一年，思考得更多，熏陶其实是由内而外，又由表及里的，我的时髦室友跟我普及了衣服怎么搭配会帅一点，擅长写文章的我教会了同学论文怎么写才合格；从农村来的孩子电脑手机玩熟了，城市娇生惯养的习惯了容让相处……

那些列在纸上的东西，很重要，那些没有列在纸上的更重要。我们都曾是中学生，也许不一定都变成大学生。但那些更重要的东西，是每个年轻人都绕不开的必修课。

怎么从毛躁粗糙的小猴子，变成一个像样的人呢？

第四章

心是立体的房子

人的心是立体的房子，你如果没有足够的时间瞧遍每一个角落：有光的窗户、无光的暗角、那些心烦的灰尘、那些动人的温情，你就无法学会立体地对待一个人，拂去尘埃，擦亮心灵。

找工作就像跨栏跑

找工作就像跨栏跑。最关键的字眼就是“跨”，避开弱点，亮出你的优势，向对方展示你的能力、知识、特长，争取对方破格的机会。

1

小黄是专科生，大学就盯紧深圳的一本杂志。毕业前夕，看见那刊物招聘启事。要本科啊！他试着投简历过去。意料之中，连面试机会都没有，回复简单而客气，将他拒之门外。以他在名刊物发表那么多文章的经历，不甘心。

他直接冲到深圳，三言两语骗过门卫，抱着文件穿行于格子间，大家都以为他是办公人员。他找到主编办公室，轻轻敲门——直接见到了主编。老总目瞪口呆，怎么人直接过来了？其实老总早就认真看过了他的简历，只因为是专科的……

“您好。我没有本科学历，但是我的经验绝对不差，文笔也很好。对比其他人，如果我获得了机会，我会更加珍惜来之不易的工作机会，稳定性更强……”

老总佩服小黄的自荐能力，当场面试。一小时后，从办公室出来，小黄笑了。从现在开始，他就进入了试用的三个月。

在一群学历比他高的同事里，小黄暗自庆幸。没有本科学历，在这个外来人才蜂拥的城市，在这个算名牌的杂志社，他成功闯过了第一关，没有在硬件栏杆上被卡下来。

三个月后，小黄如愿得到了正式工作。

2

“你没有工作经验。”主管招聘的人对张力迟坚定不移地说。他也知道自己缺乏的是从业经验，但是，自己真的很合适这家公司。

连面试的机会都没能得到，难道就这样放弃？不如直接闯关找公司的老板谈谈。可电话打到公司总机，前台小姐无论如何不肯把电话接进去。

他又问老板办公室的地址，前台小姐还是不告诉：“这个保密。”

张力迟灵机一动。还有网络啊，还有电子邮件啊。他赶紧去上网，果然，这样一家大公司的老总，网络上到处都是他的介绍和资料。

当然也包括他的年纪和生平。而这家公司有自己的网站。张力迟查到了后缀，输入老总的名字拼音、名字拼音加年纪、名字拼音缩写，并且写了一封长长的电子邮件。

邮件的正文是他对该公司的详细的了解与构思：一篇有条理、思路清晰、并且严谨的工作计划。

两天后，小张收到了回信。是老板的亲笔信，欢迎小张这样的人才加入公司的团队。

3

薛禾被拒绝了20次。每每拒绝，都是无法接受的理由——你是女生。眼睁睁看着男生轻松取得职位，她就愤愤不平。

这次她在简历上轻轻删除了两个字。保留厚实的实践经验，优秀的作品复印件，还有各类证明资料。一星期后，薛禾的手机响了。

“请问是薛禾先生吗？”是很成熟的声音。

“你好，我就是薛禾。”

电话那边一愣：“是女生啊？”

没错，在性别项目她少写了两个字。而公司居然真的忽略了。这不，打电话的就是人事经理。他完全没注意到，这样优秀的薛禾居然是女生。

“薛小姐，你的条件老总很满意。可不好意思啊，这个职位只要男生的……”

薛禾怎能放过机会，她正面和性别歧视交战：“我的简历作品使你们分不出男女，这就证明我不比男生差。而我更加有女生的优势，像细致、认真等等。”

是啊，为什么要放弃这样的人才呢？人事部和总经理商量之后，给了薛禾机会，同时也修正了公司招聘计划。

后来，她微笑自信地在办公室忙碌时，对后来的毕业女生说，真的，女生一样能干啊。大家公平竞争，不必避重就轻。

第一个故事里的年轻人，策略是直接“闯关”与高层对话。让对方了解到你的优势，把你的能力展示出来。

第二个人的策略是了解对方公司的一切，找出适合自己发展的空间，但凡能够直接沟通的办法，不妨大胆尝试，具体如写自荐信、送贺卡、发电子邮件等。

第三个女孩，则用了一点点狡猾的策略。反正是没有机会，不如直面而上。隐藏你的性别，发挥你的能力。事实胜于雄辩：女生一样能做好，还能够更好，为什么不要你？

还没上台一个大棒就挥舞过来。你，这不合条件，那不合标准。这是硬件条件。真的有那么硬吗？其实未必。这个时候不要望而却步。

说职场势利残酷，那是天真幼稚病，找工作就像跨栏跑。

你看过跨栏跑吗？一个又一个硬件挡在了你的前面。如果你是一个优秀的运动员，就应该跨过去，想方设法跨过去。让你的能力展示出来，被人看见。最关键的字眼就是“跨”，避开弱点，亮出你的优势，向对方展示你的能力、知识、特长，争取对方破格的机会。

甚至你还可以破釜沉舟，大胆尖锐指出招聘的条件存在漏洞或歧视。这个时候无所谓风险不风险，最坏的结果不过是仍然没有机会，那就换一个地方去尝试。

多去星巴克

其实没有哪一种向上的生活方式是不“装”的。退到人性深处，一切让人更加文明、精致的都是“装”。

有段时间央视批星巴克在中国暴利高价，谈论成本定价和品牌店租，吵闹得一塌糊涂。不过，那是经济学的事，也就不大关心了。话说回来，去星巴克至今还是有人笑话说是“装逼”。

说来说去无非是“美国大路货，根本不高级”“也就中国一帮小资找到地儿装”。问题是一个氛围过得去、算好点的咖啡馆子，光顾馆子的人每次连带被嘲笑，凭什么呀?

有些事认真追究，完全就不是那么回事。去星巴克的官方网站看看去，这个咖啡馆说它的使命是“激发并孕育人文精神——每人，每杯，每个社区”。

星巴克的措辞挺小心的，它说的是“激发”和“孕育”，它没说它就是人文精神。人文精神是大家自己的事，它只不过搭把手而已。

怎么激发孕育呢？说得直白点就是，用的咖啡豆质量不错，让种咖啡豆的农民有钱赚，而且还不是“血汗工厂”的方式。让来喝咖啡的人有了个地方碰头聊天，放松一下、增进关系，咖啡馆的气氛和谐融洽，人们谈谈各式各样的话题，只要跟文化沾边了，可不就是人文。

“人文精神”是个很大的词，分解一下，也不过就是以人为本，崇尚文明开化，崇尚礼仪精致，尽量去关怀人的自身，对自己、对他人都文明、客气、善意。这些体现在具体的生活方式中。正因为普遍意义上这是好东西，大家才去追求。通往人文精神的道路上，有真追求的，有“装”的，都比反对抵制的好。星巴克一个卖咖啡的，这已经够尽心尽力了。

喜欢到街头苍蝇馆子呼三喝四，是很爽快、自由自在。但大多数人自己无所谓，又希望子女住在文明点的社区健康成长，而不是生活在鱼龙混杂的环境。为了孩子的教育，就是乐意高价买学区房。人吧，就是有那么点矛盾。

其实没有哪一种向上的生活方式是不“装”的。在不喜欢人文气息的人眼里，什么都是“装”。去星巴克是“装”，读书写字也是“装”，喝茶、品酒、瑜伽修行还是“装”，听交响乐、看艺术展更是“装”。退到人性深处，一切让人更加文明、精致的都是“装”。持之以恒地“装”，整个氛围就提升了。

日本国民素质全球公认。我看东野圭吾的小说《怪笑小说》，刻画得栩栩如生：电车里，大家表面上一派尊老爱幼的谦让状，肚子里各种抱怨、不满、暗骂。小说反映社会，也符合骨子里的人性。

有没有人文精神，心里怎么想不算，就是看日常的言行举止。只要你在大众规范里，做得及格，就可以了。只要不拿出来粗鲁，谁管你腹诽？

社会要进步，大家要过得好，群体生活想要舒适，就不该看见别人追求好东西时来一句“装”。精神文化这种东西，截长是补不了短的，拉平只会一起退化，沦落到更糟糕的状况。星巴克提供场地给喜欢的人“装”，是好事，愿意去消费的就去。我还希望更多的人收入提高后，多去类似的地方“装”。

破解自恋

人若心中冰雪明亮，自然就不晕了。认识他人的自恋，也能顺带认识自己。

世上的作家虽然千奇百怪，但基本上可以分为有序派和无序派，好比金庸写的那些宛如照镜的小说，华山这么一个门派里面也有气宗和剑宗。

作家总要出书，出书时有种附加物叫序。序又分自序和他序。在我看来，自序等于无序，无非是作者额外添加一点口水。

历来为他人写序，无非一个“夸”字。互夸群夸，实在夸不了太多，那就少夸几句，早早收笔。冯唐同学因为给李银河老师写了一篇天花乱坠的序，变成一个好玩的笑话。一两千字的序，九成都在说自己，直到末尾，才不得不勉励了李银河老师几句好好写小说。冯唐同学的天花乱坠，全落在自己的肩膀上，都在夸自己。旁观的人想不乐上一乐，都难。虽然，李银河老师的小说实在写得稚气，难入行家法眼。

这事不用看冯唐辩解，也不用管李银河的感受，倒是可以直接参考李碧华。

李碧华有本散文集《生命是个面纸盒》，里面有篇《独》，提到内地出版流行出合集的搞法，一大堆作家熙熙攘攘挤在一本书里，她对此极为不满，觉得很不乐意。尤其不乐意的是，还有人特意找她合著，李碧华干脆两个字表态：荒谬。紧接着李碧华进一步深入表态：“一人做事一人当，我的书，甚至从来就没有别人的序。”

之所以拿李碧华说来示范，是因为恰好冯唐自己的随笔集里面，把他认为的这一代小品文写得好的，都列出来了。冯唐的书叫《如何成为一个怪物》，在第29页最上面，名单不分先后，分别是：阿城、黄集伟、李敬泽、李碧华、王小波……冯唐。

这一拨人里，冯唐把自己和王小波、李碧华并列。众所周知李银河是王小波的老婆。现在冯唐给李银河写序了，也变成众所周知的事。

最有趣的是，就是在《如何成为一个怪物》这本书的开头，赫然有一篇李银河给冯唐写的序。李银河老师在开头就赞美冯唐老师的文字，初读便令她受惊，因为这样美好的文字并不多见，只是在看王小波等人的文章时，有过类似的感觉。

李银河老师的这篇序言约莫千字，共分四段，最长的一段文字，是在谈她不同意冯唐对王小波文字的评价，因为冯唐说王小波的文笔还有不足，需要练字。你看，李银河老师还是厚道识趣的，为心爱的已逝丈夫辩解之外，还有一半是直接赞美冯唐的文字多么杰出。

现在，你有没有看娱乐圈明星的情史轨迹图的感觉？如果有，恭喜你，你彻底被搞晕了。还是让我们一起回到开头，序是什么？本质上就是用来夸人的。

作家，本质上也只有两种。一种是李碧华这种，几十年网络上都找不到几张她的照片。一种是冯唐这种，几十个字，也要绕弯子绕到自己身上的。

现在，请你猜猜看，该褒贬谁，又该扬抑谁呢?

如果你开始猜了，那你还是云雾缭绕，晕在山中了。

不必猜，因为这两种人，用心理学的角度去看，本质上是一致的，都是极端自恋。自恋到极点，所以我的书就是我的书，好比禁脔和卧榻，绝对不许他人染指分毫，别说与人同在一本合集了。放别人的序？谈都别谈。还是因为自恋到极点，所以给别人的书写序，也会拼命扯到自己，极尽自恋之本事，普天之下莫非王土，我的国度我做主。

同样自恋上天的，还有个读书看报难免常见的老朋友：李敖。有必要再重温下他那句经典广告词："五十年来和五百年内，中国人写白话文的前三名是李敖、李敖、李敖。"跟在李敖屁股后面依葫芦画瓢的人也不少，比如韩寒同学，随随便便来一句"巴金、冰心、茅盾、老舍、文笔都很差"，殿堂大师不过尔尔，言外之意也就众所周知了，简直闪瞎群众的狗眼呀。

于是乎，话题又要回到冯唐身上。不管韩寒同学有没有代笔，冯唐都认为，文学是有一条金线的，"韩寒"的文字，在金线之下。

我这么梳理一番，闲来寻章摘句广泛对照。希望读到此文的你，得以解惑，心中冰雪明亮，自然就不晕了。认识他人的自恋，也能顺带认识自己。

生命的野性

我们读书、识字、做人，在遵守社会规则的前提下，也要留一丝“野性”。因这一丝“野性”，人类才不断前进，成为万物之灵。

有一年的高考命题是：“喂食动物，会让动物失去觅食的能力吗？”

这让我想起了自己养的猫了。家猫被人养着，天天喂食，养尊处优，不过，时不时却会找个机会溜达出去，过段时间又自己回来了。

有几次，我小心地观察，它离家出走在做什么，我发现，我的猫沿着栏杆，一路啃几口草，再顺着矮的灌木，回过头，又转悠出来，嘴巴里叼着一条壁虎、半只金龟子什么的。

你看，我平时对这只猫非常好，不止喂食，还给它很多零食：妙鲜包、鸡肉等好吃的。但它并没有失去觅食的能力。从生物进化角度看，是因为猫没有完全被人类驯化，保留了原始的野性。锋利的爪子，敏锐的听觉，悄无声息地跳跃攀爬，俨然是一头微型的老虎在巡视自己的地盘，时刻准备着抓捕猎物。

所以说，喂食动物，会不会让动物失去觅食的本事，骨子里还是看这种动物被驯化的程度。狗被驯化了一万多年，猫才五千多年。宠物狗失去了主人，离开了遮风挡雨的人类屋子和食物，很多流浪街头难以生存。猫呢，大不了变成流浪猫，角色切换比较自如。

以此观察人，也有同样的现象。长期娇生惯养的人，丢到陌生的野外环境里，免不了四处碰壁，手足无措，甚至把小命都玩完了。而经过磨炼的，凭借一股原始求生的本能，想方设法活下去，生存能力会厉害一些，生命力更加顽强。

人之外的动物，则全靠进化和天性来谋生。长期圈养，高度驯化，的确会失去野生觅食能力。虽然在不同驯化程度的动物物种身上，这种丧失程度有差别，但大体上，依赖喂食的动物，基本上自食其力的能力偏低。

好在人是高等动物，能够通过思索、学习，鼓励自己变通，从而适应环境，夹缝里求生存。人类观察其他动物，观察同类，从而更加了解自身。对待自己的幼儿，不只要喂食养活，也要从精神和体魄上培育。

现代社会仍然存在激烈的竞争，“觅食”是动物个体都要面对的生存大事。生而为人，依靠上一代抚育，接受教育，参与社会，求职工作，就是为了有一天成为成年人，独立觅食，谋取进一步的提升。

拼搏、斗争与竞争，从来都存在，只不过人类发现，用文明约束、协同合作来规范竞争，更加符合广泛长远的发展需求。

想一想人类千百万年的进化历程，一样是在野兽中打滚，依靠脑力和体力的协作，最终夺得食物链顶端的位置。

我们读书、识字、做人，在遵守社会规则的前提下，也要留一丝“野性”。这一丝“野性”，使得我们不只要觅食，还要觅得更好的食物和资源。人类才因此不断前进，成为万物之灵。

心是立体的房子

人的心是立体的房子，让我们学会立体地对待一个人，拂去尘埃，擦亮心灵。

1999年我初入大学，有一天我趴在学校的南湖边上写诗。一个男生凑过来搭讪，把我的诗要去看了，给我夸成了一朵漂亮的花。你看，人都喜欢听好话。于是我对他好感顿生，问他是否也喜欢文学。他回答我，他喜欢英文写作。

这可真是优秀的喜好。然后他还告诉我，在高中的时候他就给BBC投稿，还被播送了。我对他可真是刮目相看。

我们因此成了好朋友。一转眼，时光匆忙，毕业、工作，我跟这位大学同学认识了十年。十年当中，我很多次被这个朋友搞郁闷了。

他这个人，怎么如此斤斤计较，如此小气，如此会算计利益，占别人的大小便宜。如果我们一起去给房子买电器，那么他会百般算计，如何对他最有利，然后拉别人来一起刷卡，他积累大额积分兑换奖品自己占用。诸如此类，发生无数次。

他这个人不讲卫生，房间很脏，人也比较猥琐。如果一起谈事情见面吃饭，啪，他吐出一口痰，我顿时胃口全没了。

尤其是伴随着时间的流逝，我发现当年他说的在BBC发表文章完全不可靠，根本就是不靠谱的吹牛。就是这样一个人，很让人讨厌不是吗？

然而……渐渐熟知对方后，我了解更多。

他在中学时代，路过家乡某个角落，看到了一名弃婴。最后他抱着孩子带回了家。于是，他的母亲出面收养了这个孩子。这是个女孩，原本会夭折，默默无闻死在人间。但是，遇到了他，他带她回家了。小女孩渐渐长大了，拥有了两个哥哥和一个母亲。哦，对了，我要补充的是，我的这个同学好友，他本身是单亲家庭，父亲很早就抛弃了他和弟弟及母亲。他的青春期其实是混混，后来立志洗心革面，考上大学。大学时他拼命兼职，食堂里的可乐纸杯子，他也会收拾拿去卖废品换。他打零工多份，自己付学费、买电脑。

他还负担老妈和全家的生活。妈妈的收入低，只够吃饭，他赚钱供弟弟上大学。那年我去北京参加《中国青年报》的笔会，他弟弟去火车站接我，我才知道他弟弟居然上的是学费高昂的北京服装学院。去年再见到他收养的小姑娘，长大了许多，活泼开朗，口齿伶俐，理想是去银行做白领。

这就是立体的人呀！

认识他十年了，学习如何与这样的同学做朋友，获益良多。

虽然他爱占便宜，待人诚恳和不诚恳五五开，找我借钱去买房，而不是建议我投资两套小户型房子。但我学习了他的理财智慧，作为一个作家我几乎毫不犹豫地跟着他的选择买房，并且惊讶地发现，地段飞快繁荣，房子升值翻倍。

而我帮他改过无数的文章，在他求职、写论文的时候。我借钱给他，我在他失恋、据说是被富家女嫌弃的时候夜里不睡觉去安慰他。出于交情，我乐意帮助他，但我永远不会学习他的汲汲钻营。我愿意善意地建议他，你已经做得足够优秀了，可以慢下来，慢一点，欣赏那些美好一点的事物。你心中的房子里堆满了物品，也该留一些空间给内心的省悟、感受，甚至来点忧伤。

你当初收养街头弃婴的柔软心肠，不该在日渐年长后，被磨砺粗糙。我甚至用我做心理学杂志得到的经验，给他分析，会不会是内心始终没有安全感，所以自己扮演了一个父亲的角色，丢失了一个男孩本有的洁净理想的情怀，过早地和光同尘。

来到这个世界上，我们难以回避与他人建立各种关系。人不该苛求他的朋友完美，正如我自身的不完美。好友如此，恋人，亲人也如此。但我们可以善意建议和提醒，我相信对方懂得分辨的。

人是立体的，人的心是立体的房子，你如果没有足够的时间瞧遍每一个角落：有光的窗户、无光的暗角、那些心烦的灰尘、那些动人的温情，你就无法学会立体地对待一个人，拂去尘埃，擦亮心灵。

孩子的快乐

为了什么而感动？为了什么而流泪？都是为了心中的希望，和沿途遇到的一点爱与关怀。这些，远比其他的东西更加重要。

研究哲学、可是写散文很受欢迎的周国平有一本书，叫作《经典的理由》。他在里面说：重读了安徒生的一些童话。和小时候不一样，现在读童话的兴奋点不在故事，甚至也不在故事背后的寓意，而是更多地感受到童话作家的心境。

他得到了一个结论：大人们不知道自己到底想要什么，相反，孩子们是知道的。

就像是圣埃克苏佩里的《小王子》：“只有孩子们知道他们在寻找什么，他们会为了一个破布娃娃而不惜让时光流逝，于是布娃娃就变得十分重要，一旦有人把它们拿走，他们就哭了。”

这或者是小王子的话一直被引用的缘故。大人们不知道在忙些什么，好像只在为了占有、权利、虚荣之类莫名其妙的东西活着。孩子不同。

“孩子并不问破布娃娃值多少钱，它当然不值钱啦，可是，他们天天抱着它，和它说话，便对它有了感情，它就比一切值钱的东西更有价值了。一个人在衡量任何事物时，看重的是它们在自己生活中的意义，而不是它们能给自己带来多少实际利益，这样一种生活态度就是真性情。”

成长的最大悲哀，就是一点点偏离了你自己的方向。你越来越不知道自己想要什么。而要到手的，只是让你觉得空虚。

其实每个作家都要为自己寻找一种能够支撑起来的信念。即使写出来的文字千变万化，可是有一些共同的主题。要么是对世界的认识，要么是对命运的热爱。就好像在冬天去抱住瑟缩而绝望的人，将温暖分享与传递一样。

为了什么而感动？为了什么而流泪？都是为了心中的希望，和沿途遇到的一点爱与关怀。这些，远比其他的东西更加重要。

我想，我也因此明白了自己到底想要什么了。这个或许适合每个人：那就是赚足够养活自己的钱，去做自己爱做的事情，找一个值得自己爱和爱自己的人，每天学会一点点成长的道理，多阅读文字，尤其是童话。

问安的法则

只要我们理解了对方待人接物的模式，我们彼此就可以恪守自己内心真实的意愿。

虽然我上网一贯隐藏潜水，但有时候也会被火眼金睛的同学找到联系方式。在这里“同学”特指的是学生读者。作为作者被衣食父母当街逮到，也就势必要打起精神对待，通常以如下对白开始、进行和结束。

你好啊！

你好。

我很喜欢你的……好激动。

谢谢你的喜欢！：)

然后——

也就没有然后。因为除了作品之外，实在是在生活上缺乏有效和具体的交集，自然也没有共同话题。日子一久，就对不上号也记不住谁是谁。只有一位少女读者例外。

沿袭前面的开场白后，她开始了一种简洁有力的交流模式。

如果是早上，“早安！”

如果是晚上，“晚安！”

如果是半夜，那就是“安！”

她丝毫不罗嗦，也不多问别的事情。

开始我会礼尚往来，回答以“早安”“午安”“晚安”或单字“安”。后来就害怕麻烦，假装隐身不在线不回答。但这位少女还是发来雷打不动的问候问安。这，这叫我情何以堪？！有时候我相当愧疚，别人这么认真而持续地向你问安，怎么能够无动于衷？于是回答问好。有时候又觉得总是重复好枯燥，于是又装不在线。有时候干脆心安理得，既然是问候，我收到了看见了就好了。有时候我又意念转变，不管怎么说，读者热切问候，怎么能够那么不近人情没有回音？于是我又回答问安——

我陷入纠结的矛盾漩涡。

我遇见过成千上万的读者，仅此一位，败给了她。为此我必须给自己心理分析一下：为什么问安少女“打败”了我。

1. 我喜欢被问安吗？我是喜欢的。这意味着接收到善意和友好。

2. 我喜欢频繁长久地被问安吗？！因为持续而更加可贵，应当珍惜，我应该喜欢。

我便发现了核心所在。前者是温暖人性的需求，后者是价值观判定而后做出的行为配合，是偏道德方面的东西了。我其实懒怠——

于是我烦恼了。

我的纠结仍然是所有人都会有的纠结。从小到大，无数人，无数书本，都会告诉你应该这样做、那样做，但可能你内心却不喜欢。于是许多人言不由衷、身心分裂。

在此我发布如此声明：你的问安我都收到了，我也问安你，不过我不一定能做到全部回复。我感谢你发自自己意愿的问安，不论坚持多久。但我也会顺应我的意愿来做出回音。

只要我们理解了对方待人接物的模式，我们彼此就可以恪守自己内心真实的意愿。

第五章

越过人生的无知热血

成了有知者，绕不开痛苦。这正是真正的人生。
越过这种唯一一次的无知热血，成为大人。
请你，再勇敢一点点。

小丑鱼的老师

真正值得尊敬的，不是不幸本身，也不是苦难本身，而是那些痛恨不幸、同时坚持去化解不幸、坚持追求幸福的心灵。那才是我们的精神之中最大的财富。

很喜欢那部电影：一条活泼好动的小丑鱼尼莫，不幸被专门收藏观赏用鱼的潜水人士捕捉。它被卖入悉尼一间牙科诊所中，成为鱼缸中众多观赏鱼的一分子。尼莫的鱼鳍受过伤，所以发育不完整，是一条残疾的小丑鱼。吉哥是水箱里的老大，一条很早就被捉来水族箱里饲养的一条神仙鱼。

第一天被困在水箱时，尼莫被飞速涌动的水流吸进管道。尼莫无比恐慌，大叫："我不行，我的鳍受过伤……"

吉哥万分坚定："你行，你行的。"它没有简单地把尼莫救出来，而是开始鼓励。

小丑大叫："我不行……"

吉哥沉默着，转过身体，向屈服了的尼莫，展示身上一道道的裂痕。尼莫被震撼了。一次次出逃，为了曾经自由的大海，一次次失败，伤痕累累。我以为那条资历雄厚的鱼会张口吐出富有哲理的话：我感谢苦难，感谢不幸，那是我最大的财富，没有经过那些不幸，我肯定不会成功。虽然它还没成功。

但是吉哥说："孩子，你行。"它的眼神里是无尽的鼓励，对被困的痛恨，还有对自由的向往。

尼莫被这鼓励震动了，鼓起力气，猛然一挣扎，它一下子冲出来了。它兴奋地大叫大嚷，那是它第一次自己打败了困难和障碍，不靠任何人，只依靠自己的努力。

吉哥简直是小尼莫的精神导师，这是一部卡通电影的一个小细节。这部叫作《海底总动员》的卡通电影传遍世界，那应该是电影里面最为闪光的地方。

吉哥算得上世界上伟大的老师之一了。因为它告诉一个小小的生命，不幸是可恶的，是不值得歌颂的。但在同时，我们应该去化解它，去追求我们的幸福。它还告诉小鱼，你行，你一定行。它鼓励小鱼自己克服困难，而不是向他人要求廉价随便的帮助。

真正值得尊敬的，不是不幸本身，也不是苦难本身，而是那些痛恨不幸、同时坚持去化解不幸、坚持追求幸福的心灵。那才是我们的精神之中最大的财富。

多选题

这个世界上的绝大多数事，都是多选题。同样的事情，很多个选项里，总能够找到更好的。

那天去电影院，晚上七点看《哈利·波特》。我检票进场，朝着二号放映厅走去。伸手拉门的一瞬间，我顿时蹦了一下，倒退几步，吓了一大跳。然后我才反应过来，刚才是被静电电到了。也是，干燥的冬天，电影院又铺着吸音的厚厚地毯，这些最容易产生静电，想想也情有可原。

与此同时，一个年轻男生跑过来，问我不要紧吧！他是电影院的工作人员，看起来二十左右。这个男生安慰我说，没办法，我们自己也被电，我每天都被电了好多次。

我笑了，被他逗乐了。我说是吗？他要来给我开门，不过我已经拉长自己的袖子，隔着金属扶手，拉开门进去。

看完电影出来后，我还在琢磨这事。

天天被电，怎么就没想点办法解决呢？可以包一条布带，防接触触电。也可以打印一张字条，提醒观众们注意扶手，小心静电。或者至少，可以反映给上头，让上头找技术人员处理去。

显然这些办法都没诞生，所以我在这个夜晚触电了。并且，照我看来，这个男生跟他的同事，还得触电好多次。所以，像我这样意外被电的观众，还会前仆后继。

我决定下次去那家电影院的时候，告诉他们我这个意见。

然而，在想这些问题的时候，我一点也没有批评那个年轻男生的意思。在回家的计程车上，我反倒笑了。触电事小，成长事大。很多人、很多事，跟那个年轻男孩没什么两样，遇到事情一根筋，硬生生就这么扛了。但这个世界上的绝大多数事，都是多选题。同样的事情，你要是多一个选项，就好说话了。

当年我工作的公司里，有个美术设计的女孩，她做的印刷品，搞错了一个广告数字，造了公司的损失。没办法，只有认罚。但数额不小，她的工资也没多少，这事认真处罚下来，她就要卷铺盖走人，还要赔一笔钱。她在办公室哭得稀里哗啦后，被我那老总板着脸教训了许久。其他同事都准备跟她说再见。

最坏的结果，就是她举债赔偿走人。但一个年轻女孩，一下子搞得声名狼藉麻烦无穷。而公司呢，其实也损失了声誉，走了个专业人士，还得重新招聘。

那女孩当时边哭边说："就没有不赶我走的办法吗？"

怎么没有？！有的。最后的处理办法是，部门的人开了个小会，决定不赶她走，继续留着干，每个月工资的一半拿来抵偿损失。多一种处理方式可选，这事看上去就没那么糟糕不幸了。谁能不犯错呢！每个月都扣钱抵偿，再迟钝的人也要高度警惕了。至少人保住了工作。以后的工作，自己加倍小心谨慎，按程序反复检查。

如果能够提供更多的选项，就会越有利于解决问题，有利于做事，有利于维护个人利益。

再回到开头那个触电的事。

你还有没有更多解决的办法？还有，派发防静电的手套给工作人员，代为拉门。或者干脆把进放映厅的门卡住，过了这个季节再关上。

要把这种习惯养成，就像条件反射一样，还有吗？有别的办法吗？

很多个选项里，总能够找到更好的。

我曾骑在单车上

很多事情根本不是没那个能力，而是选择性地记住了失败的痛苦，时间一长，记忆淡化，就更加否定了自己。

我做事的地方与居住地，距离很远。每一次大早，我赶着时间，在公交车定点上下，还必须步行两公里，慢腾腾穿越一条车流量极大的路口，心惊胆战地抵达目的地。路上的车辆川流不息，稍有迟顿，就挤成一团。显然这个时候，单车就发挥着优势，灵活迅速穿过。

我大约是十岁或十一岁时学单车。我记得很清楚，上车才不久，就撞到一根电线杆子，来了一次面对面最亲密的接触。一阵昏黑迷糊后，额头上那股子轰隆的疼痛，水一样大面积泼下来，刻骨又铭心。从此我再不碰单车。

在中国人人网的同学录，我遇到了旧日的同学，她还曾是我的邻居。从前我们彼此时常一起玩耍，交情不错。我将她加为聊天的对象。久别后重新连上线，大大小小的芝麻绿豆都回忆起来。我感叹又抱怨，自己到现在还不会单车，没公交车就只好虐待自己的两只“人肉轮子”。那边发来一个惊讶的表情符号：“不是的吧，我明明记得你很会骑单车的啊！”她说她记得很清楚，那天，我骑得还真不赖，又快又稳，连她叫了我的名字，我都没察觉，风一样远去。

我简直怀疑她在编故事。我打字道：“不是的吧，你记错了吧！怎么可能？！”“当时还有另外一个班上的女生跟我一起逛街呢！我还记得我跟旁边的人说，人瘦得猴子似的，骑车这么快，真滑稽。哈，不好意思，当时就是这样想的。”她流畅地打字回复道。

我只记得我不行，不会骑单车，怎么就不记得自己还骑得很不错？努力回忆，好像有那么一点印象。记忆怎么出现这样巨大的错误？成年后多次想重新学，心里那个念头盘踞着：我就是不会，骑不好的，算了。那恶狠狠的一撞现在还隐约生疼。结果到现在，我不得不常常虐待自己的两只可怜的脚。

忍不住翻看了心理方面的解释，我找到了答案。比如一个投资，可能赚十万，也可能赔十万，你是投，还是不投？我们更害怕亏的痛苦，所以勇敢投资的人总是少数。很多事情根本不是没那个能力，而是选择性地记住了失败的痛苦，时间一长，记忆淡化，就更加否定了自己。

如果是这样，那么，当我告诉自己不行的时候，我真的是从来就不行吗？其实不是的。不要再被不可靠的记忆给唬住，克服掉你的这个心理障碍，就能找回信心。

抓周

所有人都是个人，各不相同，各具特性。通过做一个与众不同、具有特性的个人，成为你自己，你也就完成了使命，因此也就丰富了这个世界。

在不算很久以前，也就是20世纪40年代，纽约大学有两个“斯”专家。嗯，就好像韩国人总爱“思密达”这个“思密达”那个，美国人也很爱名字里“斯”来“斯”去。他们分别是托马斯和切斯，专门和妈妈还有婴儿打交道，比如问妈妈：你们家的宝贝第一次洗澡啊，吃第一口麦片啊，是什么反应？

至于婴儿呢，他们会密切观察他们的表现。光阴飞逝，研究有了结果，有的婴儿特别活泼，喜欢新鲜玩意儿，第一次吃以前没吃过的，会一勺子都吞掉；有的不肯接受新口味，干脆全吐掉。还有的总是乐呵呵，有的却郁郁寡欢。

渐渐婴儿变成了儿童，儿童变成了少年，一个重大的发现诞生了：从出生到少年时期，这个长大成人的过程中，孩子们从小养成的气质基本不变。

你出生的时候，是什么样的孩子气，以后，基本上就是什么样的了。

然而，也会有异变，那就是——出现了一生中的重大变故：严重疾病、车祸，或父亲母亲有人去世，或恋人去世，家里巨变等等这样的事情。

如果没有这些变化，基本气质会一直到成年，到我们老掉，成为老婆婆或老大爷。

这样的孩子气，分为三种：很容易哄、态度温和的叫轻松型；老爱哭、爱生气，不好哄的叫困难型；有点糊涂，对事物领悟比较慢的，就叫慢热型。

当我看到这一节心理学历史，马上想起了——你猜我想起了什么？

“抓周”。不过我怀疑这种严重滞后的中国传统风俗，完全就不被 90 后小孩知道。那么就让我来发扬光大吧。抓周也就是桌子上放一大堆东西，书啊、钱啊、镜子啊、胭脂水粉啊、算盘啊，给过周岁的小朋友自己抓。抓到什么，基本上就说那个无辜的小朋友将来会变成作家、会计、老板、爱美丽的妖精或是朴素的好孩子……

很好玩吧！还不赶紧回家问你妈妈，再对照一下自己。基本上，青春期的自己和家庭没有重大变化，那么，你就是那种类型了。抓周看职业不靠谱，但可以观察出性格气质。

然后，我们怎么对待自己的“孩子气”？瑞典女诗人安娜·吕德斯泰德写道：我生来只为 / 而且长大只为 / 在世上做安娜。

她的诗集开篇，有则序言：《风在演奏来自永恒的乐句》。里面说：“所有人都是个人，各不相同，各具特性。通过做一个与众不同、具有特性的个人，成为你自己，你也就完成了使命，因此也就丰富了这个世界。这并不意味着你要在世人眼中得到承认，更不是要你成名成家，有权势和财富，而是说你要找到你自己，根据自己的条件生活。”

我妈说我小时候抓周拿的是笔，懂事，比较皮。后来很爱看书，爱写作，渐渐变得很安静了。我想我属于慢热型，我在大学修习法律，我遇见过很多职业，并且，据说未来很有“钱途”。起先我还很被诱惑，最后都拒绝了。我最终成为一个作家。作家再有钱，也比不上商人，还有超级富豪企业家。

我们都知道钱是很好很好的东西。但是，我们却也不愿意彻底为了钱，失去自我、改变自己，成为不是自己的人。即便当时被自己的欲望蒙蔽，觉得可以为了钱牺牲自我，但最终会发现，你还是渴望着做自己。

如果一生没有遇到什么外界不可抗拒的命运，造成意外重大变故而迫不得已时，我们不需要去改变自己的“孩子气类型”。

所以，也许我还会兼职做点这个，业余做点那个，但最重要的是，我一辈子都会写下去，成为作家，享受写作。这个职业太符合我的“孩子气”了。

最年轻的岁月

最年轻的岁月里，我们都可以做自己爱做的事情。它们值得我们收藏到记忆的仓库里，值得我们在家人陪伴下，被记在心里。

常常回忆起这个故事。

被国人视为正直和廉洁的象征、古罗马的政治家大加图，在80岁时开始钻研希腊语，这使他周围的人大为不解。他们问他；“耄耋之年，怎么还学习这么难学的希腊语？”

大加图回答说，因为啊，这是他所剩下的最年轻的岁月。

世人当时完全无法理解。一个老了，快要接近生命终点的人，怎么是最年轻的岁月？仔细一想，很有道理。在他剩余的生命当中，这的确是最年轻的了。

这多少叫我想起了另外的一个说法：面对着半杯水，从不同的回答里，有两种人生的观念。有的人说，啊，只有半杯水，多么悲哀。有的人说，哈，还有半杯水呢！

这个故事的版本还有逐渐腐烂的葡萄、沙漠里的水等等，但这都比不上大加图的豁达。因为他面对的是死亡的阴影，仍然坚持追求单纯的知识，并且从里面发觉快乐和积极的态度。明明是没有几年的迟暮了，却要说是最年轻的岁月。

最近我还看到一条新闻。有个 90 岁的美国老太太，仍然选择了旅行，和家人一起在路上前行。他们去了拉什莫尔山，还逛了黄石国家公园，经过了落基山脉，参加附近的小镇游行。在有限的时间里，她玩了各种项目，去坐热气球、逛游乐场，还去收集贝壳。最可爱的一幕是，她跟白发苍苍的儿子一人抓起一只小龙虾，用龙虾碰爪。

也许我们都有必要学习，生命本身自有尊严。这绝对不是自欺欺人，而是对自然不可抗拒之规律的尊重，同时也不放弃作为一个人所有的尊严。

最年轻的岁月里，我们都可以做自己爱做的事情。它们值得我们收藏到记忆的仓库里，值得我们在家人陪伴下，被记在心里。

答案是如何诞生的

最高明的学习，也就是对整个探索过程的用心掌握，全心观察答案是如何诞生的。

很多年前，18岁的希尔伯特到家乡的哥尼斯堡大学学习。他不顾当法官的父亲希望他学习法律的愿望，进了哲学系学习数学。

第二学期希尔伯特转到了海德堡大学。那是当时德国所有大学中最讨人喜欢和最富浪漫色彩的学校。

希尔伯特在海德堡大学，选听了拉撒路·富克斯的课。

富克斯是一个数学名家，课前他常常不怎么做准备，对要讲的内容，在课堂上现场思考，现场推理。于是常常发生这样的情形，某个问题在黑板上推不下去了，这时他就再想另外一种方法，有时一连要换好几种方法，但他最后总能推导出结果来。

没有哪个老师，敢于冒着损失权威和信任的可能"铤而走险"，但富克斯就是这样，习惯于在课堂上把自己置于危险的境地。

这似乎说明这个老师不怎么棒！但奇怪的是，和希尔伯特一样，有很多学生选听了他的课程。

因为这比任何道理都富于启发性的。

这种包括几经碰壁终于找到解法的探索过程，在教科书上无论如何是看不到的。学生亲眼看到，在一个数学大师身上的三种品质：不给自己敷衍的机会，用不同的方法来尝试，以及坚持到最后一定要解决问题。

这就是希尔伯特为什么要选听富克斯的原因。他抓住了一个机会，瞧一瞧最高超的数学思维的演习过程。

听过课的学生，后来名家辈出。

希尔伯特的成就尤其卓越，只要提到他的一个成就，我们就知道他的卓越——引导20世纪数学发展方向的“希尔伯特问题”，其中之一便是哥德巴赫猜想。

让我们反过来想，是不是明白了什么才是真正的学习？

最高明的学习，也就是对整个探索过程的用心掌握，全心观察答案是如何诞生的。

我不想回到过去

越过人生中唯一一次的无知热血，准备进入真正的世界，成为大人。

请你，再勇敢一点点。

有段时间我超级怀念高二年级至高三年级的青春期。

为什么怀念？因为我觉得那个阶段的我，埋头苦读，心无旁骛，脑袋里虽然装了不少的闲杂读物，但两个大大的核心关键词，占了最大篇幅：高考！大学！

那个时候我骨瘦如柴，走路是轻飘飘的，但目光坚定，表情呆板，行为励志，每学期拿奖学金可不是瞎吹，尽管中学奖学金只有几十块钱。我的内心有一种饱满的无所畏惧的向前念头：向前，向前。同学之间只有一句话：拼了，这回咱们拼了。

这种感觉使我觉得仿佛沐浴了一次春日温泉，元气能量小宇宙全爆发。以致多年后，回忆起来，我都要感动了，被自己，也被那一时刻的青春感动。

然而——

事情总要深刻地去看，因为我是大人了。

当我被自己都感动的时候，我开始疑心和警惕。

就如多数人所知，大学不是虚构的美好乌托邦。大学更像是练兵工厂，上战场之前的预习。评优、奖学金、职业证书、同居、租房、找工作……每一样都让人领教厉害。

但是，世藏着几百万图书的大图书馆、充斥无数名家牛人的讲座、客厅的辩论探讨、野营郊游、游园会和社团，也有不少美好记忆啊！然后毕业了。就这样，我经过了历练，被抛入浪潮河流，与无数人同台竞争。

如果我当时准确知道未来的每一步道路，我一定没有那么无畏。

因为我根本就不知道在未来，还有那么多事物赐予我美好的滋味，同时还赐予我残酷悲伤的滋味。

我那时的无畏向前，只不过是因为无知。我不知道人生其实必经反复的重新评估，重新拟定，甚至推翻重来。

我更加不知道：一生之中，一个孩子成长为大人，原来要面对那么多选择。跳不跳槽，去这个单位还是那个公司？作品签不签约，会被糟蹋还是被用心善待？爱还是不爱，这个人是好是坏？买不买房，这个还是那个？会上当受骗吗？

是的，我变成了犹豫不决的人，常常无法一头冲上去勇猛向前，向前。

因为我在岁月中学习太多，获知太多，我知道后果，我还知道后果长什么模样。

事情的后果，再也不是那个中学生的我脑海里模模糊糊的想象了。后果不是简单的励志关键词，不是乌托邦，后果是活生生的切身切肤之痛，是如蚁噬的悔恨，是压迫住每个毛孔的悲伤，是承担代价的失眠压力，是头破血流，是左右为难，是不舍但必须放手，是日渐清晰明朗的真相——人生哀乐不均，甜美短暂、欢愉有时，一定要抓紧。

呵，原来每当我怀念，便是我遇到艰难选择时。我才不是想回到过去，我只是希望从过往的记忆经验中借一点东西。

如今的我已经觉悟。那点勇气借不到，也借不来，不在过去，不在未来。

成为有知者，绕不开痛苦。这正是真正的人生。少年的我，由我来批判。保留什么，舍弃什么，我要知其然，更知其所以然。往后的每个当下，我了解，我自己选，我自己承担。

越过这种唯一一次的无知热血，准备进入真正的世界。

幻觉退去，你就要开始真正的人生，成为大人。

请你，再勇敢一点点。

球队不相信特殊

永远不要向一个不适合特殊的场合要求特殊。在需要团结的场合，搞特殊就是孤立自己。

美国明星球员罗德·基思，曾经成为许多球队的挖角对象。但他开出的条件除了2000多万美金的年薪外，还要求球队给予他各种特别的待遇，包括在训练场有自己专属的棚子，供他自由使用的私人飞机。

原本对他有兴趣的纽约大都会队，听到这些之后决定打退堂鼓。

因为球队觉得，如果他们答应罗德·基思的所有条件，几乎是允许他独立于球队之外，自成一格，对球队的影响是弊多于利。

他们需要的是由25个球员组成的团队，而不是24个球员加上1个特殊球员。结果可想而知，罗德·基思只好另做打算了。

这个小小的故事，表达的道理其实特别浅显，却又最容易被我们忽视，在我们任何人得意扬扬的时候。那就是，永远不要向一个不适合特殊的场合要求特殊。在需要团结的场合，搞特殊就是孤立自己。特立独行，应该在需要个性的地方去发挥。

掌声响给所有人

尊重别人的工作，为所有努力的人鼓掌，是最温暖的美德。

和一个出国回来的朋友见面，他离开有好些年了。回来看着改变的家乡，他啧啧感叹。我请他去看本地特色的话剧节目。

演出是晚上8点开始，我事前买好各种食物。

表演是大杂烩，分几拨演员。不同组的演员，节目也不同。有的很逗乐好玩，有的差强人意，不怎么精彩。

我跟他一边聊天一边看。我说群众的眼睛是雪亮的，你看，精彩的节目掌声如雷，比较精彩的也很热烈，不精彩的，都没人鼓掌。听掌声，演员们就知道自己表演的怎么样了。

朋友却很奇怪，明明第三次登场的剧目不怎么好看，他仍然热烈地鼓掌。演员们似乎自己也知道，迅速表演完就退场。在剧场稀疏的安慰性质的掌声里，他的鼓掌声音最大。

我开玩笑：“你不会是出国久了，审美观念都和我们不一样了吧！”

他笑了，然后说：“怎么会，我这里是地道的中国心呢！”他指了指胸口。

我困惑地问：“那你还那么使劲，那么热情地为烂节目鼓掌？”

他解释道：“我在国外生活的时间里，也看过不少的表演。也是一样，有的很棒，有的很烂。最初我发现之后很奇怪：水平差距不同的演出，结束的时候，观众所报以的掌声居然同样的热烈。后来我问身边的一个观众，原来，不管表演如何，他们都会为努力的人鼓掌。”

我好奇心被提起来，饶有兴趣地问：“那是为什么呢？”

“为了礼貌啊！尊重别人的工作。”

但他抖出包袱：“只有一个小小的区别，那就是，真正精彩的演出啊，观众往往是站起来鼓掌的。”

我对他肃然起敬。

不管表演如何，他们都会为努力的人鼓掌。

大海的警告

凡事都有规则。破坏规则，除开那些英雄，大部分平凡人，都会受到惩罚。

而你我，大都只是平凡人。

2004年，东南亚发生了史上最大的海啸灾难。

在这场灾难里，一个10岁的英国小女孩缇丽，却救了上百人的性命。

后来，她回忆说："当时我在海滩上玩耍，忽然看到水开始变得古怪，出现了许多泡沫。"于是，她回想起学校里老师讲的海啸来临前的征兆。她马上告诉了妈妈，人们跟随母女俩疏散了。

我因此想到少年时代的一件事情。在我家门口不远处，有个电工独自修理电线。他没有穿着标准的工作服，只是一身便装就爬上了电线杆。忽然间，他被击中了，只是一会儿工夫，他全身发黑，从电线杆上掉了下来。

操作手册上明文规定，修理电线，应该至少两个人进行，并且要穿着工作服，而他执意一个人行动，于是电给了他应有的惩罚。

凡事都有规则。破坏规则，除开那些英雄，大部分平凡人，都会受到惩罚。在海边生活，就要听循海的规则；与电为伍，就要遵守电的警告。缇丽只是一个那么小的小朋友，她却能够按照规则行事而幸免于难，那些被海水吞没的人呢？他们当中，有多少是明知规则却又忽略规则的人？

这是一个教训，更是一个启示。

第六章

地球只有一个我

即便地球在宇宙里只是恒河一沙，
但地球只有一个我，宇宙也只有一个我，
必须爱护这唯一的有时限的存在。

最高的快乐

那些诞生了就是为了我们可以自得其乐、纯属好玩的事情，有本来的意义，本有的面目。慢慢来，感受最纯粹的快乐。

我家对面的楼房里，有一户总在夏日传出练琴的声音。那钢琴曲，弹得像玩跳房子游戏的孩子，东一个音符，西一个小节，断断续续极不成调，旋律一会儿重复，一会儿卡壳。这几年来，很多次我在午后、在黄昏，被这不流畅的练习曲吸引了注意力，在心里忍不住发出感叹：啊，弹得好差哦。

虽然觉得这乐声在忙事的时候很接近声了，但这种乐器本身音色漂亮，只要不是暴烈地弹奏，还算可以接受。就这样，一年一年地过去，这年初夏，我突然听到了一首完整的曲子了，并且，还是巴赫的《小步舞曲》。

那一刻，我静静地侧耳听完，听得入神。良久，才想起来，我似乎忽略了什么。

由始至终，没有听见教训，也没有听见责骂，更没有听见狂飙的琴键齐鸣。

这意味着什么呀？这意味着，坐在那一架钢琴前的人，一直是很自由闲散地在做这件事情。

是在练习，但并非苦练。如果苦练，那所有邻居的耳朵都有罪受了。

手指按在黑白色琴键上的人，是什么样的人呢？

是被赋予了父母希望，看看是否有音乐细胞的孩子？还是怀着一个钢琴家之梦的成年人，买了一架钢琴安置在家中，有空就练习一下？

无论是谁，我都觉得，这个人弹出了世界上最动听的《小步舞曲》。因为她或他回到了一件事情所应该有的本质上。

乐曲初生，如此象征性的事物，无色、无味、无形，寄托了人的情感、节奏……满足最本质的宣泄需求。

有些事物被创造出来，变成了专业，变成了竞技，变成了比赛，都是让人忍不住想嘴角一撇的。如果需要依靠这项技能去食饭谋职，那必须专业，作家、画家、音乐家都在劫难逃。

而在此之外，不用这样本领谋生，最好还是当成把玩和游戏算了，而且不用赶时间，慢慢来，就像所有的孩子都需要大人慢慢陪着长大。

在自然而然的时间之中，练习曲娴熟了，优美了。不过那只是一个合乎顺序的结果而已，有当然挺好，没有也挺好，当事人乐在其中，也没妨碍到旁人。

然后呢，我居然想起了另外一个人。在我遥远的家乡小城，在小城的某个村落，有个会剪纸的婆婆。她的剪纸，特别美。她从小看见长辈们的剪纸，花和鸟，动物，植物……于是她开始模仿，兴趣盎然的，有空就琢磨。她从少女时代剪起，过了很多很多年，直到少女变成了婆婆，她的技艺变得出神入化。

她压根没想过半个世纪后，会被到民间采风的美院教授发现，会被收入中国民间美术史的记载中——被收入又有什么了不起的，就算没有被发现，没有被收入，她的剪纸仍然是最好的，有最高的快乐含量。

那些诞生了就是为了我们可以自得其乐、纯属好玩的事情，有本来的意义，本有的面目。虽然在现实层面上，因为各种缘故，这些事物渐渐就走形了。

我亦深知人生不容易，但至少你我要省悟到这一点：这种走形，并不是天经地义无可厚非的。那些一路走着走着、被忘却了本来面目的事物，如有机会，你就把它们打回原形吧。

当我在跑步时

有限的生命，去做有限的努力。你自己的点滴进化，是你在这个世界上最感幸福的事。

念大学时，我最害怕的是体育课。两节课折腾下来，大部分男生都半死不活。当年的体育课是分门类考核的，二十多个门类都及格了，最后才算过关。

踢毽子、打拳、游泳、投篮、跳远我都不怕，双肩倒立倒数第二难，也勉强及格了。

最恐怖的，是长跑。巨大的运动场，漫长的跑道，枯燥的双脚交替向前迈步。我跑了倒数第二名。三千米跑到最后，我瘫倒在地上，那一刻真的是几乎灵魂出窍，大脑、四肢都不属于自己了。

然而，十年后，我重新开始跑步了。

我从五百米，到一千米，再到一千五百米，两千米……最初痛得浑身像是被一群人狂揍过。我坚持下来了，半个月、一个月后，渐渐跑起来没那么吃力，没有去跑反而难受了。

一个人，换上那双越跑越旧的百事运动鞋，穿上运动裤，随便套一件外套，沿着住宅区的主干道，跑起来。起初我心无旁骛地跑，渐渐地很多事物清晰进入我的视野。

风鼓吹着我的耳朵，我跑过了草坪，跑过了木桥，跑过了池塘，跑过了开车的大叔、阿姨，跑过了抚摸着肚子的孕妇，跑过了蹒跚学步的小朋友，也跑过了拎着菜篮的老人家，我跑过了冬天的雨雪，跑过了开春的樱花树，我跟偶遇的大白猫打了招呼，我也跟小可爱的贵宾犬目光交错……

我曾经那么痛恨跑步，而今我如此热爱跑步。

在风里，我的心对同一件事物完全转变了态度。我为什么要跑步？是因为我想瘦一点，我更想改变一点自己，不要那么宅，不要那么一动不动躺一天，看清晨变日暮。并且写作本身需要脑力更需要体力，尤其是写长篇小说的时候。村上春树坚持多年长跑就有这个目的。

然后我的友人说被我惊到了，我的样子变化了。他说，大概我这次，是发自内心地要做到一件事。他说的没错。人生里很多事是无法掌控的，年岁愈增，越知道生命的有限性。有限性就在那里，无法消弭，但辨明了局限性，也就找到了自己的疆域。降低妄想，坦然面对幻想，建立真实可行的理想，然后，去做就是了。

作家麦家说过："我认定了一个状态：日常对人的折磨与扶植，水滴石穿，持之以恒。人的意志正是在生老病死中被消磨掉的，打破这层藩篱需要付出极高的代价，这样的代价有时跨越了生命。正所谓：沉舟侧畔千帆过，病树前头万木春。我们的人生不止有当下感，还要有永恒之念，为此我们必须站在生存之外思考生存。”

然而，我还是觉得，所谓永恒之念，是一种假想的存在。类似于麦兜的祖宗麦子仲肥的那只千年钟，响不响，被不被听见，全凭机缘。持永恒之念，那不过是一种价值观上的自我选择。

永恒是不存在的。人类、人生的意义远远小于自然历史，自然史又小于短暂世界存在的时间。自身、家国、人类，小小星球的灭亡，都会被永恒地消解掉存在的意义。

我们能有的是“有限之念”。有限的生命，去做有限的努力。你自己的点滴进化，是你在这个世界上最感幸福的事。愿你我共勉，如鲁迅所说，“纯洁聪明勇猛向上”。

地球只有一个我

即便地球在宇宙里连恒河一沙都不到，但地球只有一个我，宇宙也只有一个我，必须爱护这唯一的有时限的存在。

有一种宇宙观是许多人常常使用到的心灵药水。

人生失意，诸般失落，因此去攀登高峰，比如珠穆朗玛；因此仰观天文，看看星空。

就说看星空吧！在宇宙中大约有十亿个星系。银河系大约由4500多亿颗恒星、星云等星际物质和各种射线组成。太阳在银河系中只是一个中等恒星，而地球，只是太阳管辖的一颗小小的行星。

宇宙多么浩瀚，星空多么辽阔，世界太过广大，因此，个人的一点点烦恼又算什么呢！因此，人会感觉到内心平静。

但是，很快，真的是没有多久，当你返回到喧嚣城市里，返回到复杂的人际关系里，返回到膨胀欲望的追求里，你就继续重复开始痛苦。

因为你离开了那个“对比”的环境。

原先觉得大的宇宙，顿时消失不见，被忽略，被遗忘在脑后。

比较之下非常狭小的个人烦恼，顿时扩大，被放大镜照了又照，烦恼、痛苦卷土重来。嗯，看来最好再计划一次对比旅行或对比观看。

这种宇宙观，不是不奏效，只是，好像总透露着治标不治本的味道。

而另一种宇宙观便是：地球只有一个我。

朱德庸漫画《绝对小孩》里有一章是：上课的时候，老师说，我们只有一个地球，所以我们要好好爱护它。披头想了想，举手就说，老师，地球只有一个我，所以你要好好爱护我。

只有一个我，也只有一个你，在这个蔚蓝色星球上。

所以，你、我，都是最重要的。需要彼此好好爱护，需要自己好好爱护自己。这其中的含义是：爱护身体，保持健康，被爱护心灵，被好好爱。

而爱护自己的宽广涵义，还包括：我们必须良好地完成一整段的人生。在完成的这个过程中，体验是最重要的。首先我们要好好活着，其次我们尽量不要去伤害别人。在此两个人类基本的伦理道德之外，我们应该去体验所有的快乐，去体验所有的悲伤，去体验考试失败，去体验工作落后，去体验夜半观星，去体验雨中接恋人，去体验等待放学，去体验用功投入，去体验失恋憔悴，去体验斗志高昂，去尽可能多体验那些人世间的事情。与此同时，不要被这些体验所局限，沉湎其中，要像活水那样，流淌不歇，直到永别。

在种种体验里，我们的人生获得最大意义的完满。

每一种经历，都被赋予意义。

这样的宇宙观，是不是更加贴近我们的灵魂？

这种宇宙观压根就丢开了治标和治本。

不必治标，因为痛苦是生命必要的构成部分，与快乐相互映照。

不必治本，因为我之为我，独一无二，生命只此一次。即便地球在宇宙里只是恒河一沙，但地球只有一个我，宇宙也只有一个我，必须爱护这唯一的有时限的存在。本着推己及人和人类社会互惠互利原则，因此应该彼此爱护。

我爱我自己，所以，我必须好好完成我的人生。

想象之墙

生活无处不需要智慧，来打破我们的想象之墙。

我常常想起一则广告：一个挺时髦、挺现代的男人，指着一台电视说："你以为这是电视吗？这是音响！"又指着一套音响说："你以为这是音响吗？这是电视！"

所以我每每看见一些情感或生活烦恼的时候，就产生错觉，简直是在重播那个广告嘛！

比如，有个学生跟着一位外国老教授学习。有一次，她做手术的显微镜出问题了，不得不去请教教授。但她只见教授忙着在计算机上做事，不耐烦地冲她挥手。她被赶回来，很沮丧，坐在实验室里胡思乱想，自己做错了什么，让他如此不高兴？没头绪地痛苦了一个多小时，忽然教授匆匆赶到实验室，问她："怎么啦？哪里搞不好？"她才松了一口气。后来才知道教授的计算机恰好也出了问题，丢失了上周实验的所有数据，他正在恼火呢。

你看，她以为是自己做错了事情，其实不过是别人正在恼火自己的失误。

还有一个小故事。爱脸红的男孩对心理专家说：“我是个挺内向的人，不知道怎么和女孩子说话。”

“你想对女孩说什么呢？讲一个真实的情景。”专家说。

“我们公司新来了一位前台小姐，挺活泼的，我想请她吃饭，就是说不出口。”

“为什么说不出口？怕什么？”专家问。

“怕，怕她不愿意……”男孩犹疑了一下，还是说出来。

“如果你永远不敢问，就永远不可能知道她到底愿意不愿意，对吧？好，我们假设你问了，她说：‘哦，不成，今天下了班我有事，改天吧。’你会怎么样？”

“我会很尴尬，很没有面子，心里觉得很不舒服。”

“为什么心里会这么不好受？”

“她肯定觉得我不自量力、挺讨厌的、很土气、挺……”随着加在自己头上的负面形容词越来越多，男孩的脸色变得越来越阴沉。

专家说：“你怎么能肯定她有这些想法？那是你对自己的看法吧？如果我听到她的否定回答，会想到，可能她确实有事；或者你们刚认识，她觉得吃晚饭太正式了，那你可以邀她一起吃工作午餐呀；再或者，人家有男朋友了，不便再接受你的邀请。最后，如果她真是不喜欢你，至少你有机会了解，什么样的女孩不愿意和你单独交往，这也是一种学习的收获呀。”

结果，男孩真的试着邀请那女孩吃饭，她欣然接受了。男孩了解到她的确已经有了男友，但他们成了好朋友。而他的第一位女友，就是他的这位女同事介绍的。

瞧，他以为是事实，其实那不过是他的想象，根本不符合实际情况。许多的烦恼，都来自认识的偏差。要解决，就需要心灵的智慧。

智慧像梳子一样，帮助你梳理清楚杂乱的想法，将你陷入低谷的心情拉出来，给你正确的参考标准，以及贴心的建议，来扭转你钻牛角尖的思维，还有许许多多想当然的误解。

就好像在晴朗的秋天，聪明的主妇巧妙地统筹安排，迅速地打扫完地面，洗干净衣服，修剪好花园里的花草，然后坐在阳光下的椅子上，享受一切。还给生活与心灵通透澄澈的品质，使其露出散发清新香味的一面。

生活无处不需要智慧，来打破我们的想象之墙。

点菜的学问

真希望这个世界上界线清晰的人越来越多。有界线，我们才能友好而互相不侵犯。

有段时间我特爱去自助餐厅，很多要点菜的饭局我都不参加，因为实在是太讨厌了。

怎么个讨厌法呢？

比如，隔壁这位点了一道蟹黄豆腐，隔壁的隔壁惊声高叫：“脂肪高啊，胆固醇高啊！蟹黄都不是真蟹黄都是咸蛋黄啊！”

而隔壁的隔壁的隔壁点了一道麻辣鸡丝，隔壁的隔壁的隔壁的隔壁，就哭丧着脸嘀咕抱怨：“那么辣！吃了上火喉咙痛，我不能吃辣。”

哦哦，那吃什么？这个那个的换来换去，站在餐桌旁边的服务员强忍着怒火伪装热情的微笑，其实不知道咬牙切齿多少次了。

就这么折腾来折腾去，大半个小时过去了。这些就叫作分不清楚界线。

别人点别人的，是发自别人的需求，你点你的，是发自你的需求。为什么会分不清楚界线，因为心智的深处停留在幼儿时代。人的幼儿时代最受呵护，所以呢，家里的一切都围绕着幼儿转，看不到别人的需求存在。

所以呀，孔子这位古老的哲学家很爱说“己所不欲，勿施于人”。这就是典型的孩子气的话，傻乎乎的，心智不成熟、没长大的表现。“己所不欲”吗？你不愿意吃苦瓜，但有的人却爱吃苦瓜，你不让他吃苦瓜，他觉得你神经病莫名其妙。一个苦瓜的案例就足够从逻辑上捏扁这些格言。其实这也很正常，历史早期文明初定，很多经验刚刚总结，没有经过逻辑三段论的考验。后世经验足够丰富，思维“周延”（逻辑学名词）了，也就渐渐会符合逻辑地思考了。

真正的人际关系有界限，心理独立个体化。比如“甲之蜜糖，乙之砒霜”。正是因为认识到人和人不同，各自的需求也不同，才找得到那条彼此相处但区分开的界线。

近年来，我又恢复了一些饭局参与。跟朋友们见面聚餐，为求热闹。不过我倒是学乖了，只跟那些相对成熟一点的人吃饭。因为有共识，一人点一个自己爱吃的菜，别管别人点什么，反正AA制。

总算兼顾了说话交流、情感沟通和吃饭口味。

你喜欢什么是你的事，我们未必就是水火不容形同天敌，但做朋友归做朋友，我绝不会因为你的喜好而放弃我自己的喜好。

那些让孩子执行自己意愿的父母，同样也是分不清楚人与人的界线在哪儿。他们把自己跟孩子精神一体化。这种父母也是因为成长过程出现了障碍，没能获得完整的独立自我，他们身上一定有着类似爷爷奶奶外公外婆的一面。

谢霆锋小时候老是被父母带去中环置地广场拍全家福。有次谢霆锋忽然问自己：如果你想让我拍照笑，给一个原因。现场很多记者等着，他还是板着脸。他妈狄波拉发怒，一个巴掌接一个巴掌抽他，他就是不笑。后来他听见妈妈跟爸爸说："小孩真长大了，有自己的态度了，也是，为什么要笑？"

谢霆锋这个服从了自己的小孩，过的才是真正的人生。

他走运的是，他妈会反思，会自省。也就是说谢霆锋跟他妈妈一同长大了，找到了界线。

真希望这个世界上界线清晰的人越来越多。

有界线，我们才能友好而互相不侵犯。

接一个小小的电话

你如果只凭一项要求，就能够做好事情，解决问题，那便是真正的能力。

初入职场，王迁胆子特别小，见到老板简直像老鼠见了猫。

那天中午，他刚吃完单位统一订送的盒饭，一抬头，就撞见老板。老板笑容可掬地问："小王，你帮我问问快餐店还有没有盒饭？或者，你联系一下周主任，拜托他回来时给我捎带一份。"

王迁连声答应。此前，老板从来未直接给他交代什么任务。他很兴奋。

抬头看钟，已是午后1时，时间不早了。王迁迅速给快餐店打电话，真是不巧，他们准备的盒饭早已经卖完。

王迁急得满头大汗。再联系周主任，更不巧，周主任外出吃饭，手机忘在办公桌上了。

折腾半天，王迁红着脸走进老板办公室，说："抱歉，我没有联系上周主任，快餐店也没有盒饭……”

老板虽然没有说什么，王迁却很难过。事后，他不时地想起那次的尴尬。其实，王迁只要变换一下方式，比如，向其他同事多要几家快餐店的电话，或是自己到快餐店跑一趟，来回不过半个小时。只要王迁多动一点脑筋，灵活一点，问题都是可以解决的，而不至于把问题原封不动地再踢回给老板。

这件事，让王迁明白一个道理：老板给出的只是一项要求，怎么琢磨，怎么做，那就是你自己的事情。你如果只凭一项要求，就能够做好事情，解决问题，那便是真正的能力。

不久以后，王迁再次遇到相似的情形。老板打电话要找李助理，是他接的电话。他看看李助理的办公室，说：“她外出尚未回来。”此刻，一个念头闪过王迁的脑海，总不至于要老板翻电话簿联系李助理吧。

于是，王迁立即补充一句：“我马上打电话给她，请她与你联系。”

老板说：“我找她有急事，不过换别人也行。”

王迁响亮地说：“这里有小张、小李，还有我，您需要找哪一位？”

老板的声音听起来很悦耳：“就你吧。”

王迁在客户服务部工作三年，接了三年电话，他的同事们习惯说“没有”“不清楚”“不是”“时间安排不过来”，诸如此类。三年前，王迁和他们一样，现在，他已经有变化了。

有一次，王迁接到一个电话，这个客户希望公司能派出最有经验的王工，为他解决产品故障。王工恰好被派出去，还没有返回。客户是这样问的：“请问王工在吗？”

三年前的王迁习惯这样回答：“他出去了，什么时候回来还不一定。”

三年后的王迁这样回答：“他出去了，请问您有什么事吗？我们这里还有几位有经验的工程师，他们是张工、郑工、程工。他们都是很优秀的。”

他还为客户一一介绍了他们的情况。

主动地为客户提供更多信息，尽可能让对方有更多选择，这就是他在接电话过程中的一个小秘诀。当然，客户会在他的劝说下，欣然选择一个工程师，而王迁也不必被动地干着急，一味傻等着王工回来。

前不久，老板找王迁谈话，问他愿不愿意担任客服部主管。王迁诧异：“我一直在做客服电话的工作，没有什么特长。”

老板说：“不同的人，哪怕接一个小小的电话，也会有大大的不同。就冲你接电话的方式，我相信你能领导好一个客服部。我看，你上任第一把火就从接电话培训开始吧。”

就这样，王迁成了主管。当他把那次盒饭经历跟下属分享时，发现职场上不乏接电话啦、订盒饭啦等鸡毛蒜皮的小事，可谁又敢说，这些小事不能练就一个优秀的职业人？

而王迁的那家公司，就是我工作的地方，那是一家生物健康产品企业。这家公司业务庞大，还办有国内第一家心理咨询杂志。

后来我跳槽去了其他的大公司，我邀请王迁同去。

因为我目睹了他的经历，知道他是如何成长为一个靠谱的年轻人。

第七章

生命应该浪费在美好的事物上

我们生来，首先就要确保自己独一无二的生命价值。

我们的生命应该“浪费”在美好的事物上，

更应该“浪费”在有意义的人身上。

生命应该浪费在美好的事物上

我，只想成为我自己，不想浪费。

当我们共同内心喜悦心甘情愿的时候，我们一起享受当下的时刻。当我们彼此有一方有自己的生活，那么点下头，微笑一下，各自走开。

很多年前，一个读者去拜访作家三毛。“我是你的读者，从英国来的，特别来看望你。”结果三毛虽然招待了他，却根本不是书当中的那样浪漫特别。

他有些结巴，感到委屈了，始终后悔自己的多事。这种一霎间涌上来的巨大冲击只因为三毛没有热切地迎接他，三毛原来不是想象中那样，而是表现得比较淡然。这是三毛吗？这是三毛。

他很难过，直到最后，他忽然醒悟：毕竟我是一个贸然闯入她生活中的陌生访客，对于三毛，我又能如何要求她真情流露呢。

怎样成为自己？在世界上，你为了多少无谓的人，浪费了你宝贵的生命？

我有一次去北京，参加一个全国性笔会的颁奖。一个大叔模样的人，滔滔不绝谈着国际时事。

他甚至还谈到，他和一个大领导碰面过，连大领导都很赞同他的某些学术观点。

我们其他人面面相觑，微笑不语。中午吃饭的时候，一桌人聊天，他还是继续大聊特聊。很明显，他在吹牛。混在北京的人，树叶掉下来都会砸中几个达官贵人，以至于都热衷于吹牛。

可我却厌恶这些无聊的饭局。

我吃了一会儿东西，再也坐不下去，又不好意思打断他。这个时候，我想起我看过的一位心理学家的书。

那个心理学家说，想做自己的人，看起来都有点格格不入。但是，遇到那种谈话极为空洞全是吹牛，人为什么要浪费我们宝贵的时间？

也许那个大叔，人并不坏。事实上，他还热情地冲我打招呼，给饭桌上每一个人都递名片。

于是我不声不响离开饭桌。后来，他的名片我顺手丢了。

我们一生中，会跟很多陌生的人吃饭，相互介绍，分发名片，但大部分都不会有深度的沟通和交流。

生命就浪费在这种无谓的应酬上。

而我，只想成为我自己，不想浪费。我把时间放在提高自己的技艺和能力上，积累自己的作品上。我直接就可以和靠谱的公司企业谈合作，快速地达成协议。

多出来的时间，我可以去欣赏一朵花的美丽，享受吹风的清爽，甚至逛一逛街市，感知老北京的风土人情。

我不再轻易地涉入别人的生活，因为别人不喜欢被打扰。我自己也一样，因为我也不喜欢被打扰。

当我们内心喜悦心甘情愿的时候，我们一起享受当下的时刻。当我们彼此有一方有自己的生活，那么点下头，微笑一下，各自走开。

无论何时，当你明白了这个原则之后，就不会虚度光阴，沉迷于口舌的奉承。

还有一次，我忽然接到一个电话，是我的一个作家老朋友打过来的。她说，有个外地的旅行家来武汉，想见我，约我相谈。

我问是谁？

老朋友说出名字。我完全不认识这个人。

我问我的作家老朋友认识这个旅行家吗？

她说她也不认识，是一个广播电台主持人间接找上她，让她转告的。

我当下立刻明白了。这又是那种典型的骚扰客。

我对我的老朋友说，请帮我马上拒绝，您也不必再理会这样的人。

没过多久，这个旅行家又跑到我微博发私信，指责我耍大牌，为什么不见她。我回复询问，是否有重要事情？

她说，也没什么事情，见一面不行吗？

我删除了私信，不再回复。

未经过考验的人际关系，是空乏的。我只跟认识三年以上的朋友见面，只跟认识五年以上的朋友谈心。成为这样的人，需要付出的代价是，你可能会被认为是一个自私的人，那又何妨？

我们生来，首先就要确保自己独一无二的生命价值。我们的生命应该“浪费”在美好的事物上，更应该“浪费”在有意义的人身上。

这就是全部的答案。

冬天牛栏里的牛

我们大家都朝坟墓走去，一路上却吵个不停。

还在做杂志主编的时候，有一天，我看到了一则稿件，是读者给我编辑的栏目推荐的经典话语。这句话选自作家马长山的《把话说开》，它说：“我们大家都朝坟墓走去，一路上却吵个不停。”

坐在窗户边，我忽然就觉得无比忧伤：不是不明白，浮生短暂，要好好珍惜；不是不知道，应该过好每一秒钟。甚至自己在少年时候，也写过类似的文章。但是仍然在许多时候遗忘了。这是多么的无奈和荒唐。

为什么我们还要这样的争吵呢？不是不明白我们大家都朝坟墓走去，一路上为什么却吵个不停？我们难道真的要像那些已经确认了自己生命期限的人那样，才能够做到好好生活吗？很是喜欢一种情怀与境界：是中青论坛版主李方的话，大意是说，网络生活里，我们都是冬天牛栏里的牛，虽然难免磕磕绊绊，但是还应该相亲相爱，相互取暖。

其实人生路上难道不是如此？马作家与李版主，所说的比喻分别象征着人生最完美的两只脚，也是一双翅膀，带我们走出沙漠和摆脱人间地狱。

而这样的感叹，恰恰是因为我们有太多的理由争吵。这些理由很多时候显得无比有理，使我们疯狂和失去理智。有些时候我们争吵是因为误解，但很多时候，是因为你遇到了一些豺狼虎豹，哪里是争吵，简直是生死搏斗、不共戴天。那些东西的争吵往往是无形的、更加可怕的。

世界上也确实有太多不是东西的玩意儿。它们教你狡诈，教你与人争吵，甚至还教你玩弄心计，教你踩着别人的骨头往上走，都是不要你学会爱人和爱自己。甚至，有些可爱的人和值得尊敬的人，说一千万遍的真理，不如那些看上去非常美的招数有说服力。它们在任何时候都显得智慧无比，而且得意，因为它们确实非常强势。但我生平仍然最为痛恨那些东西和人。这个世界和我们的生命，往往糟蹋在它们手中。

宁愿被这些嘲笑为不通世故、不解人情，我仍然喜欢独自领悟，放弃争吵，在通往坟墓的道路上，真正的向死而生。活得是个人。

躲避开那些地窖里习惯阴暗的蝙蝠，在露珠从竹叶上落下的一刻，我情愿习惯微笑或大笑着面对美好的人和事物。在朝坟墓走去的一路上，我不愿再吵个不停。你呢？在任何冬天，让我们相亲相爱，相互取暖吧！

戴面具的人

每个人都渴望做自己，但却不知不觉迷恋上面具，戴着面具生活。接受真诚，需要一颗极其勇敢的心，能够承受真诚的痛苦。

每个人都渴望做自己，但却不知不觉迷恋上面具，戴着面具生活。

电影《新龙门客栈》里，女主角是大漠里漂亮的老板娘，有一家客栈。经过关口的客人，难免都在她那里歇息。

这个老板娘白天很泼辣、很肆无忌惮、很豪爽、笑骂打闹，应付三教九流的人物，非常凶狠。但是，她的房间里却藏有几个娃娃脸谱的小面具：哭着的，笑着的，还有忧伤的。难过的时候，她就拿出来看着。

面具是她保护自己的法宝。

有一次在图书城门口，李阳，就是那个凭借“疯狂英语”大红并且赚了好多好多钱开了大公司的李阳，在做演讲。

他激情澎湃号召：同学们，抬起你们的爪子来，学好英语一定要开口喊，大家跟我一起喊……于是大家跟着他热情大喊。

那个时候我站在侧面的角度，看着无数张青春面孔激动起来。然后，我看见李阳忽然转过头，他居然捂嘴在偷笑。

就是那么一瞬间，我还以为我看错了呢！结果他在整个场面沸腾时，仍然转头偷笑了至少四次。我开始怀疑：学生们面前那个充满魅力的教“疯狂英语”的大叔，他真的相信他自己说的吗?

当时人很多，我胆小，不想被群殴，没有模仿《皇帝的新衣》里的小男孩直接喊出来。现在我写出来，比较安全。

还有一部经典电视剧《大明宫词》，故事说有一年长安城上元佳节，整条长街灯火明媚。偷偷逃出宫殿的小公主，欢快地穿行在街道上。她好快活，因为第一次见到真实的人间，比森冷严肃的大明宫要好玩热闹无数倍。玩耍中她撞到了一个高大的路人，她揭下了那人的昆仑奴面具。面具下是最明媚的男子面孔，那么俊美，整个世界也无法匹敌。

但这却是一个悲剧。她喜欢上了他，他却已有妻室。她凭借母亲，中国唯一的女皇帝的力量，得到了他，间接逼迫死了他的妻子，却永远得不到他的心。他后来也死了。她常常梦见那张面具。

这个面具象征着永远的缅怀和悼念。

童话大王郑渊洁写了个故事叫《魔方大厦》。男生皮皮鲁闯到一个城市，每个人都戴着面具，后来皮皮鲁自己也被戴上了面具。结果取下面具的方法就是嘴里喊着“真诚的力量”，并且往对方头上一拔，那面具就掉了。喂，你会不会觉得那台词真够教科书，很是令人无语，童话里才有那样的台词吧。

嘴巴上嚷嚷着真诚，就能得到真诚吗？每个面具控，其实都很爱他的面具。

面具带来了无数的好处，所以许多人离不开面具。

我们会长大，没办法永远活在童话里。

接受真诚，需要一颗极其勇敢的心，能够承受真诚的痛苦。

逍遥游

人生中，熊掌与鱼不可兼得。你想成为什么样的人，就去专心做什么样的事。

我有一个朋友，从前在一家很有名的刊物当记者。后来，他成为电视台编导，再后来，他决定自己修行，不想上班。

他认识很多亿万富翁，常常为他们筹划雅集。在顶级酒店，在高级会所，在私人会馆，都有他的身影。

很多名流都知道他，都觉得他性格好，热情，很耐得住磨。

这样的日子过得很快活，不知不觉，他已经快四十岁了。有一天，他从韩国回来，和我会面，请我看了一场电影。他忽然看着电影院里的海报惊叫来。

我问他怎么样了。

他指着电影海报上出品人的名字说：“这个人，是当年我们一起在北京的同事，我们租一套房子，很聊得来。”

那部电影是一部投资巨大的大片。他于是受到刺激，告诉我，很想做一点自己的事业，于是策划了一个方案。他想开一间精致的茶叶会馆，需要投资。但那些真正的有钱人，没有一个人投资他。

不仅不投资他，富豪们还继续邀请他赴宴。

他很困惑，找我诉苦："这是为什么？"

我告诉他："这是因为，你所展现的，都是你的情趣爱好，闻香、坐禅、煮菜、听琴、试玉、读经、品酒、赏月……他们需要一个闲散的人，陪同他们玩。你们厮混得非常熟，在高端圈子里，仿若好友，一会儿一起出国游，一会儿一起聚会。" 而本质上，你和他们的相处，是玩乐性质，他们总把你当成跑腿办事的，而不是当成真正的伙伴或友人。"

"他们平时对我蛮好、蛮大方呀！有时候随手就送我一块价钱上万的名表，顺便就塞给我一套阿玛尼的西服。为什么就是不肯拿出几万、十几万试试看。那根本就是他们的九牛一毛。"

我笑道："富人们只是在放松消遣时找你，为了感谢你组织活动，会顺手送你名牌手表、衣服，那代表你的价值就是这些物品。

"其实，对于有钱人而言，常常消费的这些奢侈品，反倒在他们心目中不值什么。这些物品，也很可能来自别人的馈赠，比如银行会给重点大客户回扣送礼。东西放着也是白白搁置，不如做顺水人情送给你。

"我们换位思考一下，试问，如果你是一个有钱人，你会轻易投资给一个爱玩会玩、行踪不定，并且从来没做过成功生意的人吗？

"要他们把真金白银交给你做事，太难了。商场上厮杀拼搏发财的人，反而特别在乎积攒扩大的财富，甚至锱铢必较。

“会玩，其实是一个优点。但这个优点，适合开公关公司，做开拓人脉工作。

“做事，有另外一套价值体系。

“如果你想真正做事，就要改换门庭，做好艰苦创业的准备，从小门面做起，从赚钱的经验积累起。”

这个朋友点头称是。

半年后，他打电话给我，原来他已经去一家佛学刊物担任总监。他告诉我：“原来热情劲头消散，自己并没有那么想开店。”

他只是喜欢精致的文化、安逸的生活，创业是因为看见相同年纪的人事业有成，嫉妒心发作了。

我问他：“你现在快乐吗？对薪水满足吗？”

他回答说，还不错。平时采访出家人，关注文化修行，他觉得很舒服。他也总算理解了富豪们的心态，渐渐地不再与之打交道。

人生中，熊掌与鱼不可兼得。你得到了逍遥快活，还有口饭吃，那说明这才适合你。

你是什么样的人，就去做什么样的事。

读书如吃饭

人生并不是只有童年才烦恼，烦恼贯穿漫漫路途的全程。我们需要用一辈子去学习。

我很喜欢去学校讲座。每一次讲座，都会摩擦出小火花。有一次，我去一所大学讲座，短短一个小时时间，遇到了一个有趣的问题。

这是一个看起来挺严肃的男孩提的。他说："我没看过你的书，你能用一分钟说理由让我喜欢你的书吗？"

我听了这个问题，忍俊不禁，笑出声了。我想了一想，回答他说："我倒是想反问你一个问题，你为什么要喜欢我的书呢？你平时看书多吗？"

那男孩呆了，只回答说："我平时不怎么看书。"

我猜，绝大多数作家、学者、教授或者社会名流去大学讲座，大概都是希望自己的作品或产品被喜欢的。

而我，没有那么强烈的希望。

如果你看过我的书，觉得很好很喜欢，那就不会问这个问题。如果你没看过，我们彼此陌生，那就会有两个选择。第一个选择是，可以去尝试一下。第二个选择是，完全不去看，没有为什么，就是不想看。

读书这种事情，本来就难以勉强。

没必要因为我来了，就要喜欢我的书。看书纯粹是私人的事，喜欢就看，不喜欢也没什么，丢开就好。如果觉得很糟糕，就丢开吧。如果不喜欢甚至可以骂。读者买了书，有表达好恶、赞美或痛骂的权利。

那个男生后来摸摸自己的脑袋，也笑了。他说，那他去试试。

这还让我想起来，去另外一个医科大学开读书会，校领导让我给同学们推荐书目。

要我说，读书只有一个最大的真相。

在我的大学时代，我几乎不挑选，遇到什么就看什么，来者不拒。不管是《博尔赫斯七席谈》，还是泰戈尔的《飞鸟集》；不管是美国大法官波斯纳文丛，还是黄易、倪匡、亦舒、金庸的爽快文字，我都看得不亦乐乎。

哪怕我自己出了很多书，做过很多年的编辑，我也觉得，我读的书太少了，远远不够。

钱锺书的妻子杨绛女士，也曾经被年轻人问过，觉得人生迷茫不知道怎么办。杨绛女士如此回答："你的问题主要是读书不多，而想得太多。"

我觉得吧，想得太多不是毛病。想得多说明爱思索，如果搭配上读得多，那就没问题了。

人生并不是只有童年才烦恼，烦恼贯穿漫漫路途的全程。我们需要用一辈子去学习。

所以，读书这事最大的真相是，年轻的时候，先别管那么多，使劲看，拼命看。看到某种程度，你会突然开窍，发现文字的脉络，思想的精华，以及分辨什么书好，什么书不好。什么书可以反复看，什么书看一遍足够了。

读到足够多，你甚至可以领悟到，哦，为什么这个作家这样写，为什么那个作家不这样写。为什么这个作家令你悲从中来，此生哀伤，长夜痛哭，那个作家令你明理觉悟、启发智力。还有的作家令你静默如谜，不再畏惧孤独寂寞，成为勇士。

你还能学到，为什么处理这件事有潜规则，处理那件事有明规则，世事怎么运行，人心如何收服。你开始发现自己真正的兴趣之所在，在某个领域继续深读，成为专业人士。

金庸写小说，虚构了一个绝世高手叫黄裳。这本是个宫廷的文官，对武功一窍不通，但他的工作是编辑道家经书，因为害怕皇帝发现差错，干脆细心校点，一边校对，一边博览群书，统统读透了。不知不觉很多年后，他无师自通，写出了一本《九阴真经》，堪称天下武学的巅峰。

此后什么华山论剑，什么东邪西毒、南帝北丐中神通，这些大高手都仰仗这本书，修习这本书，以实现自己的野心或梦想。

那些给你开书单呀、列出十大必读书的做法，都是瞎忽悠。那些跟你说自己很不爱看书，却文章写得很好、口才棒棒哒、做事有条理、思考能洞察的人——都是骗你的。人家闭门练功，出门制敌，成为人生赢家。这种人，就是学生时代动不动考得很好，却跟你说自己没看书、天天在玩的人一样，是高级心机婊。

读书如吃饭。青春发育期，少废话，少挑食，多吃多读，你的心智才会饱满强壮，有丰盛的知识背景去面对人生。

舌尖上的反击

舌尖上的世界，其实就是比拼直接影响你的心理。多学点心理学，看破诡计，为了自己的健康，反击逆袭。

现代社会有谁没吃过泡面呢！泡面有很多别名，快餐面、方便面之类，反正居家旅行必备。然而，你看大多数泡面包装上的食用指南，基本上都是用热水泡 3 分钟。对，吃一碗泡面，官方建议是请你用热水泡 3 分钟。

为什么是 3 分钟？ 3 分钟更加好吃，面不会泡烂对吗？好像也不是，但凡亲自泡过的人，都有经验，有些面泡 5 分钟，味道也很不错，面条仍然爽滑。

3 分钟，是发明泡面的老板确定的，他调研了一番后定下，风行全世界。

1958 年，日籍华人安藤百福，在大阪府池田市发明了方便面。这位先生原名吴百福，是个华裔。在随后不断试验产品、推销产品的过程里，他建立了 3 分钟的行业尺度。

其实，3 分钟是因为考量了人的心理状态，是一个心理学伎俩。人在面对食物的时候，让你等上3分钟，面的香味刺激加上等待，会让你胃口变好，吃起来更加快乐，觉得很美味。

如果超过了3分钟，等上5分钟呢？人就有点失去了耐心，期盼心减弱，那种将要得到的心理愉悦，峰值下降，会觉得没那么好吃了。食物气息对鼻腔的刺激也开始有点习惯了，有点麻痹了。

全世界的人都是如此心理，所以，全世界的泡面，尽量都劝告你泡3分钟。这个道理电影《麦兜》里也提到过，一口火鸡的滋味，在将吃未吃时，香味达到了巅峰。

谁都知道吃泡面只能满足基本营养，长期吃不利于健康，但有时候就控制不住，想偷懒，加上泡面的香味诱惑，大吃特吃起来。

另外一个诡谲的伎俩，则是关于热量的。现代的食物丰富廉价，吃多了容易引人发胖。于是，人们开始小心翼翼控制摄入的热量。食品制造商们为了迎合消费者，政府部门为了保障和引导国民健康饮食，要求食品标注出营养成分和能量。

有国家的强制管理，生产商难道会瞎标热量吗？生产商当然不敢瞎标，但是呢，他们自然有别的花招。你去买一袋饼干，看见上面写着每份热量300卡路里，哟，不怎么高嘛！于是你放心大胆享受美味。结果你再看看能量表下面的超级小字体文字说明：每份约等于25克。

这个时候你已经吃完一袋饼干了。一袋饼干呢，有100克。也就是说，你不知不觉吃下了4份的热量。

怎么样？这陷阱很妙吧！所有会让你心理放松、失去戒备的手段，只要不是明显违背规定，只要能让你更好地消费产品，保存这样的消费习惯，擦边球就会层出不穷。中国也好，外国也罢，天下的乌鸦都一般黑。问题食品可怕，不良习惯也可怕。上面的例子，完全吻合食品卫生管理规定，但是，就是让你离健康饮食越来越远。

现代食品工业已经高明到分子水平，更好的口感，更多的噱头，更专业的消费者心理研究。

舌尖上的世界，其实就是比拼直接影响你的心理。得民心者得天下，以及天下人的钱包。消费者自己只好加强学习，多学点心理学，看破诡计，为了自己的健康，反击逆袭。

成全自己

成全自己，对自己有要求无可厚非，但对别人，应当是顺其自然。

“大家试一试，真的，只要你坚持一段时间，半个月或者一个月，你就会慢慢习惯吃素。”她说。

一个同行的男士打着哈哈说：“行，下次试试。”

“你的身体会变得很舒服，我就是这样把身体调养好的。”穿着素净的她，继续劝说。大家纷纷顾左右而言他。

她是一位虔诚端庄的女居士，也就是皈依佛门、但还未曾彻底出家的人士。遇到她，是在一次南方的电视台主办的人文地理之行活动上，同行的是来自各地的教授学者和职业摄影师。她的谈吐清雅，虽然大家对佛理教义不是很了解，但都称赞她气质颇佳。

从第一天吃饭开始，入座点菜，她就声明自己吃素，聊起吃素的话题，引经据典，滔滔不绝。

在一起围着桌子吃饭，大家有意无意避开她的话题，点了鱼肉之类的荤菜。不过呢，大家还是好心提醒服务员，有两道菜要素的，我们这里有修行的。

我看得出来，那位女居士非常认真地在做她自己。她在修行，她贯彻着她的信念。其实我也同意她说的，吃素是为自己积累福报，而且现代人饮食热量大大超标，清淡素食才健康，对身体有好处。

可惜在座的人大半都热爱荤食的美味，更愿意满足自己的口腹之欲。她用悲悯的眼神看了下大家，叹气，吃着自己面前的素菜。

中间，她去洗手间。当她一离座，我就听见其他人抱怨：“我就是爱吃大鱼大肉，一直念叨，搞得都没什么胃口了。”

有人接话说：“算啦，也要给点面子嘛！多少年才修得一起出来玩。”

大家说笑了半晌，看到她回来，纷纷不提这个话题了，举起筷子去夹蒸鱼。

后来，我请教友人。友人讲了一个类似的故事。

那也是一位女居士，找到了她心目中认可的师父，皈依后开始持戒茹素，做法和我在活动中遇到的女居士一样，一群人 AA 制去餐厅吃饭，她趁机劝告同事，不要杀生，会堕入六道轮回，不如吃素。

结果，这大大激发了同事们的逆反之心。同事们吵吵嚷嚷道：“算了，算了，她要吃素，我们就别叫她了。”

久而久之，她发现自己在公司里非常孤单，常常一个人吃着自己带的素菜盒饭。人际关系也受到影响，工作上很多事情，同事们似乎不爱跟她合作了，有些事情推给她一个人。背后私下，她也听到同事的闲言碎语，认为她装清高，有点讨厌。

她很生气，但又觉得发脾气不对，这更加让她懑闷，情绪低落，觉得苦恼，明明自己是一片好心啊。她就去问自己的师父：“我这样错了吗？”

她的师父是位修行圆融备受尊敬的大和尚。

大和尚听了她的诉苦，先是笑，然后反问她："为什么不跟同事一起吃饭呢？"

"我跟他们吃不到一块啊！杀生造业啊！"

"你可以这样想，你如果和他们一起去吃饭，至少你点的是素菜，不就相当于让他们少点了荤菜了吗？这不就是间接的少杀生造业了吗？"

那位女居士愣住了。

"我们不用勉强改变别人，可以慢慢影响别人嘛。"她的师父补充道。

她有点醒悟过来了，试着主动邀请同事们一起聚餐，不再刻意要求同事们陪她全吃素，只给自己点了素菜。点菜上菜，她都不劝别人了，和大家一起说说笑笑地吃饭。

慢慢的，同事关系恢复到以前和睦的状态，做事顺利多了。她自己坚持清淡饮食，皮肤气色变好，人也瘦了一些。于是女同事惊呆了，女人爱美，被带动跟着她多点蔬菜。男同事虽然照旧，但不知不觉，饭桌上的荤素比例发生了变化。有素菜，多少也会吃。

看起来很简单的吃素问题，反映出的其实是自己的心，是否走向偏执。修行并不能成为把自己的意志凌驾他人之上的理由。

真的懂得修行之道，反而会意识到，成全自己，对自己有要求无可厚非，但对别人，应当是顺其自然。

我们没有必要成为一个让人讨厌的素食者。相反，我们完全可以成为一个可爱的素食者，身体力行，潜移默化。

第八章

快乐是自找的

大快乐，小快乐，理论上都不要放过。
尤其是，我们的人生确实更多拥有的、
更该得到的是绵密的小快乐。

开咖啡馆的哲学

梦想人人都有，所以，其实梦想本身没什么了不起的。唯有货真价实的梦想，才能照进现实。

有人统计过，爱好文艺的人士，都有两大梦想：一个是开书店，一个是开咖啡馆。书店的事就不说了，数字出版时代，实在是大势所趋，开书店已经谈不上赚钱了，让人退避三舍。更多人挂嘴边的，是开咖啡馆这种梦想。甚至是，咖啡馆和书店合并，一起开。

你想拥有一家自己的咖啡馆吗？可是你没什么钱，那就一起集资，大家都来当老板。这个时候往往有个人站出来带头号召：咱们联合开个咖啡馆。

于是很多人合伙砸钱，开始做白日梦。募集资金的时候，会在豆瓣或者聊天群里，用最动听的口号抒情：大家不为了赚钱，只是为了圆心中的梦，这么多股东，每人带几个喜好咖啡的文艺圈朋友来，营业额都不少了，至少不会赔钱。

可惜事实似乎不如想象中好。这样的咖啡馆，倒腾着，开了。开出来后，生意清淡，门可罗雀。就在我住的城市，倒闭了不少家充满“梦想”的咖啡馆。

不想赔钱，只想圆梦，看上去真的很美。我很想问一句，那些一心想赚钱又认真经营的咖啡馆，都不一定赚很多钱，维持起来很困难呢，真难想象，只是不想赔钱的咖啡馆，能活得下去吗？

据说从来不谈文艺梦想的星巴克卖一杯咖啡，利润才两三块钱。而且还是赚的那些外卖打包的。点一杯咖啡、坐在店里大半天不走的人，耗费成本最多，贡献利润最少。越是文艺青年和知识分子，越没法供养起咖啡馆的生存。咖啡馆真正需要的，反而是那些要提神、要打包的商业白领人士。

茨威格的小说《一个陌生女人的来信》里，那个女人，在她生命的最后时刻，饱蘸着一生的痴情，写下了一封凄婉动人的长信，向一位著名的作家袒露了自己绝望的爱慕之情。小说以一名女子最痛苦的经历，写出了爱的深沉与奉献。

看，到最后还是要有个回音。表面上骗自己我不要，我真的不要……其实我要，真的想要。幻想和理想，就这样被当事人自己搞得扑朔迷离。

不想赚钱的咖啡馆，不求回报的暗恋狂，我觉得这些人演的都是同一种戏码。他们并没有认真准备去做一件事，所以也不打算去接受糟糕的结果：咖啡馆不赚钱就会倒闭，合伙人也会反目成仇；痴迷暗恋的人容易孤独终老，同时虐待自己一辈子。

这种人在咖啡馆倒闭之后、在自己无爱孤独到死之时，才肯接受真相：做生意和谈恋爱都不是慈善事业，不求回报是一种病态。

梦想人人都有，所以，其实梦想本身没什么了不起的。不能诚实面对自己最世俗的欲望，那就无法到达天真无邪、认真赚钱、开花结果的境地。那些把梦想种成无花果的人，最后只能写一封给陌生人的告白信，唱一首伤心的咖啡馆之歌。唯有货真价实的梦想，才能照进现实。

越过青春的徒劳无功

越过青春的徒劳无功，你得觉悟：要么独当一面，自己独立，可以去做自己喜欢做的事。要么，学会和同事合作。

毕业后工作，我也有过辗转犯傻。到电台的第一天，主任吩咐主持人："这个是新来的同事。你做栏目多年，先得你多教教他。"

那位主持人的节目我听过好几年。声音很棒，有很多听众，就是好几年都是老样子，没什么变化也没什么特色。据我所知，一直都是他自己编、写、主持于一体的。我想，我要在自己的手上做出新的特色来。

心里固然这样想，嘴巴上还是请他多指教。他跟我通气："周末要请一位嘉宾，你是做文字的编辑。先写个策划稿子吧！"我笑着点头。这还不简单？！这是个机会。好了，我要发挥自己的本事了。

我上网收集资料，调查了一些大学生的热点新闻，并且还咨询了几个研究大学生就业的专家，总结了一些职业当中常常遇到的问题。我想，这个肯定有人关注，现在很多人为这个困惑。

节目开播是星期六晚上的九点半。因为时间赶得很急，我忙得不亦乐乎，一天一夜兴奋得没睡好，终于把材料准备齐全，并且赶在晚上节目四个小时前，把稿子写出来了。

那天下雨。我因为早早准备好，一直就待在电台等着。

那个嘉宾先到了。我看看手表，她提前了一个半小时。看来她是个细致的人。我有点紧张：她会不会很挑剔我写的策划文稿？

她收拾好东西，坐到录音室外的休息处，向我招手："你好啊，你是我们这次节目的内容编辑吧！你的文稿写的什么内容，我怎么没接到通知？我们先沟通一下吧！"

我把费了好大劲才做好的策划文稿，用文件夹夹好，交到她手中。她很认真地看起来。几分钟后，她抬头说："你这个不行，太学生腔调了。"

我愣了一下，看了看打印出来的文稿，倔强地回答她："我不觉得啊！我按照很职业化的方向准备的。"

她显然没想到会遇到我这样的回答，表情很惊讶。她看了我一眼，不说话了。我赌气走到一边去，很快，主持人也赶到了。外面雨一直没停，主持人收好雨伞，和她热情地打招呼，看得出他们很熟悉。

她跟主持人聊了几句，向我指了一指。

然后主持人走过来了，对我说道："请她来做嘉宾，是有节目安排的考虑。她是一个负责解释情感心理困惑问题的角色，但你准备的却全是职业心理问题，你叫她如何解答？"

我很委屈，头脑一热，不客气的话脱口而出："您知不知道，我做了一天一夜。”话出口，后悔也来不及了。

但我没想到这位嘉宾居然笑了，但她是笑着在旁边说：“别说一天一夜，三天三夜都不行。”

“你做多少时间，和我念不念你的稿子没有任何关系。你做得再好，也只是你自己的想法。你没有和我沟通，你怎么知道我擅长不擅长？最少你也要预先和我打个招呼，你准备的是什么节目内容。不然你的问题我一个都答不出来，现场播音难道在那里大眼瞪小眼？还是等着你临时胡乱问几个问题？”

我付出了这么多努力，却被这样嘲讽了一番，我当场忍受不了，虽然没一摔文件不干了，也不管不顾地冲出电台大楼。

好吧，你不要我的文稿，我看看你们怎么做节目？不就是老样子吗？

我抬腿走开时，那边“on air”的指示标记已经亮了起来。

我在外面溜达了一圈，头发潮湿地回来。等我回来的时候，节目已经开始了大半个小时。我就坐在外面听着。

我听到的很出乎我的预料。嘉宾和主持人一问一答，紧凑而细腻，问的和说的话题，我自己也感觉是很让人关心的。其实主持人对我很客气了，我撇开他写策划文稿，他并没有直接指责训斥我，也是好好地跟我说事。

我的脑袋里还出现模拟的另外一种场面，如果是念我写的文稿……嘉宾一问三不知，勉强瞎回答，听众不知所云……天气不热，我额头居然冒汗了。

节目的末尾，外面打进热线的人一个接一个，还有好多电话等待着想要和嘉宾聊一聊，嘉宾很是受欢迎。在她举重若轻的解答里，纷纷以“谢谢”结束。

可我心里仍然难受。我付出了差不多20个小时的努力，付出却没有回报，还被否定。被否定不说，还是被这样悲惨地否定。

等到他们做完节目一起出来，我先跟主持人道歉："对不起，事前没跟你做好沟通。"他摆摆手说："算了，下次注意，倒是你和咱们的嘉宾该说一声对不起。"

我看见女嘉宾到休息室休息喝水。

我张了几下嘴巴，终于对她说出口："您的谈话和解答真好。"

她客气地笑了："谢谢你的赞扬。"

多年后，我才深深地认同，职场就是这样，只看结果，少提过程。新人尤其喜欢计较付出，力下了不少，工作也干了很多，但是成绩不怎么样，做出的东西不能够让上司满意，受到了批评，心里就充满懊恼和怨念。

可惜无用功就是无用功。

这个时候，如果不断强调辛苦的过程，其实更加让头儿瞧不起：花了那么多的时间还做不出符合要求的成果。老板是关注结果的，过程是员工在意的。说职场势利残酷无情，真的是天真幼稚病。

越过青春的徒劳无功，你得觉悟：要么独当一面，然后自己赚钱，自己独立，可以去做自己喜欢做的事。要么，学会和同事合作。

远离不靠谱

人世间最基本的事实：付出心血，累积资本，你才有充分的自由美好去享受。

最近某个公共大号做了个活动：几个小时内你赶到机场，就帮你出机票，逃离北上广。这活动很精明，参与的人数却很糟糕。

我为什么这么说？我给大家掰开了揉碎了分析一下。

你想想看，你去高级餐厅约会，等着大厨上菜，他把锅铲一扔，两眼放光，去赶飞机了。

你急匆匆去医院看病，医生把白大褂一脱，今天不值班了，排好的手术不做了，您另请高明吧！他兴奋激动去寻找自己的生活方式。

你去公司谈合作，已经到了最关键的时候，结果找不着跟你谈的人了。一问，人家浪漫满胸，情怀爆棚，逃离北上广了。

你等着发工资吃饭，找不到财务了。财务觉得自己苦闷痛苦，格子间是地狱，大梦初醒，要说走就走。

这都几岁了？这么幼稚的桥段还玩？还玩不可怕，可怕的是，居然还有人吃这一套，还立刻心潮澎湃，纷纷响应同去同去。

我去！这都是些什么人啊？太 TM 不靠谱了。

在我看来，那些心血来潮就逃离北上广的人，对自由如此敷衍不尊重，根本不配得到自由。

肯定也有人想辩解，也许那些人安排好了自己的事情才走的呢？

一个成年人的工作，涉及众多杂务，匆匆忙忙四小时之内能安排好？难道是在幼儿园过家家吗？除非这个人就是在混饭吃，彻底是个打杂的小喽啰，完全不重要，闪人了也没人注意到他。

何况这四个小时期间，还得出门坐车，大城市动不动就堵车……

我不喜欢那些花里胡哨忽悠人的东西，就想说点实实在在的真相。

如果我还在当头儿，当上司，遇到那种心血来潮说走就走的手下职员，我会直接记在我的小黑本上，并且狠狠地给他们贴上一脑门的标签：不靠谱、没责任感、负分、滚粗。

据说“贴标签”是一种特别政治不正确的行为。但是，去他的政治正确。想追求自由，连个机票都要蹭免费的这种人，就不配交给他们有价值的工作。这种人，也不配拥有这世界真正的美好与自由。

人生不坚定又没预谋的人，做人任性，就算送他机票，逃离了北上广，也坚持不了多久，还得自己滚回来，给自己遗留的问题擦屁股，收拾自己的人生烂摊子。

人世间最基本的事实：付出心血，累积资本，你才有充分的自由美好去享受。

飞出藩篱得自由，去过自己想要的生活，是人生中的奢侈品，岂可轻易获得。

一天到晚心不在焉、不专注做事的寒号鸟，活该冬天饿死，活该过不上真正的好生活。

扎扎实实垒窝筑巢的喜鹊，天冷就歇息，吃好喝好，天暖就出门旅行，欣赏美景。

那些为了“目标”蓄谋已久、终于达成理想的人，才真正值得尊敬。这种人，才有力量捍卫自己的自由生活，长久维持下去。

所以，靠谱的人，你就应该马上加到自己的白名单，有好事情，好的合作项目，首先去找他们。

不靠谱的人，拿出我们的标签，赶紧贴起来，别给他们下一次机会。

那年的友谊

这个世界上，很多事情都不像国宝熊猫那么黑白分明，我们得学会辨析选择，学到糟糕记忆里的有用经验。

中学时代，有件事很逗。那天下课后，沿着老街老路老景致一直走啊，一直走。在放学后，要经过老街道，经过一些贩卖食物的小店铺，嗅着熟悉的香味，顺道买点小吃解馋。

回家的路其实蛮远，我到初中一年级，仍旧只会虐待双腿。我不是没有想过学一下单车的，以及让家里人给我买辆新的、很拉风的单车。那时候，在中学生里面，我的个子也算比较高的了，腿也不短。

这个时候，有个同学忽然对我说，×××，等一下。我回头一看，纳闷了，根本不是很熟啊。我以为他有什么事情找我，结果他说，来来来，我载你吧！

本来什么都不会发生的。啪嗒，我跳上了他的单车后座。急剧的冲击力，让他的单车后座崩溃掉了。本来就是一辆旧单车，年月长了，周身布满铁锈旧痕，无法承受力道，被我坐垮了。还好人没受伤。这个男生本来自己骑得好好的，干吗要忽然停下来，我尴尬到极点。

他说，没事没事。接着走路吧！这样，我们就变成了一起走。我很懊恼也很羞愧，仿佛我是一个重量级的单车杀手。那个时候，我不到一百斤啊。

他说，其实你可以学啊，你腿其实也长，肯定一学就会。我说是啊，可惜没空。他说，我有空，可以教你，怎么样？

盛情难却，我说，没问题。后来，他开始教我。反正上学路途是一样的。在他买了一辆新单车以后，我差不多也学会了单车，也只不过撞了一次电线杆，摔了三次在地上。

你看，这事听起来很讲义气，简直是出门遇到贵人。我骑车的技术日渐熟练，两个星期后，我果然很容易就跨上去，助跑几步，转动踏板，感觉腾云驾雾一样。

当我们在中学分道扬镳的时候，我们做了三年多的朋友。各自奔赴不同地方去念大学的那年，他告诉我一件事情，关于我们围绕单车发生的故事。他本来就不想要那辆旧单车，所以才邀请我去坐上他的后座的，这样就可以合情合理要家长买新的……他后来是这样告诉我的。然后呢，他觉得这么利用我也挺过分的，于是主动教我骑车。

最后知道真相的我，感觉怪怪的，很逗，但又觉得，人心可真复杂。

我在某一家有知识分子传统的报社干过一段时间。原本我喜欢关注文化领域，才想去的。跑新闻的上司是个老阿姨。老阿姨对我很“照顾”，每次把最难啃的骨头丢给我，把舒服的任务留给自己。

于是我采访了很多满嘴空话的大小官员、八面玲珑的大学校长、争吵得快要掀翻屋顶的全国教育或医疗论坛。

有一次我采访某个教育部门人士，跑了六次，问不出像样内容，中间还放了我一次鸽子，让我在附近的咖啡馆等了五个小时等到打烊，我被气到了。

不过，稿子刊登出来有了奖金，被总编辑评选上了当月优秀奖，她也会都分给我，毫不含糊。

是否愿意继续留下来做事，取决于我的选择。我是觉得上司能够共享利益，获得收入重要呢？还是觉得做喜欢的稿子重要。我对她的认知和评价，也会综合起来，得出结论。她想必也是如此判断。在我提出离开的时候，她极力挽留，我执意放弃。为这事，我有点得罪她了，但我这个人，看清楚自己要什么，就很坚定。

多年后，我在电视台做嘉宾，又遇到她，彼此很客气地满脸微笑握手。这就是成年人的“放下”。

这个世界上，很多事情都不像国宝熊猫那么黑白分明，我们得学会辨析选择，学到糟糕记忆里的有用经验。友谊即便最初动机不纯、很滑稽，但陪伴了青春期的寂寞。成年人计较利益，但训练了你的合作相处能力。

苛刻洁癖的人，没法快乐地交朋友，也无法和他人合作。现代社会，创业守业，单枪匹马都是不够的。

我们难以回避与他人建立各种关系。所以人不该苛求他人完美，正如我自身的不完美。好友如此，恋人，亲人、同事也如此。不管是开始相处，还是结束共事，还是山水有相逢，我们成为大人，找到对的一面去应对，就不会犯幼稚病。

快乐是自我的

大快乐，小快乐，理论上都不要放过。尤其是，我们的人生确实更多拥有的、更该得到的是绵密的小快乐。

我那次去香港旅行时，住在一个超级“麻雀”的小公寓里，无聊地看着电视，目睹新闻报道了一个修伞老人。

在大都会的小街巷里，这个老人工作了六十年。他沿着旧日熟悉的道路，旁观小宇宙大世界现代化城市日新月异，逐日老去，以修补残损的物件为生。

黑色、橙色或者七彩的直柄、曲柄伞，经过他的手，获得第二次、第三次乃至多次生命，他的手艺娴熟，笑容爽朗，头发掉光。我不是要歌颂一个坚守一辈子的劳动工作者，是如何如何堪为楷模。我要分享的是个生活家。只要你常抓不懈地生活，你就是生活家。

老人说，我想吃豆腐，就去吃豆腐。

这老人，成精了。

我极度有共鸣啊！小时候看卡通片，同时吃一碗火腿番茄鸡蛋汤泡饭，很快活，我常常自诩精神物质双享受。

做一个平凡人是很难的。因为心藏热毒，身在碌碌可是心比天高。你有无顺着自己容易满足的心愿？你有无善待自己简单朴素的需求？你有无享受自己有劳而获的快乐？这种小快乐，你用一点点勤勉，达成是没有问题的。

所以——等到60岁以后才认命呀！认命了就会转头了，转向别的事物，比如普通之物。世界上最荒谬的观念是，万物无高下之分，百年千年万年后，都不是一样成为灰烬。问题是眼下活着的时候如何是好呢？

所以，更靠谱的生活态度是，我们要热爱名利，一日在世，一日不息，在世就积极周旋。与此同时我们也要知道，路途漫长，难免灰了心，寂了寞，伤了感，孤了独，悲了哀，但多数悲欢轮流坐庄，也有休憩放假时，那就是吃豆腐时间。

可以是豆腐，也可是其他事物，看你自己安放填空的内容，温书、逛街、听歌、看海、吃美味食品，每个人都有属于自己的低快乐阈值条件，付出努力是可以实现的。逛街律条之下，不伤害他人之下，不损害自身性命之下。

大快乐，小快乐，理论上都不要放过。尤其是，我们的人生确实更多拥有的、更该得到的是绵密的小快乐。

宠物的启示

所谓爱，沉重而轻微。爱的本质，是接受真实的对方和自我。

机缘巧合，我养猫了。因为此猫自己会上厕所，所以我采取了放养的方式，由着它满屋子乱跑，上蹿下跳，自由自在。渐渐猫长大了，轻功越发了得，一米多高的窗户，也可以一跃而上。我这才想起一个严重的问题，我家在一楼，夏天来了，开个窗户，它就有可能跑出去。

猫这种动物，野性天生，不比犬只，养出感情了对人无限眷念，惦记着回家。很多人的猫一旦离家出走，从此一去不返。除了自己走掉，值钱的猫还会被偷走。

我认识两个开小酒馆的友人，他们养了一只叫大福的公暹罗猫，去了好几次店内，那猫对人温顺，远观亵玩两相宜，血统纯正，洁净高贵，对人毫无防备——后来，它被人偷偷拐跑了。

另外某个友人还提到说，她的一个朋友家的猫，13 岁时跃上窗台，跃到了更广阔的世界去了，害她哭了一星期。

当时我想起电影《桃姐》里的戏谑斗嘴了，忍不住模拟一番开玩笑：促膝暖怀有时，喂养逗乐有时，被咬挨爪有时，一跃而去有时，人生所有的相聚都是要告别的哟。因为明日可能就要告别，所以今日我反而加倍温存。

设想当我面临那一刻时，我心爱的猫不告而别，消失不见时，我会怎么样呢？猫就罢了，至亲至爱的人呢？

其实几年前，我还养过一只白色小狗，相当幼小，才一个月大。我为它擤鼻涕，为它洗澡，为它穿外套，为它找旧衣服做窝，它怕冷，半夜呜呜叫，于是我把它抓到床上人体供暖。

后来，在一个早晨，我妈送走了它。

看见世界上千千万万只小狗，我都会想起我的小狗。

它直接进入了我的内心，因为它从来不曾矫饰过它的本性。

它不满了，就大嚷大叫。它饿了，就要吃。它牙痒痒了，就咬拖鞋。它冷了，就往人身上靠。别人对它好，它就跟人撒欢。

许多人做不到小狗这样本真。我们一开始努力呈现自己最美好的一面，给女朋友看，给男朋友看，给同学看，给朋友看，给老师看，以及给观众看。渐渐我们放松懈怠后，就显露出本来面目，于是彼此开始失望。

如果我们最初就能像小狗一样，能否相处得更加好？至少，各自的想法、做法、看法，真实意思是什么，各自可以认真用真实的自我给予回音，而不是彼此误解虚耗生命力。

我们本当用真实的自己，相互砥砺磨合。恋人慢慢成为坚固的恋人，家人慢慢成为融洽的家人，友人慢慢成为坦率的友人。

抑或及时醒悟，好聚好散，各自远航。

因为那只小狗，我才发现尽管我有许多自由时间，我居住的小区树木繁茂，四季美好静谧如一座花园，但我却花很少时间在户外活动，总在写作或者上网。如果我天天带它出门溜达，也许就不会搞臭房间，让我和我爸妈疲于奔命为它善后，最终大家一起失去耐心。

因为那只小狗，我开始观察狗和人类的关系，对人类属性，有了进一步的观察认识。我家隔壁养了一只大狗，同时，女主人生了一个女儿。婴儿天天啼哭，邻居们保持沉默。

而他们的大狗叫唤了，被当面声讨，指责吵得人不得安宁。物种不平等，这是地球上的社会现实。

我也留意新闻报道，有的人视狗如命，也有人大啖狗肉。人各有志，一个人如果不能够习惯世界的多元化，就会处处看不惯，成为可厌的人。至于虐待小动物的人类，更需要的是心理援助。每种残忍背后，都有心理的缺失。

它被送走的地方是学校，有学生重新收留了它。据说狗这样的动物会因为主人的舍弃而不再彻底信任人，这是狗的心理学。狗比人寿命短，由此，它也必然没有几年，就会老去，老死。我陪伴了它的童年，可惜不能陪它到老了。

想到这一点，我愈发清醒。所谓爱，沉重而轻微。爱的本质，是接受真实的对方和自我。

真实的我们，往往弱小，无力，胆小，难以坚持付出。唯有不断扶持鼓励，才有勇气一直守望，白头偕老。

爱上悲伤

青春如此美好，因为它全部的悲伤，都来得及被我们仔细地伸出舌头舔尝滋味。在岁月粗糙我们以前，在光阴僵硬灵魂以前。

我很喜欢那部日剧 *my boss my hero*。中文意思是，我的老大，我的英雄。

一个混沌未开、还不懂得什么叫悲伤的 27 岁大男生，被当黑帮老大的父亲送去高中重新念书，作为继任之前的锻炼。主角是由曾经的偶像少年长濑智也，出演 27 岁的黑帮老大真喜男。

从进入学院，他要假装是个 17 岁少年那样重新开始。你看，27 岁男生的强壮，还有黑帮新老大的强大，足够他在校园里显露风光。当然，他的功课很糟糕，需要朋友的帮忙。

青春所以美好，也因为友情在这个时候来得纯粹简单。另外一个叫樱小路的男生，一路成为了他的朋友，帮助他，关心他，站在他这一边。友情的味道，好比汽水，解渴。

而这个时候，哦，还没有尝试过真正恋爱的真喜男，终于遇到了心动的女生小光。彼此的靠近里，喜悦与甜蜜如影随形，又如此令人沉迷陶醉。

然而，小光告诉真喜男，自己最恨黑社会，最讨厌暴力，因为当初家里出事，高利贷来找他们，父亲被一群黑社会打成重伤。真喜男犹如遭遇晴天霹雳，晚上两人走在路上，正当真喜男有话想对小光说时，一群小流氓骚扰小光，原本打算打趴这群小流氓的真喜男想起小光那番话，不还手让他们打，却也不肯投降，最终小流氓们被真喜男的气势吓到了，自己走掉了。

从这天开始真喜男就一直躲着小光，就连小光的邀约也不肯去。某天早上小光的弟弟来找真喜男，希望他帮忙把小光的决胜笔送给正要参加考试的小光，得知自己居然成了小光的英雄之后，真喜男奋力赶往考场。但随后小光的邀约，他却让樱小路去帮忙拒绝。

他躲到学校，跟老师坦白，痛苦地哭了起来。你喜欢的人，一开始就讨厌你所钟爱的选择。爱情的味道，太复杂，该怎么办？ 27 岁的他和他的身份，终归不属于这个 17 岁的透明心田的世界。

真喜男班上的班主任，24 岁的南百合子，站在黄昏暮色弥漫的教室里，不知道如何安慰哭得满脸泪光的真喜男。班主任南百合子其实也开始悄悄对真喜男有了爱慕。她的心里，也迷漫起无尽的悲伤。作为一个老师，怎么好爱上自己的学生呢？

这个打架勇猛无比的男生，哭得还不如一个 7 岁的小男生。

但是，男生的眼泪，是成长的真谛。

成长带来喜悦，也带来痛苦，它们是双生子，是硬币的两面。

他们两个人静默地坐在教室里，找不到答案。只有悲伤，悄无声息又铺天盖地诞生。许久，许久以后，南百合子只是望着这个成长期迟到的男生，在最美好的夕阳光线里，缓慢而哽咽地跟他说：“明天也来学校。有过受伤，有过痛苦，但是，即使如此，也来学校吧。来这里学习、聊天、吃饭。有一天越过了这种悲伤的时候，你肯定会比现在还要坚强。那才是真正的坚强。”

青春如此美好，因为它全部的悲伤，都来得及被我们仔细地伸出舌头舔尝滋味。在岁月粗糙我们以前，在光阴僵硬灵魂以前。

主角终会毕业，成为真正的老大、真正的英雄。观看主角故事的你呢？也会结束青春期，永远毕业。也一定会遭遇像主角一样的悲伤。

越过这种悲伤，变得坚强的时候，你会爱上悲伤，一直回味悲伤的味道，那是一个人在懂事以后，情动之时，毫无保留地付出全部心力和灵魂去深爱的最初体验。

百年不孤独

一切的一切，隐隐流淌着同一种情怀，越过百年而至无尽光年的新陈代谢，越过死亡与新生的自然规律而生生不息。在宇宙中原本无限孤独的个体生命与事物，因此而并不孤独。

你知道蔷薇叶已抽是什么意思吗？让我把原诗找出来，请跟我一起读一首一千年前的五言古诗：“尔从山中来，早晚发天目。我屋南窗下，今生几丛菊？蔷薇叶已抽，秋兰气当馥。归去来山中，山中酒应熟。”

这诗本是一首田园牧歌，但却叫人浮想的很多。中间第五句的意思是说，蔷薇的叶子长出来了。植物抽叶，花朵也开始孕育。这个时间是在三月至四月。然后，五月到六月，盛开。七月呢？凋谢。

凋谢之时，便是告别之时。

这种花像不像一支毕业告别的伴奏曲？我在我的大学母校，时常经过一片蔷薇园。目睹它们发芽，抽叶，开花，绚烂无伦，之后，渐次凋谢。每到此时又一拨毕业生要离开母校，投奔命运，流落在世界的各个角落。我在凋谢枯萎的花朵面前，沉默了片刻，跟它们再见。好运。

不止是花开，不止是毕业。成长源自告别。就像种子要离开母体，小孩子要离开家。植物开花，花粉传播，再留下果实，果实也就是种子。2009年6月看《南方周末》上的新闻，看到一则“通用汽车宣布破产。今年101岁”。对历史有了解、对世界工业历史有一点点了解，或者是对汽车有癖好的人，都知道通用。那是工业文明时代的一枚象征。它熬不过全球经济危机，破产了。在通用汽车宣布破产当天，三名政界人士表情肃穆地参加了支持工人的集会，为国家汽车工业祈祷。其实，我仔细端详照片内的人物表情，何止肃穆，简直是无比悲情。

我的脑海里蓦然冒出一句话：“百年相交，终须一别。”

这句话出自徐克导演的《蜀山传》。斩妖除魔的两大高手玄天宗和丹辰子，在劫难来临时刻，相对微笑，各奔前路。分别之前，有一句慨叹，就是这句“百年相交，终须一别”。即便是有一致的理想与志向，但每个人的路程，仍然只有自己一个人去走。所有路途上的陪伴者，回头看都是转瞬消逝。唯一区别是时间先后。

今日的离别，明日不会再见。或者再见，以数年、十年、数十年，乃至百年为单位。不过一百年之后，我们都成为灰烬了。

地球上有历史的国家都爱嘲笑美国，这个国家建国短暂，文明只有两百多年。虽然领袖现代，为第一强国，但是，没有哪一次的挫败，比这次严重。911不过是外在的攻击，反而激发了英雄主义，还给了美国推行霸权战争的口实。而今，最有文明象征意义的大公司，像通用这样的，挨个儿破产，才是真正的悲伤情怀。百年一别的心情，这次美国人也可以体会到了。于这种反复的历史情感里，见证的是沉甸甸的心理历程：必须以成熟之心，来面对悲伤与挫败，明日才能重新站起来。

就好比中国，文明不割断，一直绵延下来，其实是因为历经许多次的百年之别兴衰更替，有一种潜在的心智成熟，反而可以理解接纳这些文明的变迁起伏太过平常，更具坚韧。

从花，到人类，到百年老公司，到家园国度，到星球，到宇宙，都是如此。恒星也会灭亡，星系离散，坍塌为黑洞。

不过，即便如此，却还是可以慷慨振作。恰如今年蔷薇开而谢明年有新的花开，毕业唱起骊歌后有陌生崭新的未来，恰如父母衰老而有孩子的诞生，恰如破产公司会有重组，恰如文明零落会有复兴，恰如宇宙内不断有恒星死亡又有星系的新生。就连宇宙，天文和物理学家也猜测，有过多次的灭亡与诞生。

我只觉得，一切的一切，这当中隐隐流淌着同一种情怀，越过百年而至无尽光年的新陈代谢，越过死亡与新生的自然规律而生生不息。在宇宙中原本无限孤独的个体生命与事物，因此而并不孤独。

第九章

当梦想照进现实

世间的人总是认为能够瞬间实现的才叫梦想，
但那些东西其实什么都不是。
只有每日每日的积累才是促进梦想实现的源泉。

有教养的细节

对待小事情的态度，泄露了不同的心态，最能看出一个人有没有教养，做事是否认真。

有一年，我受一个出版界朋友所托，帮他选编一套丛书。这套书的定位是收录不同行业的社会精英和名家的演说稿。

我选了几篇自己也很喜欢的发言稿，去找这几篇发言稿的作者取得授权。这个过程，很有趣。

比如我给创办了科学松鼠会的姬十三先生写邮件。他的回答非常吻合科普人士的职业身份，他回复说：“抱歉啊。那个演讲已经过去很久了，我不想出版。所以，请勿用。”

这样挺好，简单明确地拒绝，很有效率。在拒绝之前，礼节性致歉一下，非常完整了。

然后，我给吴小莉女士致信请求授权。吴小莉女士是凤凰卫视频道的主持人，因为在朱镕基总理的记者招待会上被点名回答采访而名扬天下。

她的回信是经纪人负责的。不过她的经纪人说，会先跟小莉老师沟通，请等回复。

几天之后，我收到了回复，吴小莉女士同意演讲内容被收录到书中。不过因为相隔了近十年，她将演讲的原文做了一些小小的修改，把新稿和授权书一起发来。

那篇演讲稿针对的是大学生，谈到了中国驻南联盟大使馆被炸后，她和同事紧急制作了“中国人今天说不”的节目。其他内容相对比较轻松，比如她第一次开始做电视的经历、参加毕业典礼要不要化妆等等。

吴小莉女士如此细心重新核对修改内容，倒是很出乎我的意料。

传媒人特别知道传播的属性，对于会印刷在书里的正式出版文字，非常认真。一旦出错，白纸黑字，再修改就特别麻烦。

这是一个成名多年的专业电视人的职业操守，我很佩服这份严谨细致。

紧接着，我就收到了管笑笑女士的回复：“感谢您的好意，但由于版权归属原因，目前我父亲无法进行授权。”“沈老师您好！版权归属是这样的，这篇文章我父亲已与第三方签订专有使用协议，还需要等合同结束。谢谢您。”

她的父亲是莫言，莫言先生本名姓“管”。

莫言先生在获得了诺贝尔文学奖之后，成了各大出版社竞相争夺的对象。他的女儿管笑笑负责处理日常版权事务，两次回复，都解释清楚，客气礼貌。

凡事就怕比较。紧接着收到的另外一位娱乐圈明星的回复，就没有这么斯文有礼，文质彬彬了。对方的回复是：“××× 不授权任何内地出版。”

很明显，这是撒谎，这个明星的文字公开出版过，并且回信就是硬邦邦的那一句话。

这么一对比，文化与教养真的是密切挂钩的。至于是哪位明星，我就不提名字了。

最后收到的是葛剑雄先生的回信。当时他还是复旦大学图书馆馆长、全国政协常委。他表示同意授权。

但是葛先生和别人做法都不一样，他提供了一份书面的授权书，邮寄到了武汉。

那是他本人亲笔写的信，有签名，填好了日期，还有书信抬头、落款，完整齐全。

邮局通知我去取信的时候，我还纳闷：这个年代，谁还给我寄实体信件？想不到居然是葛先生的授权书。收到之后，我转寄给北京编辑中心那边。

事实上，那套书的收录稿酬非常少，只有千字 100 元。这对于成名人士来说，几乎可以忽略不计。邀约信里对于授权书的要求是，邮件回复授权、手机拍照或电子扫描即可，这比邮局寄信简单太多了。

日常工作中，我跟很多的作家同行打交道，提供授权书都是手机拍照，或者邮件约定。

有些更年轻的作者，给我提供授权书的时候，要么忘记落款，要么没写日期，要么格式不对。真的，照着给出的样板授权书格式，都有人写错。我不得不要求对方再次补上。

我是通过微博私信联系上葛先生的，可见他并不是不熟悉电子网络的使用，如果求方便，完全可以避开书面模式。但他没有。

对照葛先生，老一辈学者做事一板一眼的细致，我心底相当感叹，肃然起敬。

马克思说：人是社会关系的总和。

每个人做事风格不一样，如何处理事务往来，处理跟他人产生的工作联系，说明这就是什么样的人。求人办事，多用敬语。拒绝他人，多用谦辞。

这些不过是小事情。但是对待小事情的态度，泄露了不同的心态，最能看出一个人有没有教养，做事是否认真。

什么是反面教材，什么该学习借鉴，一目了然。

欢迎来到成人世界

没有智慧和力量，我们无从捍卫爱。

《奇幻森林》这部电影如果从俗套的角度去看，你看到的是童心，是正义善良战胜邪恶，但放回生活对照，你会发现，内在的主题是欢迎孩子融入成人的世界。

这世上有一种最为媚俗的做法，那就是贬低成年人的世故，一味地歌颂孩子们的天真。

《奇幻森林》非常诚实地揭示了真理：那就是爱必须拥有智慧，拥有成熟世故的经验，才能对抗权力，在内心保留珍贵的天真。

在生动活泼的故事里，小男孩和他的伙伴团结起来打败了敌人。实际上，男孩毛克利和森林法则，对应的就是人与社会。

雨季时期，动物繁多，大家遵循弱肉强食。枯水季节，大家抱团喝水，停止猎取其他动物，留一线生路。这是什么？这就是现代社会契约文明的源头。如果大家不想相互残杀撕咬吞食，一起完蛋，那就要遵守规则。人类的智慧和理性由此进化而来！

老虎对应权力。当他发觉自己的权力受到了威胁，哪怕有吃的，也要弄死毛克利，因为人类懂得使用火这个工具，迟早剥夺老虎森林之王的地位。老虎被人类用“红色之花”烧伤过，在脸上留下疤痕。老虎见识过成年人，所以知道小男孩必然会长大成人。只有提前消灭小男孩，老虎才能安心。

为此，老虎不惜挑拨母狼和小狼的关系。老虎把猎物羊肉给小狼吃，给小狼讲述布谷鸟的故事，洗脑从娃娃抓起。

布谷鸟不做窝，不孵卵，而是采取寄生的策略，把别的鸟的蛋推开或吃掉，把自己的卵产在巢穴里，让别的鸟抚养自己的孩子。布谷鸟的中文名字叫杜鹃。鸠占鹊巢的成语就是这么来的。

老虎给幼狼讲布谷鸟的故事，是个极为阴险诡谲的做法。它就是在暗示：人类小孩毛克利夺走了母狼的爱和食物，毛克利不是好东西，好让大家排挤毛克利。

这样的行径，只有人类玩得出来。然而电影偏偏就设计了这样的情节，在奇幻故事里，把重要的人生经验传递给青少年观众，太值得尊敬和赞叹。很显然，创作者不想拍成弱智的儿童片，而是要尽可能把人性的灰暗展示出来。看过了这一幕，学到聪明的孩子，就没那么容易被人挑拨离间。

迪士尼是世界上最大的造梦王国，云集一大批给孩子设计幻想故事的顶级大牛，一部又一部电影，传颂十几代人。就因为迪士尼不是单纯地表现童心，还藏有内在的深刻。

蟒蛇对应的是虚伪和贪婪，它伪装得十分亲切和蔼，但它就是想迷惑毛克利，在他放松警惕后，一口吃掉这个人类小男孩。

这又是人生必修课。看起来温柔的，未必真心，比如我们会遇到很多动不动谈情怀的人，说着你爱听的话讨好你。情怀偶尔一谈，那是真心流露。总在你面前谈情怀和爱，那可就要小心了。这多半是骗子，想忽悠你。因为忽悠的成本最低，动动嘴皮子就行。

那些教你世故的人，反而是真好人。因为不忍心看你上当受骗，忍不住说出真相。满口要你不忘初心的人，往往他自己正在用各种手段大把捞金，根本不管你在这个残酷世界上会撞得头破血流。

然后熊出现了，一巴掌拍开蟒蛇，夺走了毛克利。

熊对应的是智慧。熊是个世故精明的商人，也是个狡猾的自由主义者，遵循利益交换法则。它帮助小男孩，然后借助小男孩的人类智慧，设计工具吊篮，为它摘取大把大把的蜂蜜。森林里的熊根本就不冬眠，但它为了达到目的，哄骗小孩撒谎了，利用了人类男孩的同情心。

不过，吃饱了蜂蜜的熊，唱起欢快的歌。自由主义者其实大多是一些好人，他们信奉交换，而不是统治奴役，只求吃饱和作乐。熊和小男孩在合作相处过程里建立了感情。于是熊成为了毛克利的忘年交，一起在河流里洗澡，一起漂流唱歌。

熊是我们生活当中的某一些长者，见识过身边老虎一般的凶残奸诈、蛇一般的虚伪贪婪，就把真心隐藏起来，过好自己的生活，轻易不会主动伤害他人、撕破脸。但是遇到值得真心以待的人，就会真心对待。

母狼对应的是爱，是母性。它收养了人类小孩，建立感情，保护这个孩子。但她的力量最为弱小。狼群的生存依赖族群，所以它们每天都要背诵口号。母狼是毛克利的信仰，是他在森林里的家人，爱和归属，是家的最高象征。

黑豹像一个旁观的智者。最先就是黑豹救了毛克利，送到母狼那儿养活。然后也是黑豹护送毛克利离开森林，回到人类村子里去。老虎和毛克利终极一战，也是黑豹提醒男孩，你不是狼，你应该像人一样，运用聪明头脑去战胜老虎。

于是毛克利冲回失火的森林，找到藤绕腐朽的大树，布下陷阱，引老虎进火坑。万物之灵是什么？是人！森林里的图腾大象们，面对小象坠落山涧束手无策，是毛克利切割藤蔓帮忙把小象拖上来。

老虎煽动动物们仇视毛克利，但毛克利把火把丢进水中淹灭，冒着生命危险表明态度，自己就是森林的一分子，用行动粉碎了老虎的诬陷。

还有猩猩王，根本就是活生生的野心家嘛！它不缺吃，不缺权力，统治了千百只猴子。

猩猩王唯一缺的，是更大的权力。它不像老虎那么低级，采取的是威逼利诱的策略，想跟毛克利合作。掌握了火，就能控制森林，甚至抗衡人类，开拓更加广大的疆域。

这是比老虎更加野心庞大的家伙。猩猩王的强大，体现在电影的形象构造上，一眼看去，堪称森林里体积最大的动物，比熊都大几倍，这又是极为鲜明的对比。邪恶总是凭借力量而成为邪恶。

没有智慧和力量，我们无从捍卫爱。毛克利是在熊的调虎离山、黑豹的搏命保护之下，才逃出猩猩宫殿。猩猩王暴怒之下，上蹿下跳去抓小男孩，毁掉了石头宫殿，结果压住了自己。

这些加起来，就是我喜欢《奇幻森林》的原因，它虽然是一部儿童主角的电影，却一点也不抗拒成人世界的规则。很婉转地讲故事，却温和地说出真实。它是真心希望孩子们长大，聪明勇敢有力量，而不是变成傻白甜的呆瓜。

你是个年轻人，就应该野心勃勃

对欲望不理解，人就永远不能从桎梏和恐惧中解脱出来。

1

我的一个记者朋友。他拼搏在深圳，天天坐飞机去各大城市采访明星，写一些自己都不喜欢的稿子，辛苦得不得了。有时候两天才能睡四个小时觉。

有一天，他在聊天时候叹息："哎。人生好绝望，明天一早还要去医院。累得扁桃体一直发炎。"

我反问他："不买房就不绝望了，不谈恋爱就不绝望了？"

他说："与房子恋爱无关。"

我就问他，"你到底追求什么？你有什么梦想？"

他回答："我想有很多很多的钱，非常有安全感，然后无所事事地生活。"

我当时笑了。因为太巧合了，多年前，我也跟他说过这样的话。

我确信我的这个朋友，会继续坚持工作赚钱。

我不相信，他真的能够忍受无所事事的下半生。

2

跟那个朋友聊天后的第二天，他就晒了一张五星级高档酒店里的游泳池照片，感叹自己还没学会游泳。

看，人多么有趣，常常是“没事想折腾，累了就哼哼”。

我们的抱怨有时候是对生活撒娇，对自己撒娇。

其实，也真的有一些人，不愿意参与社会的竞争，不喜欢和人打交道，喜欢清清静静自己待着，甚至干脆退出江湖。

我这个人，也想着就写点东西发呆，不愁吃喝。

不过，我们还是要吃饭住房穿衣，时不时还涌起别的渴望，吃更加高级的，喝更加丰富的，住更加舒服宽大的房子，穿更加精致的名牌。

如果你能节制欲望，降低到极为简单的地步，远离精彩人世间，那么你只需要有父母馈赠的丰富财产，或者自己赚到一些生活费，就可以达到理想，过上自己想要的生活。别人怎么说，不去听，不理睬就是了。

可惜，压缩欲望比赚钱还难。

如果做不到最大化压缩欲望，你还是得先勤劳致富，然后换自由。

世界上有真的隐士，真的修行之人做到清心寡欲，只做一两件事情就生活着。但难度特别高，高过追逐欲望。这种人，一般年纪都挺大，从肉体上就衰老了，心理更加是进入暮年静养的阶段。

梦想可以是房子、车子、喜欢的人，梦想也可以是当医生、当警察、当外交官。

梦想更加可以是从小城市到大城市，从温饱到小康，从小康到中产阶级，从中产阶级到大富豪。

梦想还可以是成为明星、成为大慈善家。

家在小镇的表弟念完大学以后，就对他的爸妈说，以后绝对不会回去了，要么在南京买房，要么就在附近的小城市买房。哪怕他在小镇的家有几百平方米，下楼就有吃有喝，宽带、超市一个不少，可以住得舒舒服服。

可是他在大城市读了大学，见识了世界上的热闹，大开眼界。老家顿时变得又小又窄，郁闷之极。

我的远房表弟，逼着家人咬牙卖掉了通州的房子，换到了北京市区。

李连杰主演的那一版《笑傲江湖》里面，他总是念叨退出江湖。可是任我行道破真相："退出江湖？如果你的下一代抵受不住练武的诱惑，再拿起剑闯荡江湖，你能阻止得了他们吗？"

同样的，年轻人无法抵抗大城市的繁华诱惑，因为生命的本质就是欲望，人类前行靠的是一代一代年轻人的热血。

体能巅峰，元气旺盛，大脑极其活跃，肌肉强壮，海阔天空，野心勃勃。这一切都是人类进化为闯荡江湖而准备的。

梦想也不是什么遥远的东西。

梦想是欲望的文雅说法，就是我们想要的东西。

我们还想折腾，还有梦想，最大的原因，就是身心还年轻，还有欲望。

3

想让年轻人像老人一样清心寡欲、放弃竞争？其实也有办法。有个医学院出身的心理专家介绍过：

打了镇静剂，情绪消灭了，基本上心如枯井。

做个缩胃手术，吃得就少了，没力气出来闯荡江湖了。

融掉肌肉纤维，把血液酸化，身体就虚弱了，再也不会精力旺盛争强好胜了。

给年轻男人每天吃几毫克雌激素，连性欲都消退了，彻底无欲了。

可是废掉了年轻人，熄灭了欲望，也就毁掉了这个世界。

所有的国家都害怕进入老龄化社会，因为人口比例老化，就会失去活力，失去进取心，经济、文化各方面都面临衰退。

你是个年轻人，你拿起你的利剑，修炼自己的本事，去大城市闯荡江湖，寻找自己的一席之地。

梦想没有高低之分，只看你是否为它去做了什么。印度哲学家克里希那穆提说："对欲望不理解，人就永远不能从桎梏和恐惧中解脱出来。如果你摧毁了你的欲望，可能你也摧毁了你的生活。如果你扭曲它，压制它，你摧毁的可能是非凡之美。"

我发现，我越是努力赚钱，获得名利以后，我反而越多自由平静的空隙，得以享受写作发呆，写一写自己喜欢的不换钱的东西。

这就是人生最大的真相。

树叶上的菩提

你的山中菩提，渗入我的人间事物。各求各人道，有选择自由，乃是至佳的价值观。

岁末去友人家做客，一行人除我之外，都是佛学亲近者。我的那位友人，常常去寺院参加修行。他们聊天的主题我难以融入，就让友人找点读物给我消遣。

结果友人给了我一本画集，一翻，我看入迷了。画中有罗汉，有佛偈，有菩萨，有山水，甚至还有几首小诗，好玩的是，原作与画纸无关，全都存在于树叶和葫芦之类的东西上。

友人小川兴冲冲跟我解释，作者是明鉴大和尚，这位大和尚特别随和活泼，在佛门中挺少见。友人的母亲犹在旁边念叨，这个法师写的东西我看得懂，学得来。以我一个旁观者来看，恰恰涉及心理学范畴里特别有意思的东西。

别的出家人怎么度过的，我想象不出活动的场景，也不敢太过冒犯，胡乱揣测，但是看那本画集时，树叶上的绘画摆在眼前，完全可以一一映照。我脑海里忍不住浮现出画面。

多半是炎夏之后，秋分之际，各色树木开始落叶。一个大和尚读书诵经、打坐静思等等的功课也结束了，寺院在山中，而山中岁月对于他来说，还是有余暇的。于是，大和尚弯腰拣起泛黄的叶子，探手摘下青色小葫芦晾干，用最简单的炭笔，或者根本就不是什么专门的用笔，而是烧过的一截木枝，香烛的几分烟熏积黑，手指蘸了，涂抹几笔。

有的法师专心于勇猛精进、持戒苦修，所写的文章谈论戒律章节条款明细，入佛门如何跪拜，不得从礼佛者面前经过，还要注意清洁身体各个部位，以免亵渎，令人望而生畏，毕恭毕敬。

也有的法师生活气息浓郁，知情识趣，有艺术家渊源，乐得禅在生活中，好比在树叶诸物上画画的明鉴法师。

还有的法师，譬如那位红透半边天的延参法师，一开腔就是心灵格言的风味，一套一套的。据说他出家前是杂志编辑，算是地道的我辈文字工作者同行，听他说法，特别有亲切的感觉。

现代社会大家有宗教信仰自由，不去信仰，也可以当成一种文化去接近，安抚内心。法师都是各式各样的，通往彻悟境界之路又怎么会唯一呢！这反倒为人性卸下枷锁。各求各人道，有选择自由，乃是至佳的价值观。

最后我交底，我提到的特别有意思的东西，其实就五个字，原来只是懒。懒，即是最根本的人性，也是一切文明科技的第一推动力。一江春水向东流，不过是顺势而下。一味苦修永远是少数个人的选择，难以普及；过于世俗乖巧，其实也失去了出家人的独特况味意蕴。走向人性的平定，多半还得由此及彼，你的山中菩提，渗入我的人间事物。

蝉在高歌之前

世间的人总是认为能够瞬间实现的才叫梦想，但那些东西其实什么都不是。只有每日每日的积累才是促进梦想实现的源泉。

我有一个真实的故事，关于梦想照进现实。

1

在一个山西小城，1998 年的春天，一个活泼好动的六岁女孩，独自在她家附近玩耍。

像所有小孩子一样，她做着斑斓多彩的梦，喜欢好吃的，爱玩。不知不觉，她跑到梯田里，不小心摔下来。命运忽然闭上眼睛。

回家以后，这个小女孩昏沉沉睡着，父母心急如焚地带她看医生，去市医院，去省医院，去北京天坛医院。

专家诊断结果为：休克性精髓损伤，俗称，截瘫。

她无忧无虑的童年就此结束。

被诊断为截瘫的小女孩，随着父母多年在外求医。

求医路上，沉重的医药费让这个小家庭无力承担。为供姐姐、哥哥读书，她的父母再无更多精力负担她的教育。

学校，也难以收纳一个截瘫的女孩。

就这样，她与学校彻底无缘。

2

在 2013 年的夏天，我出版了一本小说集。这些年，我的联系邮件，公布在我的个人博客上，于是我收到成千上万各式各样的来信。

某一天，我突然收到一篇书评，正是写那本小说集的。

书评的文笔虽然还带着稚气，但对我的历年作品如数家珍，特别熟悉。某些句子，甚至说中了我当时写作的心情。我当时心想，写得挺好，可是不大符合报纸书评版的格式。

我在想，要不要修改一下，推荐发表。犹豫之间，我的目光落到邮件的末尾，我发现她附带了一段小小的文字简介，关于她自己。

这个女孩说，她没有上过一天学。

我很惊奇。

这是个有天分的女孩子。

我给她回信了。

3

有一次，我看一个纪录片，主角是日本的天妇罗之神——早乙女哲哉。他专心专注，把一种食物做到美味。

其实，作家和厨师是一回事，都是手艺工作者，不能假借他人之手，必须亲力亲为，并且必须耐得住寂寞。

天妇罗之神说的几句话，我特别喜欢："现在的人总是急于实现梦想，包括中彩票这种不切实际的事情，我认为这并不是梦想。梦想如果不打好基础，就算实现也会很快崩塌。每天脚踏实地的积累，才能成就梦想。"

作家都是自恋的，都不喜欢搭理别人的文字，但是，2015 年我监制了一本别人的书。

这本书的作者，叫林深之，就是那个没上过一天学、从梯田摔下来、从此坐在轮椅上长大的女孩子。

她称我为老师。但其实，我只是觉得她有潜在的才华，恰好遇到了价值观相同的我。

我当时这样问她，你愿意在自己真正的作品诞生之前，忍受比较漫长的积累时期吗？

她说愿意。其实我看出来，她怀着惴惴不安，但她选择了这样去做。

她想成为一个作家，于是她日积月累地写。给南方周末写电影评论，给老牌的文学杂志写散文，也给畅销的时尚杂志写小说。

在她有了自己的书之后，也仍然是轻描淡写地处理自己的故事。

那时的她，不太能活动，只能勉强蹲着不倒。有时候，她的妈妈抱着她坐在一个地方。

那时老房子周围还没有被开发、被修建，大门前面有一大片荒地。她一直等待着有一天，哪位医生能够治好自己的双腿，让她重新恢复走路。

春天，她蹲在门口等苹果树发芽，摘毛毛虫来玩。夏天，她蹲草丛里等着抓螳螂和瓢虫。她只能蹲着，无法站立。

秋天，她等草干了蹲在土地里烤红薯土豆，冬天，她蹲在门口等下雪……

终于，她坐在轮椅上，从小孩变成少女，度过漫长的青春期。

一个人经历了这么漫长的苦闷，失去行走的自由，选择自学，写作、投稿、努力，甚至文章获得了发表，虽然起初文字只是发表在小刊物上。

她本来就足够坚持。

我相信我的直觉判断，这个女孩，就是早乙女哲哉所说的能够实现梦想的那种人。

4

但是在她的眼里，我是这样一个形象："作为长期要向他学习请教的人，好像有很多人觉得，能够跟他交流一定很精彩很有趣，但其实恰恰截然相反，在认识不多不少的这两年里，他给我的印象是一个非常简单的人，说话言简意赅，说完就消失得无影无踪，想要再找他，必须把微博、微信都留言一遍。

"记得刚合作那会儿，我什么也不懂，为了磨炼我这个新人，他布置了很多任务给我，我非常诚恳地告诉他，这本杂志很大牌退过我很多稿，那本杂志很有名，我连试都不敢试，他很淡定简单不容置疑地告诉我，攻下它。

"就这样，那段日子我疯狂写稿，最后成功把那些杂志写在了自己简历里。

"不得不说，老师确实深知玉不琢不成器的道理。想起第一次新书跑活动，紧张半死的我，用手机问他有没有经验分享，他只回复了我四个字——随便讲讲。就是如此简单粗暴的一句话，让我一半紧张都消掉。”

她说的，都是真的。

因为写作这种事情，真的教不来。我只能鼓舞她，催促她，推荐她，但我不能代替她实现自己的梦想，因为我也做不到。

谁也没办法把石头变成玉，我们只能把璞玉琢磨为玉器。

我猜，是我的强硬态度，把她的潜能都给逼迫激发出来。

5

蝉要让大家在夏日听到自己的高亢歌唱，它先要忍耐那些地底的沉闷辛苦。

当别的孩子花着父母的钱，嚷嚷着青春，嚷嚷着旅行。她不分白天黑夜地敲出文字。

当别的年轻人上网诉说苦闷，她在积累自己的工作履历，兼职做编辑，自己赚钱。

时间用在哪儿，是看得见的。

这也是我对她的褒奖，哪怕是在接受电视台采访时，我也是这么说的。

她一直认真写作，而不是让自己的生平经历压倒了创作。

十月初秋时，我比她先拿到出版的样书，那天，我手机拍图发给她看。然后，我在微信语音里，听到她的万分激动和欢呼雀跃。

这是她人生中的第一本书。

早乙女哲哉还说：“世间的人总是认为能够瞬间实现的才叫梦想，但那些东西其实什么都不是。只有每日每日的积累才是促进梦想实现的源泉。”

这本书，叫《女孩，你要好好爱自己》。

没多久，出版公司的编辑主动找到我，想要再出她的书。

她就继续一字一词，一篇又一篇，点滴积累，成为源泉。

深夜里，我和出版公司的编辑在手机上聊天，敲定了她的第二本书。

6

我一直觉得，沉默才是最有力量的。但是沉默不代表无所作为，沉默意味着不喧哗吵闹，不喋喋抱怨，而是静静地低头做好手里的事情。

一个人的心没有受限，哪怕去不了远方，坐在轮椅上，也仍然可以见识这个世界的广大。

这样一比较，那些没经历过真正的痛苦、却在书里无病呻吟、迷茫孤独的作者，太矫情逊色了。

我一直相信，只有真正的勇者，才能书写真正的勇敢。越过迷茫和矫情脆弱，成为顽强牢靠的人。

这种人坦然面对自身的苦难，敢于书写苦难，但绝不炫耀苦难去打苦情牌。

在自己的作品出版之后，很多知名报刊和媒体报道了她。她在太原书城，有了自己的第一场签售会。

我觉得这不是命运的奖赏，这是她亲手编织，献给自己的花环。为自己的人生寻找光亮，创造光亮，这样的人，可以称之为勇者。

罗曼·罗兰在给米开朗琪罗写传记的时候说：“并不是普通人都可以在高峰生存，但是可以一年一度上去顶礼，从中可以获得日常战斗的勇气。”

至今，我们素未谋面，除了她给我寄过一次“三只松鼠”牌的坚果大礼包。

好吧，我们都算是大吃货。

但这正是我的态度。

请用才华和努力证明自己，投递零食可以，其余苦情牌则免谈。

拥有好看的优质作品，令磨难成为成长的一部分，这才是最值得表扬的。

她是一个活生生的例子，让梦想照进现实的例子。这个没有被不幸击垮的女孩，开始了闪闪发光的新旅程。

为什么你听了很多道理，却过不好此生

有一颗柔软之心，才能去接纳和不断调整，少一些僵硬顽固。这才是真正的成长。

在我的大学时代，体育课让所有同学都很头疼！

按照规定我们的课程一共有 22 个项目，有跑步、跳远、单杠、双杠、投篮、游泳、踢毽球，甚至还要倒立和学武术打拳。有的男生体能很不错，而且还是学校足球队的队长，上课之前自信满满，结果踢毽子没及格。有的男生长跑非常厉害，但是下了游泳池，怕水怕得就跟落水猫一样。

至于我自己，踢毽子也没有及格。但是连我自己都没有想到，我的游泳竟然及格了。

在此之前，我都没有学过一天游泳。体育老师教了我们几个动作，逼迫着大家下水。一个班 30 多个人，根本没办法一个一个好好教。之后体育老师说，只要能够浮起来，游到对面的岸边，哪怕是狗爬式也让你们及格过关。

就这样，我自己摸索着学会了游泳。我就像一只青蛙，笨拙地游到了对岸。毕业之后的十几年，我夏天常去游泳。每次都全身疲倦，坚持得非常辛苦。但我又想坚持去游泳，游泳的好处太多了。对于我这种作家，比较缺乏有强度的全身运动，总是在写作，肩膀、颈椎、手腕过度疲劳，肩周炎、颈椎病、肌腱炎，通通都有，而且随着年岁增加越来越严重，游泳恰好可以改善这些病症。

讲到这里，你可能以为我要强调的是，控制住自己，坚持锻炼身体。其实，我想说的是我遇到的另外一个真实的故事。

去年年底，我家附近开了一个全新的游泳馆。这个游泳馆号称全自动净水循环，并且冬天寒冷时候，足量开温水。很多游泳馆为了节省费用，并没有足量放热水，我以前常常去的某大学游泳馆就是这样的。我在这家新开的游泳馆里面，一身疲惫游了 1000 米，爬上岸。我对自己说，又坚持运动锻炼了，累也值得。

旁边那个年轻的救生员男孩终于忍不住了，他跟我说："我看你常常游泳，是办了卡的吧！"

我说："是啊！"

他接着说："但是我看你每次都游得好辛苦，是刚刚学的吗？"

我有点不高兴："怎么会呢，我游了十几年了。"

他说："那你是不是感觉游得很吃力？"

我吃了一惊，点头说："是啊！"

他告诉我："那就是因为你用的姿势错了啊！"

我心里在想，这家伙该不会开始想推销他自己的教练课程吧！平时常常在健身会所遇到这种教练。只要你继续跟他聊下去，他就会给你说，有什么样的课程适合你、要收费多少。我倒不是觉得不应该收费。每个人的知识劳动都有它的价值。我只是知道这里面有很大的价格忽悠，以及我对人性有所了解，大多数人都很不喜欢自己运动或者做事的时候有人在旁边指指点点，而且交钱了以后，也很难坚持下去。

像我这么讨厌运动的人，能够坚持去游泳，已经是莫大的奇迹了。要是让我再交钱去上什么课程，比如游泳课，最后肯定是浪费。

结果这个救生员就说："你可以找教练上游泳课，学一下专门的正确姿势。像我们都是体育学院毕业的，可以教你。"

我就笑了，果然如此。我正打算拒绝他，他已经直接趴在地上，一边演练动作，一边解释应该怎样划水。这是个很年轻的男孩，也许他脸皮太薄，虽然公司培训了怎么搭讪推销，但他还不好意思死缠烂打。

另外一个原因是，他熟知正确的游泳动作，对我的错误游法，实在是看不下去了。

"动作不要太匆忙，换气的时候等待三秒钟，自己利用水的浮力，浮上来换气。

"划水的时候，大腿要收拢、小腿要打开画圈圈。这样才能保证下半身重心一直在下面，反推力往前。"我照着他教我的游起来。

第一次觉得别扭，还有点手忙脚乱。

第二次纠正换气，但是没有纠正小腿，更加费力。

第三次都纠正过来了，但还是没能找到那种感觉。

我休息了十分钟，他下水又示范了一下。第五次的时候我找到了感觉。

啊，不知不觉，我居然游了二三十个来回。最后上岸的时候，全身很舒服，并且觉得精神抖擞，一扫过往的疲惫不堪。

直到这次经历，我才真正地喜欢上了游泳。

原来，我可以全心专注地游泳，得到锻炼，精力充沛，并且不累。以专业的办法去做一件事情，从中得到了快乐，得到良好的回报：我下一次去游泳，根本就不必强逼着自己去，而是巴不得一有时间就去。

学习到正确的东西，太需要克服偏见，克服心理僵化。

人有一种巨大的惯性。因为害怕被骗，干脆拒绝进一步学习；因为害怕改变，害怕丢脸，就拒绝专业指导，情愿用错误的方式持续下去。

如果我继续用错误的方式进行下去，并不会缓解我的写作职业病，反而会加重。

有一种惯常的说法叫“听过很多道理，却依然过不好这一生”。

这是因为，道理就像正确的游泳姿势，是技能层面的。心理层面大门深锁，听了就听了，还是会错过。

对人生态度的省悟，对行为认知的审视，才是内心层面的这能让我觉察自己的深处问题之所在：是我的行为模式和内在认知出了毛病。

哪怕是在游泳这么一件很小的事情上，隔了十五年时间，机缘巧合，我才得以真正修正。如果那个年轻男孩喋喋不休推销收费游泳课，我大概会满心排斥，继续错下去。

掌握了认知方法，我仍然是不完美的，充满不足还会犯错，但我的纠正能力，超过了从前的自己，也超过了很多固执的人。这令我有机会成为更好的自己。

生命是活的，唯有流动，才不会臭腐变质。有一颗柔软之心，才能去接纳和不断调整，少一些僵硬顽固。

这才是真正的成长。

李云迪不会过刻板人生

遵从自己的喜好和渴望，去过自己的人生，不要照着他人想象中的刻板路线去活。

李云迪韩国演出出错了，还出错出得众目睽睽。玩高雅艺术出现失误，的确是一件有损形象的事。然而我觉得，李云迪的失误，反而显得有点可爱。

大众享用高雅音乐的需求之外，也有和艺术家相互娱乐的需求。

说真的，如果不是李云迪，古典音乐的话题很难这么火。小众古典音乐界的钢琴家李云迪，在微博上有 1821 万粉丝。李云迪光是跟王力宏一起春晚演奏那次，就给娱乐圈留下了长盛不衰的八卦。

其实，古典音乐本来就是生活实用品。我们看的电影、电视、纪录片，还有广告等等，充满了古典音乐，乃至网络上各种搞笑视频的配乐，也常常用到古典音乐，只不过没单独拎出来。

《肖申克的救赎》用了莫扎特歌剧《费加罗的婚礼》，《七宗罪》里用了巴赫

G 弦上的咏叹调。如盐化水，音乐艺术本来就是世俗生活的一部分。

我是个实用主义者，一向觉得人家的人生和发展，是他自己的事。

对于同行李云迪，大众期待朗朗表个态，朗朗的处境是一样的。真是巧，朗朗也挺聪明的，他的原话是："这个我不好评论，我还是先管好我自己，保证好自己。"

不过我想说的是，这根本就不是过去的古典钢琴大师养成模式的时代。

就说肖邦本人，是个神童天才，他 7 岁创作,8 岁登台,12 岁到音乐学校学习，19 岁到处巡演，也给宫廷表演，同时开始教学创作。短短小半生，声名成就到达巅峰，走的是一条特别标准化的钢琴家之路。

然而世界上也只有一个肖邦。影响肖邦成长的巴赫呢，命运就逊色太多，活着的时候没出大名。巴赫一辈子也是学习、创作、表演，担任皇亲国戚的音乐官员。

他们的时代没有网络，不怎么玩跨界，社会行业有限，没有新鲜别致的人生多项选择，干一行，就干到老，干到去世，成为大师。

但我们这个时代变化了。李云迪少年时代得了肖邦奖出道，天才惊艳，带着小圈子的大通行证，加入艺术家名人行列。一会儿被传有前妻，来自富贵家庭；一会儿主动玩暧昧，跟有名的歌手王力宏闹男男绯闻。出风头出得简直没边了，盖过了他的无数同行不说，还跨界盖过了更多的通俗音乐界大明星。

这跟历史上的大师钢琴家生涯，太反差了。

话说回来，其实大师根本无法养成。

很多人对艺术有认知偏差，觉得大师应该每个年代都冒出来几个，期待着有潜质的年轻一代照着模范刻苦用功，成为大师。

真相不是这样的。

文化艺术蓬勃发展时期，会猛然冒出一大堆大师，群星璀璨。传奇艺术家那么多，经典那么多，多到我们只享用古人的都享用不完。然后大多数时候，只是一些比较优秀的人士演绎表演，重复延伸，踩着前人大师的肩膀再进步一点。

就像文学历史上的曹雪芹，几百年出一个，那也不是养成的，而是因缘际会和个人天才叠加综合成就的。

一大批媒体跑去采访李云迪的老师友人，采访古典音乐的专业人士，用各种技术证据分析想证明他业精于勤荒于嬉。李云迪自己也在微博公开道歉，但是吧，哪个大明星道歉不是这样的套路？

如果顺着他的微博往前翻，综艺节目《全员加速中》介绍他是“气质高雅风度翩翩的优质偶像”。李云迪转发说：“玩游戏和弹琴其实也有共同之处，就是一定要专注！”

他除了弹钢琴得大奖，还是外貌不错的优质偶像，他也会“专注玩游戏”。

这个世界上有相当一批人，看待人生特别刻板：你拿了肖邦奖，你就该闭门勤奋练习，不辜负自己的天赋，然后继续攀登高峰。

但要是拿奖的这个人想要过的不是这种人生呢？名利早就有了，而且是远超同行的名利，再前进也不过是封神，老了得到一枚标签——著名钢琴大师。

有的人觉得他出现失误是在损害自己的艺术生涯，觉得他太分心捞过界，我却觉得包容他的个人选择是社会进步！他有可能玩着钢琴混娱乐圈，成为超级文化符号，远远超过他的钢琴成就呢！

李云迪不过才三十多岁，心态还年轻着呢。几年前我看过他在大学里的对话视频，跟年轻学生们打成一片。

一流青年钢琴家是他自己奋斗得来的光环和身份，他怎么运用，当然是遵从自己的喜好和渴望。

他完全可以道歉了以后，多花点时间练琴，堵上大家批评的嘴，同时继续在娱乐圈玩得风生水起。他也可以逐渐转移到娱乐圈，直至放弃钢琴。我作为听众，大可以一边有着别的钢琴家埋头苦练，弹得出神入化，感动我，熏陶我，陪伴我，一边看着李云迪闹出各种话题，心头飘过“喜闻乐见”四个字。

幸好，李云迪过着自己的人生，并没有照着他人想象中的刻板路线去活。

宽阔的心

只肯走独木桥的人，失去了宽阔的心，拥有的只是桥那一头面积有限的疆域。而不拧巴矛盾，拥有的是天高地阔。

有一年我回母校做讲座，以学长身份，聊聊职业经验。时间靠近毕业季，每年都有五六百万大学生毕业，庞大惊人。在大学生报告厅，我问年轻的学弟学妹们工作找得怎么样了。有人说搞定了，有人说还没呢，还有人说，不找了，准备自己做点什么呢！

自己做点什么呢？我有点犯糊涂。

两年前我看新闻，发现母校有几个男生，联手承包了附近一栋民居，他们把原本粗俗简陋的房子，改造成浪漫文艺的小旅馆，生意居然特别好，上了本市的晨报。这些比我晚了一个年代的学生，尚未毕业就已经投身外面，心思灵动。

尤其令我深有感触的，还有我的堂弟，这个生于1993年的男孩，最近开了一家自己的理发店。他连大学都没念呢！我看着他做了两三年美发店学徒，自己手艺过关，出师了，不必再仰人鼻息。今年他开了个小小的门面，月入四五千。他有他的梦想，以后要做成连锁的。

生于70、80年代的人还有最后的光环包袱，眼前只看见那座桥，笃信理想和现实存在巨大的鸿沟，我们遇到关卡，还得跟自己做心理斗争。要理想，还是要饭碗？把青春献给有活力但激烈竞争的外企，还是去考按部就班、有安全保障、一眼看到头的公务员？

但对于新生代来说，有什么好纠结的？大学考上就去念，没意思就休学创业去。工作也找，公司也搞，公务员也可以考一考。

就在春天，我在光谷的一家咖啡馆喝咖啡，坐在我旁边的两个年轻人，在纸上写写画画，双眼闪耀光芒，说要做一个网站，给那些想合伙创业的青年人，搭建平台，让他们可以找到伙伴，做他们的生意，赚他们的钱。

我侧耳旁听，笑了。我没法定义成功，我不知道堂弟未来能否连锁，我也不肯定，年轻创业会不会一帆风顺。玩垮了赔钱了怎么办？会饿死吗？

我一点也不为他们担心。谁没失败挫折过，谁没迷茫过？那又怎样呢？蛰伏完了，还能新生。年轻永远是最大的资本。

我能确定是，只肯走独木桥的人，失去了宽阔的心，拥有的只是桥那一头面积有限的疆域。而90后，不再拧巴矛盾，拥有的是天高地阔。

作家的魂器

你必须成为我们的魂器，一路辛苦修炼，你才能够将来剔除掉或融化我们，锻炼培育出自己的灵魂，在容器里主要装载自己的灵魂。

美国电影要是有续集的话，通常有个套路。第一部是战胜外在的敌人，战胜大魔王，打败强大的对手，英雄光荣赢得世界。

比如《钢铁侠》，比如《黑客帝国》的尼奥。但是续集里，主角所面对的真正的敌人，一定不是那些新对手。

《钢铁侠》的第二部里，钢铁侠要面对的是，他的能力也是他的宿命，放射性元素使他飞天遁地，也要他的命。他要选择做一个拯救世界的英雄，还是有爱即可平凡安在。而救世主尼奥发现，他似乎不是什么真正的救世主，他只是一段用于升级系统的程序。他必须接受这一点，回归最朴素的使命，平衡系统，重启系统。

嗯，不过我要说的，不是这两部电影，而是《哈利·波特》大结局。

主角，寄托了光明与希望的唯一主角，以他的名字命名小说和电影的哈利·波特，自身就是伏地魔的一部分，就是伏地魔的一个魂器。

伏地魔杀死了哈利·波特，就是杀死了自己，才能够完结一切。

为了结束对手而诞生，对手就是你自己。

看起来，每个人都需要一个对手。

哈利·波特的对手，是伏地魔。伏地魔的对手，是死亡，所以故事里要跟死神打赌，三件宝贝里最有意义的，是隐身衣，逃脱了死神的追踪。

死神的对手呢?

好吧，回到了那个最庸俗的说法，死神的对手是爱。遗憾的是，爱打不赢死神，不管你爱不爱，都没下辈子，我们都是要死的。香港电台主持人梁继璋给儿子写信：下辈子，无论爱与不爱，都不会再见。这话很坦诚，实在。

世人为斯内普流泪，我也为他流泪。然而，斯内普求仁得仁，如果换成琼瑶腔台词，他一定会说，我不后悔爱上哈利他妈咪，我愿意护卫所爱的女人，和这女人的孩子，即便这孩子不是自己的。斯内普的对手，则是“爱”。于是，他选择了无间道，在伏地魔身边待着，推动命运指向他要捍卫的结局。

而校长邓布利多，也选择了牺牲，他为了自身的职责。

所以，重要的不是选择什么对手。选来选去，对手都是我们自身的一部分。爱、破坏、恐惧、职责、死亡，都是我们自身的一部分。你有所领悟了没？如果有，你，这一刻，就成为我的魂器。

现在回头去看小时候迷恋的所有作品，最开始吸引我的，都是打得精彩，故事热烈。

可是，讲故事的人，写小说的人，包括我这个作家，都是别有企图的。

故事讲完了，你看爽了，怎么好像咯噔一下，在你心里留下了什么？

——我们，在你这个容器里，留下了我们的一部分灵魂呀（我们创作者的体验、经历、悲喜）。

你必须成为我们的魂器，一路辛苦修炼，你才能够将来剔除掉或融化我们，锻炼培育出自己的灵魂，在容器里主要装载自己的灵魂。哈利·波特之所以成为独一无二的哈利·波特，正因为他是伏地魔的魂器。某种意义上说，伏地魔，是哈利·波特全面成长的引子。

我今日之文字，刺激你，灌输你，攻击你，诱惑你，感动你，提醒你，是为了未来，有朝一日，你获得了成长，再剔除我，融化我，尽皆化成你自己。

你好，我的魂器，我衷心祝你早日剔除或融化我的那一部分灵魂。

远方的夜空有星光

If you are
my star、
I will
be
your sky.

沈嘉柯 著

人民东方出版传媒
東方出版社

自　序

远方的夜空有星光

沈嘉柯

我去参加某一次颁奖典礼，偶遇一个年轻的摄影师。典礼在南国的羊城举办，活动方安排他跟我住酒店一个房间，在等待晚上颁奖的时间里，我们聊起天来。

我看着这个貌不惊人，朴素打扮的年轻男生，忍不住问他，你是因为什么入选获奖的？他说，因为他拍摄星空。

他拿出笔记本电脑，给我看他的摄影。

我就在一刹那被震撼了。

那是一段制作好的延时摄影作品。高山之巅，星光缓慢流淌成星轨。银河缥缈，天幕近乎透明，画面的色彩极其瑰丽，那般美轮美奂，何其璀璨。

他告诉我，他的摄影图片，被美国 NASA 采用发布。这可真厉害。

好玩的是，他是一个重庆人。

重庆是一个山城，也是个雾都，平时没有多少日子看得到如此美丽的星空。

最反差的是，他原本不是文艺青年，是个标准的学汽车工程的理工男，读完大学去上班的地方，也是技术性单位。他迷上了星空，后来辞职专门拍夜空星光。

对于他来说，他拍摄的地点，都是远方。西藏、云南、尼泊尔……爬喜马拉雅山的冰川，有时候他一个人整夜守着夜空。

话匣子一打开，他滔滔不绝说着一路的艰辛，还有坚持的不容易。摄影器材那么贵，举办活动需要经费，而且还得养活自己，他还想教会更多人拍摄星空。

浩瀚星辰，让这么一个理工男彻底神魂颠倒，人生完全改变了。这个摄影师，不是孤例。

其实，所谓远方，并不一定是地理上的。“远方”在心上，爆发的星光，瞬间打动我们。

我们在按部就班的平凡人生里，感受到剧烈的感动，见识过庞大的美丽，这是一种类似开悟的体验，让我们愿意为之付出，一再去领略，改变命运，走向另外一条道路。

我记得多年前看过一部电影，一个小男孩站在商城橱窗外，眼睛发亮，看着飞机模型，升腾起开飞机的梦想，在遥远而漆黑的夜空，星光迢迢而来，照耀于头顶。多年后他飞行在天空中，大地倾斜，群星在左右，他拥有真正的满足。

当你拿起笔，当你跳起舞，当你在工厂上班，向往着金色音乐大厅，当你出现在大街小巷成为偶像。远方夜空的星光，其实是不灭的斗志，是我们平凡生活中的英雄梦想。

目 录

第三章 文字里的草木芳华

草木岂止在文学里芳华，也在厨房餐桌成就美味，我们又何必辜负这两全其美的自然之赐。

第四章 跟孤独和平共处

一座城市的庞大，与城中人的孤独，恰成反比。

第五章 这人间的欢喜与哀愁

当我们写作时，我们在想什么？其实就是想着，更理解这个世界和我们内里的细微真心，让读到的人，明白这人间的欢喜与哀愁。

第六章 人生若只如初见

人生若只如初见，相逢相失两如梦。就因为日后，要回到各自旧有的世界里去，那一短暂的假日光辉，出奇地耀眼美丽。

第七章 你如此需要慰藉

我们经历磨难，是为了更好地安慰他人。懂得安抚，在我们生命中特别重要。我们都需要慰藉，很需要。

第八章 故乡是我唯一的行李

年少时灵魂柔软，尚未固定，一个背包天南地北独自跋涉，从不眷念。可是长大后呢？尔后，将在世上飘零，直到落脚。我的灵魂在哪里定型，哪里就是我的故乡。

第一章

真正的初心

初心，
是我们自己想清楚了以后，
所要成为的样子。

这个世界会好的

我们当然要保持警惕之心，坏心之人一定存在。不过，当我们作出判断的时候，还是应该等一等，了解更加全面详细的情况之后再下结论。从批判到感动，只差一份真实和乐观。

跟老朋友一起去吃饭，她带着自己念大二的儿子。我们决定坐地铁前往汉口某个酒店。很不巧，她儿子带的地铁卡，余额不足需要充值。

我们刷卡进站之后，站在十米开外的地方，等着那个孩子在人工值班的柜台充值。

没想到，一个穿着汗衫的老爹爹，脸红脖子粗，声音特别高亢激动，跟工作人员不知道在说什么。

那个孩子就站在那个老爹爹背后，一直等待着。我们本来以为，过一会儿就好了，结果那个老人家一直在跟工作人员说话。距离有点远，老爹爹的口音特别重，我们也听不清他在说什么。

我看了看手表，5分钟过去了，老人家还在继续。可怜朋友家的孩子，也只好继续在后面等着。

我的朋友决定过去看看什么情况，这个时候，老爹爹似乎终于结束了，气喘吁吁地转身离开。

朋友的孩子拿出钱充好了卡，我们连忙招呼他快点进站。等地铁的时候，我跟那个朋友议论起来。

朋友说，看来坏人变老这个说法是有道理的。在这样的公共场所，一直大吵大闹，非常耽误别人的时间。

我也很赞同她的说法。正因为那个老爹爹，我们站在没有空调的入口处，等了好一会儿。我们所在的这座城市，是全国赫赫有名的火炉之城。当时正是夏季最高温的中午时刻，我们热得汗如雨下。

我们也因此聊到了新闻报道过的事件：年轻人扶起倒地老人，却被老年人讹诈。

那已经是几年前的事情了，但带给大众的影响特别深刻。这个时候，朋友的孩子插嘴说："其实不是这样的。刚才那个老爹爹，发现家里的一张假钞，被孙子拿去地铁站用了。天气热，人也多，工作人员居然没有认出来，把假钱给收了。"

本市的公交卡是不记名的租用卡，这种事几乎没有人能追究到小孩子。

那张假钞呢，老爹爹留在家里是为了提醒自己注意小心。他发现假钞不见了，追问之下，发现是孙子拿去用了。老爹爹大为生气，于是他打了孙子一顿，亲自跑到地铁站，主动道歉并且补上真钱。

我和朋友都惊诧了，一起感叹："想不到那是个正直的老人家。"

我们对这个家教严格的老爹爹，充满敬意。

古老谚语里，好事不出门，坏事传千里。从传播学角度说，人们总是倾向于记住负面的故事。网络时代信息发达，打开手机，随处可见大量的负面事件，总能给人一种错觉：这个社会上的人心坏掉了。

这种错觉让我们渐渐地形成了偏见，习惯性从反面角度看待事情。看见一个老人家跟工作人员面红耳赤地说话，就会当成他在倚老卖老扯皮。

回到真实的生活当中，用最简单的逻辑来想一想，如果人心真的都坏掉了，反面压倒了正面，我们的生活只会变得越来越糟糕无序。

然而事实上，哪怕从历史角度多方对比，我们的生活是在点滴进步。

我家所在的这个城市，有着全世界最多的大学生。以我平时的观察，大多数人开始习惯排队，尤其是新一代的年轻人。

我们当然要保持警惕之心，坏心之人一定存在。不过，当我们作出判断的时候，还是应该等一等，了解更加全面详细的情况之后再下结论。从批判到感动，只差一份真实和乐观。

多年前曾经有一位学者提问：这个世界还会好吗？

我心中觉得：会好的，还会更好。

谁写的中秋算第一名

天底下有那么多的人仰头望月，就会有千百种秋思。有的人只不过是赏个月亮，凑个热闹，然后继续寻欢作乐。有的是孤独的一个人，觉得哀伤凄凉，不关心世界，只关心自己。还有人是团团圆圆在一起，根本不必再祈求了。

一千年来，无数高手写过中秋，我却觉得王建的那首是里面最好的："中庭地白树栖鸦，冷露无声湿桂花，今夜月明人尽望，不知秋思落谁家。"

一个人如果到中庭去看月亮，那就说明这是一个孤独的人，选了一个很适合望月的地方。他看到的是地上在发白。就因为地上的白，更加能够说明天上的月亮是何等的皎洁明亮。正因为这种天上的明月、地上的发白，他写出了天上地下，一片雪白的景色。

在这种雪白当中，有一棵树，树上还停着一只乌鸦。树木在夜里是黑色的。乌鸦就更加是黑色的。于是你看到的是一张黑白摄影照。

这个时候你可以用来跟苏轼的那首词比较。在苏轼的笔下，八月十五中秋夜的世界是彩色的："明月几时有？把酒问青天。……今夕是何年？……转朱阁，低绮户，照无眠。"

现在再回到王建的这首诗。第二句是，冷露无声湿桂花。我不知道你闻过桂花的香没有。在秋天，桂花的香是很浓很厉害的，那是一种很清冽寒冷的香，也就是冷香。这种冷香，又被冷露给无声无息地打湿了！要是一个什么样的人？什么样的心态？才能细腻到如此发指的地步。

王建关心的，注意到的，深入骨髓的寒冷，是桂花被打湿了，是在一个黑白照的环境里面，那种接近人性极致的孤寂。你再去读苏轼的词，想象一下是一个什么样的主角儿在转朱阁低绮户。

而王建的诗里面，主角的人物是静态的，默默地在觉察着这一切，不然他没法注意到被无声打湿的桂花。

苏东坡的词里面写的是"照无眠"，月亮太圆太亮，照得人各种思念没有睡意。已经是很好的境界，很高明的笔法。但是王建不着一字，完全就没有提到无眠，写出来的却是一个睡不着觉、在那儿看月亮的人。

"人有悲欢离合，月有阴晴圆缺"。大家都在看月亮，有的人想到的是全世界的人都在看，"人尽望"三个字，你可以想象得出来很多人在同一个天空下仰起头的样子。

那么清冷的氛围，人自然而然内敛了。千言万语，尽在不言中，也尽在抬头当中。月亮很明亮，大家都在看，仰头就可以看到，这个时候已经默然进入一种天人合一的状态。

苏东坡感慨"此事古难全，但愿人长久，千里共婵娟"。这是人性当中都有的祈福心态。

对于王建来说，“不知秋思落谁家”，是一个疑问。世上有千家万户，心思其实不一样。

天底下有那么多的人仰头望月，就会有千百种秋思。有的人只不过是赏个月亮，凑个热闹，然后继续寻欢作乐。有的是孤独的一个人，觉得哀伤凄凉，不关心世界，只关心自己。还有人是团团圆圆在一起，根本不必再祈求了。

苏东坡写的是千年流行金曲，大众排行榜坐首席。

王建却是心底一句反问，“落谁家”？一个落字，无处可逃。月亮引发的秋思，是从天上掉下来的，落到你头上的。月光是无边无涯的，是覆盖你全身笼罩包围你的。

王建从万千广大的众人集体望月，又回到了个体，回到了某一个人。这之后的，他留白了，交给读的人去了。

苏轼写的中秋无数人喜欢，却输给了王建。因为那是一个人抛开熙熙攘攘的热闹、直面内心的时刻，低声念诵最入心的独白。

恰似苏轼最好的作品，不是什么白昼中豪迈的大江东去，而是午夜梦回，所有伪装和身份都卸掉，毫无准备，无法设防，忧伤长驱直入他的心：“十年生死两茫茫，不思量，自难忘。”“相顾无言，惟有泪千行。明月夜，短松冈。”

如果你曾走到了心中最幽微的地方，你会更加倾向于后者。

坐飞机不再担心掉下来

至亲至爱的人突然失去，意味着无从准备，来不及告别。就像未完成小说的作者，没派上用场的仪式。

我是个业余会研究他人逸闻的人。我常常觉得，在那些不为人留意的缝隙里，会漏出幽深的光。就像盲人对夜的感受，分外不同。

因为北京奥运会的开幕式上，那首《你和我》的曲子，知道了陈其钢这个名字。对这位音乐家的了解，仅止于此。

后来，意外和了解音乐的小店老板聊天，他提到，这人的孩子去世了。一个搞创作的人，失去了心爱的孩子……我顿时想起了金庸和他写的小说了。

金庸在《倚天屠龙记》的后记里说：“这部书情感的重点不在男女之间的爱情，而是男子与男子间的情义，武当七侠兄弟般的感情，张三丰对张翠山、谢逊对张无忌父子般的挚爱。然而，张三丰见到张翠山自刎时的悲痛，谢逊听到张无忌死讯时的伤心，书中写得太也肤浅了，真实人生中不是这样的。因为那时候我还不明白。”

等到金庸明白的时候，是他的儿子自杀以后。幸好金庸不止一个儿子，还有另一个喜好美食的儿子，以慰寄托。

从事创作的人，格外敏感。常人痛苦，创作之人也痛苦，并且还要放大很多倍。这痛苦，像衣衫单薄的人，在街头遇到寒雨，雨水很冷，当头流下，全身湿透。

金庸选择了以佛学化解伤痛。

有时候，我听着手机里保存的陈其钢的钢琴曲，不知不觉到他的微博逛一下，看看这个音乐家在做什么，生活如何继续。

这其实是一种偷窥，是作家对其他领域创作者的一种偷窥。

我想看看，创作者历经最接近自己的生死之时，如何承受。

他的微博一共不到百条。

微博的时间轴，是倒叙的。

他谈到电影《归来》的配乐，这配乐得奖了，里面有他意外逝去的孩子雨黎的工作贡献。

他谈到自己有自闭倾向，一个人待着特别享受，不过还是希望有人支持自闭症儿童的公益活动。

他谈到悲伤，也谈到儿子爱吃甜食。

他还谈到，虽然儿子去了天上，还是给他继续过生日。

他甚至与太太入住儿子最后下榻的酒店，在儿子遇难的高速路边寻找痕迹，在草丛中发现儿子破碎的眼镜。这个父亲像个推理侦探一样，企图找出出车祸的原因。

他谈到自己做手术，儿子的陪同。

至亲至爱的人突然失去，意味着无从准备，来不及告别。就像未完成小说的作者，没派上用场的仪式。何以解忧？这是一种悬念。

这也是我保持了偷窥的心理动机。

他继续生活着，绵绵不绝地思念着。

直到有一天，我在一个咖啡馆无聊地等朋友，抽起书架上的一本杂志，里面载有一篇对陈其钢的专访。真是太巧了，无巧不成书，总是有道理的。

我把采访的全文读完了，心中冰凉，万物沸腾，尔后止息。离开咖啡馆以前，我把这个音乐家说的一段话拍照，留在我的手机里。

“没有什么想不明白的了，因为雨黎，我反而超脱了。从小受教育，工作努力，建立家庭，生儿育女，然后孩子先你而去，家里也没有老人了，这时候感觉突然完成了人生使命。如果今天就离开这个世界，也不会像以前那么执着，那么多牵挂，坐飞机时也不会再担心掉下去了。”

我的偷窥，结束了。

真正的初心

初心，是我们自己想清楚了以后，所要成为的样子。

在湿润的春天，在“世界读书日”，我去了一趟成都。这一趟的行程是签售见面会和大学讲座。从四川大学到凯德天府广场，我被年轻学生、电视台和报纸的记者、书店的工作人员团团围住，问了许多问题。

大部分问题后来我都忘记了，但有一个问题，我特别印象深刻。有个年轻人问我：“沈老师，到底什么叫不忘初心？”

这个问题真好。

其实不止一个人问过我。

一个人的“不忘初心”到底是什么意思呢？我很认真琢磨过。

第一个层次的理解，初心就是最初的梦想。

我的童年，大人们特别喜欢问小孩子，你长大了想做什么？当我被问到的时候，我就骄傲地回答，我想成为一个科学家。

我在家族族谱上的名字，叫家科。按照中国的传统，子子孙孙和直系血缘的亲属晚辈的名字，会被刻在祖辈墓碑上。

这个名字是爷爷为我取的，寓意科学家，因为爷爷希望我成为一个科学家。在那个年代，这是最流行的梦想。但这是我真正的初心吗？这不是。

五六岁的小孩子，什么都不懂，嘴巴上嚷嚷的，并不是自己真实的想法，不过是大人灌输的意志。

长大后，我完全背道而驰，成为一个作家。

因为中学时代我看了文学杂志上的作家逸闻，很羡慕当作家的自由自在，虽然辛劳，但还是可以有尊严地养活自己。我开始想当一个作家。

在我们生命中，真正的初心，必然是源自我们自己。在我们真正知道那个梦想到底是怎么一回事之后，所涌出的渴望。

哪怕那是最亲的人对我们的寄望，如果我们自己不接受，不喜欢，不认同，就不能算是我们的初心。

我们每个人多多少少都有这样的经历：有生之初，似一张白纸，谁都可以涂抹几笔。但实际上，我们是有独立意识的个体，我们的内在灵魂是陶泥，如果这个人捏一下，那个人揉一把，渐渐就会奇形怪状。

我们要剔除别人强加的东西。

初心，是我们自己想清楚了以后，所要成为的样子。

在我的理解里，不忘初心第二个层面的意思是，它从你的内心诞生，你知道它意味着什么，你懂得你要去承担什么。

哪怕道路曲折，征途漫长，你还是记得你想要的是星辰大海。

如果暂时不能直接抵达，你也愿意为之坚守，有朝一日，你还会重新回到那样东西上面。不计成败，也要享受那个过程的快乐，那是我们自己对自己的成全。

未经时间考验的梦想，是不能叫初心的。轻而易举就动摇变卦，别人说几句就怀疑自我，遇到辛苦艰难就放弃，那不是初心，那只是随便一提的借口。

我想当一个作家，但是到了高考填报志愿的时候，我的父亲告诉我，社会热门是法律。而我没有经济独立，也不知道学法律专业的价值。

我屈从了父亲，从大学的法学院毕业。

然而，我在大学里的四年时间，猛烈地写作。别的同学在谈恋爱、打游戏，我在图书馆写作，在宿舍写作，在课堂上写作。

我甚至被法学院副院长逮住，没认真听课，反而在写我的文学作品。我付出了双倍的时间：一部分用来学法律，让自己学业及格，拿到奖学金，另外一部分时间，在中国特别重要的大报和文学杂志上发表了大量作品。

当我的稿费超过了父母的月工资，我终于可以选择自己想做的工作了，并且拒绝了家里联系的工作。我的大学生涯，比其他同学辛苦太多了，但我却乐在其中。

大学毕业后，我放弃了很多其他行业机会，一直没放弃写作。

中间，我经历了一段非常难熬的日子。一度，我自己和我的家人，都觉得靠写作是无法维持生活的。我跑过报纸的新闻，当过特约评论员，也开过淘宝店。其实我并不喜欢这些工作或兼职。

但那都是我所付出的代价，只为了彻底自由地写作。

我处心积虑攒钱解决生活顾虑，最后彻底成为一个自由写作者。

我为了自由的梦想，为了成为一个自己对自己负责的作家，耗费了十年光阴。

初心如此珍贵，值得我们倾所有努力去保有。

我特别喜欢已故老诗人曾卓的诗歌。他的一生，历经入狱、被打倒、多年后平反，写出了大量感人的诗句。

像是《有赠》里的“我忍不住啜泣，当你的眼泪滴在我的手背，你愿这样握着我的手走向人生的长途吗？”

但我记忆最为深刻的，是他弥留之际留下了两句感叹：“这一切都很好，这一切都很美。”

人世间的苦难黑暗没有压倒他。他的心中一定仍然保留最深的爱意。所以历尽苦难，他最终却以最温柔的句子，作为他告别世界的致辞。他回到了一个诗人的初心。

我想，这才是“不忘初心，方得始终”的本义。

在路上的人更想家

曾经我以为我是喜欢旅行，其实，所有的旅行只是让你更想家，让你意识到，喜欢和爱的差别。喜欢是喜欢那些优点，而爱和家，是你各种挑剔却只想赶回去的地方。

在南京的街头，我穿过熙熙攘攘的人流，去吃开了许多年的锅贴儿店。锅贴儿就是饺子啊，不过呢，在武汉叫煎饺。金黄色的锅贴儿香脆迷人，老店生意很好，我吃到第五个的时候，看见屋子后方坐着老伯伯、大叔、大婶麻利地包饺子，然后他们不知道聊到什么有趣的话题，一起哈哈大笑起来，结果大叔突发袭击，去捏老伯伯的胸口。三个人加起来年龄接近两百岁的人，无比嬉闹欢乐。我看着这一幕，嘴巴里的饺子差一点笑喷出来。

在南京的鸭血粉丝店，老板娘细声细气跟另外一个女人闲话，虽然我基本上听不懂吴侬软语，可是，我忍不住感叹：好温柔的语调，比起武汉打个招呼都像在吵架的嗓门，简直是天籁。

在南京的报刊亭买矿泉水，摊主冲一个带孩子的妈妈说，这个版画啊，你们要买不，这个就是骗人的啦，骗小孩子啦，十块钱，就是骗小朋友的，要不要？我擦擦额头上的汗，心想：这老爷爷做人简直跟纯净水似的，也太诚实透明了吧。

换了在武汉，我家附近报刊亭的那个女人，脸不红心不跳一声不吭就把过时的报纸卖给我。

在南京的公交车上，我被挤得双脚踮起。经过南京长江大桥时，我眺望车窗，心想，跟武汉的景色好类似，果然都是长江岸边的城市，只不过一座在中游，一座在下游。就连江边那个高塔，长得也跟武汉龟山上的电视塔差不多。

在南京的秦淮河岸吃茴香豆，味道很好。我一边穿梭进金陵古迹乌衣巷，一边在心里说，这个就是大蚕豆啊，不过南京是用水煮的，武汉那边喜欢油炸，还有个清雅得莫名其妙的名字——兰花豆。大概是形容炸开了的蚕豆样子如花。

在南京的红山动物园，看着养尊处优的大象，我叹息，武汉的汉阳动物园，大象、熊猫、猴子都很可怜，住的破破烂烂，远远不如这里的同胞。

从动物园出来，我直接坐地铁去南京南站，返回武汉。旅行结束，我从列车中出来，夜空将要下雨，有些冷，我抱着自己的胳膊，刹那灵魂归位，鼻头发酸。我的理性被感性打败。

所有拿来比较的，都是我原本生活的城市。以为是双城记，原来是对照记，心心念念的全是武汉。

你看，一个人要理解自己，认识自己，真的不容易。曾经我以为我是喜欢旅行，其实，所有的旅行只是让你更想家，让你意识到，喜欢和爱的差别。喜欢是喜欢那些优点，而爱和家，是你各种挑剔却只想赶回去的地方。

丰饶的诗意

熙熙攘攘的夜市是地道的人间烟火，幽静茶香玩味器物是雅致传统的美好生活。

我去洛阳讲课，和阔别十多年的老同学会面。白天忙于行程，无法深聊，入夜后，他说带我去吃本地正宗的消夜。

一条街道云山雾罩，鸽子汤格外鲜美，烤串也恰到火候，十几二十年的老店，来得迟了，连露天场地都没有座位。卖烟和果盘的小贩穿插其中。

夜市的食物风味浓郁，也谈不上精致。但好就好在，不用拼斗劝酒，没有生意场的压力，卷起袖子，丢开筷子，手剥卤味花生，舒服自在。从球队新闻到回忆大学时代的爱情故事，我们自斟自饮，你一口酸奶，敬我一口啤酒，心甜意洽。

他说他最大的遗憾是，本科明明学的是中文系古代文学专业，毕业后却从事广告业。

我的老同学，其实是一家广告公司的负责人，有忙忙碌碌做不完的活。广告是创意行业，他打心眼里喜欢的是更加文艺的表达，但客户想要的形式，偏偏总是那么恶俗。不过，他业余却是一个美食记者，采访美食老店，写一些读了让人口齿生津的文字。

隔天，他又给了我一个惊喜。原来，他还跟人合伙开了书店，叫云集图书馆。除了书店，更加令我意外的是，他还开了一个甜品店，堪称身体力行的美食爱好者。

当他放下手头的主业，沉浸于自己的喜好偏爱，整个人都熠熠生辉。日常生活的表象褪去，我见到友人生活朴素又充满意趣的一面。熙熙攘攘的夜市是地道的人间烟火，幽静茶香玩味器物是雅致传统的美好生活。

生活需要工作谋生，但我们正是从谋生的工作中跳脱出来，成全了自己的心，找到平衡和快乐，过得有质感而美好。

然后，友人们的故事，尽皆化为我笔下的文字。所谓文学，其实就是在日常之中，提炼出弥足珍贵的丰饶诗意。

当我们去动物园散步

一个生命或者一段关系完结了，我们总是强迫自己飞快扭过头转移伤痛，匆匆忙忙扑向新的生活，唯独忘了人非草木，被触动的情感，要有完整的仪式来解脱。

天气好转，跟友人去动物园闲逛。经过长颈鹿馆，来到一片小树林旁边的湖边，友人忽然告诉我，小时候班上组织活动，老师带着同学们一起到动物园，结果他比较倒霉，忽然看见水面漂来一只死掉的猴子。这事埋在他心里很多年，像一道巨大的阴影，覆盖在苔藓上。

他这事我琢磨了很久。

最近我养猫了。因为此猫自己会上厕所，所以我采取了放养的方式，由着它满屋子乱跑，上蹿下跳，自由自在。渐渐猫长大了，轻功越发了得，一米多高的窗户，也可以一跃而上。我这才想起一个严重的问题：我家在一楼，夏天来了，开个窗户，它就有可能跑出去。猫这种动物，野性天生，不比犬只，养出感情了对人无限眷念，惦记着回家。很多人的猫一旦离家出走，从此一去不返。

另外某个友人还提到说，她的一个朋友家的猫，13岁时跃上窗台，跃到了更广阔的世界去了，害她哭了一星期。

当时我想起电影《桃姐》里的戏谑斗嘴了，忍不住模拟一番开玩笑：促膝暖怀有时，喂养逗乐有时，被咬挨爪有时，一跃而去有时，人生所有的相聚都是要告别的呀。

于是又联想起米兰·昆德拉写的小说，取名“为了告别的聚会”。人类养猫，也很类似。迟早我的猫也会去往更加广阔的外面世界。因为明日可能就要告别，所以今日我反而加倍温存。

设想当我面临那一刻时，我心爱的猫不告而别，消失不见时，我会怎么样呢？猫就罢了，至亲至爱的人呢？小小宠物如此，人何以堪？

在两百年前的一部小说里，少年宝玉看着“狂风落尽深红色，绿叶成荫子满枝”的时候，他感伤了。后来他进一步领悟到，他所居住的大观园，他那些如花美眷的姐妹，他最爱的女孩子，有一天都会烟消云散时，那种无可奈何的悲伤，简直旷大到弥漫整个天地之间，将人置于难以自处的境地。

哎，说到这里你是不是觉得太跳跃了？不是在说猫吗？我除了说猫，还说了猴子呢！还记得开头我提到的友人和猴子吗？

十多年后，他想起小时候目睹的画面时，心头依然沉闷难受。那猴子跟他之间完全陌生啊！他一直不明白自己为什么会如此敏感。

那是因为，他亲眼见到一个渺小的生命在宇宙中的湮灭，欠缺了一种行为。事实上，我们大多数人，都忽略了人生中的“重要仪式”。一个生命或者一段关系完结了，我们总是强迫自己飞快扭过头转移伤痛，匆匆忙忙扑向新的生活，唯独忘了人非草木，被触动的情感，要有完整的仪式来解脱。

吃奶嘴有时，进棺材有时，相逢有时，告别有时，诞生有时，结束有时。生离死别总是悲伤的，我们只能仰仗哀悼来收尾。心理学里阐释“仪式”，生日、婚礼、葬礼、祭奠诸如此类，其本意，就是人给自己一个机会去哀悼告别。告别童年，才能长大，告别自由，才能承诺，告别逝去，才能记取。那些逝去或失去的，才会在记忆里，在最深的潜意识里，与我们融为一体。

我很想告诉我的友人，当他某一天，独自在湖边，静静地为那只幼年偶遇的猴子默哀后，心头那道漫长的阴影想必就消散了。至于我的猫，假如有一天不在了，当我站在窗前，想起它时，我也会好好地回忆有过的相处，哀悼这份失去。

搞清楚这么一个原理，再去重温《石头记》，你能加倍体会出作者写出那么一本书的深意，那是他在回溯整个人生的岁月，巨细靡遗地记录最琐碎的人物故事，来进行怀念和哀悼，亦即所谓的“怀金悼玉”。伤感和满纸眼泪，乃是应有的仪式主题。一生之中，谁也绕不过去这“最后的仪式”。

第二首老歌

曾经老师也是台下的学生，怀着和我们相同的梦想，朝夕用功，跳过木桥向前走。那年课堂上他放给我们的歌，是青春里最闪亮美好的记忆。

春天还有点冷，空气带着冬雪散去不久的冻意。高二时的英语老师是个年轻人，穿着翠绿色的呢子外套，拎着扩音机和他的提包走进教室。坐在台下的我们，一直喧闹沸腾，直到英语老师含笑抬手，压了五六下示意大家安静，大家才安静下来。所有人的脸上都按捺不住聊天的兴奋，还有人偷笑。

英语老师说："新年啦，下学期我就不教你们了，你们这么开心啊！"

"不是的，不是。"我们纷纷否认。

上课还是照旧。念一个章节的单词，时间就过去了十几分钟，讲解题目又过去了十几分钟。然后放课文朗诵，大家跟着朗诵。

男生铿锵明亮的语调，女生清晰悦耳的音色，组成英文朗诵的音波，在教室里回荡。

直到课程结束，我们提要求：放一首英文歌吧！这也是学习啊，听着优美的英文歌学英语。其实这个年轻的老师，平时也常常给我们放，不过今天我们特别期待，他会放什么。

我坐在第一排，最为便捷。我喊出口：My heart will go on。这样经典的金曲，永远不会褪色过时。

他放了这首常备英文歌。所有人都跟着唱，所有的眼睛都与往常不一样，闪着透亮的光芒。英语老师的脸，皮肤原本偏黑，渐渐透出温暖的红色。他取下围脖，也跟着我们唱起来。

师生之间，心照不宣。

歌的旋律结束，他忽然开口用一种稍微变调的声音说："人生有不同阶段，我开始了一个阶段，你们也要开始了。二年级念完，你们可就要彻底面对高考了，要更加努力。我希望你们有更好的未来，在走向新的人生阶段。"

这个年轻的老师说一句，我们答应一句。

他转身拿起他的提包，变戏法似的掏出一大包糖果。我们欢呼起来。是的，他新婚，休假完毕，就回来继续给我们上课了。然而那已经是一学期最后的几节课了，我们在下个学期，会安排更加资深的老师，冲刺迎考。

我们吃着他的喜糖，大喊，新婚快乐。他带着少有的羞涩望着窗外，大概目有泪光，不好意思看我们。片刻后，他说，我再给你们放一首吧。

这一次，我们什么都没嚷嚷，想听听他会放什么。当时的课堂忽然寂静，我忽然涌出奇妙的感觉，我好像会猜中是哪一首。

结果我猜中了，真的是《昨日重现》。我们没有大声合唱，而是低声跟随。

在年轻的岁月里，很多老师对我们说过“加油认真学习”，这一次，不再是重复老调的劝告。似乎有种饱满诚挚的东西，灌注到了歌声中。曾经他也是台下的学生，怀着和我们相同的梦想，朝夕用功，跳过木桥向前走。

当我回望，我确定那年听到的第二首经典老歌，是青春里最闪亮美好的时刻。我们的祝福老师收到了，老师的寄望，我们认领了。新老传递生生不息，发自内心，尽在歌中。

第二章

如果你无所畏惧

如果你无所畏惧，
那么这个世界，
会加倍赏给你生活的美好。

春风中的少女

人生最大的真相是，把伤害太当一回事的人，都活得不好。

我的同学阿松有个妹妹叫小雨，这女孩五年前才七八岁。那年春节，她突然来敲门，说是要给我拜年。我一琢磨，立刻明白了，她那个“不要脸”的老哥故意让她来要压岁钱了。我就故意问：“你给我拜年啊，那我也跟你说一声新年好，快回家吧，来，给你一包饼干。”

小雨接过饼干，嘴巴一嘟，开始撒娇：“我哥说啦，不能光嘴巴拜年，我还没拜完呢。”我一愣。就看见这小女孩啪嚓一声，从背后拿出一个布垫子来，飞快趴下，给我一连叩了三个头，嘴巴特别甜说着吉祥话，笑容也甜，一脸乖巧注视着我。于是，我转身去拿钱包。

又过了两年，小雨念中学了，人长高了，成了一个亭亭玉立的少女，完全不是小时候鼻涕耷拉的小丫头了。我和阿松，还有她，还有阿松的另外一个弟弟，一起在树下的草皮上，晒太阳玩扑克。她和我们嬉笑逗闹，帮着自家人出牌打赢我。

我问她长大了有什么志向？她说要当银行白领，因为功课还不错。我很仔细地观察她的眼睛，很清澈。我问阿松："她还想读大学吧？"阿松说："当然啊，反正我们家里的门面在赚钱，我弟弟也结婚了，弄到我们学校上班了，供她上个大学没问题。"回过头，阿松冲小雨说："嘿嘿，到时候好好赚钱孝敬老哥。"

阳光温暖，让人犯困，小雨打着哈欠回答说，"肯定啦。等我赚到钱再说，哼。"

谁看得出来呢？他们兄妹没有血缘关系。阿松父母离异，兄弟两人跟着母亲，那些年极为困苦艰难。至于这个小妹，是阿松中学时代在路边捡到的女婴，一个被遗弃的孩子。

小雨很早就知道自己的身世，他们一点也没隐瞒。但这女孩的眸子，乌黑明亮，半点晦暗都没有，没有小心翼翼的收敛，也没有心底默默要报答收养之恩的沉重。

至于阿松，他和他母亲以前的确怨恨那个抛妻弃子的男人。渐渐阿松长大了，大学毕业，工作、买房、赚钱独立，境况好转，一家人开始变成热情生活的小市民。阿松某一次问我："能写写我的事迹上报纸露脸吗？"小雨在旁边插嘴："我也要上，我来讲……"

看着他们如此狡黠精明，我太佩服了。阿松小雨这家人，算是活得明白了。该高兴就高兴，该骂就骂，该吵架就吵架，该撒娇就撒娇，一心赚钱积极向上，只要有利于过好日子，那就去做，甚至大大方方主动给旁人施展怜悯同情的机会，双赢嘛。

人生最大的真相是，把伤害太当一回事的人，都活得不好。

他们反其道而行之，构成聪明一家人。

小奇迹

人很难被外界改变，除非自己愿意做出改变。当她发觉要对自己好一点的时候，小小的奇迹发生了。

我的前同事阿布，是个很典型的豪迈女汉子，毕业于本地一所工业大学。

她女汉子到什么程度，请大家听我慢慢说来。别的女孩穿五颜六色的高跟鞋或者文艺范的球鞋，她酷爱骆驼牌户外运动鞋，最常穿的还是那种褐色皮革打造的登山鞋。

别的女孩穿着千奇百怪花样的衣服，她喜欢的衣服是黑色、灰色的外套，再配一条牛仔裤。我们在一个公司上班的时候，她 28 岁。

当时她还留着短发，像个搞艺术的男生。当然了，因为她实在太女汉子了，不打扮、不化妆、个子挺矮。不知不觉，同事两年，她就蹉跎到了 30 岁的年纪。

我这个人一贯自我，不怎么喜欢干涉他人的私生活，所以在别的女同事拼命劝说她的时候，我只是旁听，从来不附和。

不过她们有时候的对话太逗了，我忍俊不禁。

我们的女上司，是个人到中年讲究品位的职业女性，天天看不惯阿布的言谈举止，说她完全没有女人味，再嫁不出去都老了。

真是下属不急上司急。

女上司甚至亲自出马，教阿布走路。办公室的地板是整整齐齐的方块瓷砖，女上司就指着瓷砖接缝间的直线说：“阿布，你给我过来，两只脚的步子，都必须踩在一条直线上。”

阿布试了一下，女上司纠正她：“来回走，多走几遍，想象自己是个模特儿，想象自己是一只猫，看过猫走路吗？左右脚交错踩猫步。”

我就盯着女汉子阿布左右迈步，极其扭捏，特别不自然。

走了几个来回，阿布就崩溃了：“哎哟，太累人了，我还是歇着。”她坐回了椅子。

每当阿布一身背包客打扮出现在我们面前，女同事们就要拼命地数落她。她们实在是有着强烈的改造欲。

于是许多次，她们拖着阿布去大商场精品店，从女士装看到淑女柜，最后呢，她们这些人大包小包的，阿布完全提不起兴趣。阿布仍然顽固地站在跑鞋、运动裤、水壶和帐篷柜台前眼睛发亮。好吧，大家对她绝望了，彻底放弃。

一年后，注意，是一年后，阿布恋爱了。

像男生一样大大咧咧的阿布，恋爱了！我们怀抱着无比的惊喜，询问她情况。据说爱情的力量是伟大的，大家相信一定可以改变阿布。

一天又一天，阿布去约会，去见对方的家长，仍然是毫无改进。阿布短暂的感情结束了。

半年过去，阿布继续去相亲。但大家认为，她已经没有机会和动力改变了。

就在一个早晨，我们忽然看见阿布穿上了漂亮的靴子和连衣裙。毫无预兆，忽然而来。

阿布秀给我们看。

我们又惊又喜。本来嘛，这关我们什么事情！干吗那么惊讶喜悦呢！可是看见一个人往不错的方向发展，到底还是值得高兴的啊！

我们很好奇，让她交代，是什么力量令女汉子也脱胎换骨？

阿布叹气说，加班到很晚回去，觉得如此用功上班，为什么生活这样子呢？昨天去附近的邮局邮寄一个小东西，居然花了好几十元，简直是讹诈。所以她莫名其妙愤怒了，人生这样辛苦，一直过得那么粗糙，还被人挑剔，她觉得实在应该对自己好一点，于是去买了几件漂亮衣服。

这就是答案。

渐渐地她变成了一个外表有女人味的女人，头发留长了，用一用化妆品。但是她的性格没变，还是那么爽朗，特别配合工作。后来她结婚了，嫁给了一个博士医科男。阿布没有那种娇滴滴的小性子，日子过得安稳幸福。

人很难被外界改变，除非自己愿意做出改变。当她发觉要对自己好一点的时候，小小的奇迹发生了。

江南江北

历尽物贸沧桑的汉口，只要你有心，它的老公寓、老房子，也年深月久累积了迷人的文化气息，很美很文艺。

一江分南北，我是江南居民，对面是江北。老观念里，江南江北各不同，但我却常常有意外惊喜，忍俊不禁。

有一回，我在华师大后门一条街过早，喝着稀饭，吃着面窝，听到旁边一个大婶呼噜呼噜的声音，她配着咸鸭蛋也在喝稀饭，喝得真香，紧接着她的手机响了。

接起电话，她聆听片刻，回答电话那头："我跟你讲，这个就要考虑到人本主义了，维特根斯坦就认为说不清楚的时候还不如保持沉默。卡尔维诺说过，未来的文学趋势，是越来越轻盈，而且从心理角度看，现在的人可不喜欢看太拖拖拉拉的东西了，要短小精悍，嗯，没错。"

我这么一个写作为生的人，也忍不住要击节赞叹，好一个未来文学观。再仔细看清楚，真的，这位大婶身穿花格子的确良衬衫，塑料拖鞋，挽着菜篮子，但架着眼镜的模样，精明犀利。

谈文学哲学也没耽搁咸蛋稀饭，她冲着小摊老板说：“还是3块钱，是吧？”摊主笑呵呵回复：“老顾客，那当然，您上课带硕士呀？”大婶点头：“我先把菜搁冰箱里，早上买的新鲜。”然后她趿拉着拖鞋，气定神闲往学校走去，像一只胖胖的企鹅。她的北方口音，隐隐约约，带了点汉味。

而在江北，我特意去逛了一家新开的书店。很不像平时去过的书店，所有的柜子又大又高，风格硬朗，猛一看，像图书馆和高端商务楼结合体。逛着逛着，只听见旁边中年男士对话“刘总这边走”“待会儿还有个会”。我又被逗乐了。

如果故做清高，难免会觉得书店里谈生意，真是附庸风雅。但换一个角度，谈生意赚钱选在书香弥漫的地方，也不失为好事，那一区的人，就得到福荫，有个像样的书店待了。站在大落地窗外，我掏出手机拍照，一长排人坐在书店内的台阶上，有老有少，都在埋头读书。

春末时，我在光谷的一家咖啡馆打发下午时间。坐在我旁边的两个年轻人，在纸上写写画画，说要做一个网站，给那些想创业合伙的青年人，搭建平台，让他们可以找到伙伴，做他们的生意，赚他们的钱。两个大男孩双眼闪耀光芒，越说越兴奋。隔着一道木挡板，从他们话题里，我听明白了，一个是本地的，一个是浙江温州人。

夏初时，我跟着我的作家朋友胡榴明穿过江汉路。从前路过无数次的《大刚报》旧址的小楼，据她考证，原来胡兰成待过。昔日繁华的大汉口，商业文明下面，其实还有很多的文人故事，等待挖掘。我的另外一个朋友，武大毕业，青春留在地地道道的武昌。在南方生活几年，又满腔热情回武汉了，在汉口的胜利街开了一家叫清唱的酒吧。

这么多年来，武汉这座城，浑身上下扣满了刻板印象的帽子。就连一座城市的江南江北，也相互心存偏见。可这城市太大了，也太丰富了。长年累月身在其中，穿梭不同的城区，用双脚丈量，我别有体会。

也许曾经有过显著的江南江北各不同，而今渐渐趋同。夜猫子汉口友人们不乐意找我们早睡早起的江南人玩，而我们嫌江北太闹腾。但新城区大搞建设，习惯了充满各类学院的书卷宁静，我们渐渐地也体会到了江北生活的喧嚣红尘滋味。历尽物贸沧桑的汉口，只要你有心，它的老公寓、老房子，也年深月久累积了迷人的文化气息，很美很文艺。

我们曾经在江上往来，一桥飞架南北，路途漫漫加上堵车，还是嫌远，索性无事不过万里长江。有地铁了，在滔滔江水下面疾行，江南江北的居民往来自如，这座城的两种气质有了奇妙融合。

月饼迟到了

以人生为尺度来衡量，这简直是一件大大划算的事情。

在国庆节的前两天，我收到手机上的提示，我的一份图书合约快递到了。不过呢，这份快递在小区的代收点暂时寄存了。

当时的我因为脚崴了，行动不便，就打电话让代收的杂货铺送上门。我给他们报上了我的姓名和具体的楼栋地址，作为取件核对。

收到快件后，我却惊呆了，那是一件特别大的纸盒子包裹。

合同一般就是几张薄薄的纸，这是怎么回事？我迫不及待拿起剪刀拆包裹。

这是一盒北京老字号的月饼。看看时间，代收点的签收日期都已经过去了大半个月。

中秋节的前一天，这份月饼就到了家门口。现在都快国庆节了，才到我手里。

我有点哭笑不得。

最重要的是我的合同呢！迫于无奈，我只好一拐一拐地去了杂货铺。

后来，合约快递找到了，月饼迟到的原因也找到了。

每年重要的节假日，都会有一些合作过的公司，给我出过书的出版社，寄福利物品给我。

这么多年来，我一直收到各种奇奇怪怪的东西。比如某一年的春天，收到了一条一米多长的大鱼。还有的时候，看着电视上的美食节目展示蟹黄的美味迷人，我馋嘴流口水了几天，就收到了阳澄湖大闸蟹的礼券。我就带着我的猫，一起吃了一顿清蒸螃蟹。

然而，我换了电话号码。

那家出版公司的资料还是我以前的旧号码，快递打不通电话，导致那一大盒月饼静静地躺在代收点，基本上就是腐烂变质的下场。

机缘巧合，月饼又送到了我手里。

照常理来说，差一点丢了一盒几百块钱的月饼，会想一想频繁换电话号码的后果。聪明的人还会联想，会不会错过了更多的东西。

我却一点也不介意。

我常常更换手机电话号码，就是想给我的人生做减法。

每换一份工作，或者每经历一个阶段，总会在交际圈，认识一大堆新的朋友。

人生不过区区几十年光阴，弹指而过，除了极少数最为亲密重要的人，大部分的关系，大部分的往来，没有什么意义。

我对人脉广泛这种事情，特别冷淡。埋头做好自己的事情，让自己的工作能够给别人提供价值，自然会有大把的人主动追着你想合作，给你送东西。

真正重要的事情，即使没有我最新的电话号码，对方也会想方设法找到我。

而那些不分昼夜的诈骗骚扰电话，绵绵不绝的地产理财广告推销，还有无聊没意思的饭局应酬，换一个新的号码，基本上都可以隔绝在另外一个世界。

所以我一直勤快地换电话号码，整个世界都清静了 80% 以上。

以人生为尺度来衡量，这简直是一件大大划算的事情。

还有一种说法，认为多年电话号码不变的人，比较靠谱。频繁更换电话号码的人，不稳定，没责任心。

其实这是一种非常表面肤浅的认识。

人心非常有趣，生活当中躲避人际关系、害怕接电话的人，反而是责任心很重的人。因为这种人一旦跟别人接头了，就控制不了自己认真对待的心，倍感痛苦压力，干脆防患于未然。

而那些答应别人事情就像喝水一样简单、轻而易举就能虚与委蛇的人，扭头就忘记了自己的承诺，一点也不害怕接听各种电话。

我们真心愿意发生联系的人，其实是那些相处轻松的朋友。

我们真正愿意付出时间的事，只会是走心的、比较美好的。

幼年的味道

那时候春风对面吹，全然不知人生的疾痛、烦忧、贪婪、悲伤百般情愫，从此就要海涌而来。小时候的味道，和长大后的印象，渐渐彼此融合。

凌晨骤然看见一幅画作。胖乎乎而柔软的小女孩子躺在树丫上酣甜入睡，男孩在高半米的另一树枝上托首不知在想什么。他们的小狗梅吉小小的一团米白色，伴随左右。天高地阔，郊野之景。

那是中岛洁的作品。

心头被击中。鼻头闻到，那是小时候的味道。

念小学的时候，常常用玛丽纸品的笔记本，特别喜欢的绘画封面，如今才有确认。原来，那些封面尽皆是盗用他的作品。插画大师的作品漂洋过海十几年前，熏染到幼小的心灵。他给大人插画，最好的作品是画小孩子的插画。

我想起我的童年。好想好想。

童年有很多种划分。快乐或者不快乐，殷实或者贫瘠，上学或者辍学，太多命运归属性质的判定。

其实走遍世界也曾用的分类法是：

乡野童年与城市童年。不是在乡野，就是在城市。一放假妈妈就带我回乡下外婆家。我在乡野和乡下亲戚家的弟弟妹妹们，在地里挖掘出土豆来。我不是地道的农家少年，他们教我点火用枯草和瓦砾搭建一个微型的烧烤架，我们就地烤来吃。他们带我串游在麦地稻田边。一个季节有一个季节的食物。夏天蹲坐在桑树上跟蚕分东西吃，蚕吃桑叶我们吃桑葚。池塘里水未满我们钓龙虾，外婆给我们油炸虾米。秋冬就地折一根甘蔗不清不洗信口大嚼。

小时候生病了，是爸爸用自行车慢悠悠载我去医院，我闻得见抽烟的爸爸身上的烟味。就像我后来看蜡笔小新特别版《大人帝国的反击战》，小新的爸爸被爸爸的爸爸载在自行车后座，一家人去乡下玩耍。再然后，变成小新和妹妹小葵闻辛苦下班后的爸爸的臭皮鞋的味道。

长大后，还记得有一年，我生病要做手术，然后靠在爸爸肩膀上从医院回家。吊针输液的时候，他睡眠不足，趴在我旁边睡着了。 我躺在计程车后座默然关注着车窗局部，望见天空蓝，望见树枝黑，望见风吹面。又闻到爸爸身上的烟味。回家后，仍然有赖妈妈照顾。总当痛苦之时，我加倍擅长怀念的幸福，回味念旧。小半生过去，久离原野，困居城市。所幸父母在身边，构成永不失落的守候。

病愈时是立春。很想念，很想念走在旷野上的童年。因为父母庇佑才有童年的单纯快乐。那时候春风对面吹，全然不知人生的疾痛、烦忧、贪婪、悲伤百般情愫，从此就要海涌而来。

小时候的味道，和长大后的印象，渐渐彼此融合。

树洞

人生难得一树洞，某些时候只剩下我和你。我们如此需要陪伴，你愿意暂时陪伴我吗？如果你愿意，那我谢谢你。

夜阑静寂时，人心最微妙。朋友小川给我发私信：一个人，睡不着，明月小楼孤独，无人诉情衷。

这家伙知道我多年跟心理学打交道，找我再适合不过。可我正犯困打算去睡觉，不想给他机会诉衷情。我跟他说："你可以找你的外公倾诉啊，他老人家就是很好的倾诉对象嘛！"

我去过他家，他妈烧一手好菜，他外公呢，是个 90 多岁高龄的老人家，听力特差，近乎聋子，别人说什么根本听不见。

于是小川生气："那我还不如找个树洞，学梁朝伟。"

我被他问住了，仔细一想，这真是个好问题。其实，我推荐他找自己外公倾诉是有缘故的。早年，我在接听心理热线时，请教过专家老师，有时候，有的打来电话的人，根本没什么重要事情求助啊，鸡毛蒜皮的琐碎烦恼，就是一直在电话另一头絮叨，很让人无奈，听多了接听的人也会心烦，搞得人感觉自己跟垃圾桶似的。我问，对待这种来电怎么办？

专家说，就让他们倾诉吧，这种人不是来找你寻求答案的，有人听着就舒服了。一般遇到这种情况，记得提醒对方，热线得给更多人提供服务，所以每个人的时间是有限度的。如果没有严重情况，就让他说十几分钟吧。何况，他说他的，你不一定都要去听。

专家的话让我还有我的同事如释重负。有时候遇到这种倾诉时，干脆一心二用，听一听，整理资料本的记录，或者眺望一会儿窗外的夜景。所以我才会建议我的朋友，就对着听不见的外公去说吧。他老人家既不会嫌烦，听到了隐私也不会大嘴巴到处传。

一个听若无闻的倾诉对象，跟树洞又有什么区别呢？除了人会伪装有反应，“嗯嗯”几声以示“我在听”。

去找树洞的人，其实是回到了小孩子的状态。小时候，当我们还是孩子的时候，会对着心爱的玩具、家里的小猫小狗等等，尽情倾吐心思。

成年之后，信徒可以寻找神父，现代人可以找亲友，找不到或者不愿意找亲友，还可以打心理热线。如果心理热线太忙打不通，身边实在没有活生生的人类可以充当说话对象时，星星月亮、花草树木，任何事物，都可以被我们拟人化。

一个人喝闷酒时，李白也孤独，但他会举杯邀明月，世人说他是浪漫主义，究其本质，其实也不过是一刹那的孩子气，就把明月当人用吧。

所以，树洞虽然不是人类，没知识没感情，但并不妨碍我们当成人来一吐衷肠。拟人化，拟的也是人。说到底，我们需要的还是人。即便你知道对方只是假装在听，有人愿意聆听你，你也得到了抚慰。聆听的本质其实是陪伴。

世界如此广大，万物在天地间逆旅，百代于光阴中过客。人生难得一树洞，某些时候只剩下我和你。我们如此需要陪伴，像理发师需要树洞。

你愿意暂时陪伴我吗？如果你愿意，那我谢谢你。

如果你无所畏惧

如果你无所畏惧，那么这个世界，会加倍赏给你生活的美好。

1

我有一个前同事白羽。这是一个地道的宅女，平时最喜欢看韩国的浪漫爱情剧和日本的动漫，对《犬夜叉》非常熟悉，对欧巴明星了如指掌。

她最大的梦想就是在单位里面一直安安稳稳工作下去。于是我们开玩笑跟她说，最好赶紧找一个本地人在一起，就能长长久久待在这座城市了，而且还不用太辛苦自己买房。

在早些年，让一个女孩子独立买房，还真是一件压力巨大的事情。且不说每个月还房贷就很可怕，拿到工资了再也不能买好看的衣服，不能轻轻松松租房，不能自由自在逛街了。而且，她的家人也催促她，还不如回到老家的小县城，轻而易举就能住上大房子，再相亲结婚，男方一般要买车，会更加惬意。

可是她读了大学，在上海工作过，又回到武汉工作，已经觉得人生适应了这样的城市生活。

她一直犹豫，听从我们的意见，开始尝试着接触一个城市里的男孩。

她谈了一个体育学院的老师。我们旁观者，持保留意见，因为她性格这么柔弱，遇到那种力气大，却不解文艺的男人，恐怕观念很难统一。

这段感情，以无疾而终收场。那个老师相当势利，搞清楚了她的收入状况，加上没有本市户口，就闪人了。

白羽有些难过，埋头工作大半年，决定在假期出门散心。

机缘巧合，有一次她在旅行的时候，认识了一个摄影师，跟这个摄影师恋爱了。这个摄影师不是影楼工作的那种，是电影电视剧圈的。两个人对喜欢的影视剧，相谈甚欢，一拍即合。

白羽很开心。

很快她又面临人生大问题。摄影师是一个长年累月跟着剧组跑的人。主要的工作地点是北京，但他不是北京人，也买不起北京的房子。

怎么办？要不要嫁给北漂的男青年啊？

2

在谈婚论嫁之前，当然是见家长。摄影师带着她，坐了十几个小时的火车，然后再转乘皮卡车，来到了内蒙古的大草原，见到了蓝蓝的天空和雪白的云朵。

白羽人生中第一次骑上了高大的骏马，戴着宽边的大帽子，围绕着帐篷毡房，体会了一把游牧民族的生活。摄影师的父母家人，带着少数民族的热情诚恳。

就在那一刻，她忽然笃定了，觉得可以和这个男人一起走进家庭。

她一直很害怕也很抗拒考虑未来，也不想再漂泊在大城市，没想到，因为爱上摄影师，忽然有了勇气。

她辞掉了武汉的工作，在北京找了一份新的工作。

她和摄影师男友租了房子，结婚了。

白羽在武汉一家历史悠久的老单位上班，非常传统和保守，上班的时候连QQ都不允许安装。去了北京之后，最终，她跳槽到了一家文化公司。

她在大学本科的专业是英语。她的新工作是总监助理，对接外国翻译作品，充分运用上了自己的所学专业。她很开心。

如果一直留在原来那家单位，她的爱情很可能无疾而终，而且只会继续做着不喜欢的事情。

到了北京以后，的确和预料的一样，北京的生活要面对高昂的房租，到处都是天价房子。能够买得起城郊楼盘，已经非常不容易了。

大家劝她，反正很多人都北漂，一直租房，或者在北京多赚点钱，回到家乡买房。白羽却不再害怕房贷什么的了，哪怕北京房价是武汉的好几倍。

人生总要为自己争取。

所以，白羽留在北京快五年的时候，下定了决心，她说服老公，一起坚定斗志，在通州预购下了一套两居室。

3

以前上班当同事的时候，她数学不好，连报销都觉得头疼。她只知道埋头做事，周末煲鲫鱼汤，看看超市的各色菜。

从买房子开始，她陷入了痛苦纠结。这世界上的房地产商，大部分很奸诈，总有各种不尽如人意的缺点。收房交房，拖延违约，她都遇到了。

她找我求教，我用我过去买房的经验，还有些微记忆的法律知识，给她解释。

一贯文艺女青年的她，把我说的内容，都记下来，耐心琢磨法律的意思，搞清楚了状况。

最后她终于拿了钥匙，存好了装修钱，开始打造自己的家。

她的微信状态，隔几天更新一下。

“今天订好窗帘，定做了若干寝具，明天再跑一趟送过去。不管有多慢，即使一次只能做一点点，几个月后，也会弄完了。

“我不怕慢，不怕上当受骗买教训，我怕不动，怕不做，怕嫌琐碎，头绪多，我怕看不上做小事，只想一次做出大事一鸣惊人，我怕这样只是眼高手低。

“我不怕维权，不怕丢脸，我不怕奔波一天还有别的烦恼，我不怕明天继续早起晚归。我都不怕。我只怕自己被不知不觉消磨殆尽。”

看着她的状态，我忽然觉得有点感动：以前的那个柔弱无主见的同事，成长为家庭达人，为了生活，强大起来。

她学会了为自己鼓掌，已经不再是过去那个迷茫胆怯的年轻女孩了。

4

她回武汉，我们几个老同事重聚，在一家西餐厅吃饭。

她说她喜欢现在的公司，把所有的产品都做得很精致，再累再费心，也觉得有价值。

真的，不管在什么地方工作，都会累，但我们希望累得有价值。她工作的项目，是《纽约时报》评价好书的中文版，她格外负责，细细做好每一步，很快进入了排行榜。

在商场里看见那个作品的漂亮海报时，她觉得无比开心。

新年时候，看见她发在朋友圈的状态，她是这样写的："在新家住的第一个早晨，第一个傍晚。昨晚睡得很香，今晚继续。今天开伙，做了排骨海带汤，也很美味。"

配图是一棵刚刚开花的树，姹紫嫣红的，满是春天的气息。

过往的一切辗转反侧和畏惧，都淡出。

我想，从这一刻开始，她进入了人生的另外一个阶段，那是属于她自己的全新未来。她曾经以为自己会成为一个可怜的大龄剩女，在公司里低声下气。然而，她鼓足勇气，走了出去，没有饿死，还拥有了自己的家。

这个世界，加倍赏给她生活的美好。

手书

人对待感情的态度，差别只在些微的地方，只在一点点的用心。就是这么一点点，形同千万沙子流转的河流里的细微黄金之沙，弥足珍贵。

有一年，我跟一群朋友去了一座寺院。大伙儿玩得很开心，数完罗汉，跑到中庭看禅庭古树。那棵树是银杏，我忍不住摸了摸它碧绿的扇形叶子。旁边有沙弥指给我看：小心，小心，这棵树已经有一千七百年了，别扯落了它的枝叶。我赶紧缩手，仰头用鼻子嗅了嗅气息，不再骚扰它。当时的我，心头有一种奇异的感觉。

用惯电脑和网络的本人，很多年来，都保留着当年的纸质书信往来。不过，电子邮箱里的邮件，我也保存着，从 2001 年到今天，除了某家倒闭的网站害我损失了一部分。我用键盘写，也用纸笔写。

到今天我们重谈手工情书或写信这回事，你一定会问我，给几个理由。如果就事论事，就技术论技术，就便捷论便捷，毫无疑问谁胜利谁失败，没有悬念。唯一可以拿出来抗衡的，也不过是摸得到手感，甚至嗅得到墨水和纸的气息，以及感知时间推移当中泛黄的历史感。然而，这些都不是根本原因，也不是根本意义。

用你的手，写你的心，各种形式都可以。

然而，你愿意去选一种年头很久的形式，就有一点点的不同了。

这就是我开头为什么要提到千年银杏的原因。

走在我所在的城市道路，以及我家所在的小区，以及植物园，以及大学学校内，能够看见很多银杏。但它们都没有超过百年，我就是觉得，数十年的银杏树，跟百年的银杏树，跟千年的银杏树，有着存在和价值观意义的不同。所牵引出的想象空间，也不一样。

用人类坚持了一千多年的方式去做一件事，跟最近几十年内的方式去做一件事，真的也是不同的。执笔手写是人类的千年用法，敲打键盘，鼠标移动制作电子贺卡，精心美丽，但至多是几十年内的做法。

前者的心理倾向，恐怕更加靠近长久一点，这像是一个秘密的暗示，给自己的暗示。我去买顺眼的纸，我去挑顺手的笔，然后写下我想说的话。稍待几天或十几天，传达到某个地方。这样的行为在地球上，发生了千百年。

收到别人给我的电子邮件，我也感动。

可是收到古老的手写信件，我感动之外还有惊喜。我会想着，啊，这个世界上，居然还有人愿意为我重操手的千年用法，执笔写字。心头那种奇异的感觉，又一次涌现出来。我会想象，想象对方在何时何地，检查邮戳或落款日期，或者文字内容里透露的时间季节地理信息。人类千年来重重叠叠的惯性行为里，当下一刻，你写给对方，对方写给你，独一无二，难以完全复刻。古老的格言说世界上没有完全相同的两片树叶，是的，也不会有完全相同的手写情书。

世界不断地改变，我挺喜欢改变的。但在某些方面，我更喜欢不改变的做法。人对待感情的态度，差别只在些微的地方，只在一点点的用心。就是这么一点点，形同千万沙子流转的河流里的细微黄金之沙，弥足珍贵。

我表达了我的心，用古老的做法，当成一种特定的仪式，很郑重，也祈求对方郑重对待。

我不是什么时候，对什么人，都轻易这样做的。我只针对特定的人，特定的事，特定的节日，特定的你。

第三章

文字里的草木芳华

草木岂止在文学里芳华，

也在厨房餐桌成就美味，

我们又何必辜负这两全其美的自然之赐。

我想和你一起老

岁月渐去，我们人树俱老。

生命中，有树陪伴的这小部分时间，是独属于我自己的。

在我去买人生中第一套房子的时候，我有非常多的选择。那个年代全中国都还没有开始限购，只要手里的积蓄足够，我可以选择任何一座城市。事实上，那时候中国的房价低于我的收入。买房不是一件艰难的事情。十年之后众所皆知，大城市你一套房要耗费几十年的光阴，甚至两代人的积累。

还是说回当年吧！我在江南和江北不同的城区，徘徊了一大圈。又在大学附近，闹市的交通路口，还有上班的单位旁边仔细考察了一遍。最后选择了大学附近。工厂会搬迁，企业会倒闭，政府办公大楼也会更新，只有那些大学独占优势，靠山傍水，占据城市里面自然风景最好的地方。

然后我作出了一个最大的选择。我选择了一楼。

那时候门口的晚樱和栀子花，还是几棵瘦小的树木。

上班、下班、辞职。吃饭、睡觉、出门。多年之后，它们长大了，它们开花了。

很多朋友问我为什么要住在一楼，在我们南方，可潮湿了。我回答他们，因为我太懒，不想爬楼。将来家里老人腿脚不便了，也不用爬楼梯。

友人说，那你可以选择电梯楼啊！你们小区也有小高层啊！

我只好又回答他们，我害怕坐电梯。每次看见报章上那些出事故的新闻。就觉得还是一楼好，不用爬楼，不用坐电梯。

朋友们就不再继续追问了。他们相信了我的说法，其实我还有别的想法，但我又不好意思说出来。

我真的不好意思承认内心真实的想法是，我想看着那些树长大。我想跟它们在一起，以一种非常近的距离。住在二楼以上，就很难如此容易地触摸到树木。

我想看着它们枝繁叶茂，绿荫遮地，看着他们花开又花落，日暮黄昏，风吹过来，雪一般纷飞。下雨的时候，一定会有雨滴敲打着树叶哗哗作响。那个时候我可以发一会儿呆，想一想古人写过的诗，想一想人生经历的种种。

有时候一些鸟雀在树上鸣叫，我把窗子打开，桌子上有我吃剩的零食，这些不知名的鸟雀就会扑进来，啄几口面包，咬几粒葵花子或者花生。

还有的时候，阳光非常好，流浪猫会在这些树下睡觉。我就一直看猫睡觉，看猫伸懒腰打哈欠，看到自己有点犯困，回床上睡午觉。

我常常会外出讲座，有时候要照顾生病住院的家人，忙忙碌碌，焦头烂额。

有一阵子不在家，再回去的时候，总感觉那些树也在翘首以盼。

它们不声不语，平平静静，留守在原地，身在情常在。

为此我付出的代价是，每年梅雨季节真的太潮湿了。那几天地板瓷砖基本上总是湿答答的，我拿着旧报纸，一张一张铺在地上吸水，干燥了半个小时，马上又沤水。

住在一楼，炎热的夏天固然格外清凉，但到了冬天，开三个取暖器都不管用。

好处和不足联袂而来，唯有一并接受。

住在一楼，除了可以看树，白天还能看见各种人路过。他们大声说话，琐碎嘈杂。

一年又一年，树木们越来越茂盛，有些枝叶甚至穿窗而来。我在它们的陪伴下，写一会儿字，看一会儿书，听会儿曲子。时间倏忽流逝。

然后岁月渐去，我们人树俱老。

生命中，有树陪伴的这小部分时间，是独属于我自己的。

俯首为猫奴

也许海明威根本就没想过，自己会养那么多只猫。但是有了第一只，就会有第二只，你的人生，你的原则，就千里之堤，溃于蚁穴。

我一直不大明白，猫奴们都是什么心态。一个成熟的小区最显著的标志就是猫很多，尤其是流浪的。下雨的时候窗户上会突然跳出一只棕毛猫，居高临下死死瞪着你，意思我要避雨，你开不开窗？开啊，我能不开吗！看那猫的眼神根本就在说，做人没爱心，光棍打到老。

吃饭的时候阳台上传来大呼小叫，少不了也得把碗里的鱼分出去一半。你不给，它们有本事闹得你整个午睡都泡汤。

把猫赶走？那你就想得太天真了，没几分钟就卷土重来。饿肚子的猫会把家门口的垃圾桶翻个稀巴烂。

当然了，我之所以对猫持有爱心，也有一半原因，来自我友人的教导熏陶。

我有个朋友，养了六只猫，路过街头巷子，看见野猫，就忍不住蹲下身一脸谄媚：喵，跟我回家好不好？

那天我跟他一起吃完饭，这人老毛病又犯了，出了火锅店，带着一身酸菜鱼香味，立刻在门口引来一只黄毛猫。这家伙卷起袖子，把脸凑过去：老佛爷，您要不跟小的回去吧，咱绝对把您伺候得舒舒坦坦。

我呸。

不知道怎么回事，虽然瞧不上他的贱样，但我耳濡目染，被友人拉去逛宠物市场，一番游说，鬼使神差也养了一只猫。

但我这种普普通通的宠物主人，永远搞不懂顶级猫奴的心。

同是养猫的，我实在瞧不上他那副低三下四的猫奴小样。我这个朋友反唇相讥，别装了，你家那猫，上次我亲眼看见打你的脸，还连打了三次，你还不是吼两句，一根指头都没弹。

我必须和他划清界线，我是只对我家猫这样，你这种有猫就是主子的天生猫奴，大街上都是你的主子，没救了，快离我远点。

友人抱着黄毛猫喂它随身携带的妙鲜包，万分陶醉回了我一句：我乐意。

我好心提醒他，你再收留下去，一个月工资已经养不活自己了。我这位友人很认真地说，但是我还年轻啊！

我以为他会解释，年轻有力气，可以辛苦多赚钱。结果他说，我这么年轻，可以找个有钱的富婆姐姐，连人带猫一起收了。

我很悲痛，多年前最初认识这位友人的时候，他不是这样的。

据说真汉子海明威养了 34 只猫，这个一辈子俯首甘为猫子奴的大文豪，干出的事实在没法和他倡导的硬汉文学相匹配。不过他还说过一句话："有一只猫就会带来另一只猫。”

还有英国以前的首相温斯顿·丘吉尔很爱猫。据说他养了一只大白猫，吃饭时一定要与猫共餐，不然就没胃口，无精打采心不在焉。他有时候到了该吃饭的时间，发现猫不在，就打发佣人去找，一直到找到心爱的猫，等它回来了跳上桌，才正式开始吃饭。

我想了想，记得丘吉尔是个大胖子。从我的实际生活经验来理解，叫大白的猫，一般都是胖子。于是我恍然大悟。一个胖子怎么好意思还大吃大喝呢？只有在另外一个胖子厚着脸皮大吃大喝的陪伴下，才好心安理得大吃大喝啊。

所以我认为，大白猫就是丘吉尔的胖子好友，在一起吃饭，才能丢掉愧疚。这就是这段故事隐藏的真相。

以友人和丘吉尔、海明威为镜子，我不得不警惕起来。也许海明威根本就没想过，自己会养那么多只猫。但是有了第一只，就会有第二只，你的人生，你的原则，就千里之堤，溃于蚁穴。有一点受虐，就会带来更多的受虐。

当然了，我是不会劝他悬崖勒马的，因为他已经躺在山底下了，并且回答我：臣妾做不到啊。

喜欢猫的人，大概最能体现爱的本质。

种一棵葡萄树

也许我会梦见大树在一夜长成，而我在风的中间大声喊着飞着。也许我会梦见葡萄藤子碧绿碧绿地爬满架子，无比真实地笼罩在童年里我的头顶。

很多年前就知道了那个大师的名字。是在香港电影里看到一个漫画作者，被老板要求："没灵感了？来来来，我给你带了十几盒宫崎骏的录像带，学学人家找点灵感。"一大一小的两个女孩子，惦记着在医院休养的妈妈。到农村过夏天。在农村里，爸爸一开始根本没有发现两个孩子的秘密。晚间的风吹过来，凉凉的，晚上做了一个好梦，梦到肥胖的龙猫来了。

一起站在小花圃前，龙猫吹了一口气，一棵小树苗萌芽，一起吹气，萌出的芽飞快长大。惊讶狂喜里，一起使劲吹，种子，哗啦长成了参天大树。那么巨大的树木，茂盛得像是大瀑布。然后孩子们跟着龙猫一起在空中飞起来。向下看去，田地里有最新鲜的蔬菜，野外的绿色，是这个海洋的主调。

我还记得自己幼年在乡下的梦，我梦见葡萄的藤子一夜之间爬满了墙壁，然后爬满了整个农家的院子，甚至爬到房间里，一直到我的床前，而我醒了看见无数葡萄，开心地大吃特吃。原谅我，我从小就是个好吃的孩子。看《龙猫》的时候，这个梦一下子，窜到我的心里。我从来没有丢弃，只是临时收藏起来了而已。

那段生活，一切那么清新，却又遥远。城市里没有了，中国的乡村里多半被污染得也没有这样的了。电影里，直接在田地里就可以摘一根黄瓜吃起来，那是最清香的黄瓜。

我想起从前跟朋友们郊游，在村落，也这样摘黄瓜，擦一擦就吃起来。而现在，我想要让舌头吃到、让灵魂也吃到清怡的味道，只能够到菜市场上买，只能够在黄瓜味道的薯片里吃到。我不可能有时间啊，去旧日乡下的老家，躺在夏天冰凉的地上，甜甜入梦，那么就让传说入梦来吧。

至今，我还没实现在家门口种一棵葡萄树的梦。

也许我会梦见大树在一夜长成，而我在风的中间大声喊着飞着。也许我会梦见葡萄藤子碧绿碧绿地爬满架子，无比真实地笼罩在童年里我的头顶。

你可以拥有自己想要的生活

我情愿自己年轻时候多累一点，心安理得地过自己的人生。

这就是人生的真相。

你可以拥有自己想要的生活，前提是，你真心为自己去活。

十几岁的时候，谁没想过未来呢？

中学那年，我特别爱好文学，和其他的学生一样崇拜作家，看各种文学杂志。我很喜欢看《小小说选刊》，末尾附带一些闲杂逸事。其中呢，就有一篇文章里写，应该是林斤澜回忆汪曾祺说的那样，“动动手指就来钱”。那时物价低，汪老随便一笔稿费，就足够大伙儿去味道不错的馆子撮一顿。

得，那一刻，我心中顿时升腾起了作家梦。我的作家梦一点也不神圣崇高，完全基于这么一个朴素的想法：写写就有稿费，可以吃好的，也没有风吹日晒雨打。我开始琢磨起投稿，很快，在武汉的一份小报纸上发表了一首诗歌。

回家后我才发现，报社寄给我的样报，被我妈拿去擦桌子了。她以为是垃圾广告。我哭笑不得。好在信封还在，里面还有一张纸，上面解释说，副刊为读者园地，没有稿费。

好吧，我就不生我妈的气了。虽然没有钱，但总算发表处女作了，我增加了几分信心。整个高中生涯，我都在文史哲科目上用功，基本上全校第一。数学凑合，英语垫底。

高考后填志愿，我选中文，我爹一口否决："读什么中文系呀，将来不好找工作。"

"那选什么专业？"我不乐意了，中文在我心里是神圣的专业，是通往作家梦之路。

我爹笑着说："法律好，现在的大热门。再说到了大学，课外时间还是可以弄你的文学。"

我有些委屈，但也辩驳不了我爹，我又不知道大学生活到底是怎么样的，就这样莫名其妙随波逐流去念法律系了。然后我发现，读法律也是可以发表文章的，大二投给《光明日报》《中国青年报》几篇法律文章，一两个星期后就发表了。样报和稿费寄到系里，收到时我高兴坏了，好几百元呢。

我去校外餐馆把炸鸡腿、水煮肉片、酸菜鱼、雪碧和可乐点齐了，请上要好的同学一起大吃。这导致此后只要看见我的名字出现在图书馆的报刊上，他们就主动出现在我面前约饭。

我爹没骗我，大学是自由的，学法律不耽误文学，我参加学校的诗社，拿了个省共青团的诗赛特等奖；在杂志发表散文小说，稿费也不少。从此一发不可收拾。我终于过上了梦寐以求的动动手指就来钱的日子，没毕业就买了电脑，提前迈向经济独立。

2002年的年底，离大学毕业还有半年，我提前去了一个心理学刊物求职。老总招聘时直接要了我，理由也很搞笑：“法律专业理性，你又能写感性的文章，招你很划算。”

那时我已经不偏执了。法律也好，心理学也罢，不管什么专业、职业，消化了，不妨碍文学，还有益处。

这个经验，对我的三观改变很大。

你说是感性好还是理性好？你说了不管用。对于他人来说，你能兼顾最好。因为性价比最高。

每到我看到突然就辞职，说走就走去旅行，突然换一种生活的故事，心里都不以为然。因为这样的故事，只讲了一半，不完整。

人生如逆旅，很多人在某一刻，会涌起一种逃跑的冲动。

那一刻，你不想上班，不想结婚，不想愁苦，不想成功，不想拼搏，不想努力，不理睬社会，不关心人类，不要求鲜花赞美，不在乎诋毁，放弃一切，只想听从自己的心，说走就走，奋不顾身。

谁不想做自己呢？

可是做自己，也是一件需要可持续发展的事。社会没有义务惯着你养活你，哪怕你文艺得飞上天，你总有回到地面上吃喝拉撒的时候。

所以我特别喜欢李宗盛的演唱会主题“感性与理性”。

为了获得靠谱的自由，为了过自己想要的生活，我用了八年的时间来做准备。

我开始买房，开始储蓄。我从一个对经济对理财一窍不通的人，渐渐变成一个略有了解的人。从拿到转正后的工资的第二年开始，我就每个月按时零存整取。

我在各种报纸上，在网络上，看各种关于房子的研究和争吵。可是，他们吵他们的，我想的是，我要有一套可以自己做主的房子。当你拥有了，你就不必再去浪费心力为这个东西烦恼了。

哪怕当时的房价，是本市人均收入的三四倍。隔了近十年看，本市现在的房价还是三倍左右。

2005 年，我在自己二十三岁时，买房了。

既然我有住所了，只需要按时还贷就可以了，为什么不换工作呢？我已经对当时的那份杂志工作，厌倦了。

我的一个作家朋友，很反对买房，她觉得完全可以一直租房。后来她被房东驱赶，一气之下决定买房时，房价已经变成了天价，真的成为巨大的负担。她很不开心。

我一点都没有幸灾乐祸，也没有那种“看吧，当时不听我劝告”的想法。选择了一种生活方式，就是选择为之付出的代价。遗憾的是，她原来没有自己想象的那么豁达，可以承受改变规划的压力。

其实人生肯定充满了意料之外的事，世界上也没有什么完美计划，但是最起码，我可以做好自己该有的准备。

我问自己，你想要过什么样的生活？什么样的生活是我想要的？好像一下子无法具体形容。但是，我可以从相反的角度，来勾勒那种生活的轮廓。对，我很清楚，我不想要什么样的生活。

我不想朝九晚五，我不想每天都花两个小时以上，堵在这座城市的马路上。我不想工作日起来的第一个念头是上班不要迟到，打了卡别被扣钱。

我不想坐吃山空，花光了这个月的，就没钱用了，如果生病了，医药费都没保障。

我不想完全为了稿费，去写自己不喜欢的东西。虽然多多少少要写一些及格线上交差的文章，但大多数时候，我想写让自己高兴舒服的文字。

我不想出去玩还要缩手缩脚，太精打细算，把攻略研究个没完没了，反复比较，找最便宜的旅馆，以至于到了目的地以后，没有真正的惊喜可言。

2007年的时候，我辞职了。说来很好笑，跟头儿在办公室递辞职信时，居然开始叙旧。说起往日的种种相处合作，我居然洒了几滴热泪。

当我有了人生里第一个二十万块钱的时候，我就在想，假如我完全不工作了，能不能不依赖他人，完全靠自己吃饭呢？显然二十万完全不算什么，在如今的年代，并不能坐在家里吃很多年。

我又想要自由，可以随心所欲地写东西，又要不愁温饱，怎么办呢？

我心想，这附近都是大学，再不济，房子租出去，七八百块钱的租金，可以有吧。我又不算那么贪心的人。我只想比银行利息多点，把它当一只母鸡，一个月生一个蛋，可以长久吃下去。

再怎么样也不会穷到没饭吃，要去借钱或者蹭亲戚朋友。

2008年的时候，我又开始看房了，下手了一套小公寓，用来“收租”。

那是世界金融危机爆发的一年。在售楼部，我缴纳了全额房款，结果，那个销售主管偷偷跟我说：“你胆子可真大啊，现在都没几个人还敢买了。”

可是别人敢不敢，跟我有什么关系？我确信，这是吻合我的人生之路就好。我笑笑，也没什么话回答那个销售主管。

我给自己买社保和医保。

我在死宅的日子里，一年中，大半的时间自由散漫，但还有一小半，会和圈内朋友约个饭局，了解一下当下的行业情况，随便跟上风气潮流。

2010年的时候，我开始“收租”了。

一个背包，一个人，天南地北独自跋涉，自由自在。我不必跟父母交代什么，因为我完全养得起自己，而且照样在沿途写稿赚钱。我给了他们安全感，他们就给我自由。除了叮嘱注意安全，别无他话。

2011年的时候，我又去了一趟厦门，在大家都很想去的那个岛屿上，轻轻松松，认认真真地玩。中间和陌生人聊嗨了，变成朋友，几个人直接约定去下一个地方溜达。

我想这就是我想要的生活。梦想可以照进现实，因为我心甘情愿付出了代价，然后收获。

到今天，我并没有像那些特别有钱的人那样，物质丰盈。

不过，我知道我那些享受了父母福荫的好处的朋友，动不动就被念叨，被插手人生。当然啦，得到了上一辈人的好处，多多少少总得听他们的话。你的自我和自由，必然大打折扣。

这又有什么好羡慕嫉妒恨的呢？我情愿自己年轻时候多累一点，心安理得地过自己的人生。

这就是人生的真相。

你可以拥有自己想要的生活，前提是，你真心为自己去活。

松菌和竹笋是对的

能在历尽苦难饥饿后，将有限的生命，引回宁静本来的样子，是莫大的信仰。

我认识的很多友人，无一例外喜欢逛手工集市。有一年我被拉着去看了创意市集，看着那些花花绿绿的小玩意儿，漂亮纸品扎堆，堆满了色泽很 LOMO 的明信片函件。

小巧的手链镯子还有编织物，无一不带着自得其乐的意思。然而，这已经是物质丰盈年代的后手工时代。他们拥有更加多的选择和审美，带着精致的修饰。作为一个而立之年的人，我深刻记得前手工时代里，那才是化腐朽为神奇的惊叹。

小时候，隔壁的一个姐姐，擅长编织，素材不易得，那就跑到医院里，把输液后废弃的透明塑料管拿回来清洗清洗，折叠一番，赫然变出一条水晶般剔透的小鱼儿来。至于调节点滴速度的蓝色小滚轮，就绑在头部充当鱼眼。有一年我生病，被她叮嘱把输液管拿回家，奖励就是她的手工艺品。得到那么一串小鱼儿，走在阳光里，少年时代的我，开心不已。这种是非实用的，是孩子们的玩意儿。

另外一种是大人们的。我父母单位的同事，家家户户的很多实用物品，多数是自己做的。比如窗帘，用过的被褥边角磨损，裁剪撕开，挂起来就飘扬了。比如装过麦乳精和水果的罐头，各色瓶瓶罐罐，但凡有点“姿色”的玻璃陶瓷材质，都逃不过担当花盆、花瓶的宿命。清水盛花，自有一种意境。

最近《舌尖上的中国》很热门，看的人食指大动，里面提到一种小镇专门承接宴席的厨子。我母亲当年做会计之余，谋取收入就是靠这份副业。她就是一名制作流水席的小镇厨师。那类宴席，要求一次能出大量米饭菜肴，于是就需要巨大的木桶、巨大的笼屉，这些就不是工业生产的，是母亲会同外公或亲戚拿竹子编的。除了物品，还栽种。

中学时，我家阳台开辟了一块菜田，番茄、黄瓜、辣椒长出来，叫人看了双眼清亮，内心充满喜悦。所以后来我愈发理解，为什么三毛那么风靡了。作为一个作家，她的文字闪耀着太多亲自动手的信念之光，这信念，说得雅致点，叫寻找自己的世界，乃至创造一个自己的小世界；说得直白点，那就是不论何时何地，乐观地活着，生活本就是亲力亲为，才算真的属于自己。

所以她去了最贫瘠的沙漠。被风沙干枯的动物骨头，都能做出壁饰，废弃的轮胎包裹了布料棉花，也可以变成舒服的坐垫。这份对手工主义的极致热爱，深得我心。及至后来，社会渐渐生动繁荣起来，前手工时代，就逝去了。

但不管前后时代，实用或非实用，自己动手永远是最靠谱的，也是我辨识一个人的重要法则。如果高蹈善谈大义，却掌握不了最基本的生活细节，这种人绝对当不了朋友。我的母亲，小时挨过饿，至今都能轻易在窗台种出几棵小葱、蒜头、白菜，拿布料做枕套，旧衣服做出空调罩子。

做手工，种菜，本质上都是一回事，就是生活本身。木心写过一段话："大动乱的年代，颓壁断垣间桃花盛开，雨后的刑场上蒲公英星星点点，瓦砾堆边松菌竹笋依然，总有两三行人为之驻足，为之思量。而且，每次浩劫初歇，家家户户忙于栽花种草，休沐盘桓于绿水青山之间。可见当时的纷争都是荒诞的，而桃花、蒲公英、松菌、竹笋的主见是对的。"

我特别喜欢这一段，甚至觉得，这个名单可以开出老长。不管南方北方，枇杷、杏还有香椿的主见，也是对的。

这些草木和物品不是野趣，乃是因人而生的态度，是知人间滋味的，专注于它们的存在就是对的。比任何拼斗心智的人类行为，都要崇高明慧。能在历尽苦难饥饿后，将有限的生命，引回宁静本来的样子，是莫大的信仰。

林黛玉赏花

真正的大生活家，必须有特殊的旨趣，能够化腐朽为神奇。

你知道用什么办法烤出来的面包片最香脆好吃吗？特别是在寒冷的冬天，你又没有烤面包机时。有个很适宜的道具，就是电吹风机啦，面包片上涂点黄油，吹得焦香可口。这是我小时候读到的一本往事回忆录里记载的，那个上海的作者写他落难时的苦中作乐。

聪明的你肯定也会触类旁通，视线转移到身边家居的物品上面，冒出各种奇思妙想的用途。

如果不是沦落到荒岛求生，大部分人会养成习惯，完全依赖于分门别类的各种精细工具，相比较之下，我特别迷恋日常道具的小撇步（英文 TIPS 的音译）。

这些生活经验，不一定都是懒人发明的，也可能是处在很不方便的状况，脑袋转个弯，火花冒了出来。也有些根本就是抱着好玩的态度，一种工具换一个用途看看，也很有趣。

从前在一本老杂志上看到过对这一类人的总结，把他们定名为生活家，或者小生活家。在我看来，其实恰恰相反。生活家有大中小三种境界。

说句通俗的话，现在交通便利，物质发达，全球旅行、世界美食、钢琴音乐会、奢侈品，这些是人都会爱，一个人擅长这些，算不上生活家。游览鳕鱼浮出阿拉斯加的湖，去一趟西藏看看鹰飞过天空，知道珠玉的文化背景和渊源，乃至囤积奢侈品，有钱和有闲即可。就算精于此道，充其量算是有钻研的品位，追求风雅，但本身谈不上什么风雅，本质上也不过是像钱穆所说“无特殊情趣”，恶俗。这种只配叫小生活家。

第二种呢，就是像我印象深刻的，幼年读到的吹风机吹面包片的办法，化平凡为神奇，可以叫中生活家。比如有个女作家率先讲出矿泉水和荔枝同服有香槟的味道，这是她的私人发现，别人没想到，顿时妙不可言，让其他人纷纷跟着去验证尝试。

而真正的大生活家，必须有特殊的旨趣，能够化腐朽为神奇。就说花吧，数年前的春末，我和一众友人游过城郊的一个民俗村后，品尝了一桌花叶入肴的菜，那一顿吃得宾主尽欢。不过美味归美味，其实我心知肚明，鲜花下油锅，吃得再风雅，也不过是附庸。这其实挺代表我等凡俗人对花的态度。

一般鲜花的用处，不外乎是追女孩子要送花，布置会场要摆花，祭奠他人要献花，礼拜佛祖亦可清水鲜花。

古代的中外国人，都有提炼花的精华做香水或精油的风俗，演变到现代，做出了名气，就变成了奢侈品之一。

在市井中，普通人也会摘花当饰品插满头的，制成干花泡茶的，经济实惠，再拼凑出一番养生之道，也很受欢迎。

至于拿花当作摄影绘画写诗的题材的，过往千年多得不得了，男子伤春叹流变，浮沉人生，风吹雨打，女子惜年华和悲命运，文辞动人。

还有拿花比作美人的，有花堪折直须折，莫待无花空折枝，那花只是喻体，是抒情的叹惋。这些都如恒河之沙，统统不足为奇。诸如此类，都叫利用。

再深刻一点的，一代大哲王阳明游南镇与友人对答。友指岩中花树问曰："天下无心外物。如此花树在深山中自开自落，于我心亦何关？"王阳明答："你未看此花时，此花与汝心同归于寂。你来看此花时，则此花颜色一时明白起来。便知此花不在你的心外。"这也不过是以花譬理，心与物，明白与寂隐，道理早就在他心中了，刚好有事物指代，便趁机发一通见解。有见识，却无情。

只有一个女孩子做了一件独具一格的事情，葬花。就这么一个字放在花的前面，与所有人都截然不同。她是个什么样的人物，她有什么样的气质，她有什么样的品格，境界全出。

这女孩对世上极为美好的事物是什么态度？是给予万物之灵——人的待遇。诞生，鲜妍明媚，直到凋落，尔后她扫起收入锦袋，埋入香冢，以全葬礼。

和另外一个与她并列的女孩子比较起来，对照分明，"要春天开的白牡丹花蕊十二两，夏天开的白荷花蕊十二两，秋天的白芙蓉花蕊十二两，冬天的白梅花蕊十二两"，然后呢，制作成冷香丸，当药来压制热毒用，顺带散发出体香。仍是个俗人。

千载赏花之人，谁想到过去葬花？此举之令人惊罕，正在于这是从来没有的特殊旨趣，也是旷古的有情心田，将人共有的情怀，作出具体的仪式举动，表达为对美好逝去的致敬，显现为实质。这世上到底有没有过这样的女孩子，有如此举止，只有写书的那个人知道了。

光明之心

我们心中的光明与黑暗，我们生命里的温柔与暴躁，并不固定守恒，而是随心倾斜的，愿你和跟你在一起的人，以光明之心温柔相待。

有个卷饼的段子，当时逗乐我了：一个在康师傅当促销员的男生，自己吃超便宜拌面，给恋人买了一份超大量的卷饼，结果女友拿到以后说了一句太油，吃了口就丢了，然后那哥们儿就在学生街门口哭了。

正所谓，“没有在深夜对着咬过一口的卷饼痛哭的人，不足以谈人生。”

在长江流域有座有名的小城，出过很有名的君王。有一次去那边，晚饭进了一家西餐厅，我在里面吃到两道非常有特色的菜。一个是芝士鸡肉焗饭，散发着巨量的柠檬清新香味，吃起来极为酸酸甜甜少女气息。而另外一道肉酱意大利面，肉末和洋葱漂浮在面汤上，特别有创意，如湖上泛舟。

我曾经以为这是我吃过的最好吃的菜，但是我错了。

在江南的某座城市有条街叫狮子桥，那里有家酒楼，里面有道菜名为芒果百吉胜裙边。非常好吃，推荐你一定去吃。因为我和女朋友一起去吃了。

你是不是好奇，什么是百吉胜裙边？也就是北极贝。芒果清甜，北极贝新鲜。吃到这道菜的时候，我感动得双眼泛泪。

如果换一个场景，只有我一个人吃的时候，我一定会拍案大叫，经理或者服务员，麻烦过来一下。

显然，我没有这么做。

更加显然的是，我是在说反话。

本来应该清甜的芒果和北极贝，被最浓郁的芥末腌过。以压倒性的胜利，打败了独孤求败的柠檬酸甜味的芝士鸡肉焗饭。用一个比喻来说，就是葛优摆出舒淇一般的妩媚姿势向你索吻。

至于那道意大利面，也许厨师是个西餐厅里的无间道，身在曹营心在汉，坚定不移用中式肉末番茄汤面的原则来料理西式番茄肉酱意面。

结果我们被芥末味的芒果搞得两眼泛泪含情脉脉，然后哈哈大笑了，并且约定好一定要向亲朋好友推荐，请他们去品尝这道美味佳肴。如此黑暗料理……不，是“光明”料理，当然要分享给更多人啊！

食物很难吃，但吃得比遇到最美味的东西，还要开心。总有人坐在你面前，让你不舍得破坏在一起吃饭的气氛，情愿化糟糕为欢乐。顺便我们还给厨师找了个很好的理由，要不就是被老板骂了，要不就是失恋了心情不好，所以下手这么狠。

这叫作黑暗料理的光明吃法。

所以我们也没有叫经理过来，也不会为难服务生。

也有很多人结伴去吃东西，料理本身光明无比，但用的是黑暗的吃法。八十分的菜，一百分的标准，求全责备挑剔白眼，陪同的人服务稍微不周到，赌气摔下刀叉。或者，到嘴的食物不对胃口，抛弃在地，就地仆街。比如开头那个卷饼的故事。

我们心中的光明与黑暗，我们生命里的温柔与暴躁，并不固定守恒，而是随心倾斜的，愿你和跟你在一起的人，以光明之心温柔相待。

文字里的草木芳华

草木岂止在文学里芳华，也在厨房餐桌成就美味，我们又何必辜负这两全其美的自然之赐。

昔年我的老师授课闲暇之余，跟我聊及，如何才能取出雅致的名字。取名乃是人立世间的头等一件事，想要名字雅，最好多用虚词，比如“之乎者也”，最立竿见影。再寻章摘句一些，就翻古典书籍，跟虚词结合起来，没有不美的。

《四书》因为严肃正经的部分多，多半用来给男子取名。给女孩子寻找美丽的字眼，就首选《诗经》了，芸菲薇莱萍荇萱葵……俯拾皆是。

不过呢，认真来古今对照一下，那可就妙趣横生。“南山有台，北山有莱”。莱是什么植物？就是今天的萝卜。

在《采薇》那一首里，“昔我往矣，杨柳依依。今我来思，雨雪霏霏。”动人又唯美，可是薇又是什么？其实是指的野豌豆。

至于那个葵呢，不是今天熟知的向日葵，而是冬苋菜。

小雅里的“蓼萧”就比较贴近生活了，蛋糕店里做青团得用它，也就是艾草。

还是在小雅篇里，“苕之华，芸其黄矣。心之忧矣，维其伤矣。”芸出现了，这又是什么植物呢？这种就是地道的人间烟火，也与健康饮食亲密挂钩，此乃油菜。

说到健康，还有一个很讨营养学家欢心的“荍”，现代人精制米面吃太多不好，应该多摄入粗粮谷物荞麦。

而“芄兰之支”的芄兰，则是秋葵。西餐里腌制了食用，中餐里做汤、凉拌、清炒都适宜。

“蒹葭苍苍，白露为霜”，这个相对知道的人多点，蒹葭也即芦苇。还有众所周知的忘忧草“萱”，它是常见的黄花菜，清嫩可口，是我很爱的一道菜。

这么一番对照下来，那些携带着《诗经》文字为名的女孩子，原来费尽思量取的优美名字，都是萝卜豌豆油菜荞麦之类。大雅好像完全变成了逗乐俚俗。

可是，文字初生，给遇到的事物命名，很难精细，不过是取其意。

全仗着时光淘洗，尔后闪烁温润亲切的微光。与其说是古人素朴，今人盲目崇拜，倒不如打破执迷，直指本质，雅俗不过是文字游戏，说的本就是同一种东西。

这对照并不妨碍我们千载之下，念着那些悠远的诗句，口齿噙香，心随意动，同时兴致勃勃地把这些蔬果野菜带回家，烹饪加工落入碗碟中，制成好料理。草木岂止在文学里芳华，也在厨房餐桌成就美味，我们又何必辜负这两全其美的自然之赐。

有时雅有时俗，切换自如的人生，最富情趣。

读书的意义

人凭什么勇往直前？就凭生命是有限的。你明白了一切欢喜苦难都有尽头，不过如此。那就向死而生，继续活下去。

在看了电影《金刚狼》结局篇的时候，感觉特别沮丧。真实的生老病死，真实的狼狈不堪，真实的尴尬无常。

换了从前，我恐怕会悲观很久，而今只伤感了片刻，反而更加觉得要勇往直前。生死皆有限，岁月何足惧，光热再微小，自会在文字中长存。

很巧，收到了读者吴桐桐的来信：

想跟你说，感谢你的文章，陪我一路成长。

高二时无意间读到你的文章，摘自《那么一点点美好》当时，只觉得你的文笔很吸引人，对待人生起落沉浮别有一番见解。

后来，时光的脚步匆匆，进入高三，那本刊登你文章的杂志，早就不知道被塞在了什么地方。

那时候，一身心沉入高考的奋战中。只是，事情总不会如我们想的那般美好。一模，二模 以至于高三整个上学期 我的成绩一直在不断下降，连我的班主任都问我，你到底怎么了。

或许，这在现在看来，不是什么大事。但在那时候，千万学子都在为高考奋战，都期盼着通过高考走出我们那个封闭的小城。成绩一落千丈大约就等于 梦想破碎的声音吧

成绩跌落的最厉害的时候，我整天浑浑噩噩的，感觉自己的身心已经被掏空了，有时候甚至会想，从我们的教学楼上跳下去会怎么样。当然，也只是想想。

可是就在那时候，在自己都要放弃的时候，无意间又翻见了你的那篇文章。你告诉我，去经历生命中的一切，体味酸甜苦楚。一切的一切，都是为了让自己的生命更加丰满而有意义。

我把那篇文章裁下来，贴在摘抄本上，每次遇见所谓的挫折或者自己懈怠的时候，都会翻出来看一眼，于是高考奋斗，被赋予了更有意义的意义。那是我高三的精神食粮。

后来的后来，六月份全城高考，七月份填报志愿，九月份进入大学。改变的东西很多，但是，不变的却是那种去勇于尝试经历一切的精神。

现在的我在大学的校园里，知道还有更美好的未来需要我去奋斗。但是还是想送上一份迟到的，谢谢你。只是想把我想说的说给你听。

这大概就是文字里的光热。念念不忘，听见回响。写作带来的快乐，也在于此。

宋皇帝赵恒有几句话特别有名，“书中自有千钟粟，书中自有黄金屋，书中自有颜如玉。”

这种态度其实是正确的，实用的。但是，它有局限性。如果你的读书，赚不到钱，找不到美人，也得不到很多食物，怎么办？

还是要读书，因为书里还有更高的人生意义，等着你去领会。千百年来，所有的聪明才智，都在书里了，等着每个笨拙的孩子去发现，搞明白，然后长大，变得聪明，去成就自己。

人凭什么勇往直前？就凭生命是有限的。你明白了一切欢喜苦难都有尽头，不过如此。那就向死而生，继续活下去。

你明白了，不计得失，不理毁誉，心里想要的，那就倾尽全力去争取。但行好事，莫问前程。

把莎士比亚的两句诗，送给你们：

Work hard for one day and you will get a good sleep for one night.

Work hard during the whole life, and you will go to Heaven.

勤劳一天，可得一日安眠；勤奋一生，可得永远长眠。

风吹哪页读哪页

我自己看书就一个原则：风吹哪页读哪页。喜欢就看，不喜欢就丢开。

正常的人性，正常的阅读，本来就是碎片式的。

有一年世界读书日，在成都做新书发布会，那天围绕我的新书发布会，还有一个辩论活动，我们应该选择碎片化阅读，还是深度有体系的阅读呢？

当地报纸记者也问我，怎么看待现在的阅读矛盾？

我说，我特别支持特别赞同碎片化阅读。这些年，碎片化阅读被污名化的太厉害了。

因为手机电脑普及后，其实让更多本来不怎么阅读的人，也开始阅读了。人的阅读需求，是分阶段的。先容易消化的，再啃骨头。

先看零敲碎打有趣好玩的，入门了，被深深地吸引了，然后胃口被吊起来，自然忍不住去深入阅读，想搞清楚深层次的东西。

这就跟我们逛街，路过蛋糕店，店员邀请你试吃一样。对胃口，喜欢吃的东西，我们试吃了，就忍不住长年累月开始购买。

在那个辩论赛上，我是评委，我选了支持碎片化阅读。

我跟李泽鹏带队的对方辩论队说，我特别希望你们打败我们这队，因为我是出版实体书为生的作家，你们赢了，就说明都会去支持买书，进行全书的阅读。而不是手机上看个零碎几篇，挑几个喜欢的段落句子发发微博，根本不买书了。

“碎片化阅读”有个要区分的重点。什么是碎片化？到底是指利用零敲碎打的时间呢，还是只看零碎的文章？

举例，在地铁上十分钟看几千个字。陆陆续续看个十几天，看完了一整本书。这属于碎片阅读还是完整阅读？

所以大家所说的碎片化阅读，更倾向于指的是零敲碎打看一点局部内容。看过的碎片，无法在最后组成一个体系整体。

那唐诗宋词怎么办？本来就只有几十个字，再怎么阅读，也就几分钟。坐公交车瞟两眼就能读一遍，在地铁上看一遍，也就是坐一站的时间。少年时代十几分钟背下来，中年以后有人生阅历了，几分钟领悟了，这算什么阅读呢？

现在很多手机阅读，一两千字，本来就已经是完整文章，完整的体系了。我觉得这才是重点。

我还要告诉大家一个事实，信息传播是和技术密切联系的。因为有了印刷技术发展，才会冒出单行本，有了那么多纸书。因为有了杂志，才有那么多短篇小说。因为有了手机，才会千字文流行。

18、19世纪的作者特别爱写大砖头著作，厚得砸死人，是因为一本书需要那么多字，书商才好定价卖给读者。很多欧洲国家的大文豪直言不讳，字越多，稿费越多。字多了，书才厚，定价高，版税才高。字多了，读者才能慢慢看打发时间，买到觉得赚到了。

就好像金庸小说的连载，是为了帮助《明报》的销量。故事越拖长，报纸越好卖。这跟今天的起点网文模式是一回事。只不过金庸知识渊博文笔好，有思想有文化，故事写的很高级。

过去的时代没什么娱乐消遣，看书就最大的娱乐消遣。一本厚砖头文学小说，环境描写可以几万字，心理描写十几页。普鲁斯特那套“臭名昭著”的《追忆似水流年》就是典型例子。据说畅销全世界百年，至今看完全书的没多少人。这书也一直是很多人装腔作势的利器。

有个真相完全可以直接戳破——如果不是为了稿酬版税，作家们完全可以不写那么长，那么多字。如果不是为了评职称，面子好看，很多学者专家的书根本没必要出那么多那么厚。

我真的被坑了很多次，我常常在网上买了一堆书，看书名非常有内容，拿到手发现几十万字的书，十万字就能说清楚，是作者自己控制不住话唠，不够精练。有些十万字的书，其实几千字就能说清楚。

阅读本身，也是因人而异的事情。你觉得一整本书看完很好，很体系化，但是我要是就喜欢其中一小部分，只爱看那一小部分，只有那一小部分对我有用，我干吗浪费时间看完全书？

我自己就是资深文字工作者，对书太了解。

说“碎片化阅读”不好，是个很可疑的伪命题。

你在手机上看的只言片语，也许跟你在电影里看的情节结合，造就了你的深度领悟全面观察。你在微博微信看的一篇博文，跟水果店老板问到的挑水果分辨知识结合，也许造就了你的生活品质的提高。

我们现在已经不是单一渠道获得信息，往往是多方面渠道获得的信息，融合一体。

你在地铁上看一段电子书，一句温暖的话，也许就成为你失恋时候，对心情的慰藉。你吸收的碎片，用在了你需要的时候，配合你个人领悟，那就是全部。坐高铁的时候看几页纸书，如果书好看，肯定能够吸引你读完。

在没有手机电脑智能阅读装备之前的年代，绝大多数人看书，其实也是很随意的。除非是为了考试和做研究，除非时间充足，书很精彩，长篇悬疑推理很勾人胃口，才会一口气看完。

我自己看书就一个原则：风吹哪页读哪页。喜欢就看，不喜欢就丢开。

正常的人性，正常的阅读，本来就是碎片式的。

钱锺书看书都是边看边做笔记，什么书都看，这看一点，那个看一点，不爱看的丢一边，慢慢积累的。何况我们寻常人？

我把窗户纸再戳破一点，说句不要脸的话，就算现在的人不把那些时间花在碎片式阅读上，也不过是用到更多的吃喝玩乐上。

只要你拿起手机阅读，只要你开始阅读，那就是阅读本身。积累到一定数量，珍珠就不只是串一条珍珠链了，而是珍珠海。手机之类电子设备上的碎片化阅读让本来不大阅读的人，也开始阅读了。降低了阅读门槛，带来的是各种奇妙的化学反应。甚至带来了跨界的创新。

作家的心情

一个人如实地活成自己，总有可爱之处。爱哭爱笑，都是我自己。

一场活动签售会上。有个男孩帮他女友提问，他女友时间来不及到现场。他的问题是，“沈嘉柯先生，你是一个作家，写作的时候是什么心情？”

真是个好问题。别的作家写作的时候是什么心情，我不是很清楚，我最了解我的心情，那一刻，是我，又不是我。

我在写小卖部的老爷爷的时候，我觉得我接近了一个老人的平静，心里变成了老人。我在偶遇小区里的猫的时候，我觉得自己是猫。我可能是世界上的别人——动物、男人、女人、老人、小孩，我也是我自己。

写作是人世间最寻常的魔术。我们一边按照自己的记忆和爱憎思索，一边按照想象，进入他人的内心。

自从我发胖了以后，读者粉丝已经不再用帅和好看形容我了。我能够感觉到，大家小心翼翼地选出了“可爱”这个词，用来送给我。这份心意，我收到了。我也把这个词送给大家。偌大世界上，数你最可爱。

年轻的时候，我也是个忠实的外貌党。后来，我自己都没有想到，我变了。外貌有多好看，似乎没那么重要。有一颗温存的心，相处起来更加舒服。可爱这个词，还是比好看，更加牢固。

我一直是个感性的人。感性到自己都觉得，是不是太失控了。在电影院里看电影，别人刚刚哽咽，我就泪流满面了。看到好笑的地方，又忍不住哈哈大笑。

幸好，我大学时代读的法律，理性和逻辑，帮助我获得了平衡。但是仍然感性居多，有时候难以自控。

年纪渐渐地增加，已经是大人了，我常常就不好意思失控，觉得有点抱歉。为之烦恼。

直到我接受了自己的感性。世界上千千万万的人，每个人不一样。我就是这么一个人。能够接受这样的我，自然觉得我可爱。不能接受的，那就沙扬娜拉。我只跟觉得我可爱的人一起玩，不就行了。

一个人如实地活成自己，总有可爱之处。爱哭爱笑，都是我自己。

第四章

跟孤独和平共处

一座城市的庞大，
与城中人的孤独，
恰成反比。

李敖的反问

世上文字，向来写泪容易，谁没有几件伤心事呢？一触即发，飞快收效。但要写喜剧，写出豁然达观，纵声发笑，难如登天。

有一天，我看台湾名主持张小燕的访谈节目，嘉宾是李敖。李敖这人，一脸花心顽童样，永远热爱年轻的漂亮长腿女孩，女明星到女学生女护士，一个都不嫌多，坐牢写书赚钱吹牛，一样都不能少。

张小燕的访谈每出一招，都被李敖化解。往常的节目，即便是蔡康永和侯文咏，张小燕也收放自如，找得到他们的罩门。但李敖不同，这人修炼太久，道行比张小燕深。

于是，张小燕出绝招了。

她大概计划好了，一定要看看李敖感性的一面，达到综艺节目的最佳效果。于是她使出“催泪弹”，念了凤凰卫视总裁刘长乐的文字，写的是在刘长乐陪同下，李敖去北京讲座，顺道送儿子去北京念书的经过。

当时，李敖拥抱了儿子。张小燕自己泛泪了，李敖还是很淡定。张小燕有点无奈，推了李敖一把抱怨，你这个老头子为什么这么嘴硬呢。

结果李敖说，我没那么多不健康的感情，又不是生离死别，为什么要用悲哀处理呢？

对啊，为什么要用悲哀处理呢？自伤自恋自怜，容易上瘾，大脑分泌愉悦物质，于是我们就偏好用悲哀处理世事。全世界的电视节目，大部分都喜欢来这招，因为急功近利，煽情好赚收视率，收视率就是广告费，是钱。

我得承认，相比文艺界无时无刻泛滥的悲伤情结，凄美习惯，李敖更加珍贵。

世上文字，向来写泪容易，谁没有几件伤心事呢？一触即发，飞快收效。但要写喜剧，写出豁然达观，纵声发笑，难如登天。

眷念亲情很常见，但李敖反问得好，又不是生离死别。小孩子离开老父，是去过自己的新人生。总不能都像龙应台那样写《目送》，“我慢慢地、慢慢地了解到，所谓父女母子一场，只不过意味着……你站立在小路的这一端，看着他逐渐消失在小路转弯的地方，而且，他用背影默默告诉你：不必追。”

有龙应台、朱自清这一派的感慨唏嘘，真挚泪眼，就会有李敖这样的“反悲伤”者。李敖自己说，他已经七十多岁，这个年纪看儿子，其实是爷爷待孙子的态度，有宠爱，很放松，也管不了太多。处理感情，不止哀伤这一种方式。

李敖不是没心肝，不是无情，他有情，但自控，不滥用，反倒如清风吹过山冈。

怀念黄家驹

只要你曾经怀揣理想，想念着走远方。

只要在寒夜里，看雪飘过。

你就无法忘怀这个歌手，在短暂的岁月里，认认真真地说唱。

再也没有人像他那样，怀着理想一路跑着，伤心流泪，却始终不曾丢弃。理想是这样一种东西，在你最不经意的时候，跳出来在你脑袋上狠狠一记暴栗。

一次郊游我坐在小巴上，空调小巴的电视里放着黄家驹的演唱会，他依旧是光着上身，打着耳钉，背着乐器，光影明灭，头发愤怒，却满含温情地开口了，那一开口，台下万千人跟唱，夜光棒亮成海洋。

那是多久前，高中毕业，全班合唱的记忆刹那苏醒。仿佛昨天站在人群中，众声合唱。然后是大学毕业，再次坐在小包厢里，集体合唱。只是人已经渐渐少了。从此，各自要走各自的路，但凡开腔，格外动情。

看那屏幕上的画面，距离 1993 年，还有好一段年头。黄家驹还来得及，为理想卖力做自己的音乐，卖力歌颂曼德拉。那真正是香港音乐的黄金时代。黄家驹和他的朋友，四个人就可以支撑起半边摇滚的天空。

乐而不淫，哀而不伤。这八个字在金庸小说里，是对一个音乐人的最高奖赏。

再也没有人像他那样，一声又一声高歌，仿佛对着海水发誓的少年，虽然悲伤却仍旧豪情。世界上有不叛逆，不颓废，不矫情的摇滚。以至于我曾经听到上了年纪的人惊讶，香港也有这样积极健康的音乐人。我暗笑，彼时，正是黄家驹的拥趸。

那伴奏越拨越高，渐渐消失，不再可闻。暗笑成为暗伤。忍不住就泪流满面，有些音乐让人默然，有些音乐让人惆怅。

黄家驹和他的乐队，让人泪流满面，却还能够大声笑出来。因为理想不死，心不死，你就永远不会精神归于平庸。那真像我童年时代的美国音乐，干净、舒服，温暖如棉布，抵达内心。光着脚丫，走在乡间路上唱着“Country road，take me home，to the place I belong，west Virginia，mountain mama，take me home”。

那个时候，香港其他歌手风情万种，只有黄家驹与众不同。那个时候，黄家驹唱的是“十个美梦盖过了天空，温馨的爱渗透了微风，热爱竞逐每秒每分钟，轻轻一笑挫折再用功”。那是贯穿华语摇滚最纯粹的一抹亮色。是香港文化鼎盛、影响无可匹敌的年代，是群星闪耀的年代。那时候的每一颗巨星，今天足够无数小星星毕生修炼。

那是商业唱片当中，见证神话的传奇。

憧憬、纯净、悲伤、坚持，在所有青春的额头上，最显著的灵魂之光。

想起少年时代，能够抓起话筒的男生，就能够跟随着黄家驹一路狂吼下来。只要听过曲调的孩子，就能够在下面群声合唱。想起下了自习，操场灯火辉煌，许多人走夜路，前面的人哼起来，后面的人就接腔……

“今天我寒夜里看雪飘过，怀着冷却了的心窝飘远方。风雨里追赶雾里分不清影踪，天空海阔你与我可会变。多少次迎着冷眼与嘲笑，从没有放弃过心中的理想。一刹那恍惚若有所失的感觉，不知不觉已变淡心里爱。原谅我这一生不羁放纵爱自由，也会怕有一天会跌倒。背弃了理想谁人都可以，哪会怕有一天只你共我。”

那是你必定要赔上眼泪的岁月与年纪，我们还能够怎么样，我们不能够等到八十岁，再泪流满面，再唱这样的歌。只要你曾经青春过，曾经在漫天灰色的天空下，在血色童心的年华，感动过。我们必定共鸣。

此后，再见理想，大地，旧日足迹，岁月无声，直到满世界都知道他的一句叹息：可惜我们的故乡放不下我们的理想。

《逝去日子》，是黄家驹的化境之作。“面对抉择背向了初衷，不经不觉世故已学懂，逝去日子经过多少，逝去日子打算是多么远，逝去日子拥有多少，逝去日子失去是否改变。”

但这又如何？青春必定要走，不然何来真正的痛悼。不曾两眼昏花背弃，又何来刻骨铭心的辗转怀念。

只要你曾经怀揣理想，想念着走远方。

只要在寒夜里，看雪飘过。

你就无法忘怀这个歌手，在短暂的岁月里，认认真真地说唱。

他的青春与你的青春，他带着理想的微笑与眼神，你若还记得，依稀怀念，一般无二。

上帝对热爱音乐的孩子别有安排。他的一失足，是听者的痛恨。

但他再没有往后的衰老，与命运的对抗。谁能够抗衡江郎才尽，不合时势潮流的声音?

二十年纪念的时候，在北京工人体育馆，其余三子天人隔绝，电子幻境营造了最后一次合作。年近三十岁的人，都一把眼泪祭奠青春，可又有什么可叹息的。下下个二十年，足够一切地老天荒。那一晚在工体，是一场最盛大的集体悼念。一直到如今的巡回告别，彻底解散。

我们早已经在离别之前懂得怀念，我们早已经在背弃之前开始原谅。我们都是这样成长的，都是这样在睁眼闭眼之间，黑白瞑目之间，尽力拥抱着远去的那股子情怀。

他在最适当的年代，唱出了最具有打动人心力量的歌，一笔转折画上完美的句号。

纵然岁月残酷，光阴逼迫，他的音乐，那就是冬眠于我们心中的一只蝉。

再漫长的等待与封锁，见到阳光的那一天，也要放声歌唱。

忍不住笑着流泪。

一刹那恍惚若有所失的感觉，哪会怕有一天只你共我。

记住海阔天空的英文翻译吧！那是我们唯一拥有的，能够 beyond 遗忘与背叛的东西。

聆听蔡琴

听着她的吟哦，那些逝去的时光和在心中沉睡的记忆，便会慢慢苏醒。那几乎是一种奢侈的享受。

听过蔡琴歌声是一种幸福。这个打动无数人的蔡琴，恰恰她的嗓子中音最好，真正是天生赐予这一辈人的礼物。

生活在台湾小岛的女人，唱着上海的花事茶，籍贯却是湖北沔阳。

1985 年出品的《蔡琴老歌》，是追叙蔡琴的最重要资料。一种纯粹的声音，加上纯粹的歌词，成就了极品中年女人的风情与雅致，莫名中最叫人黯然。20 年过去，打磨、消沉、奋起、道不尽的挣扎与执着。之后，在中年聆听蔡琴的歌声，听一种平静，一种俯瞰与沉思的豁然。仿佛在窗台上看着桥上风景的人，无限痴迷却不参与，只是一心一意地感伤。

少年固然有壮志豪情，但终究是归于平淡和感怀。是那些歌词在明明白白地告诉人：关于爱情，关于缘分，关于友情，关于亲情，关于思乡，关于童年，关于怀念，关于哀伤……这需要的不多。一个上了年纪的灵魂，一间比较干净宽敞，并且有些底蕴的房子，一杯茶，越淡越清越好。

听《恰似你的温柔》，某年某月的某一天，恰是一张熟悉而陌生的脸在晃动，物是人非几度休。《出塞曲》里一派思念，全是席慕蓉的血脉之情。《抉择》《油麻菜籽》，听见的其实是年华的无奈和深切的怀念。有情天地，谁是那么的满心欢喜？

在她的许多歌曲里面，《白发吟》也是打动我的其中一首歌。收在蔡琴的精选碟《花天走地》里，改编自美国名诗："唯你永是我爱人，永远美丽又温存。"配合中国女人蔡琴的咬字吐音，忽然就想起《诗经》中"执子之手，与子偕老"的意味。

后来的《民歌蔡琴》，更加是把感伤放大到极点，这张蔡琴录制于1996年的唱片，全部是老歌，蔡琴演绎着老掉牙的旋律，仍然唱出了新的味道。醇厚透着沉静、知性，成熟女人迷人的万般风情。听着她的吟哦，那些逝去的时光和在心中沉睡的记忆，便会慢慢苏醒。那几乎是一种奢侈的享受。许多人都抵不住她温柔的杀伤力，一听她的声音便乖乖举双手成为俘虏，仿佛觉得人生这样就足够了。

当所有人都以为这个叫蔡琴的、眼睛细细长长、单眼皮、鼻子不高、嘴唇也略厚的女子，从此就沉迷于自己营造的世界，而不再出来时，当所有人在中年聆听时感叹她命运多舛疾病缠身（蔡琴右耳曾经忽然失聪，金子一般的嗓子也几次危机），她蓦然回首，又豪气而婉约地挥挥手，开始了生命另外的旅行。她出了新碟，人生要有花样，岁月不断在变化。她的声音和她的内涵一样深沉。

你以为蔡琴和听蔡琴歌的自己老了，颓废了，没有了生活与事业的乐趣？你错了。在南方的一份报纸上，针对别人说她蔡琴唱的多是20世纪30年代老歌的说法，她说自己其实并不老。她当年就是唱青春校园歌曲的，当年是参加海山公司组织的“民谣风”比赛出头的。

这就是蔡琴。这就是中年。人到中年，根本不是纯粹的感伤，而是沉郁、忧郁、浓郁，而是自己舔着伤，重新拿起拐杖。天籁的声音沉入深深的海底，深藏不露却美丽动人。

怀旧不过是一个空篮子，许多人都要从中打捞似水的流年，企图追回过往的美丽与回忆，结果自然是永远的遗漏。蔡琴却在一段一段的歌唱给别人后，就逐步抬头，转过身，提着篮子走在漫漫的归途中。曲子完了，人，仍然是要一步一步走的。岁月其实带走一些什么的时候，也带来了一些什么。

林青霞的美丽

我们的林青霞，美人纸上行，写下去，莫停笔。有一天，那些风物芳华才子佳人都消失，纸上留痕，长久恒远。

1

无论如何，谈林青霞，回避不了她的美。这美令大众赞叹了数十年。她的东方不败那一身红，就像是刻在了影迷脑海里的记忆石头上。

看她写的第一本《窗里窗外》，其实还带着学生似的怯生生。渐渐放松，到《云去云来》，但写本心，如实如常。尤其记得那篇写文人的手，描述对象是季羡林。她跟一群朋友去看望当时住院的季羡林，林青霞的朋友问季羡林，可认识她？林青霞还以为90岁的学术大师两耳不闻窗外事，不知道电影大明星。季羡林幽了一默："全世界都知道。"

季老年轻时候的日记，青春无忌，一派生猛，学问做得好，但知情识趣，怎么会是书呆子。林青霞这样的大美人，占据多少菲林，报刊、杂志、电影、电视，总会看过。

李翰祥一手打造的俏皮又灵动的贾宝玉，特别俊俏。舞台上的贾宝玉这个角色，简直专为她而设。跟其他扮演者一比较，要么没她的韵致，要么没她的男儿气。在琼瑶剧里面，楚楚动人，《窗外》里的中学生，让林青霞一下子，闻名天下。还有网络上流传的 30 年前她的穿衣打扮，至今不过时。容颜老去，反而敌不过她的经典扮相的深刻。

说“全世界都知道”，虽然是开玩笑有夸张点的成分，但在那些经典的台湾、香港电影里，她的确举世皆知。

2

有一次在香港旅行，我要了虾子云吞面，一边吃早饭，一边抓起特别厚的几叠报纸。翻到《明报》副刊，正好看到林青霞的专栏。当中叙述的人物细节全用白描，短短千把字就讲完了，不讲究什么文字功夫，反而另有真味。

这些文章，就是后来她出的两本散文集的来源。其实有一些也在《南方周末》的专栏看见过，大同小异。报纸各有自己的喜好选择。

当她老了，60 岁出书，美且还有灵魂，当然倾倒一群文化人给她站台推书。她写的是散文，这本《云去云来》，光看书名你就会觉得挺洒脱自在随缘，非常谦虚，形容自己不过是说来说去。这么低调反而不刺人。哪怕她文字质朴，读者观众照单全收。

林青霞写与邓丽君相会相交，邓丽君未能接到自己抛出的花球。于是她问邓丽君，寂寞吗？邓丽君的回答是命中注定，相当凄然。林青霞是银幕女神，邓丽君是声音女神。两人的际遇天壤之别，一个暮年回首纸上行，一个“甜姐”早逝。

隔了岁月来看，唏嘘无限。

这个问题放在林青霞身上，却交出来的是圆满答卷。其实命运半是天意，半是人为。林青霞淡然处事，对人好，克制安放自己的生活，自然得以福报。

古代人总爱说英雄迟暮、美人白头，非常之残酷无情。但这句话在林青霞身上不怎么成立。她不但不寂寞，且很多人愿意陪她玩，心甘情愿地陪伴她。

3

世人可能知道的不多。多年前林青霞就皈依了，我看过她自己写的文章里学佛的一段经历。某年秋天她参加法鼓山菁英禅修营，见到圣严法师的时候，她“很专心地跪下磕头再站起来，跪下磕头再站起来，就这样连续做 20 分钟”。

她见到师父的一双轻盈的脚步从身边走过，心中只觉得“那袈裟飞起，就像浪花。好美！好美！”

那一次的禅修，她觉得自己找到了内心最深层的宁静，感知到了修行的平静喜乐，于是皈依于圣严法师，法号“常恒”。

美人向佛，别有一种滋味。我一直觉得，拥有才华与美貌，却向往清净的人，骨子里都是至情至性的人。他们经历大喜大悲大繁华，叠加上蓦然心酸潸然泪下的落寞，更加容易惜福。

林青霞学佛，她的修行从小处做起。心情不定的时候，便打坐静心。待人和善包容，谦虚慈悲。她身边的一干友人都说过，青霞完全不炫耀自己的美貌，也不依仗大明星的身份目中无人。所以圈内的文化大腕，都为之倾倒。龙应台、章诒和、董桥、白先勇等这样的文化人，也是她的知己好友，鼓舞她写作。

六十年一甲子，林青霞大红大紫，结婚生子，荣华富贵，拼命拍电影，轧戏到重病，双秦情事沸沸扬扬，这些都已经过去了。她是亦舒笔下结局最好的那一等女明星。

4

人间缘法不由人。她写黄霑，恰恰就是黄霑找她约稿写专栏，有了第一篇，就有了后面的许多篇。黄霑在最后的日子里，没能读到林青霞的文字，在他走后，成全了林青霞的第一篇悼念文章。这文章，由马家辉放到了《明报》。顽童一般的黄霑，每到旅游区，就戴着花花绿绿的帽子，拉着小贩聊天，转手把帽子送给林青霞。自己丧礼要放录音，大笑三声，大家欢欢乐乐送别他。寥寥闲笔，正是老才子霑叔最好玩有趣的一面，识尽去之哀伤，不妨高歌欢乐。

就这样“沦为”文字中人。林青霞写她在文华酒店回忆张国荣的悲情，写她在拍戏的空隙看遍灯火阑珊号啕大哭。

在女儿长大的人生里，她“有一次从外面吃了晚饭回到家，经过梳妆台，突然想到什么，怕一会儿忘记，马上伏在桌上写，不知不觉坐了几个小时，窗外传来鸟的叫声才知道天已亮了，看看镜中的自己，不觉失笑，原来我脸上的妆还没卸”。

看到这一段，做过编辑的我，也失笑了。那是写作之人最珍视的享受。浑然不知道白日天黑，沉浸其中，一定要写出来才罢休。身体疲倦，灵魂如释重负，轻松畅快。

想象当时画面，大美女匆匆忙忙赶稿，耳环还在摇晃，埋头思索情不自禁咬笔头，一时安静，一时跺脚。

浮浮沉沉的明星故事我们会看腻，闹腾的虽然热闹，热闹之后更加使人空乏落寞。一个美人，到了暮年，不去强力拉皮，不去奇形怪状争奇斗艳，不喧哗骄横，不倚老卖老，不去卖弄学问，不去写书洗白过往，静静地为自己为过去的电影黄金岁月补白，只言片语记录下来。

她做这么一件事，就已经很美很迷人了。用来成全一段美好佳话，足以。她与我们相伴到老，任是无情岁月，待她也心存温柔，放她一马，优雅地老。归根结底，这都是她自己修来的。

5

娱乐圈其实是整个社会里最直白的一扇窗。谁风流婉转风靡一代人，恰恰就说明了一个时代是什么气质，发展到了什么水平。

我们借着林青霞的一双眼，其实得以窥见的，不止是衣香鬓影的名利场，还有风雨里的细沙。传统保守的 20 世纪 70 年代台湾社会，女学生喜欢老师，还敢搬上大银幕，何其惊世骇俗。林青霞的家人强烈反对，对于幼年的女孩来说，是顶着天大的压力演出了这么一部戏。《云去云来》也暗藏机锋，批判名利野心的导演，渐走下坡路，不如坚守艺术的导演，终能俘获人心。

林青霞的戏路，跨越了言情的琼瑶小说，天马行空的徐克电影，城市迷离的王家卫趣味。她是新武侠的反串枭雄，也是柔情爱故事的女主角，又是英姿飒爽的革命党人。诸如此类，既是她的个人魅力，也是港台文化最茂盛生长的证据。内地的我们，被这滚滚而来的浪潮洗礼，为之黯然销魂，被它颠倒众生。

这一页翻去，我不能不怀旧。凝视窗外的少女情窦初开的眼神，贾宝玉的眼角眉梢，刀马旦的杀身成仁。

东方不败的“皇图霸业谈笑间，不胜人生一场醉”，《新龙门客栈》的邱莫言大漠最后的挥别，历历在目。

没有记录，就会遗忘。云去，又回来。一书读罢，我会想起布莱希特的诗《忆玛利亚》：“夏日晴空在我俩之上 / 深深凝视那朵云 / 那样纯白，那样高 / 当我再度凝视 / 它已消失。”

我们的林青霞，美人纸上行，写下去，莫停笔。有一天，那些风物芳华才子佳人都消失，纸上留痕，长久恒远。

好为人徒的金庸

别人指责，我不能反驳，唯一的办法就是增加自己的学问。

我自幼喜读金庸小说，成年后每逢看到和他有关的文字，就很留意上心。年中时北大的一个同学晒出了手机拍的照片，赫然是查良镛的博士毕业证书。原来金庸相当低调地又去北大读博了。这事惹得议论纷纷，因为北大的同学没发现金庸常常出现上课，这学位，岂不是给得太随便了。

北大校方只得向社会通报，金庸的确是在中文系读博，师从袁行霈。不过呢，因为金庸年事已高，身体趋弱，导致他未能按计划完成学业，今年将无法拿到博士文凭，至于那张被拍到的学位证，只是按惯例预先准备好的。看来金老爷子能不能拿到那个博士头衔，还是未知数。

此事有了个解释，大众也就没什么热情了，我却对这个边角余料很好奇，为什么是袁行霈老先生，而不是别的教授呢？袁行霈这个老先生我有听闻，因为他不只是北大教授，还是民盟中央的副主席，恰好我是个民主党派人士，加入的就是民盟。但我总觉得在别的什么地方还见过这个名字。

而且金庸这样的人物，不只是个有名的武侠小说家，还是闻名世界的一代报人和社会活动家。名气太盛，地位显赫，高龄读博，虽然他一贯有好学之心，但实在是容易招惹闲话，一张照片都会弄得沸沸扬扬，一般谁会收他做弟子啊！

前段时间我参加了南方某家卫视的一个人文地理活动，同行的有北大中文系的李铎教授。我心想，刚好可以就近问问看这事，金庸为什么会选择袁行霈老先生。一问之下，李教授说，好像他们之间扯得上亲戚关系呢！

这下提醒了我，一查，和以前看闲书的记忆对上号了。金庸的堂姐查良敏，嫁给了琼瑶的三舅袁行云，而袁行云的堂兄弟，正是袁行霈。

这层脉络理清了，令我忍俊不禁，难怪袁教授接下了这颗烫手的山芋。

说回金庸的好学之路，更加好玩，我看聂卫平写的回忆文章，说是20世纪80年代，金庸突然托人转告他，要在从化拜他为师。聂卫平还以为金庸不过是想和他学学棋，而且他也想认识金庸，于是就赶到从化。

结果一见面，金庸就要像在他小说里描写的那样给聂卫平行大礼，三叩九拜，举行拜师仪式。金庸比聂卫平大二十多岁，聂卫平大为吃惊，赶紧推辞："这怎么受得了，我立刻阻止了他；我说拜我为师可以，但不要磕头了。就这样我成了金庸的老师，以后金庸一见到我就以师父相称。我们成了很好的朋友。"

虽说金庸当了棋圣聂卫平的徒弟，但他的棋艺还是挺一般。好在他一生也不以棋艺见长，也不去参加什么重要比赛，这次拜师完全是对国手技艺的崇敬和对围棋的喜好。

《孟子》里有句话叫"人之忌，在好为人师"，金庸则恰恰相反，应该算是"好为人徒"，像极了他笔下的韦小宝，遇到个高手就不放过，定要拜师学艺，杂学旁收。

据说金庸在浙江大学当人文学院院长时，就有人讥讽他学问不够，他也低头纳言：“别人指责，我不能反驳，唯一的办法就是增加自己的学问。”

他少年时代因为国内战乱，学业屡屡中断，始终没拿到正经的文凭。晚年一路求学，在剑桥大学认真读了硕士，又读博士，然后又来念北大的博士。看来人生际遇的确令他有点耿耿于怀。

时代变迁，社会思潮反复，很多人早年失学，后来大富大贵，再提起念书上大学，就挺“反智”的，一口一个念书有个屁用。像金庸这么名满天下极为有钱后，仍然有志向学，费尽心思好为人徒的，实属难得。用当下的话来说，是个正能量例子。

心安何处

在停留下来之前，一个人应该去尽可能多地看这个世界，去听人心中最微妙的声音。道路漫长，但你会在刹那之间，抵达你所想抵达的。你我她他，都会殊途同归。

我有一个朋友叫阿顺，第一次见面的时候，他 19 岁，一会儿北漂，一会儿南下。我挺惊讶的，小小年纪，已经走了那么多地方。以我的观察，这是个内心丰富、性格内向的孩子。

他有挺大的梦想，所以干脆不念书了，追梦去了。其实我有那么一点旁观者的兴趣，在我按部就班读书工作的人生里，总是对敢于不走寻常路的人，抱以好奇。

我养猫，有时候聊起来，他也来了热情，决定也养一只，我表示赞叹同意。猫有特别的灵气，很适合与喜欢安静的人相处。

起初，他在北京上班，但不满意当时的单位，想换更加好的工作。于是他回到武汉求职。拜会了各路人士以后，被学历关卡住了。虽然欣赏他的人不少，但很多大型好单位，非常介意学历。我为他不平，但也很难改变这个事实。

于是我劝他，其实你的个性很安静，为什么不在西藏好好酝酿，让自己有更丰富的资历，超越学历的障碍？

大约是在春天中间的时分，我在网上遇到他，他说：“林芝的桃花开了，非常美。如果想去看，这是最好的时候。”简简单单几句话，语气静谧中带着笃定。

原来他回到了拉萨，在拉萨的一家报社工作。

并且，他信佛。

我突然心中生出羡慕。

非常奇怪，他是我唯一一个从来没听到提及西藏气候不好、高山反应痛苦、生活条件恶劣的朋友。在他的小小世界里，阳光照耀，空气非常干净，人们非常虔诚。

他就像所有拜佛的人一样，去住寺院，吃当地的食物，和老婆婆、小孩子说话。一切生活节奏放慢下来，就像我后来见到他的样子，慢慢说话，慢慢旅行，慢慢看风景写字。我想这大概就叫作契合，他就适合在这样的地方生活和写作。

春节后，他从拉萨坐飞机返回。我们在江城武汉相见的时候，白白净净的男孩儿消失了，变成一个脸颊略有高原红、皮肤黝黑、眼神深沉的年轻人。

如果从外表上看来，他似乎变得更加憔悴成熟，但是一开口说话，我就知道。他找到了自己。

他不是那种以为去一次远方就能洗涤灵魂的人。阿顺去过很多地方，武汉、北京、上海，年纪轻轻，江湖行走，最后留在了西藏。这不是意外。

人有两个故乡，一个是自己出生的地方，一个是脚步停留下来的地方。唯有西藏，成为他信仰意义上的其中一个故乡。

他写的青藏高原的风雪，藏族人的生活，巍峨之美的冰川，都渗透了深深的感情。不管多晚多黑、天有多冷，他亲眼看着，朝圣者和磕头不断的信众，伴随着微弱的烛火光芒，另有境界。

当拉萨每年冬天下起第一场雪的时候，他会用手机拍下照片，发给全国各地的朋友。我看他发给我的文字："没有乘车，没有撑着雨伞，只戴着帽子，一个人走着，走到雪中的布达拉。"

太有画面感了。刹那之间，我似乎置身遥远的雪域，目睹雨雪中的行人。说到底，这其实就是一种释然的心情，甘愿远离尘嚣，诗意地观望体会。他在最能够安顿身心的地方，写他能写的。

就像他曾在我家借住找工作的那段时间，静静的，不吵闹，不聒噪。

在停留下来之前，一个人应该尽可能多地去看这个世界，去听人心中最微妙的声音。道路漫长，但你会在刹那之间，抵达你所想抵达的。你我她他，都会殊途同归。

你的脚停在哪里，心就会安顿在哪里。

心安，而后定。

能安静专注的人，才能做好事情。工作上的阿顺，采访了很多人，有在西藏拍戏的明星，有平凡的人家，有拜佛的香客。这些素材积累下来，阿顺在去年出版了自己写的第一本书，云集国内名家的推荐好评。我为他开心，这是他的作品。实实在在，属于自己人生的成就，也是第一份积累。

我相信，从此他会成为一个在哪里都有能力安顿的人。

书不会等人

在这个世界上，还有什么东西是不会过期的？

书不会等人，人也无法等书。看书这件事，时过境迁，也会像秋刀鱼一样，过期了，失去意义。

在十岁左右的时候，他家里很穷。在所有邻居孩子里，我和他玩得很好。因为我们都挺喜欢看闲书，常常在一起共享资源。

他的书没有我多，他想读却读不到，因为他的零花钱买得起的书，太少。他家舍不得买。

于是他找我借。

我父亲书柜里的书，堆得满满的，对我是敞开的。他摸进我父亲的书房，两眼放光。

我开始担心：你别弄坏了，小心，别弄脏了，我爸会骂死我的。其实我爸并不介意，不是那么凶。

这么来回了三两次，他借书的成功率极其低，因为我总是犹豫后拒绝了。最后一次，回家的路上他气呼呼的。我终于还是没借给他那一套《三言二拍》。他再也没跟我说话，一直到搬家。

许多年过去了，我们在异乡的城市再见面。往日的小孩子都长大了，怨恨都淡忘了，彼此亲切打招呼。

提起往事，他却无比惆怅。他慢慢地说："那时我想，也不要紧，等我长大了，或者工作了，我会把这些书一本一本买回来，慢慢地，尽情地阅读欣赏！这么想着，我渐渐忘记了伤心和不愉快，甚至赌气似的想，我以后一定要有比你多百倍千倍的书，我要在自己的家里，修建一套大书房，买很多很多的书放在架子上。然后每天睡在书堆里，吃饭也在书堆里。"

我笑了："这个愿望很美好啊！你现在应该实现了吧！小时候真是不好意思呀！"我并没觉察他的话里强烈的对比反差。

我带着一点补偿性质的心态，说："现在可就简单了，我的书很多，而且现在绝对不小气。你要看书，要借多少我都借给你，我现在一大堆的书都可以送你看。"

他笑了，摇着头说："谢谢，我现在没什么兴趣了。"

我吃惊："为什么？"

他带着惋惜说："其实，现在随时有机会读到这些书。网络书店打折活动那么多，也买过几本。虽然花花绿绿的包装漂亮，印刷精美，还打着动人的口号，吸引人的广告，但我连翻一翻的兴致都没有了。偶尔也勉强拿上一本，但翻着翻着，就读不下去了，犯困，干脆卖废纸了。"

说着，他陷入了回忆："如果在十多年前，我一定会是一个又幸福又快乐的小小读书郎！"

如今，他只是遗憾，并没有对我如何抱怨。我却很难过。

小时候不懂，就这样掩埋了一个小伙伴的美梦。

有些事情，有些朋友，一旦变换了时间与空间，你即使还能够帮助他，他即使还愿意被你帮助，却已经变味了。就好像他那颗仍然想读书，却再也读不进去的心。

我想起王家卫的电影台词：秋刀鱼会过期，肉罐头会过期，连保鲜纸都会过期。我开始怀疑，在这个世界上，还有什么东西是不会过期的？

书不会等人，人也无法等书。看书这件事，时过境迁，也会像秋刀鱼一样，过期了，失去意义。

再见下课铃

青春不可返回。总觉得上课那么漫长老师总是拖堂的青春，永远不再。而青春存在过的地方，却可以无数次返回。虽然离开，绝不丢弃。怀旧是人对当下的确认。

在这个世界上有些地方很牢靠。比如学校。很多年里学生来去，但学校常常坚持不走。冬天有日光，我回到了我的初中。

十一岁到十四岁这段时光，献给了这所第二初级中学。甬道的入口有短暂的昏暗，但很快光线全方位撒下来，耀眼又安静，头顶彩色小旗帜又突兀又艳丽。升国旗的地方还是原地，教学楼没有改变。还有我曾经有气无力懒洋洋地打扫卫生交差的厕所。是的，不叫卫生间也不叫洗手间，赫赫然叫厕所。它一点也没有变。当时那么老旧，现在仍然这么老旧，我会有一点点怀疑，是否我转身回去，就变成了初中学生。

我继续往前走。墙面胡乱涂画的符号和粉笔笔迹，几乎没有中学能够独善其身。

终于还是面对了最大的变化。

那棵巨大的合欢树不见了。它与教学楼齐平，庞大，枝繁叶茂，需要仰望。在我上音乐课的时候，看见过它，上化学课、物理课、语文课、英语课的时候，看见过它。在我闹事被班主任体罚罚跪的时候，看见它过。啊，这段记忆几乎惊讶到我了。我也不是直接变成现在沉默苍白的文艺青年或一个抒情作家的。膝盖痛的感觉瞬间密密麻麻扑到骨头上。

一度，我觉得它的高度和枝叶延伸着，就要透过窗户，生长到教室里来。我迷恋它像是达·芬奇迷恋蒙娜丽莎的微笑。我见到它最后一眼是冬天。它骄傲又洁净，如同雪国之王那样，失去树叶冠冕，却威严又安定。后来它被砍倒，告别这个世界。校方给的理由是，妨碍风水、占据空间。

我努力回想我曾经上课过的教室，却一点也想不起来。

我只记得一个胖子捉弄我，我绰起板凳砸他，后来他绵绵无休地报复骚扰我的初中生涯，犹如阴魂。

向前再一百米，站在布告栏前，看见上面说就要期末考试了。布告栏后面的红砖灰墙是我五岁时住过的加工厂。厂房后来一直废弃。我与母亲在那里住过万分艰苦的小段光景。

然后转头，一个中年大叔，真正的大叔，在三楼上，靠着栏杆冲下面其他说闲话的教师喊话。我听不清楚他在说什么。

因为记忆凝聚又粉碎。

额头光秃秃的大叔是我曾经崇拜的物理老师。那些浓密头发离开他了。

我屏住呼吸，他对我的表扬曾经令我欣喜若狂而最终我考出很垃圾的分数。

我总是外强中干地在平时模拟考试成绩不错最终差强人意。哦，差强人意这个成语在这里，我就是要使用成有些差劲、勉强满足意愿的意思。那些点过我的名字的老师，将这个名字淡化。我逃窜开。不要被他认出。

最后我返回操场。操场上的双杠很冷清。慢慢躺倒在草皮上，逼近中午的天空有太强烈的光线。

我想躺在日光照耀下的草坡上，闭上眼睛，也许永远醒不过来。哪怕化成些微草木也可以。

青春不可返回。我已经走到生命的如今，无论何等悲伤也无可返回。总觉得上课那么漫长老师总是拖堂的青春，永远不再。而青春存在过的地方，却可以无数次返回。虽然离开，绝不丢弃。怀旧是人对当下的确认。

我想永远停顿在一刻。我躺在草皮上晒太阳。

然而瞬间，听见音乐。无数脚步携带真正的青春之轰鸣接踵而至，汹涌如海潮。整个地面喧嚣开来。

那是下课铃声响起。

跟孤独和平共处

一座城市的庞大，与城中人的孤独，恰成反比。

快乐难找，还是找得到。而孤独，就是另外一回事，需要另外一种态度。

还记得，1999年，当时我和大学同学约好了打算逛街，周末我们乘坐长线公交车跨越浩瀚长江，前往江汉路。经过武胜路的时候我们顺便在新华书店买了两本书。江南江北，不厌其烦。

2002年，我和友人同事会约在武昌中南喝咖啡，之后去亚贸看场电影。

2003年，我和同事在群光广场吃自助餐，看着当时还走高端路线动辄上千元的衣服吐舌头。

2005年，因为工作快三年了，人也变得懒怠，春秋冬夏换季添置衣物，我就在鲁巷广场转一圈解决。时间继续推移，这一年的年底，我买了房，就彻底住在了光谷。

2009年，因为光谷步行街开街了，于是一条马路之隔的鲁巷广场，我也懒得去了。那一条马路看起来不远，但其实穿过去至少也得十几分钟。

2010年，比光谷步行街更加近的当代学生公寓旁边，开了一家时间广场。这里面有电影院有超市，而且电影票常常打折很优惠，于是我就不去步行街了。

2011年，比时间广场更加近的光谷天地开街，这里一样有咖啡馆、电影院、超级市场以及美食电玩城，于是……我也不去时间广场了。

就在上周，我看见家门口开了一家屈臣氏。站在屈臣氏的门口，我愣了一下，忽然被一种忧伤击中。就这样，我的生活，从一座城市，缩小为一千米。

生活越来越便利，山丘变成高级住宅，荒郊化身繁华闹市，居住的地方一千米内，提供你衣食住行和娱乐消遣。人，在这座大城里，似乎退化成小圈子动物。如果说从前是银河系活动范围，那么后来变成了太阳系，最后变成了地球月亮之间。30岁之前，我背着包，一个人南方北方去旅行，不带地图不靠亲友，沿路即可结交陌生朋友，热烈聊开。而今出门都嫌麻烦。

每一次生活圈子的缩小，我就跟一拨同事友人，压缩了往来，乃至断绝了联系。没有嫌弃，也没有背叛，纯粹就是自然而然地淡出。说起来我们生活在一座城市，但却因为心理上和地理上的双重感觉，愈发遥远。按道理，失去旧友，会迎来新朋。

可惜，人是一种身心有衰退规律的高级生物，年岁越增，体力与活力下降。交新朋友需要付出时间精力和信任，生活也渐渐喜欢安静畏惧喧嚣，所以友人失去了也就失去了，不怎么新增。

我特别想引用弥尔顿在鸿篇巨制《失乐园》里的句子："他手里拿着金制的圆规，一只脚放在中心，另一只旋转，向那广阔，深沉，混沌中画去，说道，周边就这么遥远，世界就这么宽阔，这就是你们的疆域，这就是你们的大地。"

一座城市的庞大，与城中人的孤独，恰成反比。也正是在孤独中，我读了很多的书，比过去十年读的还多，也可以平和静谧，自得其乐。当然也有人把孤独消化在酒吧和KTV，各有所好。生命在不同阶段所求不同。

城市的生长，犹如无形的上帝之手在控制，先天带着逼迫人修习独处的属性。大多数人注定是大都会里的小市民，在那圆规画出的有限疆域里，妥善安顿自己的心。

不过，人超越万物而有灵，在于可以换一种心理认知，譬如孤独不是用来消灭的，是可以和平共处，妥善利用的。

那一只鼹鼠

这只鼹鼠，许多年后，偶然间也会从我们的记忆里跳出来，露着牙齿，充满笑容。察觉那种积极的笑容，令我们会心微笑，是它曾经陪伴我们温暖而美好地长大。

小时候吃晚饭也惦记着看电视，抱着饭碗冲到屏幕前，地面上拱出一堆黑色泥巴，一只可爱的黑皮肤白肚皮的小家伙就钻出来，冲你打招呼，目不转睛津津有味。

长大以后发现没那么简单，这只鼹鼠其实是个生活家，很有趣味的手工热爱者。它友善爱交朋友，坐火箭流落到岛屿上，就跟螃蟹当了朋友，齐心协力修好火箭回家去。它想要有条工装裤，还是靠一群朋友帮忙，种植亚麻啦，纺线织布啦，自己动手，做出自己的工装裤。这只鼹鼠会园艺、会开车、会给狮子拔虫牙。如果照现在的动漫形容词来说，鼹鼠极可爱，极“萌”。

这只小鼹鼠很像一个在良好的现代工业文明当中熏陶成长的小男孩，有了问题团结朋友去解决，动手能力强，火箭、飞船、园艺、驾车，样样都会，同时也享受自然界草地森林花园的生活。与人类、与动物们、与植物们相处，纵然有误解和矛盾，也一定是用温和幽默的态度朝着和平共处的方向努力，这是恒久不变的光明与爱的品格。即便是表达难过，也仍然是哀而不伤。

《鼹鼠的故事》基本上没什么对白，也不追求热血战斗和复杂曲折的故事，可是常常让人看着看着，有一种含泪微笑的触动。还有一点就是，在所有的故事里，这只鼹鼠，都是独自去面对所有事情的。它像一个孤独的少年，朋友虽然常在身边，却不见它的家人。作品里的角色，总有作者的心灵投影，与之对应的捷克艺术家、插图画家和电影导演兹德涅克·米勒，想必也有一颗温柔的心。在他 35 岁的那年，一个除夕之夜，他在出生地附近散步时，获得灵感，在他的画笔下，小鼹鼠的生活与行为，充满了诗意的抒情。

2011 年 11 月 30 日下午，这个老人以 90 岁高龄，在捷克首都布拉格附近的一家疗养院中去世。得到这个消息的时候，我有一种当他离去，世界又自结束中重新开始的感怀。鼹鼠的存在与万千读者观众融合，早已经沉淀为记忆之一而不朽。从他的灵魂中诞生的，也将进入我们的灵魂。

就是那一只鼹鼠，在我们童年看的电视里，突然冒出来，发出咯咯的欢快笑声，跟大家打招呼。

也是这只鼹鼠，许多年后，偶然间也会从我们的记忆里跳出来，露着牙齿，充满笑容。察觉那种积极的笑容，令我们会心微笑，是它曾经陪伴我们温暖而美好地长大。

还是这只鼹鼠，谢谢你来到这个世界上，以及带你来这个世界的兹德涅克·米勒。

第五章

这人间的欢喜与哀愁

当我们写作时，我们在想什么？
其实就是想着，更理解这个世界和我们内里的细微真心，
让读到的人，明白这人间的欢喜与哀愁。

小时候的初心

我们内心一直藏着一个小孩子，长大后就沉睡了，但其实，并没有离开我们。

也许不忘初心是一句被很多人说烂的话。可是，我觉得可以换一种理解。那就是把它理解为一种对照的仪式，一种唤醒。我们内心一直藏着一个小孩子，长大后就沉睡了，但其实，并没有离开我们。

我有个朋友，是死党，在我们最年轻时。后来我们大学毕业，都在一座城市工作，隔着不远，各自做各自的事情。年月渐深，彼此见面说话，日见无趣。

他的工作搭档，也常常抱怨说，发现他这人和别人难相处，脾气是又坏又臭了。我点头附和，记忆却飘远：不过啊，呵呵，以前他不是这样的。我还记得那个时候他还小，拿着木头棍子在土坡上，如同高手在山峰上对垒、比武。

读书的时候，我还帮他代写情书，却又故意恶作剧搞破坏，算定他不会看。结果他追到手的女孩老逼问他，你真的有狐臭，冬天才发作？他便呵呵傻笑。

我说的时候，他坐在他的皮椅子上，习惯性地转来转去。像一个地道的庸俗小老板。

他就那样愣住了，忽然地愣住。然后，我们久坐而默默无语。

再次去他在22层高的写字间拜访，恰巧没别的人在场。他跳起来捶我，说："为什么当时陷害我呀！"我抄起报纸就恶狠狠拍他的脑袋。

客户按响门铃，客人走进来，看见的是面孔表情严肃的两个人。他说："请坐，我和一个朋友要谈点事情，马上谈完就跟您谈。"

送我到电梯口，他做了一个熟悉而滑稽的手势。一丝笑爬上我在更多场合僵硬的脸。

他，甚至我或任何一个人，现在看着很可恶很坏的家伙，其实并不是很小就如此。

成年谋事后一度面目可憎的人，多年前一样曾经言语干净，坦诚可亲，更小的时候，也是眼睛如汽水一样透亮的少年。

如果有人跟他提到：以前你还小的时候啊……那个霸道、野心勃勃且无趣的人，那一刻他的心肠也会温和亲切。

讨厌一个人，往往因为不知道他也曾经小而可爱过。有什么可以唤醒一个人温暖美好的一面？帮助他找回遗失在时间里的幼年模样吧！

平安茶饭

什么才是最快乐的事情，到最后才领悟，那是最遗憾的事情。所以，我们不要遗憾，我们要抓住就在你手边坐着的平安茶饭。

我是喜欢吃饭的人，但我从不挑食，因为我知道我不是在吃食物，我是吃着自己所能够感知到的快乐与美好。

张小娴在《友情的猪油》里写道："深夜两点钟来到猪油捞饭吃夜宵，本来没什么心机，但是一边吃一边听蔡澜说笑话，忽然觉得，有朋友真好。只要挨一点苦，就有很多朋友关心你，甚至愿意熬夜陪你吃夜宵，说笑话给你听，本来怕胖，可为了感恩图报，也吃了小半碗猪油捞饭，吃的是友情。"

我知道，我真的知道，其实你也有烦恼。在每天忙忙碌碌连一顿完整的茶饭也吃不畅快的时候，你一定很烦恼。虽然你的口里一再说着，还好，还好。

日子匆忙，虽然你说快不快乐我无所谓，但是我知道你有所谓。我们其实都是有所谓的。

所以，在我们不出任何事故、多多少少平淡但却平安的生活里，我们应该也应当吃好一顿又一顿的平安茶饭。这样，才对得起上天赐予的平静，日子施恩的快乐。

幼年读《资治通鉴》，读到李斯一辈子说的最后一句话时，有种落泪的叹惋。他在生命的最后对儿子说："我想与你再牵着黄狗，到上蔡东门外打猎，都不可能做得到了！"什么才是最快乐的事情，到最后才领悟，那是最遗憾的事情。所以，我们不要遗憾，我们要抓住就在你手边坐着的平安茶饭。

所以不论亲情友情，一切一切的真谛，是有那么多人能够陪伴着你吃饭。寂寞那样的东西，一定站在我的身边，躲得远远了。这短暂又漫长的生命，每一个小细节不抓住，也就悄悄流走。抓住的，那就是不辜负自己。

如果你在吃着一碗糊汤粉或者猪油捞饭的时候，也能够感觉到幸福与美好，那你一定最深刻理解生命真谛。为此，我不怕一胖再胖。

这人间的欢喜与哀愁

当我们写作时，我们在想什么？其实就是想着，更理解这个世界和我们内里的细微真心，让读到的人，明白这人间的欢喜与哀愁。

作家不稀奇，作家写的书也不稀奇，图书馆、书店到处都看得见。但是作家写作的时候在想什么，就有很多花花肠子了。

我有一次认真地把我新出的随笔集送给在检察院上班的老朋友。过了两天，她忽然手机发来书里的段落照片，气哼哼质问我，你书里那篇文章就是在笑话我吧。原来书里有一篇写了她，而且说她年轻时眉毛天生就很淡，还从来不化妆，头发也不弄，跟个鬼似的，总没有桃花。被我们屡屡批评之后，她努力改进，终于大见成效。

我都忘记我文章里这么毒舌调侃过她了，于是赶紧弥补道歉，你看我没有点名道姓，还特意把你改成广州的。而且的确是忠言逆耳良药苦口嘛！看，你现在多漂亮。最后我专门请她吃了顿自助火锅表示抚慰。啃着鸡翅，我们握手言和。

真的，虽然我是个作家，还是要认真诚恳奉劝大家，跟作家交朋友千万要小心，一不留神你就被写了。对于搞文字的人，世间万事万物任何人都是素材。

当然也得提醒我的同行们，说了朋友的闲话出书之后，自己长点心，要记得别误送给当事人啊。虽然我写的时候改头换面了，还是骗不过当事人，一下子就对号入座了。

作家狡猾地把看法态度写到文章里，散文随笔也许还支支吾吾，小说就完全不会承认了。

比如我在素菜馆吃饭恰好遇到了我的皈依师父、四祖寺的方丈明基大和尚。我当时吓一跳，怀着对师父的敬畏之心，我吃完饭就赶紧开溜。结果在门口被大和尚一眼瞧见，冲我招手。

我心想，他该不是要问我有没有好好学佛读经吧。我很惭愧，个性惫懒散漫，天气好就读读，下雨天埋头写东西去了。

结果大和尚师父很客气说：“我有一个问题想问你。你们怎么把故事讲得那么的长？而且同时写好多人说话，脑子里不会乱吗？”

我松一口气。其实作家写小说时脑海里根本就看得到人物，活生生走动、聊天、打架、恋爱，有悲、有喜、有内心戏。我只是旁观者，把看见听到的统统记下来。这对于他们专心修行的人来说，根本就是杂念丛生，难怪大和尚要困惑了。

师父一脸恍然大悟，不过呢，我可没继续坦白从宽。因为我们不仅记录，还想方设法混淆真假，虚实不辨，如幻如雾。

这种事曹雪芹是高手，金庸也是高手，都把春秋笔法发扬光大，拐着弯写东西才好玩。

曹雪芹明着写薛宝钗知书达理，大家都夸。宝钗心里想着，以后可得躲着宝玉避嫌。一转眼，这姐姐不知不觉就坐到宝玉的床头给他缝肚兜。其实她爱这个男孩，想跟他好上都想得失控了。在那个年代，这算哪门子的闺秀嘛！这不就是心理学里的意识和潜意识嘛。

金庸写韦小宝天下第一滑头花心，看着天下第一美人陈圆圆的女儿阿珂，就色眯眯，魂不守舍。可是患难后跟丫头双儿重逢，“一颗心欢喜得犹似要炸开来一般，霎时之间，连阿珂也忘在脑后了”。

师父陈近南遇害，韦小宝号啕大哭呼天抢地，才发现自己从来没有父亲，他内心深处是把这个真正的英雄当父亲对待的。莫大悲痛，令人泪下。

真相都在人物的行为上，写书的人心知肚明，所以要各种花招让人领会。看似赞美，其实是讽刺，看似无情，其实深情。当我们写作时，我们在想什么？其实就是想着，更理解这个世界和我们内里的细微真心，让读到的人，明白这人间的欢喜和哀愁。

问世间情为何物

问世间情为何物，不过都是分泌物。

我大学修的是法律，有一天在路上遇到新闻系的同学，说某杂志社招聘编辑。于是我去了那家杂志社，成功签约，不过那是家心理学杂志，我怀着好奇心，从此改行跨界，大开眼界。

一晃十年，这么跟心理学专家们接触下来，偷师良多。如今的心理学界，跟脑科学密切联系，国际主流是实证科学研究的路线，七情六欲都找出谜底。

你知道人为什么会害羞吗？那是因为容易害羞的人的大脑有遗传原因，控制5-羟色胺流动的基因更短。其实5-羟色胺这玩意又名血清素，在体内含量提高，就会觉得心情愉悦，有抗抑郁功效。从此那些被人说内向害羞不够大方的人，可以心安理得给别人解释，我这是天生的，有个基因比较短嘛！这样一来，是不是觉得心态更加平和，反而有助于减轻害羞？

你还记不记得自己的童年，喜欢乱吃东西，有时候连自己的鼻屎都要尝一尝，还有咬指甲，吃橡皮头。这是因为人的味觉在出生时发育最完整，加上有东西吃是关乎生存质量的重要条件，但是随着对物品属性的理解，我们自动归纳出了口感差异和是否有毒危险，很多东西不再去吃。

你知道吃巧克力为什么爽吗？因为巧克力含有多巴胺。

阴天久了人郁闷，为啥天气晴朗了晒晒太阳，心情那个好啊！其实也没什么奥妙，光照促进分泌血清素。

你知道失恋为什么让很多人痛不欲生吗？

现代人感情发达，谈恋爱要死要活的，也不过是戒断反应比较强，不必过于拔高“爱”，最近我跟学者专家合作一个心理专栏，专家原话就是这么说的，“那是因为恋爱和吸毒在大脑中占据的是相同的位置”。

所以失恋后的生理心理反应，和戒毒的戒断反应是一样的，只是程度上的差别。有的人依赖5–羟色胺的分泌，有的人依赖多巴胺的分泌。这两种物质，是大脑感觉幸福的生化基础，体内不足，就得补充。

跟这些专家厮混久了，我渐渐从文艺控变成了科学控。风花雪月固然雅，但千年以来无数人玩下来，也欠缺新意。当文学勾搭上心理科学，反倒别致。现在重读《红楼梦》，我脑袋里就忍不住想，林妹妹的肺痨除了需要青霉素，还要多吃巧克力和户外活动，天天闷在屋子里写诗，为爱痛苦，那忧愁当然止不住的“菱花镜里形容瘦”。

香港“写情圣手”林夕被粉丝冠以金山词霸的美誉，填词无数，影响深远，这位先生也是人本多情，患上抑郁症，常年看心理医生，吃药补充多巴胺、血清素，久之也很有心得，近来终于总结出了一句大实话：“情为何物，不过都是分泌物。”

受伤的灵魂

在岁月的河流当中，没有不曾受伤的船，而真正驶向充满阳光彼岸的，恰恰是挺过伤害，化解伤害的船。

城市白天喧嚣结束的时候，就是我接听晚班热线的开始。在每个工作日的六点三十分，一直到九点钟。我常常猜想，那些静夜之中，接受我的抚慰与建议的人，会不会就是与我擦肩而过的陌生人？

在电话那头，一个陌生的我面前，这些灵魂才会哭泣、悲伤，白日的他们保持着日常的面貌。白日他们对朋友微笑，在亲人面前仿佛没有任何心事，在爱人面前安之若素。可是我知道，那些受伤的灵魂，现在，轻轻取下他们的面具，让我看见他们忧伤的眼神、悲愤的表情、沉闷的心事。

我总是试图唤醒他们内心的理性，在遭遇非理性事件的时候。我总是劝告他们要坚强，那些伤害你的人和事情，也许是无意的，也许是故意的。对于无意的，何必计较在心，对于故意的，你要坚定地反抗。

接听过一个男孩的哀求，那个伤害他的人，是他最尊敬的父亲。但是他的父亲是错的，他的父亲，用所谓的虚伪的权威，强迫他在生活当中，扮演逆来顺受的角色，而不是培养他坚强独立的性格。男孩说，每次父亲瞪他，他就感觉暴风雨要来了，全身战栗。父亲会极其愤怒地说，你是怎么回事情，怎么又出错。尽管他没错，或者根本不是什么大不了的错。而他总是想，我的父亲也许有他的道理，他是为我好，只是他太严厉了。

如果我见到孩子的父亲，我会告诉他：如果你是真正爱你的子女，那么，请你用正确的表达方式表达你的爱。我能够理解，学会独立与反抗是艰难的，要付出代价，甚至被指责是不肖之子。但是，请这个满怀悲伤的孩子记住，爱，没有正确的形式来承载，也会走向彼此伤害的歧路。

还有一个年过三十的朋友，他的妻子曾经与他在年轻时候相濡以沫，现在条件好了，她却迷恋上了网络游戏，不和他交流，双方争吵，觉得对方不可理喻。家里的事情，都赌气撒手不管。难道感情已经走到了尽头？不是的。原来他们从来都没有好好交流过，谁也不知道谁内心的真正需要。各自忙碌各自的工作，于是，心灵的协调与沟通淡之又淡。他指责她：为什么不关心家庭，不带好孩子，不关心他的生活？她抱怨他：你又为什么不主动过问，可曾想过一个人成天面对单调乏味的房间，多么无聊？他们都单纯指望一方付出，带着怨气，火药味不断滋长。我说，其实，生活本是平常茶饭，是细节上的相互关怀，是一对一彼此对等的呵护与关心。谁也不应该一味指责对方。为什么不是一起去努力，共同寻找回失落的温情？电话那头沉默许久，在一声“谢谢”里结束。

我常常追随他们的情绪而波动，甚至内心感觉疼痛。这起源于对生命本身的怜悯与共鸣。我该用什么来帮助他们？除了爱，还有理性。为什么这么多人不幸福？也许他们还没有真正理解幸福的含义。

幸福如同植物，是需要细致浇灌的。每个人在成长当中，多少都会有一些伤害，那么伤害就是你灵魂上的疤痕，必然会疼痛，但是因为伤害，我们才学会爱惜自己，学会珍惜别人，学会包容与坚韧。在岁月的河流当中，没有不曾受伤的船，而真正驶向充满阳光彼岸的，恰恰是挺过伤害，化解伤害的船。

通过一根电话线，我告诉那些陌生的人，要学会“自疗”——自己给自己进行治疗。别人只能协助你，但你最终要抛弃别人伸出的那根拐杖，学会自己抚慰自己的灵魂。许多个求助者，会问我，应该怎么做。而这个问题应该问你自己。我能够帮助你分析利弊，能够分担你的情绪，协助你寻找根源，但是我无法为你做出判断与决定。因为那会妨碍你的灵魂走向独立。

下一个夜晚来临的时候，一切寂静下来。电话再响起，一直到最后一句“再见”，我希望，那些受伤的灵魂，渐渐学会不用从别人的身上去寻找信仰与判断。学会自己坚强地面对，勇敢而果决，不因为苦难而放弃努力，多发现温暖而善待自己。独立与自主、坚强与自爱，是所有灵魂得以安宁，并且得到平安喜乐的必要路径。

像我这样的朋友

人生的路虽然不长，但是因为我们一直在走，并且那么急切地追求着自己的梦想，因此，我们不断地告别，然后迎接来新的相聚遇见。

今天你还记得那首老歌吗？还记得我这个老朋友吗？《像我这样的朋友》，那个时候的谭咏麟，还不需要去打羊胎素，那般光洁皮肤，青春意气。那才多大的年纪，居然就怀念了？

因此，我把旧日的老歌找出来，在闭门让灵魂静养的时候，一点一点地想起。“风雨的街头，招牌能够挂多久，爱过的老歌，你能记得的有几首，交过的朋友，在你生命中，知心的人有几个。”谭咏麟老去，当年的同行者一个个在年前离开人世，却不知道，他心中何等感触，但是二十年，弹指一挥间。怀念老歌的老歌，也开始被怀念。

“我怎么能够让你孤独地这样走，我怎么能够让你无助地望着我。多少的情感，多少的自尊，你的血泪中有我！这世界啊！越来越多的陷阱，越来越冷的感情，当你全部都失落，也从不退缩。越来越多的包袱，不能丢的是朋友。当你陷入绝望中，记得最后还有像我这样的朋友。”

生命当中那些来来往往的人，是我的朋友。我总是会在最适合记得的时候遗忘你们，在我悠闲无所谓的时候。但是我并不愧疚。因为，我总是在最应该想起的时候，在为生活焦头烂额的时候，想起你们。你们，是否一如我一样，忙忙碌碌？

朋友就是那些老歌。曾经爱过，然后忘记了，因为老朋友走过去，会有新朋友走过来。人生的路虽然不长，但是因为我们一直在走，并且那么急切地追求着自己的梦想，因此，我们不断地告别，然后迎接来新的相聚遇见。

但是，但是，在生命的某一个岔路口，越过一条河流，或者看过一朵小花时，我会想起你们，想起你们的种种表情，欢笑的，逗乐的，愤愤的，光阴使我们怀念。怀念是偶然还是必然？但愿我的朋友，读到时不会愕然，而是打来遥远的电话。我必定欢天喜地地快乐，即使，我问好的语气，平淡、低调。因为我那必定是极力掩饰了的。

第六章

人生若只如初见

人生若只如初见，相逢相失两如梦。
就因为日后，要回到各自旧有的世界里去，
那一短暂的假日光辉，出奇地耀眼美丽。

湘南女书

她们是一种生来谦卑的文字。她们的命运因为自己的属性被注定了，只在世界的角落卑微地歌唱。

如果不是一次意外的发现，她们的命运也就如同在中国的其他风俗一样。死亡在人间的时代变迁和现代文明的蚕食鲸吞，在历史的某一个清晨烟消云散，荡然无存，再无法追索回来，而仅仅是遗留下蛛丝马迹供后人凭吊。

而她们的命运也因为自己的属性被注定了，只是在世界的角落卑微地歌唱。她们是一种生来谦卑的文字。她们的形态都是女子的形态，身躯瘦弱、纤细、柔软、修长和婀娜。带着悲伤的美丽与忧愁，带着单纯的快乐和希望。但是她们却像是一个家庭主妇，永远无法在有客人来临的席面上一露面容，只能是独自在墙角和灶台边弯曲着身体，弥漫着千年的怯懦和本分。她们必须温和、优良、驯服、恭敬、俭约和礼让，而不能有丝毫的火气。她们必须如同冰凉的水一样，任人抚弄而不会反抗，而历来如此。

这样的一种文字是充满了男性霸王气息的世界所无法读懂的后花园。这是汉语语言文字有历史记载的，有历史记录的一切文字之外的歌唱，是完全的另类和孤独的营造。她们是变异的汉字。更正确地说，她们的汉字是一种反常的支流。从汉字的霸王地域出生，一旦出生就已经不是原本的汉字。

出嫁、描红、绣花、别离、孕育、祈祷、童年构建为她们全部的价值与意义，构成那些坐卧不宁的笔画。没有一丝不苟的方正，唯有含蓄内敛的情感。相比汉字的堂皇，相比历史上甲骨文、金文、隶书、楷书等被钦定、被御用、被主流沿用而盛大，后者是雄居宫殿的标准与君王，前者就是门外每日打扫的宫女，一辈子也不会被纳入法眼。

她们从湘南衍生，在湘西诞生了一位擅长书写流水一般的文字却被打击的大师沈从文。也许湘江的多情与水的性格赋予了那里的女子的与众不同。一个中国的女子在压抑下沉默了又沉默。而她们在沉默当中，固执地书写她们的文字——女书。女书，这是两个读来都叫人的心灵为之一颤的汉字。她们是彻底的女性文字。从内涵到外形，她们是女子的：三朝书、民歌、童谣、祈祷文、传记、叙事文、自传、汉语故事的译文……七个音节就是一段唱词。

在那里的吊脚楼当中，年纪比较大的女子与女孩一起躲在黄昏的阁楼上。光线从镂空的窗户渗透进来，影子明暗不定地在她们有些凌乱的头发上面神秘地晃荡。年长的女子说：出嫁，出嫁是这样写的。同时比画给女孩看，女孩的面容就有些红色，羞涩而灵巧地在一块绢布的围裙上，用曲折而纤细的字迹铺落。而布是垫到柔软的手掌上，手掌是垫到自己的膝盖上，那文字一落下就无比婀娜起来，就有了女子的心情与神意。

那时的女孩已经明白，所有的文字，这种被研究的人叫作女书的全部心思都是写给自己的。

这样的书写有多少个时代还没有人可以明确。只是我可以肯定的是，她们比千年之前的《诗经》里面的女子的歌唱还要固执和独立。倾诉、抱怨、指责、相思、恋爱——诗歌里面口无遮拦爽性而说的时代与她们远离太甚。她们的演说不会被记录到珍贵的文集里面，被尊重，被收藏，成为经典，被一而再地引用和赞美。她们背负了三从四德和礼义廉耻妇有妇道的教训，从出生到老死，被严严实实地包裹在男权的脚板下和裹脚布中，要求为忠实的工具和奴仆。可惜世界上的所谓钳制，总是有思维的漏洞流下的遗迹。她们就是如此的结果。

她们也是人，有困了、累了、倦了、爱了、恨了、哭了、笑了、收获了、失去了的情感。没有人来听我说，没有人让我说，我就躲起来说，说给自己听，写给自己看。完全是真挚的表达，杜绝了任何的功利，她们的书写是绝对的干净和纯粹。

她们开始了言说，最初是对着自己的镜子，或者是在河岸边梳头的水流，或者担满清水的水缸。然后是亲密的姐妹和长辈女子，私相传递，私相教授，书写在零碎的布头上、屋子的泥土上、大家的歌唱里、自家的记忆里、相互的忠告里。无关乎帝王将相，不理睬仕途经济，不承担国计民生，不讲究道德文章。

她们是女儿出嫁前回望娘家的最后一眼斑驳泪水干涸后的痕迹。她们是为心爱的儿女和丈夫祈祷祝福在赶集的庙门的哀求。她们是女人之间私房又私房的掏心话，是躲进小楼成一统、独领一个绝对幽微灵秀地的女儿王国全部的事物。当外面的世界充盈金戈铁马的血腥诡谲、尔虞我诈的时候，她们孤立地长吁短叹和浅吟低唱。女书的注意力在于家乡的山在四季当中的美丽和变换的容貌。

门前流水的姿态和妩媚所勾引起的全部遐想，对一块少有的精美的石头的感悟，对一片凋落的花瓣所有的溺爱和怜惜。一只鸟飞过树林的翅膀和歌唱，一条鱼游过河水的自由与自在的向往和倾慕。对那些青丝在岁月里面居然无情的雪白，对自己的额头在年华的老去的惊叹和感伤。对每个细节的全心精雕细琢，和反复渲染与咏叹。

再有，就是对苦难的排遣与自我的安慰。其实女人在铁索在泥泞中集体的脚印最终构成了这并非有机和有序的文字系统。她们更像是一些细脚的蚊子迈过充满灰尘的柜台，留下局外人难以捉摸的足迹。但我们从她们纤细的走向和痕迹中解读出了女子的卑躬屈膝，与她们灵魂的不安与悸动。女书本质上是承受苦难的文字，是寂寞到极点而不得不自言自语的慰问和吟哦。她们就是一些弦乐器，由他人来控制和演奏，声音代表着他人的情感和意志。但当控制的权力角色短暂离开的时候，她们借助着窗户之外偶然的来风，独自嗡嗡地作响。力求发出自己的悲伤、哀愁、渴望、憧憬、恐惧……

但是有谁在倾听？宫商角徵羽在说话，黄钟与大吕在雷鸣，风铃草的声音那么弱小，被淹没下去。这些小女子的卑微歌唱何人在听？富丽堂皇的建筑主宰着我们的视线和欲望。那么，有些需要以真诚、平等与宁静来倾听的声音，注定只是来自下层命运相同者的共鸣和欣赏。

纸折扇

纸折扇知人间滋味，有烟火气息，堪称至善。

扇子本来是引风之物，实用是源起。但我们手执一扇，不满足于只用来营造清凉世界。《朱子语类》卷九四里说：“譬如扇子，动摇便是用，放下便是体。”这摇晃放下之间，讲究的还是体用兼顾之道。

我们把草木叶羽、水墨丹青、象牙金玉，都用到了扇子上，诞生了羽扇、折扇、团扇、檀香扇、葵扇等等品种。追求审美格调是无止境的，原材料可以要多名贵就多名贵，不过千百年过去，不管是帝王才子还是寻常百姓，平时最顺手好用的，还是一把纸折扇，收纳便携玲珑。

扇骨楠木湘妃竹就好，用纸手工适当精致即可。有雅趣要消遣，自己题诗绘画；送人自用都相宜。或者很多交好的文人书画家，一起在一把纸扇上兴致勃勃创作。一脉文气和生活情趣，都融合了。

《扇面10讲》里提到明代的朱鹭有一件五家书扇，就是由多名书法家合作的扇面：“在章法布局上，采用了分段式，五个书法家按统一的范式，在各自相对独立的空间书写。整篇书作在规整中显露出各家丰富多彩的风格。”

近代的张大千和黄宾虹等友人，也合作过一把八格景扇。正反两面分别由16位书画作者合作，或人物山水、蔬果花卉，或大小篆、隶书小楷、行草书等，每个人的风格都不一样，共处一扇，意趣盎然。

《红楼梦》里贾宝玉博美人晴雯一笑而让她撕掉的，也是纸折扇。虽然浪费，当中另有一份深情。近日我就自购了几把安徽产的空白纸折扇，打算写几个字，等到炎夏天送友人以及自用。纸折扇知人间滋味，有烟火气息，堪称至善。

一口火鸡的滋味

岁月如砂纸，我们的心最耐不起打磨。等到梦想一朝实现的时候，我们的心已经千疮百孔粗糙无比了。

我这样年纪的人，看着香港的电影，听着香港人演唱的歌曲，追着香港的明星。香港的痕迹，是彩色油墨滚筒下印出的花边。花纹细致精美，最粗糙的生活也被蒙上了戏剧的朦胧之美。

这座大都市的表情一贯地蒙太奇。各个画面穿插着，也就渐渐忽视了，其实与我们一样的草根同志，过着差不多的生活：在上班的闹钟声里打破安歇的美梦，狂奔向超市晚八点钟的打折货。

金灿灿的梦想常常只能够来自一个小方格子，那个电视屏幕里，念叨的广告宣传词语。可爱的麦兜跑过大街，坐船去实现做奥运冠军的梦想，最后成为一个学习抢包山的孩子，不为了冠军不为了见李丽珊，只是因为爱妈妈。

圣诞节里，火鸡从出世到销售，只有几个月的时间，但是在麦太家的厨房冰箱里，却度过了半年的时间，已经超过了它的一生。每天换着花样，它的香和好味道，曾经包围过麦兜母子的味蕾，犀利又温柔的。

日子从出生到结束，草根里一千万分之一有可能成为周润发与梁朝伟。香港是这样的，哪座城市的哪个角落不是这样？

所以，在将吃没吃的那一刹那，火鸡的味道达到了巅峰。这不是哲学家说的，是麦兜说的。麦兜说："我发现，火鸡的味道，在将吃和吃第一口之间已经是最高峰。后来只是开始了也就吃下去了，我有哲学家的头脑，不知这样的事情能悟出什么道理，可是这些想法，在我长大以后……"这样说的麦兜已经不是小孩子了。

马尔代夫，麦兜已经去过了无数次，包括那次一生之中最精明最快乐的旅行。从早到晚，平民的幸福，节制而热烈。就像是那个在我看来无比精确的形容：犀利而温柔。它无比犀利地见证着草根世界之外的隔膜，卑微的依然卑微，他们享受的生活永远不能够和他们支撑起来的社会金字塔尖上的相比。充满牛皮癣的老街上，在天台上做早操的中年妇女，为了生活拼搏，如同游戏里的过关，要避开无穷的人为障碍、无辜打击与意外炸弹。

但是，它也无比温柔地展现着草根民众，寻找生活里的点滴幸福所露出的温柔笑容。麦太跟麦兜开玩笑才说的"发了财就带你去马尔代夫！"终于在麦兜生病后可怜的眼泪下，从渴望变成了短暂的替代现实。麦太只能带他去香港附近的地方游玩。"蓝天白云，椰林树影，水清沙幼……"

卑微其实不足以打动我们，看电影的人之中，我们自己不也是平民？每天我们见过无数乞丐和更加糟糕的可怜情景，心死掉、彻底失望并且麻木的人们，不关心也懒得关心。只有卑微里还保留着希望和梦想，我们才依旧看着心意动荡。

只是，长大后的麦兜，真的到了马尔代夫，他还会那么喜悦、那么兴奋、那么快乐吗？岁月如砂纸，我们的心最耐不起打磨。梦想所以美好，是因为我们还拥有梦想。等到它一朝实现的时候，心已经千疮百孔粗糙无比了。

给麦兜一个充满浓烈火鸡滋味的童年，一个缺陷但还算完整的童年，一个有很多失望但还有快乐的童年，麦太很努力去做了，麦太是伟大的。

我需要麦兜，需要这部电影，需要看着一头小猪，和他的妈妈麦太一起坐在高楼大厦下，端着火鸡，看着天空充满了烟火的七种彩色，带着妈妈已经去世的感伤，回忆着那一口火鸡将吃未吃的幸福。麦兜那幸福的神情，使人落泪。

鸽子启示录

浮生若上瘾，终身成蹉跎。蹉跎之中，最大的痛苦也是最大的快乐。

有人说梁朝伟有时闲着闷了，会临时中午去机场，随便赶上哪班就搭上哪班机，比如飞到伦敦，独自蹲在广场上喂一下午鸽子，不发一语，当晚再飞回香港，当没事发生过，这才叫生活。

科学实证派说时差那么多，飞行那么漫长，香港到伦敦至少十来个小时，梁朝伟一来一回怎么可能是当晚。没多久娱乐圈人士又站出来辟谣澄清说喂鸽子的事情是有的，不过梁先生一贯喜欢“慢”，人家是悠闲出行，根本不可能那么疲于奔命。

后来，梁朝伟的太太刘嘉玲在一次访谈里，确认了这事。梁朝伟是个艺术家，就喜欢独自去一个地方待着，去伦敦喂鸽子，去其他城市看雪。

要我说，这些人都太健忘了。《东成西就》里扮演西毒欧阳锋的梁朝伟不是从国师那弄到一双闪电速度的飞行靴吗？这靴子长着一双白色的翅膀，脚一蹬还可以当暗器灭掉才出关的王重阳。

所以有了这双靴子，去伦敦看鸽子当天来回算什么，早出晚归绕地球一圈也不是问题。问题的关键在于——靴子是国师的。国师是谁扮演的？张曼玉。

这两天张曼玉跟小自己十岁的外国男友分手，又回香港了，又接演电影重出江湖寄情工作了。

结婚、离婚、暧昧、恋爱、分手，这个优雅的影后，生命里出现的每一个男人最后都以失恋告终，据说旧爱名单有尔冬升，也有鸽子先生。黯然销魂饭吃了一口又一口，叫人感慨，一往情深的人最容易为情所困。

2012 年是狄更斯的两百年诞辰，他的小说《远大前程》中有个女性人物叫赫薇香，一生都未走出在结婚之日被未婚夫抛弃的阴影，尽管非常富有，却天天穿着破旧的结婚礼服，沉浸悲伤之中。

后来心理学有了个“赫薇香效应”，特指对悲伤上瘾。

好了，至此大家应该看出来我绕了一个大弯子到底要说什么了。我之前写过“情为何物，不过都是分泌物”，现在活生生的例子就送上门了。总在失恋的人，感受到“深刻伤痛”的大脑伏隔核更加活跃。伏隔核是大脑快感回馈系统的一部分，受到刺激时，会充满了令人产生快感的化学物质多巴胺。

痛并快乐，既是文学细腻的经验，也是实打实的生物现象。拥有这种体验的人，演技已经不是演技，而是心身俱献出，博得观众灵魂深处共鸣。失恋，然后表演愈发精湛动人，艺术成就早臻繁华极致，只是回回伊人独憔悴。

据说原理摸清后，有助于进一步开发治疗悲伤的手段。不过我打赌手段研究出来，张曼玉也不会理睬，情愿继续循环轮回。浮生若上瘾，终身成蹉跎。蹉跎之中，最大的痛苦也是文艺工作者最大的快乐。

对悲伤主动去利用，能够短暂投入，再抽身出来，那就也有好的一面，这样的悲伤令我们平静，省思人生。所以，刘嘉玲不介意也不干涉梁朝伟去喂伦敦广场的寂寞鸽子。

凝视那悲伤的深渊

因为悲哀痛苦太过强大，我们通常做出的选择是，背转过身，不去看它。

找回自己的父亲母亲，是所有孩子一生的使命。

世界上有太多父母，停留在孩子身边，却名存实亡，形同荒废。

人类男子康纳和海豹仙女布罗娜相爱，结婚，生子。他们的儿子本满怀期待着妹妹的降临。但是布罗娜在女儿西尔莎出生之时，回到了大海，留下了这对儿女。失去妻子的康纳被痛苦打败了，沉浸其中，无法自拔。看守灯塔的康纳，变成了会喝醉的酒鬼父亲，无法好好陪伴孩子。虽然他爱着儿女，但他自己已经崩溃。

当大人脆弱不堪的时候，孩子就会自己挑起职责，反过来照顾大人。本和妹妹西尔莎就在这样的处境中长大。

西尔莎在海边发现了母亲留下的贝笛，差一点被海水淹死。忧心孙子孙女的奶奶带着他们离开海边，到城市生活。

本对妹妹西尔莎的心情矛盾复杂，母亲是在生妹妹的那天离开的，仿佛就是因为妹妹的缘故导致了母亲的离去。而西尔莎又是他在这个世界上唯一的妹妹，是最亲的人之一。他理应肩负哥哥职责，照顾好她。偏偏西尔莎与他不合。其实，西尔莎也感觉得到哥哥的内心对她是怜爱与恨并存。

西尔莎这个一出生就失去了母亲、失去了正常父亲的幼小女孩，整个人苍白无神，灵魂缺失，充满了仇恨。西尔莎跟哥哥作对，跟所有人冷战。实际上，这就是一个得不到足够的父母之爱的家庭弃儿。

因为悲哀痛苦太过强大，我们通常做出的选择是，背转过身，不去看它。

我们会装作“遗忘”了失去的家人。

我们不提及，我们回避。但痛苦就在那儿，一直在那儿存在，无形透明，莫失莫忘，不离不弃。

当我们还小的时候，我们不懂大人的选择。当我们自己也长大了，经历失去与告别，我们就明白了。

我们在真实世界里无法直接讲出来的悲哀伤痛，就会幻化为其他的东西。这是属于我们的平行世界。

在《海洋之歌》里，天神失去了自己的爱人，怎么也找不到，就一直痛哭。眼泪积累成海水，把陆地哭成海洋，哭得洪水滔天。

之后，天神被他的母亲猫头鹰女巫玛查施展法术变成石头。

而他的母亲玛查之所以这样做，就是在遵循人类惯常的做法：遇到生命中不可承受之重，那就不要承受了，我们让自己死去，把自己的心封存起来，冻结起来，令它硬化。这样就不会痛苦了。

一个无法承受儿子那么痛苦的母亲，干脆就把儿子变成了石头。这个母亲玛查自己也无法承受自己的痛苦，干脆用魔法打造了满屋子的玻璃瓶子。只要愤怒、悲哀、伤心、怨恨、悔恨从体内诞生，她就马上用瓶子吸收装起来，这样她才能继续平静地活下去。

父亲坍塌，母亲离去，妹妹失魂落魄奄奄一息，奶奶强迫他们离开原来的家，这样的人生，男孩本再也无法忍受。他决心找回父亲和母亲。他遇到长胡子的老人，那个老人象征着记忆之神。

寻找之路，总是从重新检视记忆开始。

从何处来的问题，就要去何处解开。

本带着西尔莎进入了神话当中，遇到了玛查。他让西尔莎吹起贝笛，乐声粉碎了那些玻璃瓶子。所有痛苦的感受，回到了玛查体内。人性也重新回到了玛查身上。

她答应帮助本救妹妹。

她派出了神话动物，护持着本、西尔莎和宠物狗，一路返回到海边的灯塔，回到他们的家。玛查告诉本，只要本找回西尔莎的海豹衣，就能救西尔莎的命。

康纳发现女儿发着高烧，儿子要去海里找海豹衣，他对这一切难以置信，但他决心带着儿女找医生。茫茫大海，充满惊涛骇浪的雨中，本不顾一切跃入海中，救子心切的康纳也跳下海。这一刻，康纳终于重新开始履行父亲的职责。

本找到了海豹衣。

西尔莎得救了，开始唱起精灵之歌。她一直唱，一直唱。

这精灵之歌，任意飘荡，有着无限广大的魔力，弥漫在宇宙之间，精灵复苏，天神醒来，不再哭泣。猫头鹰女巫找回了从前的那个儿子。

歌声遥遥抵达的终点，是布罗娜的耳朵中。这是穿越时空的呼唤。

布罗娜重现了。

她必须跟着自己的种族而去，她要带走女儿。西尔莎却选择了脱下海豹衣，继续跟爸爸和哥哥生活在一起。

终归，这是一个讲述如何说再见的故事。如果家人不告而别，巨大的伤口，会一直留在这个家中每个密切关联的人心上。

如果你因为种种难以言喻的原因真的要离去，还是需要真正的告别。

如果父母缺席，那么所有的孩子，一生都会有意无意执行自己秘密的心思，一定要找回父母，通过各种方式。

这种缺席，其实跟是否陪伴在身边关系不大，与精神上的隐蔽纽带紧密联系。

哪怕父母不在身边，离开人间，但我们确信父母希望我们好好生活在世上，我们就不会真正失去父母。因为记忆使挚爱的人内化于心。

布罗娜曾经不告而别。但她的儿子本，找回了母亲，改变了结局。这个母亲回来把她未完成的仪式，完成了。

不告而别的她，是所有痛苦和家庭残缺的本源。

有所交代的她，再度离去，反而完完整整留在家人的心中。

康纳一家人，得以重新开始生活。莫失莫忘，不离不弃。

人生若只如初见

人生若只如初见，相逢相失两如梦。就因为日后，要回到各自旧有的世界里去，那一短暂的假日光辉，出奇地耀眼美丽。

许多少年时代看了这部电影的人，第一次知道什么叫惊艳。是的，这个词语可是极其苛刻地被使用的。

如果你还记得，奥黛丽·赫本扮演的小公主在电影开头被牵到中心座位前，慢慢走路，那腰之细，那神情之高贵，还有那身体想要到外面世界打转的灵魂，在眼睛里很偶然闪出的光芒，多么迷人。脚下蹬掉了鞋子，那鲜活的小动作，都在说明这个女孩到了期待什么到来的季节了。

童话与现实的区别是，童话里公主会顺利地爱上一个王子并且幸福生活，至少也应该是一个勇士或高干。现实是公主爱上的是一个报社里混得很差劲的新闻记者，这个记者并且只是想再赚笔钱回纽约。他只是一时心动，看见一个女孩子在马路边上，睡在石头上，忍不住要叫醒她。

我特别喜欢前奏，炽热而无限欢喜的爱情相遇之前的前奏。尤其是在故事看完后回头再去看。明明知道好事将近的感觉最美妙，真正得到了就是另外一回事情。那时候电影里的欢乐降临，仿佛也降临到看的人头上。闹脾气的小公主拿枕头擦了几次眼泪，跟随的人到门外去了。她看看左边墙角，看看右边墙角，又看看头顶的天使雕刻装饰。跳起来，换上圈子，戴上白色手套，长发披散，像一只小鹿穿过窗户，落到楼外，爬到送酒车里，靠在货物箱子上打瞌睡。

只是心血来潮地实现了一次出逃。后来的故事已经不需要再讲下去。可以回头再去看出逃的公主，喃，初生的婴儿一样打量着这个世界，朝着陌生人友爱地招手，可爱地笑着。有一个男人，那个格里高利·派克，从小赌博的房子回家，就要路过她，出租车就要被叫住，两个人就要睡到一个房间里，什么不发生地在一个房间里。然后，她一生之中最开心的一次假期，在罗马这座古老而浪漫的城市，快要敲起开始的铃声。

所以到最后，这还是一个童话。偶然一次成功的出逃，完成了一次漂亮而生动的邂逅。两片树叶一样被莫名其妙的风吹到了一起，发生了彼此欣喜的关系。然后注定了你要走你的路，我要走我的路。

你要继续在白色礼服的束缚里包裹得严实，虽然不耐烦，但还是要仪态万方地被各方贵族吻一下小手。接受无数的小车珍宝的馈赠，并且最后继承王位，成为一个帝国的最高象征。

另外一个，他的故事也许会被他的子孙记录下来，然后代代流传，成为家族传奇。

如同《罗马假日》50周年纪念的时候，格里高利·派克去世，影帝离开了。

奥黛丽·赫本也早于1993年去世。世界上再也没有这两个人了，用他们的容貌和一部电影里的光芒，在过去的年代，很早就告诉我们浪漫为何物。银幕上有的，是永生的小新闻记者和公主。

对于公主，是心若被困，不如出逃。忽然想起曾经做过的一个文章策划标题，爱若被困，不如私奔。沉闷的人生犹如长夜，睡也睡不好，烦躁不知所求为何，所做为何。但有一天发生意外，一颗流星路过，各自旅行的路线发生了一次交叉，萍水相逢了。然后再分开。一切都不同了。酒是以前的酒，水是以前的水，但加在一起，你看不出任何变化，但确实已经变化了。生命就是这样玄妙而惊奇。这一次的新鲜绚烂，足够点亮心灵，此后无尽的乏味。

人生若只如初见，你还如初见时的模样，该是多么美好的故事。于千万人之中遇见你，愿你就是我初见时的那个人？人生若只如初见，相逢相失两如梦。就因为日后，要回到各自旧有的世界里去，那一短暂的假日光辉，出奇地耀眼美丽。

心里的植物

心中有春天和阳光，才能够带给自己以外的世界春天和阳光。

静静地靠在床头很久，脑袋里回响的那些唱诗才停止下来。“放牛班的春天”或“唱诗班男孩”，如果要我选择，我情愿选择后者。这两个翻译的名字，我更加喜欢后者。因为一直到马修老师离开了学校，带走了幼小的佩皮诺，也不是所有的男孩都得到春天。春天本是心灵的一个暖化。阳光下有消融后的笑容，也有仍然顽固的坚冰。

他们是一群在“池塘之底”，久不见完整阳光的孩子，直到马修来了。我说是完整的阳光，是因为在校长和温和的马桑大叔口中，都有过慈善的人做过努力。要么没有坚持下去，要么就是没有有效的办法。是音乐创造的奇迹吗？也许是的。但我相信，更多的是温情创造的奇迹。那些想象当中可怕的、被妖魔化的孩子，也不过是一群不知道轻重、心灵充满创伤的孩子。

我真的为看过这部电影感到一丝骄傲。它在那么热情如春天覆盖大地的时候，仍然回到了平实的生活。

“黑夜中的方向，希望之光，生命的热忱，荣耀之巷，童年的欢乐，转瞬即逝被遗忘，一道绚烂金光，在小道尽头闪亮”，当我的情绪沉浸在那个天籁的童声当中，沉到孩子们的合唱当中，却又顺着故事，步行回“现实”。不是每个孩子都被感化，中途偶然暴露出一些温暖迹象的校长，最后还是用暴力冤枉了一个做实验的男孩蒙丹。这个被委屈冤枉了的男孩，因此烧掉学校复仇。

这部电影使我再次去想，一个人在世界上能够做到多少？比如曾经在书中读到将水送回大海的外国科学家。心中有温情的人，能够带给别人温情，并且能够最大化融化周围的人。而这个前提，必须是发自内心的，交互的。对啊，最终不同的人的行为，带来不同的结果。

电影里的孩子们，是幸运的。如果作为一个成年人，我想，就很需要学会，主动向阳光温暖的人物学习和靠近。虽然还是老话，却是恒久不变化的，被我们追求的一份美好，分给别人，那就是两份。一个好的老师，教育出的将是一群好孩子。

曾经被春天温暖过的幼小心灵，获得了新生，在未来的成长受惠一定很多，不光是成了音乐家的学生莫杭治。

那些细节，是所有问题少年的特征。背着人唱歌，他内心是如此寂寞和不被理解。总是用相反的方式取得注意，但效果也相反。甚至马修老师，也不是一个上帝派来的完美的教育家，他一样在渐渐相处当中学到东西。他因为灵机的冲动，拿音乐弥补孩子们的灵魂缺损。

他也打算放弃过莫杭治，他说，不是少了谁合唱团就不能够进行下去。而当他看见角落沉默的莫杭治，还是服从内心的良善，让孩子重新获得了表演的机会。

马修老师在心里说:“完美地契合我的节拍，在莫杭治的眼神里，我突然读到很多东西，自豪、被谅解后的快乐，还有对于他是第一次，懂得去感激。”

他从一个失败的音乐家、失业的学监转变为真正赢得孩子们爱戴的老师，也因为，他把自己放到融合当中。他始终都没有去伤害任何人。甚至面对蒙丹，也是以保护的态度对待。除了蒙丹在威胁佩皮诺的时候，他给予了坚决地警告。

他不能够改变世界，甚至自己的爱情和潦倒，但他能够改变他身边的孩子们。他们彼此都在成长。他理解孩子们折纸飞机玩，他理解孩子们渴望外面的世界、渴望自由的天性。他的阳光甚至照亮了一点哈珊校长的灵魂暗室。当哈珊也偶然没有“行动反应”处罚、参与踢球，当哈珊也学着丢出飞机……

马修老师一直教着音乐，直到他去世，没有尝试过扬名。他还需要名声吗?他的内心如此富足。他带走了始终在星期六固执等待父亲来接的佩皮诺。

“风中飞舞的风筝，请你别停下来，飞往大海飘向高空，一个孩子在望着你……率性的旅行，醉人的回旋，风中飞舞的风筝，请你别停下来……”这诗歌在童声里，久久响彻天空。

电影的故事，从白雪覆盖的寒冷冬天，到入夏第一天一道明媚的阳光下。我们常常说，寄托希望在一个如此美好的老师身上，是单薄的。但是，他这样的形象，借助电影可以感动多少人呢?无数吧！这也是需要有理性约束的世界，更加需要用艺术的情绪去感染的缘故。人心里都有植物，阳光和温暖给予生命和成长，寒冷粗暴的摧残带来夭折与扭曲。

心中有春天和阳光，才能够带给自己以外的世界春天和阳光。

在偏见世界里深情活着

夜空的风吹动老狐狸的衣袖，小兔子在他身边，他得以凝望幼年的自己，直面憧憬与幻灭。

小镇女青年朱迪怀着巨大的理想和热情，千辛万苦考上了警察，来到大城市动物城。

没有什么能够阻挡年轻人对大城市的向往。

大城市里面最危险但又最迷人的，恰恰正是偏见。

这里充满势利的眼光，这里充满歧视的斗争，这里充满动物种族的偏见，这里也充满了老狐狸。

略施小计，尼克就骗了朱迪。他串通看起来像个无辜小狐狸的耳廓狐，演了一场好戏：父亲要给渴望大象冰淇淋的儿子买生日礼物。实际上那只耳廓狐是个粗野老狐狸，只不过个子小，显得没长大。

当老狐狸还是小狐狸的时候，心中温热天真，幻想当个棒棒的童子军，为大家服务，但却被不信任的伙伴套上了口笼。他败于偏见，加入偏见，成为偏见。直到老狐狸尼克遇到小兔子朱迪。

老狐狸在小兔子身上看见了过去的自己，并且爱上了她。这是世界上最深刻的爱，一如疯狂黑心的大富豪刘轩必然爱上了纯真信念的美人鱼姗姗。

大城市里有金钱，有聪明，有权力政治，有无处不在的歧视，有深入骨髓的偏见。偏见从何而来？

从每个人内心的害怕而来。

我们害怕吃了上顿没下顿，害怕被别人欺骗，害怕弱肉强食沦为弱势，害怕被社会压榨，害怕被野心家统治操控。所有这些害怕，让我们需要更多金钱，需要更狡黠的生存智慧，让我们需要防范他人飞快贴标签，让我们需要新闻真相又热衷只相信自己愿意相信的。

这些在电影里一一对应。

绵羊副市长饱受偏见压抑，一心要改造游戏规则，用“午夜嚎叫”下毒野蛮化食肉动物，不择手段为食草族群代言。

食肉动物狮子市长虚伪无能，解决不了问题就先掩盖起来。警察局的牛局长，藐视可爱小兔子，犹如职场的男权主义上司敌视能干新女性。

真实的行政官僚们都像树懒那么故意迟钝，拜托关系才好办事，缺乏幽默感，也没树懒那么萌。得罪了黑帮大先生的其他动物会被杀掉，朱迪救了鼩鼱千金小姐一命，得到幸运报恩。

朱迪的新闻发布会上，用狐狸教的招数自言自语对付记者，以自己的偏见取代另外一种偏见。她说食肉动物的基因导致爆发攻击，这么直白的物种歧视伤了狐狸的心，狐狸与她决裂。

这正是我们今天的世界，而且这是普遍的人性，没有什么明显的例外。所有这些政治寓言都是老生常谈，20 世纪的人，以为 21 世纪文明曙光普照大地。今时今日解决了温饱衣食，却解决不了人性冲突和狭隘经验的仇视。

穿过深刻却无趣的政治讽刺背景，我们接收到了一种微妙的信号。

是这种微妙的信号，令尼克被朱迪打动。

傻兔子和坏狐狸的化学反应，就是爱情。傻兔子会有样学样变聪明，拉着坏狐狸帮自己破案，小兔子舍生忘死救下老狐狸，老狐狸便挺身而出。年轻女孩发现了老男人的油滑底下居然还有真心。

这真心，必须以真心召唤。

夜空的风吹动老狐狸的衣袖，小兔子在他身边，他得以凝望幼年的自己，直面憧憬与幻灭。

就像老狐狸一开始讽刺小兔子的，你这个傻白甜小妞，来到大城市，以为自己能改变世界，结果当个交通协警，每天贴罚单，被忽悠，被歧视，被打击，一败涂地，满心伤痕累累，失望透顶，滚入泥泞。

这些糟糕的东西，小镇当然也有，但大城市统统放大一万倍，甚至一百万倍。

偏见越深越多，意味着留待勇者改变偏见的机会越多。

又危险又迷人的大城市，设置了重重叠叠的机关，直到你遇到了一个真正的爱人。

我们的老狐狸尼克，遇到了小兔子朱迪。一个老油条混混遇到了女警察，本质上其实是老男人遇到年轻女孩。

所以《疯狂动物城》是百分百的寓言片，但也是百分百的爱情片。

疯狂的动物大城市，就是我们的现实世界，一般无二。但其实谁也没有什么高明的解决方案。不管是自诩铁腕的政客，还是幽默正确的首领。

年轻人哪，你来到大城市，要见识遍地残酷，见识矛盾和偏见，然后做出选择。

成为聪明的好人，再找到爱。这很艰难辛苦，还要看运气。

这种希望，只有可能在千万人的大城市发生。小镇上只有温情却永远固执保守的父母，只有或者沉闷无趣的老好人或者埋头赚钱混日子的异性。

只有在大城市里才有机会，遇到那个曾经像你一样纯真的人。

大城市的人足够多，小概率也被放大。

爱是一个最泛滥的词。通常我们提到爱的时候，不过是占有欲、性需求、情感寄生、权力控制、关系绑架。

只有一种爱是真爱，发自我们对理想自我的爱，而这种理想自我，出现在我们对面的那个人身上，我们如同长夜闪电被照亮，重返少年时，见到了最初的自己。

这种会失控、不受常规的东西，是所有偏见秩序的唯一特效解药，稀少罕有。

我们软弱无力藏起来的那一面，遇到这种深情以后，打破畏惧，打破偏见。

这个人将陪你穿过对庸俗的投降，陪你洗掉蒙了心窍的猪油，陪你丢开乏味的金钱权力，陪你放下对安全感的执着，相信自由，重新做着英雄梦想。

老男人的智慧加上年轻女孩的真心，被爱情这个火炉锻炼融合在一起，成为利器。

一狐一兔，一起破案寻找真相，彼此相爱，成为城市传奇。就像尘世间的一对侠侣，依靠着温热的人性，平衡着广阔庞大的矛盾，在偏见世界里深情地活着。

第七章

你如此需要慰藉

我们经历磨难，是为了更好地安慰他人。

懂得安抚，在我们生命中特别重要。

我们都需要慰藉，很需要。

旅行的意义

世界可爱的一面就是，有一些人不必成为热爱苦难的人。不必口口声声说什么困难教会他什么。

有一年我出门旅行，去了一个我去过的地方。真的，我很少出游去同一个地方两次。没想到，阴差阳错计划改变，我又来到鼓浪屿这个小岛了，连自己都觉得出乎意料。

我住的那家旅馆淡季打折，带浴池的房间不到三百，坐在柜台内的店员闲扯说，有个客人本来住的是四百多元的房间，因为是长假前来的，后来涨价到七八百元一晚上，那客人心一横，也继续住了四天。我听了忍不住哈哈大笑：这种豁出去了老子就要好好奢侈一把玩几天的心态，太可爱了。

那些日拼夜拼努力赚钱的人儿，来了岛上，活得像个人样了，实在让我想跷起大拇指夸奖。

白昼顶着曝晒的日光看猫看狗看男女老少国人老外，夜间，跟友人，跟两个陌生人在小酒吧闲坐。我不喝酒，我看他们喝酒掷骰子，我还看旁边另外一大桌子的女生玩勇敢游戏。这些女孩发出巨大的笑声，有个女生被她们鼓舞着站出来，突然跑过来抱住了坐我旁边的一个男生。于是整个天台上的人都乐开了。

回去的路上，走过熟悉的路，吹着风，背着背包，我像个无声无息穿行在岛屿上的透明幽灵。不必勉强自己说话，也不用强迫自己执行什么工作计划，很爽。

故地重游，我这才醒悟，这岛屿真正吸引人的，不是什么文艺杂货铺、老建筑、海边风景、小吃、约会，而是一大群人，来到一个地方，像模像样热热闹闹玩几天。玩什么都好，能用心去玩，才是最了不起的事情。

有了这么一个大家都在用心去玩的氛围，难免从众心理作祟，玩得更加心安理得了。没错，我们这国度有种先天的教条，贬低玩乐强调劳苦，然则，生命如此稀罕绝无仅有，转瞬即逝化为尘土，你怎能连玩耍都觉得有罪?

尤其是玩乐之中，藏有真正的个人价值。年轻时候看作家倪亦舒写的小说，她最喜欢写故事里的主角世间打滚，哭笑折腾，然而回忆幼年或昔日曾有过一段极欢乐的玩耍时光，也就不会那么心有不平太过酸楚了。

那段发自内心觉得快乐的时光，是属于自己的，是自己真的在活着。有了这段时光打底，此后才能更奋不顾身地活下去，去爱去恨去勤勉用功，继续发展成就我们的故事。多励志啊!

反之，你看那些让自己总是活得苦累交加者，永远抱怨不完，沉沦其中无法自拔，令人避之不及。

我们活这么一辈子，并没有太多时间真正用给自己。尽管我们有不少时间是一个人度过。

当我们孤单一人却一点也不享受，觉得寂寞觉得孤独，只因为这样独自一人时，我们丢不开其实次要的事物工作，我们心里惦记着根本不属于自己的人，没能把生命赐给自己一点点。

如果这世界真有神，那爱玩的人才配神的眷顾，才有资格身心健全，做神的孩子。

世界可爱的一面就是，有一些人不必成为热爱苦难的人。不必口口声声说什么困难教会他什么。

比凡·高幸福太多的人，是毕加索。因为他活着成为大师。 毕加索的传记里写了一笔：那天晚上玛丽·洛朗森喝醉了。

玛丽·洛朗森不必成为一个热爱苦难的人。对她来说，“喜欢奢华，生在巴黎觉得三生有幸。不喜欢闲聊，责骂和恭维，吃得快，走得快，画得很慢。”她活到了 73 岁，晚年在巴黎郊区的森林附近买了一套小公寓，从不缺钱。女管家陪着她安享奢华，走到尽头。

很多人对受苦心安理得，甚至逆来顺受，对幸福受宠若惊，甚至闪躲恐慌。大概就是鲁迅说的那样，做惯了奴隶。

其实，你有资格承受世界上任何庞大的幸福。

外放之音

我爱你们，但我属于我自己，我有我自己的人生要去走。

学生时代，我每次听见广播电台里的音乐放送，都会涌起一种冲动：喂喂，主持人，我给你我喜欢的音乐，你放吧，大声放给所有人听。

我还真的这样做过哦！我把自己很喜欢的李心洁的CD，给了当时我就读的大学广播台播音员，那是我们法律系的同班同学，一个能说会道的胖男生。我尤其跟他强调说，你多放放《爱像大海》，我最喜欢那首歌了。

之后，走在学校的林荫道上，那首歌被播放出来，听见“雨就哗啦啦啦，下成小溪，流过山谷和大地，向大海去……”

我的胸口，充满了无与伦比的心满意足。

后来，在马路上，在大众场合，在巴士和火车上，总能够遇见扩大手机音量外放音乐的人。但我很少那样子，用格外喧嚣的外放之音，强迫他人的耳朵。

很讨厌，公共场所外放音乐的行为。明明可以用耳机，或者声音降低一些。

我忽然就想起了自己的广播电台音乐放送情结，以及我从事的职业。完全可以理解——自从我写作以来，就很少有那种希望广播电台被我控制，大放我希望放出的音乐的念头了。这是因为，我有了足够的表达渠道。我干过编辑、记者、作家，报纸啊、杂志啊、网站啊、电台啊，都是我的渠道，常常可以接受访谈，发表文章。我的表达欲被满足。

深深地充分满足了我这样的内心需求之后，我不需要外放之音了，那种方式多笨拙呀。我不需要大声说话，就可以被听见说了些什么，我的观点可以传遍世界，如美国、加拿大的英文报纸。

这也是为什么有的作家明明写作了，却又隐藏作品，还要口口声声死后烧掉云云，但他们书写叙述的口吻，分明以读者的存在为基础。即便没有现实的读者，也会在脑海里模拟读者的存在。

没有这样的职业便利的人，不管是大人，还是小孩，会一直固执地迷恋其他方式来实现表达。

总不能够消停的手机外放音乐，不管是在巴士上，还是马路上。我喜欢的，你也来听啊！

总在议论天下大事的的士司机，还有兄弟哥们儿的酒桌八卦，我的见解，你来赞同啊！

好姐妹之间的绯闻八卦，评价这个女生，攻击那个女生，通过谣言、传言影响他人。还有迷恋毒舌点评的评委，可以冠冕堂皇来影响他人，多好。

父母教训孩子永恒地喋喋不休，包揽抉择孩子的人生选择。为什么不教训，不包揽呢？不教训白不教训，除了孩子，可没多少人听他们，除非他们是杂志社、报社老总或者电视台老板……并且，孩子毫无疑问被影响了，即便是恶劣的影响。

这种父母，比较拙劣。

我的生命曾经覆盖过你的生命，我来过这个世界，影响过这个世界。不管是些微的影响，还是剧烈的影响。即便影响不了世界，影响了一群读者、几条街道、几个朋友、自己的孩子，也是好的。这个是所有人都有的愿望，不分伟大人物或是星斗市民。

所有的这些影响，都在间接、直接证明着我们自己的存在。

幸好现代社会出现了网络，网络拯救了大众这一欲望。籍籍无名的沉默者，都可以来说话，被人看见，甚至产生影响。所以网络永不会平静，充满噪声。但是，我们会无比热爱网络。

如果你也有“外放之音”，渴望影响他人，那么，努力去尝试更容易被人接受的表达方式。或者磨炼自己的思想，抵达发表出版。如果你有这样的父母，也可以告诉他们，我爱你们，但我属于我自己，我有我自己的人生要去走。

江城

四面八方的年轻人一年年来，一年年走。樱花和湖水，小吃跟爱情，都在回忆里永不褪色。

7 月某天经过老城区的路口，在一条巷子口侧身看了一眼。一个太婆靠在躺椅上，头发半挽了个发髻，右手指夹一根烟。这太婆满脸皱纹，阿妈款式衣衫，但吞吐烟雾的姿势，一派高手架势。有人过去跟她打招呼，她就挥挥手，搭腔几句，隐约可闻一派粗鲁豪爽。真是一把年纪了，硬气不改。

这样的太婆，见过不少，闭着眼睛也能够闻到老江湖味，你要是敢上前攀谈，她绝对可以跟你扯着汉腔，旧故事说个天昏地暗。老街道老房子老巷口，这太婆在黄昏日暮的光线下，淡看岁月的范儿十足。

有空的时候我也跟小朋友们玩，不到 20 岁的各种本地娃儿，聊起天来普通话说得非常顺溜，礼貌客气也很周到。不过呢，接个电话，要是家里人打来的，口音立变，切换自如。回过头，又是斯文可爱。这些小朋友跟我说，他们的妈妈、嫂子是改不了口音了，不过他们可是轻松自如完全驾驭。

还有那些小小年纪来武汉读书求学的年轻人，虽说武汉的大学是铁打的营盘，大学生们是流水的兵，不过呢，这流水一直流着，青春一直贯通八达，分布全城，带来的意义就不同了。就像长江水一直流着，这城市不也就叫江城了吗？四面八方的年轻人一年年来，一年年走。樱花和湖水，小吃跟爱情，都在回忆里永不褪色。不少人留下来了，新鲜融入。这留下来的，跟待了四年的，他们就跟软化剂一样，软化了火爆刚烈。

看一座城市，看少看老。全天下的中年人都忙忙碌碌用各种面具修饰自己。少年们有未来，一切不定型，人与城市，相互影响作用着，往前继续走着。老人们看惯春花秋月，干脆原原本本做人，且保留着过去的言谈举止，原汁原味。

看武汉的少，再看武汉的老，你会发现这城市有一股子大趋势。你以为武汉总是那个全国人民嘴巴里说的样子吗？那可未必。日新月异地变，有一天你就发现怎么就不是那个传说中的城市。几十年上百年又算什么呢？就跟煲汤一样，到了工夫和火候，又有一番面目滋味。

唐朝李白写过江城五月落梅花，他站的地方，是江城的武昌。那个时候，一切都是古老缓慢的。晴川历历的汉阳树，也是诗意的。所谓的码头文化，只不过是近代两百多年开埠积累的，又怎么能够代表一个地方的千年气质？

不怕说句实话，新老更替，这城市也渐渐温柔了。

至于我呢？有年秋天，气候凉爽，心血来潮，大发慈悲，我买了十几斤鸭脖子，真空包装密封了，分发快递给各地的朋友。这些北京、广州等地方的友人收到这美味后，快活地大啃鸭脖子，想来，自然能领会这城市跟这城市的人，送出的默默温情。等他们念及提及，鸭脖、味美、友情、馈赠，这肯定在他们心田种下正面印象。

或者，这也算本地特色，我也学到了一份贴近人心的小市民精明？那我觉得，也是好事一件。

又寂寞又美好

只要你做过了一件事情，送了一件小小礼物，你也就在某个人的生命里，镌刻下一些痕迹。不管深浅，都是痕迹。彼此有了联系，意义由此而生。

有一位从来没谋面的外地朋友，我们因为阅读兴趣相投聊起来。我们互赠了对方生日礼物。我送出了一条围巾，收到了一双袜子。他没找到工作，而我苦闷的人生里，我们靠聊天打发了那些茫然的黑夜。

还有人我从来没发出礼物。我只是单方面收到礼物，关于他们有个统一的说法，粉丝。

原本他们是面孔模糊的，是因为读者与作者的关系，是“多对一”。我难以区分具体。可是，当一个人送出了礼物，也就被区分开了。

比如，有一个女孩子送了我一条手工刺绣的枕巾。这个女孩是苏州的，她说要让我见识一下她们闻名天下的苏州针织手艺。

还有一个读者，送来一朵金玫瑰。叶子上面是一层真正的黄金，并且还述说了一个奇特的故事，关于她和一个同学曲折的爱慕之情。一朵玫瑰附带一个故事，堪称独一无二。

对于这些礼物，默默接纳是我觉得最好的方式。

这些送礼物的人，大概没想到，礼物成为了标记记忆的重要定语。寄托在物品之上，收纳于脑海之中。

就这样，人与人之间，哪怕从来没见面，哪怕连名字都不知道，这些礼物潜伏在潜意识里，某天某事某时刻，还是会忽然被联想起来。

白居易就写过一句诗："雪月花时最忆君。"收到礼物一般附带的都是祝福，心情比较美好，我们在置身于美丽景物的时候，记忆就会被唤醒。

有一天路过花鸟市场，看着小盆子碧绿的仙人球，我便想起送我仙人球祝贺我搬新家的前同事。那一刻，心中一念，如月照池水。

只要你做过了一件事情，送了一件小小礼物，你也就在某个人的生命里，镌刻下一些痕迹。不管深浅，都是痕迹。彼此有了联系，意义由此而生。

何必再说什么人生到底是孤独寂寞的。在最广袤无边的时间荒野里，曾发生过这样微小而真实的交会，寂寞与美好始终并列而行。

毕业了的那些再也不能

那么多的无数故去与活着的文字，使我泪流满面。时间仿佛静止。那是我一生之中最美好的年月。

再也不能够加入几十个协会，幻想自己很快就能够琴棋书画、诗词歌赋样样精通，然后用各种招牌去忽悠学弟学妹们。

再也不能在图书馆泡个昏天黑地，猛然抬头时，那么多的无数故去与活着的文字，使我泪流满面。时间仿佛静止。那是我一生之中最美好的年月。

再也不能够站在自己大学的那些破烂的宿舍楼下，从下面望上面，大声喊着自己最心爱的人，一遍又一遍。喊得惊天动地，吸引来无数反馈，响起一片支持。

再也不能够和对面的女生楼望来望去，搞友谊寝室和长途爱情。

再也不能够穿越食堂时，从习惯的林间路上，看着那一张张面孔，安静地观察。在那些遍布学校的石头桌子上，看着黑而小小的蚂蚁们，在阳光的细缝下面爬来爬去，觉得读书真好。

再也不能够在所有人都午睡的时候，一个人在学校里游荡，寻找那些前辈留下的痕迹，寻找一所大学的前世和今生。常常能够发现它的新东西，比如它曾经还有游泳池。

再也不能够在外面的小饭馆，肆无忌惮地吆三喝四，将啤酒喝到瓶子粉碎。然后你被扛着或者你扛着别人，回你的小狗窝去。

再也不能够为一个年级的拔河比赛紧张。

再也没有人那样热忱地和你谈论文学、艺术、哲学，唾沫横飞天花乱坠。

再也不能够在课桌上，不分晚上早晨地睡觉。从来都不会睡眠不足，不会被生存压迫着加班加点。

再也不能够一天二十四小时地恋床十八个小时。

再也不能够辩论得眉飞色舞唾沫飞扬。四年已经过去，那些争论不休吵闹不停的话题终于都收进了旧书里，一起打包，卖给门卫老头儿，五毛钱一公斤，再去吃上一顿。

再也不能点着蜡烛看书到天明，幸福地叫着60分万岁。

再也不能够拿着奖学金，被宰和宰别人了。再也不能将附近的小吃吃遍了重新再来一遍。

再也不能够因为一场精彩的讲座而彻夜不眠，专家学者轮流评论，指点江山意气飞扬了。出了学校，没有人会听你那样猖狂地发言。其实你说的，原本就一般般，只有你的那所大学才能够宽容你的骄狂。出了门，谁还会瞧你？

再也不能够，在你约会完了后，在所有的节日狂欢后，到晚上11点钟门卫关门后，再甜蜜蜜地叫门卫大叔大爷阿姨奶奶给你开门了。

再也不能够和一帮子人通宵看电影上网，然后，顶着两个大大的熊猫眼，一个个倒头大睡，醒来后再海阔天空地胡侃。

再也不能够有那么多闲暇了。在宿舍里，几个人纠缠成一堆，热热闹闹疯疯癫癫的。各“色”笑话层出不穷，消遣乐悠悠。永远不会觉得寂寞，一包泡面一群人抢着吃。

再也不能够在你失恋时，有人始终陪着你，开解你，毫无怨言。

再也不能够一个人在异地的城市里，过那些美好的日子，身边有人陪伴，没有女朋友也可以拉个兄弟。到如今，只能是孤单单的背影后，是一个人的可怜。

再也不能够开烛光聚会。因为你即使有心，却已经召集不到那么多的人了。

再也不能够在考试的时候无比团结。因为你已经不是组织的人了。那个组织，有着伟大宽广的胸怀，有兄弟姐妹们罩着你，你能感受到组织的无比温暖。

再也不能够畅所欲言地鄙视自己学校的伙食等等诸多的落后了。再也不能在没有饭吃的时候去蹭兄弟的饭卡。以后你只能够自己三餐不继餐风吸露。

再也不能够在没有课程，天气晴朗的日子，比赛洗衣服晒被子和顺便晒晒自个儿，在听着电台里的 DJ 怀旧的同时，嚼着包子。

再也不能够抱着专业书，戴着校徽伪装清纯，到其他学校去搞社团交流了。再也不能想象着在图书馆与美丽的妹妹认识。

再也不能有人，在你半夜醉酒吐得一塌糊涂时，给你收拾，递你一杯温暖的开水。在你病得厉害的时候，三更半夜送你去医院。

再也不用害怕点名了，永远不会再有人那样叫你的名字，带着阶级仇恨和爱意。

再也不能重来一次，毕业了，对多数人，就那么一次，真正彻底地结束了做学生了。

再也不能够含着眼泪大笑，挥着手，一个一个地送别了。

而只能够在这里，坐着，闭着眼睛回味，然后写下怀念。

做个有趣的人

在这个世界上，做个有趣的人，你会变得很可爱。不管是对自己，还是对于别人来说，跟有趣的人在一起，相处或做事，都会变得自然顺利，以及快乐。

有一次我去旅行，一个比我年轻的朋友请我吃饭。早年间我编发过他写的文章，算是半师之谊。但因为我们一直都是在网络上交流，没见过现场真人，在饭桌上见面，其实一下子找不到什么话说。他这个人看起来也挺端正，本来稍微有冷场征兆之时，他忽然盯了一眼我的手。他说，嘿，你手相很棒啊！

我的手相很棒？好在哪里呢？我顿时来了兴致，伸出自己的手端详。

来来，我给你仔细看看，他边说边抓住我的手，指着掌纹条分缕析。看这条靠近大拇指的事业线，未来会更加精彩啊，看那条很长的生命线，不过呢你的感情线一波三折。还有事业也需要更努力点，不然该有的高度会达不到多可惜。

我心花怒放地向他询问，简直像个好奇宝宝，他则热火朝天地讲解。这顿饭吃得相当开心。

那么过后你问我，你真的相信手相啊？我会跟你说，我相信手相就跟我相信星座一样，都是浮云。但是，却是有趣的浮云。也就是说，我的教育背景、我的认识论、我的理性，都告诉我星座手相什么的，应该归类在娱乐和心理暗示里。

我喜欢这朋友，他很有趣。这世界很需要他这种人。他令我印象深刻，深刻到什么地步呢。后来我想要认识结交某个可爱的人，本来不知对方喜好，我也挺不想显得严肃老气。我几乎下意识地说，喂，你的手相不错呀！对方顿时就来了兴趣，问我是吗，是吗？开始热络地探讨起来。

后来我活学活用了这一招，效果很不错。

这么一来，我觉得有必要认真梳理这个人生的常见经验。我大学有个同学叫杨川，这家伙很好笑，每次回宿舍，人没到，声音就在走廊那儿回荡了。他会模仿《蜡笔小新》里的小新腔调，大声嚷嚷着，你回来啦！其他同学就忍不住模仿小新的老妈纠正他，应该说我回来了。这同学顺道再模仿小新扭屁股，大家就乐翻了，一致鉴定这位同学是一位活宝。

活宝，就是活的宝贝，逗人喜爱，是褒义词。

这同学人际关系因此特不错。班上女同学对他很有好感说他是阳光男孩，男生们一反常态也不嫉妒排斥他，很爱跟他玩。每每他有事求助于我，我都很乐于出手。以至于十二年后的同学聚会，他没来参加，还有同学惦记着他。

最近还读到一些鲁迅先生的掌故，通常被误解为愤慨毒辣的鲁迅，平时其实很爱讲“戏话”，也就是调侃开玩笑。

画家陈丹青在文章里转述了一个小细节：鲁迅送书给刚结婚的川岛，赠言是这么写的：我亲爱的一撮毛哥哥呀，请你从爱人的怀抱中汇出一只手来，接受这枯燥乏味的《中国文学史略》。

这语气这口吻，收到鲁迅书的朋友估计一看就乐了。鲁迅也是个好玩有魅力的人，生活中善于制造趣味，因此他的很多朋友都怀念他的诙谐戏谑、精彩有趣。

其实很多人平时放松状态下很可爱，时不时还能逗乐自己和大家，但一旦严肃紧张起来，就结巴哆嗦，很有过度自恋的嫌疑。太在乎别人眼里的自己，反而不能放松，变得无趣，乃至拧巴。

在这个世界上，做个有趣的人，诙谐好玩的人，你会变得很可爱。不管是对自己，还是对于别人来说，跟有趣的人在一起，相处或做事，都会变得自然顺利，以及快乐。套用一句电脑技术的老话，有趣之人，界面都很友好，人见人爱车见车载。

如果再升华升华，深挖掘一下，追求有趣好玩，也是追求文明和智慧的一部分。好玩诙谐远胜砍砍杀杀大打出手。在文明社会的均衡尺度下，多数人都可以快乐一点成长，轻松一点生活，由内而外表现得活泼有趣。

圣诞忆旧记

孤单从来不是可以克服的事物。它诞生了，发酵了，蔓延了，覆盖了，像大树的阴影覆盖了树下倚靠的人。没有人阻拦你离开，但你自己停留其中。

我记得2000年的圣诞节，宿舍空荡荡，我一个人难以忍受孤寂，跑出学校，在外面游荡。卖帽子的，卖玫瑰的，卖手套的，卖围巾的，络绎不绝生意绝佳。我在一家玫瑰店无聊地看了片刻，店主催促我快买几枝送人。你猜我买了还是没买呢？

没有人教你该怎么面对孤单。

尤其是，在你目睹世界上有那么多人不是孤单的场景。那些街头拥吻的人，那些握紧电话仿佛永远不舍得放下的人，那些站在商店犹豫买什么礼物送人的人，他们是不孤单的。

而你，你呢？

每到特定的节假日，就令你不自在。譬如12月的圣诞节，充满无限光彩，喧嚣无比年年如此，别人你侬我侬，你则羡慕嫉妒恨。也许你爱过，但此刻孤单。也许你从来没爱过，此刻依然孤单。

没有人教你，也没人能教你，因为孤单从来不是可以克服的事物。它诞生了，发酵了，蔓延了，覆盖了，像大树的阴影覆盖了树下倚靠的人。没有人阻拦你离开，但你自己停留其中。

在2010年忆旧，回忆起2000年的圣诞节，我忽然默默地微笑了。

那年我买了一枝玫瑰。

也许所有的节日，都是最好的节日，也是最坏的节日。因为在月亮下面，有人相聚，就一定有人没相聚。时光凝聚又散开，我们相逢又遗忘。

那年我买的玫瑰，没有送人，带回宿舍，枯了，丢了。太可惜了。我很想沿路随机送出去，但我始终没勇气这样做。十年之后的我，会嬉皮笑脸送出去，即便不会成功寻觅到一个恋人。

喂，你明白了吗?

孤单没有变，孤单也没有被克服，可是人变了，变得柔软了。在孤单和不孤单之间，不是那么绝对对立、无立足之地。孤单在，就让它在。还是会寻找，还是会等待，就当孤单是一只小宠物，摸摸脑袋，由着它作陪，和平共处。

你如此需要慰藉

我们经历磨难，是为了更好地安慰他人。

假设一下，你要和一个亲人聊天，不幸的是，对方是聋哑人，习惯比画手语，从小没法上学，靠自学才能书写歪歪斜斜的汉字，且语法常常混乱，充满错别字。这个亲人找你有事要聊，你又看不明白他的手语和文字，一头雾水。对方一急，手势比画得更快，几乎要把桌子拍烂了，你也只能眼花缭乱，无可奈何，怎么办呢？

我说的亲人，其实是我二叔。小时候使用抗生素不当，他失去听力，也就失去了说话的能力，只能发出吱吱呀呀的无意义音节。为此他无法上学，找工作困难，后来很不容易学会做菜，当了小饭馆的厨子。

年轻的时候，我常常躲着他，偏偏他很喜欢找我聊天，因为我是家里第一个大学生，在他看来是有学问的人。

每每和他聊不下去，他便焦躁，我赶紧在纸上写“有事”，逃之夭夭。有一次回家，他又找上我，这让我很苦恼，不是我不愿意听，实在是沟通无能。

后来我母亲告诉我，他有口难言，别人又听不懂他的意思，经历本来就很坎坷，比常人自然容易激动容易焦急。我说："那怎么办才好？"

我母亲就笑道："你就让你二叔说啊，他说什么你就听着呗，听不懂也没关系。多冲他笑，多点头就行了。"

我试了试，果然奏效。二叔冷静下来，我看着他拿铅笔在本子上写字词，结合他的比画，连蒙带猜，搞懂七成。原来，他是要我帮忙打听残疾人提前办理社保的事，我在网上查清楚了，转告给他。

今年我的牙齿终于疼到痛不欲生、昼夜不安的地步，跑去医院弄牙齿，要补。补之前先清理龋齿，把烂掉的部分钻空，牵扯到神经，钢钻头磨着牙齿和痛感神经的时候，那叫一个腾云驾雾。然后牙医往里面塞东西，过了十天后，正式补牙。当时我看着旁边器械材料包装盒，好奇发问："咦，之前用了氧化锌，现在还要用吗？"

牙医发笑："你怎么知道？"我说："我认识那个化学元素，搜索过，主要成分是氧化锌，有收敛镇痛保护之功效。"

那个温柔的女牙医一边调整灯光照着我的嘴巴，一边说："对啊，之前是观察期，还是要用它安抚你的神经，再铺一层固化材料，你的牙才能继续好好用着。"

几天后，我的牙齿带着氧化锌，渐渐恢复了平静，这也令我又想起了二叔。

柴静采访电影《桃姐》主角写过一句手记：我们经历磨难，是为了更好地安慰他人。

其实她说的还不完整，少了另一份用处。我会接下去说，我们学会安慰，是为了更好地度过繁难，在慰藉中心平气和，解决问题，好好相处。

懂得安抚，在我们生命中特别重要。我们都需要慰藉，很需要。

风中的飞鸟

生存之上，生活之下，那些隐蔽的梦，发自最本原的意识，总在最日常的细节里显现。

我喜欢观察鸟。

我见过燕子在家里做窝。它们扑腾扑腾很忙碌，杂草和泥巴，渐渐在电灯的尾端，累积成为一个巢。按照古老的习惯，没有人去干扰它们，随它们做窝，孵蛋，繁衍，然后大燕子和小燕子一起飞出去，飞回来。

我见过老鹰。那次是一群驴友，包车去往山里，我们去山里看秋天的枫叶。秋末，天空高远澄澈，黑色的老鹰盘旋空中，高高在上的眼睛，俯瞰着地面。它们自生自灭，它们觅食，它们死掉。我挺好奇，它们躲在哪里睡觉呢？人类搞不懂的事情也太多了。

然后我上网查，它们站在树上或高处的岩石上或者窝边，收好翅膀，眯着眼睛，打会盹儿就好了。鹰巢都建得很高，想必也是出于进化而来的安全防范意识。

我也有空看看大雁南飞，成群结队的，貌似一点也不孤单的样子，挺让人羡慕的。人类羡慕飞鸟的历史悠久，对这个世界认知稀少的年纪，看着飞鸟，我也以为它们是偶像，风中的偶像。可长大后，明显知道了它们不是。生物有生物的法则。觅食、天敌、生存交配，片刻惬意，艰苦生存，以及无法生存，很容易就再也无法飞翔了。

说起这些鸟儿，有一天，我的母亲跟我讲：昨晚她做了一个梦，梦见自己变成了一只鸟，站在瓜的藤子叶子上，脚一蹬，扑哧就飞走了，自由自在的。

我的在世界上已经活了半个多世纪的母亲，讲这个梦的时候，还模拟了动作，双脚弯曲，向上一跳，她胖乎乎的身躯奋力蹦起一点。叙述梦境的她，双眼发亮，仿佛接受了某种神启，某种暗示，某种领悟，某种默契。

恰好我对心理学有点研究，这个梦太适合分析琢磨了。

她的生活就是最典型的中国式的老妈，幼年在乡村劳作，后来进入工厂上班，再后来做了出纳会计。在家务和上班之外，照料儿子我，以及我的老爸。

但是，她的梦分明在跟我透露着，曾经在没有我，没有和我的老爸结婚前，她还是个乡村年轻女孩的时候，在田地里，在我们故乡辽阔的江汉平原，某一天，她凝望了一只鸟雀顿足而飞。就那么一下子，冲天而去，去往天际线。不然她变不出那个梦境的素材。

看着复述梦境的老妈，我的心，就那么沉重跳动着，仿佛呼应着久远的声音：我在飞，在风里飞着，自由自在呀！我没有打断她，听着她说完。然后，她整理一下衣服，骑上自行车，出门去做事了。之后，她浑然忘却有这回事情，再也没提过。

一想起世界上，千万种动物，以它们自身的方式存在和消失，我的心，就安定下来。风中的偶像一个一个都会凋零，但风却永远不停歇。一想起，无数的人目睹鸟类的同时、心头涌起的渴望，我就仿佛凛然听到，这个地球上，那些曾经向往天空，向往风中飞行的内心的微弱鸣叫。

生存之上，生活之下，那些隐蔽的梦，发自最本原的意识，总在最日常的细节里显现。

就像我的无限勤劳、不敢懈怠、近乎奉献所有时光的老妈，也有某一刻，她不属于我，不属于我爸，不属于洗衣做饭，不属于家长里短，不属于含辛茹苦，不属于持家理财，不属于世界上的任何人，只属于她自己。

那一刻，她是一只普通的飞鸟，站在田野绿绿的瓜藤叶子上，双足一蹬，飞了起来，天空向她迎接过来，她在风中，忘却一切人世间的劳碌。

这是真正的活着。

哪怕只在短暂几个小时里，夜深忽然梦到。

星期二之约

超出界限的关系，看似亲密，实则带来无穷麻烦。你能够随随便便侵占他人时间，他人必然也会强迫你去做点什么。看似占了便宜，实则浪费生命。

准备跟一个老朋友打电话叙旧一下。微信上询问他，然后我被告知，他会安排下周二的日程跟我聊天。我当时，满心不乐意。

不过这做法，也的确是对的。换成是在从前，我可能会非常不爽。以前不是天天给我打电话吗？现在摆什么谱？

但是现在的我，特别能够理解这一点。一个人的时间精力是有限的。如果真正爱惜自己的时间生命，一定会很认真安排使用它。

中国人，尤其是生活在发达的大城市，并且更加富裕的人，对时间价值有更加清晰的态度。我们得逐渐开始适应预约时间谈事，这是一种未来会更加普及的社交礼仪。

时间大概是世界上最公平的东西。他公平在，每个人在时间面前是平等的。你的一天有24个小时，他的一天同样也是24个小时。

如果有足够的钱，你是可以购买他人的时间的。这也是一种公平，公平的交换。

提前约定时间也是一种礼仪。世界不是围绕着你一个人转，每个人的作息规律，工作时间都不一样。

比如有时候，别人来找我请教问题。虽然那是在大白天，但我可能刚刚好写完了一篇文章，耗尽了当天的元气，午睡了。

还有一种说法是，这样的朋友关系不铁。

因为我对心理学还是挺了解的，所以我觉得，正常健康的朋友关系本来就应该是散淡的，趣味相投，时机吻合，能一起聊天，但是保持界限，有一定距离的。

除非是强烈的利益绑定，或者强烈的情感依赖，两个人才会关系非常铁。但那就不是朋友了，而是商业伙伴，或者家人。

超出界限的关系，看似亲密，实则带来无穷麻烦。你能够随随便便侵占他人时间，他人必然也会强迫你去做点什么。看似占了便宜，实则浪费生命。还不如宠物陪伴你的亲密程度，更加有质量。

不尊重自己的时间，不尊重他人的时间，也就是不尊重生命。

千万别太绕

如果你想去做好一件事情，就别绕弯子，直接去做好它。开门见山，是最大的美德。

星期六我在家休息，打开电视，刚好转到央视的财经频道。当时放的是一个探讨企业推广的经济节目，七八个不同行业公司的老总，一起集思广益出主意。

那天的主题是，做小户型空间设计的公司老总，想要推广自己的产品——创意收纳小户型。

就是我们平时在网上看得到的，墙上一块木板拉下来，嘿，变成一张桌子。旁边的一块板子放下来，出现了一张床。

好玩的是，他很想做低成本营销。于是他决定拍一个微电影来宣传自己的这种产品创意。

他提出的问题是，怎么达到良好的效果，让微电影抵达受众群体，让大家选择他的公司产品设计。

别的嘉宾说了很多意见，我觉得都说的挺好，但总觉得还差了点什么。唯独有一个嘉宾表示质疑。

这个嘉宾说，你看，你主要推销的是自己的装修产品。那你现在为了达到推广装修产品的效果，先去弄了一个微电影。结果把问题变成了怎么推广微电影影响大众的选择，你这不是绕弯子吗？

作为电视机前的观众，我当时就忍不住笑了。

那个嘉宾看问题看得太准了。明明就该直接去营销空间收纳设计，却绕到了去营销一部微电影。微电影拍的怎么样，能不能拍好，还是个未知数。

很多人做事情都有这么一个思维习惯。他想做成A事情，觉得要通过B来实现，就去做B事情，但是把B事情做好，又需要C资源。他就去琢磨着怎么倒腾C。

绕着绕着，路远山高，A事情就被搁置了，不仅没搞好，时间金钱都花了。

我身边有个男生朋友小卫，很喜欢公司的前台女孩，他就去讨好女孩身边的闺蜜，去打探女孩喜欢什么吃的，喜欢看什么电影听什么歌，又去找女孩闺蜜转达礼物。

没多久，女孩就被隔壁公司的男生追走了。别人双双对对的时候，小卫还在抱怨女孩的闺蜜给的情报不准。

其实直接去追求，去告白，也是一半成功一半失败的几率。失败了，也可以再去喜欢别人，不必空耗青春和生命。像小卫这种在外围打转的人，活该一直单身。

做事养成绕弯子的坏毛病，只会越绕越远，麻烦无穷。其实绕与不绕，归根结底，是思维境界的差别。

如果你想去做好一件事情，就别绕弯子，直接去做好它。开门见山，是最大的美德。

第八章

故乡是我唯一的行李

年少时灵魂柔软，尚未固定，一个背包天南地北独自跋涉，从不眷念。
可是长大后呢？尔后，将在世上飘零，直到落脚。
我的灵魂在哪里定型，哪里就是我的故乡。

百万种颜色

如果说故事是生活的意识，那色彩就是生活的潜意识。每种色彩的解析过程，往往直接抵达我们的内心隐蔽。

你知道这世界上有多少种颜色吗？

很多年前，那个时候我在杂志社工作，跟坐在我旁边的美编小姐特别聊得来。她是一个性格挺好、谈起专业来一板一眼的职业女性，而且思维方式特别理工男。

有一天我坐飞机，在座位网兜里翻出一本读物，碰巧读到一篇文章，现在不大记得作者的名字，但是对那文章的内容印象深刻。那位作者干过广告业，于是讽刺了一把现代文明广告宣传的弊病：比如许多广告文案在描绘色调的时候，非要说什么海洋蓝、天空蓝不可，蓝不就是蓝嘛，矫情啊！还有些楼盘广告动不动就沙漠黄、森林绿之类，企图虚构人间仙境。

当时我特别心有戚戚焉，那些个广告文案夸大其词，不就是想对消费者或者顾客搞心理暗示吗？我的黄不是一般的黄，是大地的黄，我的蓝也不是一般的蓝，是沉静的海洋，是希腊爱琴海，是诗人的海，是神话的海。

这种非常具体化的色彩分类，过度的文学修饰，根本就是现代社会的盲目虚荣的时髦病，完全应该定性为矫揉造作。

很快，我的无知和那个随笔作者的粗俗傲慢，被打脸了。因为没几天，我隔壁的美术编辑拿着她的色标比对杂志封面的颜色，并且说下午要去印刷厂监印。看着她那本花花绿绿的色标册子，出于好奇，我忍不住问了她一个问题，世界上到底有多少种颜色？

美编小姐回答说，基本当然是三原色，光学里面是红黄蓝。黑色则是颜色的集合，灰色呢，其实是不同程度的黑色。

我说这我知道，中学物理就学过。那具体颜色呢？

美编很认真解释一番，世界上的具体颜色那可就太多了，色标只是常用一两百种标准色，如果依照不同的比重做细微区分，几百万种颜色都有。比如鸡蛋壳色，就是黄色的具体一种，牛皮纸袋子的黄，又是一种。色彩学里，确实常常用具体物质在这个世界的表现颜色来标签区分的。

嗯，当时，她大致就是这样解释的。而我，只有傻眼了，这才意识到，世界是丰富多彩的，这句很普通的话是正确的。

过了几年后，我在一个比较喜欢的小众日本服装品牌的网站上，忽然看见，他们在中国开始销售 500 色铅笔了。并且，每种颜色都有对应的名字。

500 种颜色的铅笔，光是看图就令我惊叹了。日本公司在审美文化上，真的做到了这种地步。

请容许我摘抄一部分的名字吧。我只是顺着这些铅笔的名字念起来，就有了朗诵诗的感觉：

日本海的渔火、杨贵妃的梨花白、彗星的传说、故宫的夜、天女的羽衣、八十八夜的茶摘、朝露打湿的牧场、京都的屋根瓦、长谷寺的牡丹、鹿鸣馆的舞踏会……

从植物到神话，从夜色到采茶，从牧场到舞会，所有能够想象到的，生命中那些无限美好的事物，每一样都凝聚了颜色之意象。

如果说故事是生活的意识，那色彩就是生活的潜意识。每种色彩的解析过程，往往直接抵达我们的内心隐蔽。

事实上，色彩比气味更早地抵达我们脑海。第一眼看见这个世界，色彩也沉淀在每一种出现事物上。甚至色彩本身就是情感。紫色的悲哀，红色的炫耀与毁灭，黄色的温暖与刺目，运用之道，存于心。不懂色彩，生活就少了一半的乐趣。

重要的不再只是铅笔色，而是最隐蔽的人类情感逻辑。每个人都可以给自己人生履历中的色彩定义命名，那是我们回溯人生的一种记忆归类法。

少年时代抬头望见太阳的金色、母亲炒菜的翠绿、老家屋子台阶的瓷砖淡青色、毕业照的灰黄、恋人初赠的球鞋白、情书笔迹墨水的黑蓝、旅行中黄昏时的海……顺着这样的联想，我忽然在寂静的夜里，被奇妙的忧伤贯穿，很多过往岁月和事物，在怀念中，令我涌起欢喜自足。

一年一度的顶礼

人只有接纳了一切苦痛，才会涌现哀伤。正如弗洛伊德说，哀伤是对逝去的纪念。

人必哀伤，而后平静。

艰难遭遇是我们这些平凡人多多少少都会遇到的。童年不幸、少年坎坷、青年困苦、中年危机……我有时候也会想，那么那些人类历史上闪闪发光的大师呢？

有一次我淘了本旧书，三联版精装印刷的罗曼·罗兰的作品《米开朗琪罗传》，丢在书柜里一直忘记翻，文学大师写艺术大师，想必难读。后来翻开此书，哑然失笑。

罗曼·罗兰没有按照人物传记常见的叙事线索来写米开朗琪罗的经历，而去摘录大段大段生活“私人细节”的书信，选材之精准，活像一档讲述版的电视秀。米开朗琪罗的一生为情爱苦闷，尤其是为美貌的年轻人。

因为他身材矮小，相貌丑陋，那些拥有美色的人儿在他心里才是偶像，他只能匍匐在地上去仰望那些爱慕对象。再加上自身情欲的罪恶感，使他脾气暴躁又苦恼自卑，自虐又自恋。

这种心态，太像张爱玲写过的那句“低到尘埃里”。

除了爱情，他在工作上也备受挫折，身心受创。他跟美第奇大主教有协议建造教堂，这是一个比较大的项目，约定的酬劳丰厚。但因为建造工人们的欺骗，石头断裂了几根。于是教皇和大主教都不耐烦了，取消了跟他的契约。

因此米开朗琪罗只能忍泪控诉：“不计算费掉的三年光阴，不计算我为了作品破产，不计算人家对我的侮辱，一下子委任我做，一下子又不要我做……”

这种遭遇在现代照样上演，当初是你说要改，改了你又不满意，只好继续再去改，结果你却换了人，多少搞设计的工作者就这么被客户折磨到崩溃。

诸事不顺，米开朗琪罗的父亲也不让他安心。他父亲年纪越大脾气越坏，某一天干脆从佛罗伦萨的家里逃走了，对外宣称是儿子赶走他的。

米开朗琪罗背负着不孝指责，满腹委屈。

整本书读完，全是实打实的俗世烦忧：爱欲纠葛、事业打击、职业病磨损健康。

米开朗琪罗总在绝望，不想活了，没法活了，总在抱怨世界：“我的忧患是多么多，比艺术使我操心得更厉害！”不过对着石头时，他注意力转移，痛苦暂时缓解，又鼓舞起斗志继续工作。

罗曼·罗兰在后记里自问自答：“我是否应当只显露英雄的英雄成分？不。”因为他写这本传记的初衷是：“并不是普通人都可以在高峰生存，但是可以一年一度上去顶礼，从中可以获得日常战斗的勇气。”

这段话换成通俗的理解也就是：大师活得如此之惨都仍然在努力工作，你是不是也该鼓舞起斗志？别被生活彻底打败。

人生，不应该用来比惨。不管是普通人，还是大师。

世间超过米开朗琪罗经历的苦难，俯拾皆是，大多数人并未进行杰出创造。长夜中自有最耀眼的闪电，但长夜并不为闪电而生。

米开朗琪罗一生祈求身心宁静而不得，有生之年大部分的作品，都充满了肌肉力量、愤怒，或者体现创造万物之灵的肃穆宏大之美。但晚年最后的三幅基督主题的雕刻，极为哀伤。

他在晚年的诗中写道："我以往那空洞而快乐的艺术之爱将如何？ / 当肉体及灵魂的双死渐进……无论绘画或雕塑皆不再能让我灵魂安宁 / 期盼着十字架的神圣之爱 / 以祂张开的双臂拥我入怀。"

我很愿意每年重读一次，来进行一年一度的顶礼，不过我从中获得的并不仅仅是勇气。

基督必然受难，生命必然痛苦。度过内心漫长的反抗争辩，这个中世纪杰出的雕塑家和画家，终于进入了哀伤。人只有接纳了一切苦痛，才会涌现哀伤。正如弗洛伊德说，哀伤是对逝去的纪念。

人必哀伤，而后平静。

喊魂

你活着，我便不害怕死亡。你死去，我便再也不能假装死亡之遥远。

你说你很痒，痒得整个人都不好了。

你叹气，把手臂伸出来给我看，皮肤上有一些红色的色斑。你说简直就像很多只蚂蚁在上面爬，让你特别焦躁。

我说是不是太干了，跟空气有关，也跟气候季节有关吧！

我去见你的时候，初春的光线相当猛烈，晒得人浑身发热。离开阳光躲到阴影当中，很快又冷得让人哆嗦。刚好我随身携带擦皮肤的药膏。我跟你说："里面有甘油成分，可以滋润。"

你说你已经问过了："是毛细血管不行了，过两天就消失了，再过两天又复发。"

我忍不住笑了，我把药膏挤出来，在你手腕上的皮肤揉搓。

在你絮絮叨叨的时候，我走神了。

你有一串钥匙，长年累月挂在裤腰带上面。在我很小的时候，你是一家单位的主任。你那一串钥匙里面，有一把可以打开顶楼会议室的大门。

整个单位是5层高的办公楼，楼前长了几十年的椴树，与办公楼一般高，枝枝叶叶都伸到了栏杆里面。会议室里面有一台很大的彩色遥控电视机。20世纪80年代，那是个稀罕的宝贝东西。当时在播放《西游记》，我迷得不行了，每天晚上准时拉着你打开会议室的门。石头里面蹦出一只猴子，后来又遇到一头猪，发生了一些奇奇怪怪的故事。有时候开会开到很晚，你下班以后在洗澡，我已经等不及了，直接拿到你的钥匙，一个人去看电视。

看着看着，你也来了。我们就一起看电视。你说话声音特别洪亮，比其他人要高出很多，距离你半米以内，几乎可以感觉到你胸腔的颤动共鸣。直到这个春天，再次见到你，声音变小了。你也不怎么敢吹风，怕感冒。

听着你这种洪亮的声音，差不多也有30年了。

你的性格很固执。隔壁家的女儿要过10岁生日，买了生日蛋糕，摆了一桌酒席，邀请我去参加。你说，不许去。

那女孩和我常常在一起玩耍，又是邻居，又有那么多好吃的，你为什么不让我去？我特别纳闷。你说不许去，那女孩就拉着我的胳膊，去嘛，去嘛。

很多年后，我隐隐约约才明白过来。那女孩的父亲，是单位的副主任。你看不惯他的行为，他私下里会收职工的礼物。你的界线划得特别清楚，连小孩子在一起玩，都不答应。

当时我很生气，那女孩也说你好固执。

多年后我陪你去广州军区武汉总医院活体检查，从体内取出组织细胞，才能明确诊断。出院的时候，护士长走过来，让你写一下留言本。你用很大的声音说：“我孙子是作家，让他写，还能发表出来呢！他还上电视，上新闻。”

我突然觉得特别尴尬，在脑海里搜索了半天，生拼硬凑了几段话写在留言本上。你说：“再见。”护士长说：“我们还是别再见啦，您健健康康别来医院了。”你说：“不行不行，有病还是要来治，我是唯物主义者。”

护士长笑嘻嘻的：“您一直说话嗓门这么大，身体素质好，不会有事的。”

你很高兴，很有信心。

我理解你的虚荣和炫耀，你渴望下一次再来医院治疗复查，你会被更加善待。如果我的作家这个身份，真的有那么一点用处。

你得的是癌症，住院部的其他病友都是唉声叹气满面愁容的。你居然笑哈哈的，在其他病房串门子。隔壁 907 病房住着一个武汉大学退休老教授，跟你一样等到了确诊的结果，得的是同一种癌。老教授颤颤巍巍满头白发，身躯佝偻，穿着病号服在休息区闲坐发呆。你主动跟那个老教授攀谈起来：“您多大年纪了？”

“七十一了。您呢？”

你把胸膛一挺，腰杆拉直，“我大你 10 岁。”

你说你多年前拜会老同事，就住在那所大学的附近。现在都变样了。

那老教授慢慢悠悠的，有气无力地说：“是啊是啊！”

你说，“要有信心。这个癌是有特效药的。”听着你的话，那个老教授似乎也精神了一点。你们两个老头儿相互打气。你原本想做手术的，但医生说：“过了 80 岁年纪，怕下不了手术台，还是保守治疗吧！不过这药的副作用不小。”

你说：“虽然说晚期了，但我自己感觉身体还行，没有什么影响，我坚持打针坚持吃药。”

我真的挺佩服你。整个9楼病区，就你声音最大，精神状态一如既往，该吃饭吃饭，该睡觉睡觉。你的食量一点也没有减少，照旧两碗饭，三个菜。

你要用的药是进口的特效抗癌药，哪怕是这种军区大型医院，也没有多少储备，采购需要等一段时间。我在网上看到有人出售家里亲人没用完的药，于是顶着40摄氏度高温，等着卖药的人送过来。

这中间你一连打了3个电话，问我有没有拿到药。

我之后告诉你，药买到了。你松了一口气，我也松了一口气。

医生告诉你，至少3年到5年，如果情况更好，5年到8年都不成问题。

医生也没有骗你，不管是人道主义角度，还是心理安慰，都会把时间说得长一点。

你做好了持久战准备，你完全不相信自己的身体会那么快衰败。药物副作用很大，你还是要坚持治疗。去做复查的时候，体内已经找不到癌细胞。但你的肺被药物损害，咯血了。

你昏昏沉沉，辨识不出最亲的人。

我喊你，你只是看我一眼，已经认不出来我是谁。

你清醒的时候，还想着生日，想吃饭，想坐起来走两圈，想晒太阳。我格外惊讶，直到最后的三天，你已经无法说话，我摸着你的后背，骨瘦如柴，你仍然挥舞胳膊，运气使劲，想要自己坐起来。

你还想活下去，对抗生命规律。你的意志力之顽强，我和守着的亲友极为震撼。

今年是你84岁的生日。我们给你买了蛋糕，但你已经无法吞咽。你的眼神灰蒙晦暗，我父亲和二叔三叔勉强把你抬到了桌前坐着。我们对你说：“生日快乐！”

你恍若无闻。你真的已经听不到了吗？据说人在大限将至之前，各种感官感知逐一失去，只有听力一直维持到最后一刻。

第二天的傍晚你走了。倒春寒落雨寒入骨髓，半夜飘起大雪。

你的名字里有一个鹤字，鹤有吉祥高寿的意思。人离世有太多婉转的说法，民间叫驾鹤西游，佛门叫涅槃寂灭，道家叫返真羽化。

最朴素最本质的说法，其实就是逝世。

叶落归根，你不肯在城市离开，要在乡下老屋撑到最后。按照乡下风俗流程仪式办理身后事。

你的墓碑刻好，运到，凝视碑文，我才发现，那上面是我的另外一个名字。

那个名字不是我身份证户口本上的名字，当然，也不可能是我日常使用的各种笔名。那是我在族谱上的名字，家科。我排行“家”字辈。

我这才想起来，你曾经希望我成为一个科学家。

我的名字是你取的。

你没有留下财产给我。你最后的一笔钱，留给了堂妹，你的丧葬费和养老金交给了三叔。

但你必然留下记忆，留下整个家庭的往事脉络，留下一代人的时代痕迹，甚至还包括你可能遗传下来的疾病。

桑塔格说疾病具有被当作隐喻使用的最广泛的可能性。

弗洛伊德一生中最后一次引用的诗句，来自歌德写的《浮士德》第一场：“把你祖先遗传给你的东西都接受下来，妥善利用变成你自己的，才能安享。”

我在初春见你最后一面时，你还跟我解释，当年你不是不想解决我父亲的商品粮问题，是因为阴差阳错中间错漏，后来补不上去了。

好在我父亲依靠自己的辛苦，评选上省局里的优秀粮管员，转了商品粮户口。你也不是不想解决大姑妈的工作问题，是因为她的年纪超龄，不合规定，无法安排指标了。你希望大姑妈不要恨你。

商品粮已经是一个遥远的历史词汇，新生代们完全不知道是个什么概念。

当年的你，是个好党员，一心扑在工作上，二叔生病都没回家。奶奶什么都不懂，只知道带去医院打针。二叔高烧不退，链霉素副作用导致他失去听力，变成了聋哑人。二叔是恨你的。

你说你要补偿堂妹，也就是二叔的女儿。但你一个劲儿补偿孙女，供她读书，忽略了孙子。在我念到大二时，父亲做生意亏了，我母亲找你借钱凑学费，你谎称没钱。你总是没法兼顾公平。

老了，你后悔选错了行业。和你一起参加工作的老人家，进了教育、文化、财税等等单位，退休后拿的养老金是你的两倍，而且愈发红红火火。只有粮食部门，1998 年国家要减轻负担，实施体制改革。你从事相关工作的子女，统统失去了昔日的身份荣耀，从国家职工成为要甩掉的社会包袱，接受分流下岗的残酷现实。大时代的小家庭命运，从祖父的选择开始，河流就依稀定好了走向。

当你走了，一切烟消云散。你穿着寿衣，躺在新式样的环保棺材盒子里。姑父在旁边签字登记，我目送你进了那道门。门后是电气焚化炉，使你的肉身化为尘埃。你活着，我便不害怕死亡。你死去，我便再也不能假装死亡之遥远。

庄子说，“人生天地之间，若白驹之过隙，忽然而已。生物哀之，人类悲之。纷乎宛乎，魂魄将往，乃身从之。乃大归乎！”

进去是一道门，出来是一个小小的窗口。

我是你的长孙，带着你的相框等待着。长辈亲属们叮嘱我，千万不要忘记喊魂。那天殡仪馆里人不少，都在等候领取亲人骨灰。春光明媚之极，草木得到大地阳气而复苏，树木葱茏深绿，天空澄澈，很多鸟飞来飞去不断鸣叫。这个地理位置，远远地能看到城区高楼，还能看到大片大片的平原田地，遍地金色油菜花。

你的骨灰装在一个宫殿形状的瓷器中被送出来。

在我们当地，把爷爷称呼为爹爹。我深呼吸一口气，连喊三声：爹爹，我们回家啦。爹爹，我们回家啦！

爹爹，我们回家啦！

你和已经去世的奶奶并排安葬在老家的屋子后面。再见了，我的祖父。以后，我们梦中见。

故乡是我唯一的行李

我的灵魂在哪里定型，哪里就是我的故乡。

在鼓浪屿这个小岛还没有限制进入游客人数的时候，我在岛上和一个当地人闲聊，姑且称他为大角吧。大角皱着眉抱怨，谁喜欢自己家里每天被人拍来拍去？中国人有那么喜欢喝咖啡吗？喝多了会心悸！

我明白他的意思，做生意的外地人越来越多，房子基本上都变成了旅店和酒馆。为了迎合小青年，基本上都追求一种格调。

大角还抱怨，那些从小到大打招呼的邻居和同学，也陆续搬离了。养猫的越发多了，从早叫到晚不得安宁。什么招牌奶茶，什么本地小吃正宗菜啊！你们这些游客难道看不出就是骗你们的？

其实看得出，可是这又有什么关系呢？改变虽然有好有坏，但谁也没法阻止。我千里迢迢跑到这里来，转了大街小巷，还是玩得挺开心的。

很多屋子在翻新装修，为了赚外地游客的钱。岛上人因此也收租赚钱了，生活方式自然也跟着变。把时间往前再推，厦门没有成为特区之前，甚至是鼓浪屿没有那么多别墅和洋人的两百年之前，当时的本地居民，恐怕也会抱怨改变，失去了原来的风物人情，但今日的繁华，正是源自变迁。

虽然是闲聊，大角明知我说的没错，但他还是不高兴了，他坚持说，受不了现在的人山人海喧嚣闹腾，将来只能也搬走了。一杯啤酒没喝完，他人就撤了。

劝别人容易，劝自己难。去年我回了一趟老家，准备去母校第二中学看看，赫然发现完全拆掉了。教学楼、旗杆、乒乓球台、操场、老师们的宿舍、食堂，荡然无存。在那里建起了一片住宅和商铺，熟悉的街道也全变化了，书店没了，变成新的便利商店。破破烂烂的路也修平整了，不再尘土飞扬。的确更加繁华，但我心中酸痛了一下。

有时候独自坐在夜里，闭上眼睛，常常会想起童年时住的屋子，明月朗照过的树枝，回家那条弯曲上下的小路以及被拆掉的中学。

有一天思乡病严重发作，睡不着，半夜漫无目的地看着一些东西，忽然去搜索了一下地图。我用测距功能，在两点之间拉出一条直线，瞬间显示出数据，此时此刻此地，我距离故乡最短的距离是 172.5 公里，精确到小数点后。这是现代科技的厉害之处，乡愁，也可以不费吹灰之力，得以量化。

反复在心里默念这个数字，顿时少年和童年时代的全部记忆扑回。我对当下的所有生出强烈的缥缈感，已经消逝的年月反倒无比真切。

172.5 公里外，是“霸占”了我全部少年时代的小城。1999 年，我 17 岁去省城念大学，然后如同一江向东流的水，毕业、就职、买房、父母搬来同住，卖掉了过去的房子。就这样，我和父母一起移居到省城，我与故乡的联系，仅仅在于，祖父祖母仍在老家。

其实地理距离根本不远，但心理距离形同天涯。我安慰自己，人会老，故乡会面目全非，时间也不为谁停留，正因为此，我们才有缅怀的余地。某种哀伤却还是挥之不去。

1678 年，瑞士医生让·雅各·哈德用希腊文词根，创造了一个新词：country sickness(思乡病)。这个词传遍世界，不同的语言有不同的造词法。我们在理智上知道日新月异才是事物的规律和本质，但我们的情感却偏执地停留下来。

所谓的故乡，并不存在。从你真正离开和告别的那一天起，地理上的故乡就不属于你了。一旦你在异乡落地生根，即便故乡亲友尚在，你回去就已经是客人了。从乡村到大大小小的城镇，其实都在流动迁徙。年月再久一点，甚至没什么人记得你了。这种忘却，是真正意义上的断绝。

以前很爱去旅行，到处跑，渐渐地，每去一座繁华热闹的大城市，每去一个风景很好的村落小镇，我就忍不住拿它来跟自己定居的城市做比较，跟自己度过青少年时期的宁静小城做比较，跟自己祖辈所在的乡村平原做比较。

我这才醒悟，年少时灵魂柔软，尚未固定，一个背包天南地北独自跋涉，从不眷念，不知道明天睡在哪里，也不知道在哪里醒来，更不知道在哪座城市读书、工作和定居。可是长大后呢？尔后，将在世上飘零，直到落脚。我的灵魂在哪里定型，哪里就是我的故乡。

然而，我仍未完全断开那条无形的丝线。

前年最末尾三天，79 岁的祖母因为心梗，突然病逝，我与父母匆忙赶回故乡。

祖母的丧事办完，父亲先回，我和母亲乘坐地铁，再转迅捷的动车。172.5 公里，原来只不过是 80 多分钟的车程。

我的故乡在空间上并不遥远，却又在时间上无限遥远。直至与亲人做彻底的告别，直至我回去已变成了客人的身份。这一刻我不得不承认，我的确已经失去了故乡，并且，不知不觉中，我已经执行了告别的仪式——我搞清楚了精确的地理距离。

成为异乡人，就只能为自己寻找新的安身立命之所。如果要问思乡病什么药可治？也只有心药。对我来说，仿佛一件庞大而完全个人化的工程。失去了地理意义的故乡，另外一个心理上的“故乡”就需要诞生。

旧时的邻居说过的话，师友们的短暂交流，从前的一草一木，一条路，一栋房子，一道月光，对于我来说，那些童年记忆，那些眷念，那些依依不舍的回响，都在我潜意识里，缓慢又沉默地整理好，打包，随身携带。我将生命中的 1982 年至 1999 年，我的小半生，梳理为记忆，逐个内化进我的心中，成为我自身的一部分，随身携带着，不离不弃。

说再见

我们不能总活在害怕说再见的阴影里，因为生活里永远都会有再见。

二十岁看十岁的自己，三十岁看二十岁的自己，才发现，一路的成长，其实很慢，很笨拙。但所幸，走过的每一步，含着眼泪带着微笑，有所思，有所得。

当我告别了我逝去的曾祖母，不是在当时，而是在很多年后。

有一天我忽然想起她，想起她蹒跚着小脚，想起她塞给我一筒油纸风味饼干。

那是一种非常朴素的地方小吃，后来她离开这个世界了，我一直不觉得那种食物很好吃。那天想起来，是因为我居然在家乐福买了一罐这种饼干，很久才吃完。我不会忘记这种饼干，但我也知道曾祖母永远走掉了。

当我有一天忽然听说初恋结婚，我不想听到，但还是得知了。看着对方幸福的合影照片，闭上眼睛的时刻，时光真的是在倒流。往昔的画面，种种都历历在目，然后，然后也仅此而已。

当我大学毕业，旧的矮小的图书馆拆除，新的双子超级高楼图书馆建立。图书馆后面的数十年腊梅树，砍掉，不知所终。

我一直记得，大一的一个午后，带着书包课本当枕头，嗅着花香，凝视树杈缝隙泄露的日光，发呆了许久。

我生活在大学林立的城市，前后左右都是大学生，他们唱歌，他们玩滑板，他们拥挤庆祝圣诞节，他们开学，他们放假。当我失去了我的青春，青春却无处不在。

我一直记得，有一年的暑假，学生走掉太多，我坐的538路公共汽车坐到倒数第三站，就只剩下了司机和我。

我工作的那份杂志停办了。在时代的浪潮中，不再按照我们的理想和品味办下去，而是变成一本空洞的时尚杂志，老板不管不顾当初的蓝图，执意和德国的第二大媒体集团密谋合作，我和一群同事不得不失望地离开杂志社。

我永远记得，在那家杂志社最后的时光，我们在一栋附属的玻璃房子办公，桌子上爬满密集的蚂蚁。而那本杂志，曾经是中国第一本普及心理学的杂志，它帮助无数人度过心理的困惑悲伤期，直到有一天，轮到它的编辑们自己。如何是好？我曾经问过我的主编这个问题。

我们学过充足的理论，我们与顶尖的专家为伍，我们见识了热线电话里千奇百怪惨烈到发指的人间境界。我们写无数文章指引人，开解人，辅导人，而我们自己如何面对自己的苦厄悲伤？

后来，我自己思索，渐渐得到答案。我们修习自己，提升自己，强大自己，并不是为了成为一个拒绝悲伤，不再疼痛的人，即便再见摆在眼前，也面不改色。

我们不是为了成为麻木的人，不是为了成为躲避痛苦的人，而是为了成为一个敢于面对告别的人，成为认真而难过地说过再见，再继续好好生活的人。

生命、爱情、青春、事业……我一再告别。每一次告别，我依然沮丧难过。每一次怀念起来，我无限眷念。

然而，我仍然向前走下去，被感动而痛哭，被欺骗而愤怒，被伤害而萎靡，被激励而振作。

然后继续写作、出书、读书、看电影、觅食、逛街、约朋友谈心、旅行、继续成长，也继续分手；为颈椎病低落，为错过最佳再度置业机会懊恼万分；也继续爆发小宇宙创作长篇，编书，康复运动和锻炼。不断告别，然后重新启程。

当时我看美剧《丑女贝蒂》第四季第十一集，贝蒂跟男友要分别，写了一篇感怀文章。当然，那其实是编剧的手笔，足够简练，足够使我共鸣，因此我抄录引用："我总不愿意说再见，似乎每个人都这样，但我们不得不说再见。因为人生总有许多时候必须告别。无论我们经历多少次痛苦的分开，哪怕是为了对方好而分开，这依然令人沮丧。

"虽然我们永远都不会忘记我们所放弃的，但我们却依然要继续前进。我们不能总活在害怕说再见的阴影里，因为生活里永远都会有再见。

"请记得，诀窍是，把再见当作一个好的开始，在我们重新启程时。"

人生里永远都会有再见。下一次，我会认真地道别，说出"再见"两个字。

春节的启示

“时间感”是对生命的直觉。拥有强烈“时间感”的人，反而不容易快乐，更容易敏感痛苦。

所有的节日都有热闹快乐的一面，也有庞大的副作用。这种副作用，专门针对那些被时间困住的人。千家万户度过春节，有的人处在孤独当中，没法回家，没亲人陪伴着。

我家所在的地方，前后左右全部都是大学。每年，都有很多的学生回不了家。有的是因为家里比较贫穷，父母赚钱太少，新疆西藏云南贵州，那么遥远的地理距离，来回一趟的路费实在很贵。有的是因为家人留在外地，也没有回家，自己就没回去。还有的是真的没有买到票，只有躲开高峰期。

有一年的春节，我曾经在深夜里接到过电话，是熟悉的朋友打过来的。他独自一人在异乡，想找一个人说说话。那种对些微温暖的渴求，难以拒绝。就陪他聊了一会儿天。

无论如何，节日总是在制造欢乐团聚的氛围。那些孤独的人，也会冒出难以言喻的孤单落寞。渺茫的人世间，在最深的夜里，灯火阑珊。仿佛一片大海之上，一个人守在一条小船上。这一刻，人被时间给困住了。

与此同时，我要清清楚楚地看到，时间对于另外一拨朋友来说，变成了一匹温顺的马，由着他们驾驭和安排。有个略熟的朋友，她的春节是在澳大利亚旅行，她发出来的自拍照片，是乘坐在巨大的热气球上，当地气候春光灿烂，她满面笑容。

我觉得这样的出国旅行度过春节真的很美好，看见那些画面和文字，也能分享到喜悦和欢乐。但我天性怕麻烦，并不会实际行动。除非伴侣帮我捋好行程路线，订好酒店机票。我只负责掏钱。

还有的朋友，春节没有任何特别的对待，三更半夜，还在工作。就像平时一样。闲下来的时候反而不自在，他更加喜欢有事情可以做的饱满充实的感觉。

在我的童年记忆里。小时候的春节，大人们应酬吃饭喝酒，忙着通宵打麻将守岁放鞭炮。

我反而很自由自在，看看可有可无的春晚，吃吃零食，或者看乱七八糟的杂志，还有各种小说。我对玩鞭炮凑热闹毫无兴趣。

很多年的除夕之夜，对于我来说都是非常平静地度过。大概从那个时候开始，我变成了一个不大容易因为节日觉得孤独的人。一直到今天，我对春晚也没有什么强烈的吐槽欲望。

我仅仅是对初一开始的亲朋好友登门拜年，比较腻烦，情愿安安静静睡大觉。

就这样，春节把我们分成了三种人。一群孤独的人被迫看着别人过春节；另一群常规的人照着老样子过春节，北方人包饺子，南方人逛花展，写福字，贴春联，看春晚，发红包、完全是很多年的惯性；还有一群人，以截然不同的方式度过春节，抛弃了华人的习俗，春节对他们来说只是一个普通假期，失去了传统的意义。

这跟人的成长经历、家庭背景、经济状况有关，但又不是那么绝对的因果关系。我猜，更大可能是跟“时间感”有关。

“时间感”是对生命的直觉。拥有强烈“时间感”的人，反而不容易快乐，更容易敏感痛苦。万物不息，岁月匆匆流逝，外面的世界无比璀璨，冠盖满京华，斯人独憔悴，寂寥黯然，困在了时间里。但这样的人，可能很容易出作品，能打动人心。也容易出成绩，因为一万年太久，只争朝夕。

我们所能做的，是把孤独的人约出来，吃个饭聊个天。如果相隔遥远，就对他们说一声“新年好”。对于享受清净的人，就不要打扰他们了，各玩各的，相安无事。对于地理大挪移，追寻这世界更多精彩风景的人，等到我们自己起心动念想跨国旅行的时候，可以找他们要攻略。

这些做法用俗话来说就是：多送温暖，少管闲事。能用发红包解决的问题，就不要废话了。

愿你不被时间困住，跟时间做朋友。

你的父亲母亲

文学艺术最大的好处是，让一个人可以走向自己，拥有内心世界，拥有一份专属自己的精神乐园。

我想说说我的父母。我从前，一直觉得他们平凡，像天底下所有普通的父母一样。他们从事着跟文学艺术无关的职业，出现在我的文字里，是以我的父母的身份出现的。因为，他们有一个著名作家的儿子。

可是他们也是他们自己。

我从来没有想到过，我的父亲，居然会书法。直到我的母亲，今年春节跟我聊天，提起来，几十年前，我的父亲曾经写过春联去卖。

我大吃一惊。小时候，父亲在我心目中，一直是个工作勤勉的厂长，抽烟厉害，把满屋子熏得有味道。他还获得过行业系统的省级表彰。他以这样的印象，保存在我的记忆中。

现在，我让他写一点毛笔大字，他乖乖地写了。我看得出来，他有些紧张，三十多年了，他久未动笔，起初还有点放不开。直到写到第五幅字的时候，感觉好起来。后来，他的书法投递给报纸杂志，果然发表了。

他是一个被岁月耽搁的书法家。

我的母亲，今年 60 岁。我一直以为她是个单纯的家庭主妇，同时也是个很普通的职工，以前在单位，她是会计出纳。也跟文艺无关。

我在接受《读者》杂志校园版专访时候，特别写过她，文章名为《像浣熊的猫》。她做菜的手艺，令我很多朋友折服赞叹过。她有洁癖，把屋子一定会收拾得整齐干净。这是我对她的主要印象。

直到我有一天，看见她翻出老家带过来的杂物。那里面，有她青春期的刺绣，花鸟鱼虫。还有她画过的画儿。没有受过什么专业训练，但是透着一股天然真挚的美丽。

我只能用瞠目结舌来形容。

我的写作之路，从来没拜过师，也没受过谁指点。我就是自己看看报纸杂志，觉得好简单，我也可以写啊。于是我就写了，中学时代开始，发表无数作品。长大后，出了几十本书，并且还会继续出很多书。

我觉得我纯粹是个人的天赋爆发，原来不是。恰如我的老朋友杨双春说的，难道你以为你的文学才能是天上掉下来的吗？总有遗传和继承的。

我的父母，他们只是没有机会实现自己的热爱。时代的局限，工作的忙碌，生活的沉沉压力，令他们无法去坚持自己喜欢的文艺爱好。

于是这些文艺爱好，他们很自觉地收藏起来。很多年后，我又“意外”发现。

我想，不止是我的父母，也许很多人的父母，都有属于自己的一扇窗，通往文学艺术，通往内心世界。

只不过，他们被琐碎的柴米油盐酱醋茶遮蔽了。他们其实可以成为他们自己。你所目睹的念叨啰唆强势霸道的父母，他们并不是一定要把注意力全部放在孩子身上。

如果有差不多的养老保障，身体还健康，抵御焦虑担忧，他们也有自己的审美和趣味，有机会施展出来，令你改观。还能与你共同分享创作的快乐。

书法、绘画、写诗之外，也可能是做糕点，把甜点做得精美动人，并且很好吃。也可能是朗诵主持，顺利流畅地把一场雅集活动完成。也可能是去广场上跳舞，站到大厅中歌唱，拿起照相机玩摄影，博得喝彩，等等。

文学艺术最大的好处是，让一个人可以走向自己，拥有内心世界，拥有一份专属自己的精神乐园。

文学艺术不是什么垄断的专利，而是生活的必需品。一个人，只要解决了温饱，内心或多或少就有这样的需要。

我真心地希望，我的读者们，也能重新认识自己的父母，鼓励他们去再续从前的文艺热爱。

从此刻开始，你可以去问问你的父亲母亲。

图书在版编目（CIP）数据

沈嘉柯精选集：全三册 / 沈嘉柯著．— 北京：东方出版社，2017.7
ISBN 978-7-5060-9843-4

Ⅰ.①沈…　Ⅱ.①沈…　Ⅲ.①散文集—中国—当代　Ⅳ.① I267

中国版本图书馆 CIP 数据核字（2017）第 190112 号

沈嘉柯精选集：全三册
（SHENJIAKE JINGXUAN JI：QUAN SAN CE）

作　　者： 沈嘉柯
产品经理： 张　旭
责任编辑： 王莉莉　张　旭
出　　版： 东方出版社
发　　行： 人民东方出版传媒有限公司
地　　址： 北京市东城区东四十条 113 号
邮政编码： 100007
印　　刷： 三河市金泰源印务有限公司
版　　次： 2017 年 9 月第 1 版
印　　次： 2017 年 9 月第 1 次印刷
开　　本： 710 毫米 ×960 毫米　1/16
印　　张： 45
字　　数： 360 千字
书　　号： ISBN 978-7-5060-9843-4
定　　价： 89.40 元（全三册）
发行电话：（010）85924663　85924644　85924641